NUR TOTE SCHWABEN SCHWEIGEN

Geboren in Südamerika als Sohn eines ungarischen Vaters und einer ostpreußischen Mutter, lebt Max Abele heute in den Weiten der schwäbischen Pampa glücklich mit seiner Familie. Er studierte zunächst Grafikdesign und Malerei und machte die Werbung zu seinem Metier. Viele Jahre war er als Kommunikationsdesigner und Texter tätig, bis er begann, eigene Welten in Form diverser Romane zu erschaffen, die er unter verschiedenen Autorennamen bei mehreren Verlagen veröffentlichte. So schrieb er unter anderem einen historischen Kriminalroman, der 2017 mit dem Literaturpreis GOLDENER HOMER im Bereich Historischer Krimi/Thriller ausgezeichnet wurde. »Nur tote Schwaben schweigen« ist sein erster Roman bei Emons.

MAX ABELE

NUR TOTE SCHWABEN SCHWEIGEN

Kriminalroman

emons:

Lust auf mehr? Laden Sie sich die »LChoice«-App
runter, scannen Sie den QR-Code und bestellen Sie
weitere Bücher direkt in Ihrer Buchhandlung.

Bibliografische Information der Deutschen Nationalbibliothek
Die Deutsche Nationalbibliothek verzeichnet diese Publikation
in der Deutschen Nationalbibliografie; detaillierte bibliografische
Daten sind im Internet über http://dnb.d-nb.de abrufbar.

© Emons Verlag GmbH
Alle Rechte vorbehalten
Umschlagmotiv: Free Photos/Pixabay.com
Umschlaggestaltung: Nina Schäfer, nach einem Konzept
von Leonardo Magrelli und Nina Schäfer
Umsetzung: Tobias Doetsch
Gestaltung Innenteil: César Satz & Grafik GmbH, Köln
Lektorat: Christiane Geldmacher, Textsyndikat, Bremberg
Druck und Bindung: CPI – Clausen & Bosse, Leck
Printed in Germany 2020
ISBN 978-3-7408-0755-9
Originalausgabe

Unser Newsletter informiert Sie
regelmäßig über Neues von emons:
Kostenlos bestellen unter
www.emons-verlag.de

Dieser Roman wurde vermittelt durch die
Montasser Medienagentur, München.

Gewidmet meinem lieben, schon sehr in die Jahre gekommenen Vater, mit dem ich kürzlich folgenden literarischen Disput hatte.

ER (vorwurfsvoll):
»Schreib halt endlich mol Gedichte, so wie ich, statt immer bloß Romane!«

ICH (besserwisserisch):
»Romane verkaufet sich besser, Vadder. Do kansch deine Gedichte vergessa!«

ER (grinst):
»Dofür lebsch länger. Ich werd in siebe Monat hundert!«

Warum, um Himmels willen, schreibe ich immer noch Romane?

Prolog

Mühsam, mehr hüpfend als rollend, quälte sich der in die Jahre
gekommene Mercedes durch die Nacht. Der mit Steinen und
Schlaglöchern übersäte Waldweg verlangte dem Fahrzeug das
Letzte ab. Hättest du bloß den SUV genommen, du Rindvieh,
oder die Schafkopfrunde beim Löwenwirt einfach abgesagt, räsonierte der Fahrer in Gedanken. Die Hände um das Lenkrad
gekrampft, den Blick starr nach vorn gerichtet, versuchte er, im
Licht der Scheinwerfer den gröbsten Unebenheiten auszuwei-
chen. Was in seinem Zustand alles andere als einfach war. Schließlich hatte er an diesem Abend im Löwen, seinem Stammlokal,
mehr als nur einen über den Durst getrunken. Drei Korn und drei
Halbe, das war einfach zu viel. Schwerstarbeit für seine Leber, die
sich bis jetzt wacker gehalten hatte. Auch sein Hirn funktionierte
noch ganz passabel. Zumindest so weit, dass er sich der Gefahr
bewusst war, die mit der Heimfahrt über die B 10 verbunden
gewesen wäre. Manchmal kontrollierten die Bullen auch noch
spätnachts. Gut nur, dass er gewisse Schleichwege kannte, die
durch die Pampa führten. Schlecht, dass seine Blase nicht das
gleiche Durchhaltevermögen besaß wie seine Leber. Er musste
pinkeln. Dringend!

Er fuhr rechts ran, stellte den Motor ab und stieg aus. Stützte
sich auf der Motorhaube ab und atmete ein paarmal tief durch.
Sah sich um. Feuchtigkeit stieg vom Waldboden auf, der Himmel
war bewölkt, und hoch über ihm schloss sich das Laubwerk
der Kronen zu einem teils dichten, teils löchrigen Dach. Es war
stockfinster. Unheimlich finster!

Auf einmal fühlte er sich unbehaglich. Als ob ein Eiszapfen
über seinen Rücken streichen würde. Was nicht nur an der vollen
Blase lag.

Komm schon, beeil dich, trat er sich in den Hintern. Machte
ein paar Schritte zur Seite, weg von seinem Wagen. Stolperte über
einen Gegenstand, wahrscheinlich einen Ast. Stellte sich breit-

beinig hin und nestelte hastig an seiner Hose herum. Sah nach oben, wo durch ein Loch im Blätterdach ein Stück bewölkter Himmel zu erkennen war, und ließ es plätschern. Der Druck im Unterbauch wich, die Erleichterung entlud sich in einem lang gezogenen »Aaahh«. Im Moment, als der Strahl versiegte und er den Blick wieder nach unten richtete, um seinen Hosenschlitz zuzuknöpfen, lugte der Vollmond hinter den Wolken hervor.

Kaltes Licht. Die Stelle, über der er seine Blase entleert hatte, matt erleuchtet …

»Ach du Schande!«

Vom Waldboden starrte das Gesicht eines Mannes zu ihm herauf. Weit aufgerissene Augen, halb geöffneter Mund, mitten auf der Stirn ein runder schwarzer Fleck. Das Gesicht glänzte vor Nässe …

Der Anblick fuhr ihm derart in die Knochen, dass er unwillkürlich einen gewaltigen Satz zur Seite machte. Es gelang ihm gerade noch, reflexartig den Kopf zu drehen, bevor ein kräftiger Schwall aus seinem Mund schoss und der bereits angedaute Speisebrei der Löwen-Mahlzeit auf dem moosigen Boden landete. Schweiß bildete sich auf seiner Stirn, der Puls hämmerte gegen seine Schläfen; schwer atmend stolperte er zu seinem Fahrzeug zurück, riss die Tür auf, ließ sich ächzend auf den Fahrersitz fallen und griff nach seinem iPhone.

Schwachkopf! Bist du wahnsinnig?

Zum Glück war ihm der Gedanke, der verhinderte, dass sein Finger sich aufs Display stürzte, um den Notruf abzusetzen, gerade noch rechtzeitig gekommen. Der reinste Irrsinn, in seinem Zustand die Bullen zu rufen. Der diensthabende Beamte würde ihn auffordern, an Ort und Stelle zu bleiben. Bis seine Kollegen einträfen, würde allenfalls eine halbe Stunde vergehen, sie würden seinen Zustand sofort erkennen und ihn blasen lassen, sein Lappen wäre erst mal futsch. Und das mit den Promille wäre vielleicht nicht mal das Ärgste, was sie ihm anhängen könnten. Sie würden ihn wegen Störung der Totenruhe drankriegen. Leichenfledderei! Vielleicht sogar noch Schlimmeres? Von dem soeben durchlebten Alptraum beflügelt, begann seine Phantasie ihm eine fiktive Vernehmung vorzugaukeln. »Perverse Wildsau, was hast du dir dabei gedacht, einem Toten ins Gesicht zu pinkeln? Und jetzt sag uns, warum du ihn umgebracht hast. Das Motiv, los, spuck es aus ...«

Er begann am ganzen Körper zu zittern, ihm wurde abwechselnd heiß und kalt. Er warf das Smartphone auf den Beifahrersitz, startete den Motor und fuhr los. Einen halben Kilometer und mehrere Dutzend Schlaglöcher weiter hatte er endlich den asphaltierten Weg erreicht, der zu dem verlassenen Bauernhof führte, den er vor Jahren zu einem gemütlichen Domizil umgebaut hatte. Noch nie hatte er sich nach seinem Zuhause so sehr gesehnt wie jetzt.

Punkt null Uhr dreißig stand der Mercedes unter dem Carport neben dem SUV, er selbst zehn Minuten später unter der Dusche.

1

Mittwoch, 5. Juni

Eugen Querlinger, Erster Kriminalhauptkommissar beim K1 der Ulmer Kripo, keuchte vor Anstrengung. Auf seinem linken Arm balancierte er zwei Sixpacks Mineralwasser der Marke »Luisenquelle«, während sich um seine rechte Hand die Griffschlaufe eines fünfzehn Kilo schweren, prall mit Kartoffeln gefüllten Netzsacks schlang. Bioware, festkochend, Sorte »Luise«. Der Name hat's in sich, dachte Querlinger seufzend und nahm die letzten Stufen in Angriff, die ihn noch von seiner Wohnung trennten, achtundvierzig hatte er bereits hinter sich. Luise, seine Frau, hatte ihm strengstens untersagt, den Aufzug zu benutzen. Er müsse auf seine Gesundheit schauen, Bewegung tue ihm gut, ein Mannsbild in seinem Alter mit eins achtundneunzig Körpergröße dürfe den BMI nicht ignorieren. Querlinger hasste den verdammten Body-Mass-Index mindestens so sehr wie die penetranten Belehrungen seines Chefs, Kriminaloberrat Dr. Moritz Fachinger. Unter dem Vorwand, ihm läge die Gesundheit seiner Mitarbeiter am Herzen, blies er in dasselbe bescheuerte Horn wie Luise. Vor zwei Jahren erst war der ursprünglich aus Dresden stammende Beamte, dessen bevorzugtes Getränk – wie konnte es anders sein? – Staatl. Fachingen still war, ins Schwäbische versetzt worden. Seit dem Gespräch zwischen Fachinger und Luise vor drei Tagen beim Betriebsausflug des K1 trieb den Ersten Kriminalhauptkommissar vor allem eine Sorge um: dass die ideologische Saat, die Moritz Fachinger in seiner Ehefrau gesät hatte, aufgehen und aus ihr eine zu allem entschlossene Aktivistin in Sachen »Gesunde Ernährung« machen könnte. Was dies in der Folge bedeuten würde – undenkbar!

»Hallo, Bärle.«

Schwer schnaufend, den Blick nach unten gerichtet, hatte Querlinger soeben die letzte Stufe genommen und nicht bemerkt, dass Luise bereits im Türrahmen stand und ihn erwartete. Ein Prachtweib. Nach wie vor. Blonde Kurzhaarfrisur, gut proportioniert, rundum hübsch, aber derzeit mit diesem vermaledeiten Fehler behaftet, der ihn gewaltig nervte.

»Gut, dass du endlich da bist. Ich muss die Kartoffeln aufsetzen, den Blumenkohl hab ich schon geputzt. Dazu gibt's panierte Tofuschnitzel.«

Das Verhängnis nimmt seinen Lauf. Ich bring dich um, Fachinger …

»Was schaust denn so grantig, Bärle?«

Pass auf, dass ich nicht zum Grizzly werd … »Ich schau nicht grantig, ich bin nur ein bissle k.o., Mäusle, die Treppen.«

»Dann is es ja gut, Bärle«, flötete Luise unschuldig, nahm ihm die Mineralwasser-Sixpacks ab und setzte nach: »Wirst schon sehen, das Wasser wird dir guttun. Nur Wasser, sonst nix. Der Fachinger sagt, zwei Liter Wasser täglich wirken lebensverlängernd.«

Um Himmels willen! Und sein tägliches Feierabendbier?

»Bier besteht zu neunzig Prozent aus Wasser«, ging Querlinger in die Offensive. »Und deswegen –«

»Biiier?«

Luise zog das Wort so angewidert in die Länge, als wäre allein schon der Gedanke daran etwas Ekelhaftes. Fehlte nur noch, dass sie ein »Pfui Teufel!« dranhängte.

Querlinger reichte es jetzt. Die Debatte mit Luise begann allmählich bizarre Züge anzunehmen. Wenn er jetzt klein beigäbe, würde er künftig vielleicht auf weitere existenzielle Bedürfnisse verzichten müssen. Womöglich auch auf seine über alles geliebten Erdnüsse. Eine diesbezügliche Andeutung hatte Luise bereits vor Tagen gemacht. Die Bemerkung, Erdnüsse hätten einen hohen Fettgehalt, hatte bei ihm die Alarmglocken schrillen lassen. Die Sucht Querlingers nach Erdnüssen war mit der eines Kettenrauchers nach Zigaretten vergleichbar. Undenkbar, dass er keinen ausreichenden Vorrat davon in der Jackentasche hatte – ungesalzen und möglichst frisch.

Er wollte gerade zu einem scharfen Plädoyer für mehr Toleranz sowohl in Sachen Nahrungsaufnahme als auch in der Ehe schlechthin ansetzen, als sein Handy rumorte. Er zog es aus der Gesäßtasche und sah aufs Display: Polizeihauptmeister Heinrich Heinerle, genannt Heini. Heini, ein sogenannter »Laufbahnwechsler«, der unbedingt zur Kripo wollte, war – nachdem er sich bei der Schutzpolizei bestens bewährt, einen Lehrgang gebucht und die interne Vorauswahl bestanden hatte – vor zweieinhalb Jahren zum K1 gestoßen. Trotz seiner achtunddreißig Jahre war er noch immer kein Kommissar. Was an diversen Prüfungen lag, die er um ein Haar bestanden und deswegen versaubeutelt hatte.

Querlinger seufzte und drückte die grüne Taste.

»Was gibt's denn, Heini, du weißt doch, ich hab heut meinen Freien. Der Bödele hat Bereitschaftsdienst! … Was, er hat sich schon wieder krankgemeldet? … Wie? Fuß verstaucht? Geht am Stock? Dann schick wenigstens Eulenburg schon mal hin und … Ach, die ist schon unterwegs? Sehr gut. Und die Spurensicherung? Ist der Hofzitzel schon da? … Was, warum nicht? Der müsste doch längst … Heini, wie oft hab ich dir schon gesagt … Ach, vergiss es. Ich bin in 'ner guten halben Stunde dort, und du rufst noch mal den Bödele an, den faulen Sack. Er soll gefälligst seinen Hintern in Bewegung setzen, sag ihm, die Krankmeldung kann er sich irgendwo hinschieben … Herrschaftszeiten, Heini, du musst mir richtig zuhören. Ich hab nicht gesagt, dass *du* der faule Sack bist. Ich hab den Bödele gemeint.«

Genervt legte Querlinger auf.

Luise furchte die Stirn.

»Lass uns halt erst essen, Bärle. So viel Zeit muss sein.«

»Nix da! Keine Zeit, Mäusle, tut mir schrecklich leid. Ich muss sofort weg. Ein Toter. In einem Wald zwischen Beimerstetten und Dornstadt. Kopfschuss, wie's aussieht.«

Querlinger griff in seine rechte Jackentasche nach den Erdnüssen. Im selben Moment verspürte auch er einen Kopfschuss. In Form einer Überlegung. Die Aussicht, den freien Tag einem Simulanten, der sich als Kollege ausgab, opfern zu müssen, erschien gar nicht mehr so düster. Am Ortsausgang von Dornstadt gab es nämlich die Gaststätte Zum Löwen. Ein Lokal so ganz nach seinem Herzen. Dort würde er nach Besichtigung des Leichenfundortes einkehren. Der Löwenwirt braute sein Bier noch selbst, servierte Kalbshaxe, Ochsenlende, Schweinskrusten- und Entenbraten und …

Ultimativ baute sich Luise vor ihm auf. Sie besaß die unheimliche Gabe, Gedanken lesen zu können.

»Also gut, ich wärm das Essen auf, wenn du kommst. Dass du mir nirgendwo anders isst. Diese Einkehreritis tut dir nicht gut.«

»Ja, ja, jetzt muss ich aber«, brummte Querlinger ungeduldig, dachte an den schnöden Verrat, den er im Löwen an seiner Frau zu begehen beabsichtigte, und nahm sich vor, ihr demnächst mal wieder einen Riesenblumenstrauß mitzubringen.

Mit einem »Also dann, bis später, Mäusle« wollte er gerade die Wohnung verlassen, als ein entschiedenes »Stopp!« Luises dies verhinderte.

»Schau doch mal, wie du aussiehst!«, rief sie.

»Wieso, was is'n?«, brummte Querlinger ungehalten und trat vor den Garderobenspiegel.

Die grau melierte Haarkranz-Frisur saß einwandfrei, auf dem Schädel gab's nichts zu kämmen, der schwarze, kurze gestutzte Schnauzer war zwar an den Rändern angegraut, sah aber so schmuck aus wie eh und je, die vollen Backen und das einziehbare Doppelkinn waren glatt rasiert, und die wuchtigen Augenbrauen hatte er sich von seinem türkischen Friseur erst vor zwei Wochen in Form trimmen lassen …

»Herrschaft, was willst du eigentlich, isch doch alles perfekt«, grantelte er.

»Schau halt mal an dir runter, fällt dir nix auf?«

Tat er, aber ihm fiel nix auf. Außer dass das Hemd ziemlich spannte, aber das war dem Alter geschuldet, dafür konnte er schließlich nichts.

»Dein Hosenschlitz steht offen. Menschenskind, Bärle, so was musst du doch merken.«

Hundsveregg, wie sollte man merken, dass einem der Hosenladen offen stand, wenn doch der Bauch das Blickfeld einschränkte.

13

»Wegen so einer Kleinigkeit machst du so ein saublödes Theater«, schimpfte der Erste Kriminalhauptkommissar und knöpfte sich den Hosenschlitz zu.

Was Luise mit einem resignierten »Männer!« kommentierte.

Mit einem »Jetzt muss ich aber wirklich, servus!« war Querlinger zur Tür raus, noch bevor Luise ein erneutes Veto einlegen konnte.

2

Schon von Weitem bemerkte der Kommissar die beiden Streifenwagen, ein weiteres Fahrzeug in Zivil sowie den Mercedes Sprinter der Spurensicherung. Sie parkten etwa zweihundert Meter abseits der Straße am Rand eines Waldes.

Querlinger verließ die Beimerstetter Straße und bog auf den holprigen Feldweg ein, der über Äcker und Wiesen bolzengerade auf das Waldstück zuführte.

Dort, wo der Weg in den Wald mündete, verwehrten Absperrbänder die Weiterfahrt. Außer einigen uniformierten Kollegen, die bei der Absperrung standen und ratschten, erblickte Querlinger beim Näherkommen fünf weitere Personen, die sich lebhaft gestikulierend unterhielten: Gaffer!

Querlinger stellte seinen Nissan Terrano direkt hinter dem Fahrzeug der Spurensicherung ab und stieg aus. Seine Rechte fuhr zur Jackentasche, ein paar Erdnüsse wechselten ihren Bestimmungsort. Die Kollegen grüßten freundlich, er grüßte zurück, man kannte sich. Einer der Gaffer trat mit wichtiger Miene an ihn heran.

»Woiß mer scho, wer's war? Zeit wär's endlich!«

Querlinger scannte den circa dreißigjährigen Fragesteller unter hochgezogenen Brauen. Gedrungene Statur, Segelohren, Glatze, Stirn und Kinn fliehend, wulstige Lippen, blaurote Schnapsnase. Anthropologisch betrachtet ein Homo alkoholiensis aus der Minimalhirn-Epoche, ohne Zweifel.

Obwohl bekennender Schwabe, unterhielt sich Querlinger überwiegend in Schriftdeutsch, sogar zu Hause, wenngleich natürlich mit schwäbischem Einschlag. Doch hin und wieder gab es Ausnahmesituationen, in denen der Urschwabe in ihm durchbrach …

»Ob mir scho wisset, wer's war? Freilich. Des isch wie beim Furzen. Der wo z'erscht frogt, wer's war, der war's.«

»Waas? Wollet Sie mich verarschen, Sie … Sie …«

»Was ›Sie‹? Passet *Sie* g'fälligscht auf Ihre Gosch auf, 's könnt teuer werden, gell. Wie heißen Sie überhaupt?«

»Plemberger, Johannes, isch mein Name. Des Stück Wald, wo die Leich liegt, des g'hört uns schon in der fünften Generation. Dass des klar isch, gell!«

Plemberger! Muss von »plemplem« kommen, überlegte Querlinger und sah im Geist die ehrfurchtgebietende Ahnengalerie des Plembergergeschlechts vor sich. Generationen von Frauen und Männern, Angehörige des Alkoholhochadels, die es irgendwie geschafft hatten, ihr Minimalhirn-Genom bis ins 21. Jahrhundert weiterzugeben …

»Ich muss heut noch liefern, drei Ster Holz. Der Wäg do muss schnellschtens wieder freigegebe werde«, unterbrach der Nachfahre der Plembergers die historischen Gedankenflüge des Kommissars.

»Was hier ›schnellstens‹ passiert, bestimme immer noch ich, gell«, beschied ihm dieser. »Ich führe die Ermittlungen. Und wenn ich sage, dass der Weg gesperrt bleibt, dann bleibt er das auch, und wenn's drei Tage dauert.«

»Was? Ja spinnet Sie? Ich verlier mein G'schäft, der Kunde wartet. Des isch doch immer wieder des Gleiche mit euch Beamten. Kein Verständnis für den kleinen Mann. Ich werd mich beschweren. Beim Kreisrat. Des isch mein Vetter.«

Querlinger wagte nicht, sich vorzustellen, was das für den Landkreis bedeutete. Ein Homo alkoholiensis als Kreisrat! Und als Kreislogo womöglich eine blaue Schnapsnase!

Er hatte die seine jedenfalls voll und beschloss, den Mann einfach stehen zu lassen.

Doch er hatte nicht mit der in zahlreichen Generationen erprobten heroischen Widerstandsmentalität der Plembergersippe gegen die Obrigkeit gerechnet.

Johannes Plemberger packte den Kommissar ziemlich unsanft am Arm und zeterte: »Wenn ich heut Nachmittag nicht in meinen Wald reinfahre und meine drei Ster Holz abhole kann, verklag ich Sie wegen Geschäftsschädigung.«

Hatte Querlinger der Situation bisher noch eine leicht humorige Seite abgewinnen können, war jetzt der Tropfen getropft, der das Fass zum Überlaufen brachte.

Er packte den Plembergerspross am Kragen, stieß ihn mit einem kräftigen »Jetzt reicht's aber, du Schofseggl« von sich und wandte sich an den uniformierten Beamten: »Herr Kollege Maier, wenn dieser Depp nicht in dreißig Sekunden verschwunden ist, wird er umgehend erkennungsdienstlich behandelt. Fingerabdrücke, Speichelprobe, das ganze Prozedere.«

Johannes Plemberger drehte sich auf der Stelle um und suchte das Weite. Die anderen vier Gaffer hatten sich schon vorher verzogen.

»Sagen Sie, Kollege, Eulenburg und Bödele, sind die schon da?«, wandte sich Querlinger erneut an den Polizeiobermeister.

»Der Bödele noch nicht, Herr Hauptkommissar. Frau von Eulenburg ist da drin bei der Leich«, der Beamte deutete mit dem Kopf zum Wald hin, »zusammen mit den Kollegen von der Spurensicherung und dem Dr. Brenner.«

»Ah, der Brenner. Ja, dann schau mer mal«, brummte Querlinger.

Dr. Elias Brenner war der Vertreter von Dr. Katrin Rothschild, die das Institut für Rechtsmedizin am Universitätsklinikum Ulm leitete; Querlinger verstand sich prächtig mit ihr. Allerdings befand sie sich derzeit auf einer längeren Vortragsreise. Dr. Brenner, ein langer, spindeldürrer Mensch mit Vollglatze und Nickelbrille, hatte sich geradezu darum gerissen, die Vertretung zu übernehmen. Mehr noch: Normalerweise verrichteten die Rechtsmediziner ihre Arbeit am Institut; an Tat- beziehungsweise an Fundorten tauchten sie nur selten auf. Dr. Brenner hingegen hatte darum gebeten, »von Anfang an involviert« zu werden, nur so könne er »wissenschaftlich korrekt arbeiten«. Querlinger konnte ihn nicht ausstehen. Was allerdings auf Gegenseitigkeit beruhte.

Ganz schön duster, schoss es dem Kommissar durch den Kopf, als er in den Wald trat. Etwa siebzig Meter weiter vorn, am Rand des Waldwegs, stachen ihm als Erstes die Spurensicherer ins Auge. In ihren weißen Schutzanzügen schienen sie im Halbdunkel des Waldes regelrecht zu leuchten.

Der Kommissar ging mit energischen Schritten auf die Gruppe zu und blieb bei einem mit der Nummer vier versehenen gelben Tatortschild stehen. Der Tote lag rechts des Weges neben einem Haselnussstrauch und war von Brenner und Hofzitzel bereits in Seitenlage gedreht worden. Was Querlinger einen leisen Schauder über den Rücken trieb, war die Tatsache, dass Hände und Beine mit Kabelbindern fixiert waren.

»Morgen zusammen. Kann ich näher kommen?«

»Tag, Chef. Ist alles gesichert, Sie können keine Spuren mehr verderben«, begrüßte Janine von Eulenburg ihren Vorgesetzten. Die Hauptkommissarin – achtunddreißig, brünett, Pferdeschwanz, hübsches Gesicht, wenn auch etwas voll – maß genau eins fünfundachtzig und besaß die Figur einer Diskuswerferin. In dem weißen Tyvek-Anzug unterschied sie sich äußerlich nicht von den Kriminaltechnikern und dem Rechtsmediziner.

»Hallo«, knurrte Dr. Brenner, der in Kopfhöhe des Toten auf einer Plastikplane kniete.

»Morgen, Herr Hauptkommissar«, grüßten die Kriminaltechniker, von denen jeder mit etwas anderem beschäftigt war, im Chor.

Nepomuk Hofzitzel, Leiter des Erkennungsdienstes, von den meisten kurz »Nepo« genannt, sah flüchtig auf und nickte ihm zu. Er war gerade dabei, einem schleimigen, ekelhaft aussehenden Brei, der etwa einen Meter vom Kopf der Leiche entfernt am Wegrand lag, mit einem löffelähnlichen Werkzeug eine Probe zu entnehmen, um sie in einen Asservatenbeutel gleiten zu lassen.

»Erbrochenes?«, fragte Querlinger und nahm das Paar Latexhandschuhe entgegen, das Eulenburg ihm reichte.

»Erbrochenes«, bestätigte Hofzitzel trocken.

»Von ihm?« Querlinger deutete mit dem Kopf in Richtung des Toten.

Hofzitzel schüttelte den Kopf. »So wie's aussieht, nicht. Keine Spuren von Erbrochenem an der Leiche, auch nicht im Gesicht oder im Mund. Dr. Brenner hat das schon geklärt. Dafür liegt der Mann mit dem Kopf in einer Urinpfütze. Etwas Urin fand ich auch in seinem Mund.«

»Urin? In seinem Mund? Pfui Teufel!«

»Ja. Ich habe eine Probe aus der Pfütze unter seinem Kopf und einen Abstrich aus seinem Mund genommen.«

»Eine Pfütze? Der Urin müsste doch im Boden versickert sein.«

»Der Boden ist an einigen Stellen mit Lehm durchsetzt. Da versickert nichts. Der Kopf des Opfers liegt in einer kleinen Lehmkuhle.«

»Weitere Erkenntnisse?«

Nepo nickte. »Aufgesetzter Kopfschuss; die Schmauch- und Brandspuren sind eindeutig. Kaliber neun Millimeter. Fundort ist zugleich auch Tatort. Wir haben sowohl die Patronenhülse als auch das Projektil. Steckte fast senkrecht im Boden, direkt unter der Austrittswunde. Wie du siehst, war der Mann gefesselt, als man ihn erschoss.«

»Er wurde regelrecht hingerichtet?«

»Exakt.«

»Was am meisten irritiert, ist die Urinpfütze, in der er mit dem Hinterkopf lag« meldete sich Eulenburg zu Wort. »Dr. Brenner ist der Meinung ...«

»Ich kann meine Meinung sehr wohl selbst kundtun, Frau Kommissarin«, ließ sich Brenner plötzlich vernehmen.

Janine von Eulenburg verdrehte die Augen und schwieg verärgert. Querlinger zwinkerte ihr verständnisinnig zu. Er ging in die Hocke und ließ sich Brenner gegenüber neben der Leiche nieder. Bei dem Opfer handelte es sich um einen etwa sechzigjährigen Mann, schlank, mittelgroß, volles, graues, gelocktes Haar. Das Projektil war direkt über der Nasenwurzel in die Stirn eingedrungen.

Querlinger beugte sich nah über den Kopf des Toten und roch daran.

»Tatsächlich, Urin. Das heißt, jemand hat ihm ins Gesicht gepinkelt?«, fragte er den Rechtsmediziner, der gerade dabei war, seine Siebensachen wieder zusammenzupacken. Weitere Einzelheiten würde eine Obduktion im Institut für Rechtsmedizin an der Uniklinik zutage fördern.

»Kann er ja wohl nicht selbst gemacht haben. Oder hätten Sie einen Vorschlag?«

Querlinger grinste. Die verbale Abreibung, die er Brenner vor Monaten verabreicht hatte, schien nachzuwirken, der Mann war immer noch stinksauer.

»Prä- oder postmortal?«, wollte Querlinger weiter wissen.

»Kann ich jetzt noch nicht genau sagen. Da müssen Sie sich gedulden, bis ich die Untersuchungen abgeschlossen habe.«

»Todeszeitpunkt?«

»*Ungefährer* Todeszeitpunkt«, korrigierte Dr. Brenner schulmeisterlich.

Blöder Hund, dachte Querlinger und besserte nach: »*Ungefährer* Todeszeitpunkt?«

»Vergangene Nacht, zwischen einundzwanzig und dreiundzwanzig Uhr.«

Querlinger sah auf seine Uhr: dreizehn Uhr fünfundzwanzig.

»Das heißt, der Mann ist zwischen vierzehn bis sechzehn Stunden tot«, resümierte er.

»Heureka! Mathematische Meisterleistung, Querlinger. Auch ein blindes Huhn findet mal ein Korn, nicht wahr, oder: Invenit interdum caeca gallina granum, wie ich als Lateiner zu sagen pflege«, lästerte Brenner mit der ihm eigenen schrillen Überheblichkeit, die schon ans Peinliche grenzte.

Querlinger musste erneut grinsen, der Mann hasste ihn ja richtiggehend. Er kramte fieberhaft in den verbliebenen Erinnerungen an das große Latinum, das er als Achtzehnjähriger mit Ach und Krach bestanden hatte.

»Sagen Sie, Brenner, kennen Sie eigentlich den Unterschied zwischen der Krawatte eines Pathologen und einem Kuhschwanz?«

Brenner erstarrte.

Querlinger hob den rechten Zeigefinger.

»Obscurate est cauda quae vaccam vorat … Der Kuhschwanz verdeckt das ganze … ähm … wie heißt das noch mal auf Latein, Brenner?«

Allgemeiner Heiterkeitsausbruch. Hüsteln, Räuspern, Glucksen.

»Sie ... das werden Sie bereuen«, zischte der Doktor. Er ließ das Schloss seines Koffers zuschnappen, sprang auf und stapfte wutschnaubend davon.

»Wow, Chef, wenn er sich dafür nicht mal ordentlich revanchiert«, meinte Eulenburg und grinste.

»Ich denk, ich werd's überleben. Aber gut, lassen wir das. Lässt sich schon was zu den Fuß- und Reifenabdrücken sagen?«

»Wie Sie wahrscheinlich selbst bemerkt haben, haben wir es mit zwei Fahrzeugen zu tun; Sohlenabdrücke gibt es von drei Personen. Davon gehört einer der Frau, die die Leiche gefunden hat; Schuhgröße 35 oder 36.«

»Eine Frau hat den Toten entdeckt?«

»Ja, ich sag gleich mehr dazu. Für uns dürften die Abdrücke der beiden anderen Personen relevant sein, vermutlich Schuhgröße 43 und 45.«

Querlinger runzelte die Stirn.

»Opfer und Täter?«

Janine von Eulenburg schüttelte den Kopf.

»Vom Opfer selbst gibt es keine Abdrücke. Wir haben uns seine Schuhe angesehen. Die Sohle weist ein völlig anderes Profil auf. Außerdem konnte das Opfer nicht gehen, es war gefesselt. Dafür sprechen auch die Schleifspuren, die wir gefunden haben.«

»Schleifspuren?«

Eulenburg nickte. »In Kombination mit den Fußabdrücken legen sie nahe, dass das Opfer nur von *einer* Person an den Platz verbracht wurde, an dem es getötet wurde. Die Spuren führen von hier ...«, Eulenburg zeigte auf ein Tatortschild, das die Nummer vier trug, wo sich ein Gewirr von Fußabdrücken um einen Reifenabdruck scharte, »nach hier.« Sie wies auf Schild Nummer fünf, die Stelle, wo der Tote lag. »Dieser Reifenabdruck«, sie wies erneut auf Nummer vier, »stammt höchstwahrscheinlich von dem Fahrzeug, in dem das Opfer transportiert wurde. Reifenprofil und Radstand nach zu urteilen ein Transporter, vielleicht auch ein größerer SUV, ich nenne es mal Fahrzeug X. Der Täter – ich geh mal davon aus, dass es sich um ihn handelt – ist hier aus dem Auto gestiegen, hat das Opfer, das zu diesem Zeitpunkt bereits gefesselt gewesen sein dürfte, ausgeladen und sich dann rückwärtsgehend fortbewegt, wobei er den Mann unter den Achseln gepackt und am Boden entlanggeschleift hat.«

»Was ist mit dem anderen Fahrzeug?«

»Hat definitiv hier angehalten«, schaltete sich Nepo wieder zu.

Er ging zu Schild Nummer sieben, das sich neben einem weiteren Reifenabdruck befand.

»Dieses Fahrzeug, ich nenne es Fahrzeug Y, wahrscheinlich 'ne größere Limousine, hat die Spur des SUV teilweise zerstört, was bedeutet …«

»… dass es später angekommen ist oder hinter dem ersten herfuhr, schon klar«, fiel Querlinger ihm ins Wort. »Dort hinten ist der Wald doch zu Ende. Mündet der Weg da nicht auf 'ne Straße? Habt ihr die Spuren weiterverfolgt?«

Querlinger zeigte südwärts; gut zweihundert Meter weiter, am Ende des Weges, gleißte helles Sonnenlicht.

Die Kommissarin nickte.

»Straße ist zu viel gesagt, mehr ein asphaltierter Weg. Links geht's nach Dornstadt und zur B 10, rechts zur Kreisstraße. Den Spuren nach dürften beide Fahrzeuge, nachdem sie wieder von hier aufgebrochen waren, in Richtung Kreisstraße abgebogen sein.«

»Sagten Sie nicht, die Leiche wurde von einer Frau entdeckt?«

»Ja. Heute Morgen kurz vor zehn, von einer Beerensammlerin. Magda Renz. Rentnerin, achtundsiebzig Jahre, wohnhaft in Dornstadt. Informiert worden sind wir um halb zwölf von den Kollegen des Postens Dornstadt.«

Querlinger massierte sein rechtes Ohrläppchen.

»Erst eineinhalb Stunden nachdem die Frau den Toten gefunden hatte?«

»Die Frau hatte kein Handy. Sie musste, nachdem sie die Leiche entdeckt hatte, erst wieder zurücklaufen zur Straße. Bis endlich ein Auto kam, das sie anhalten konnte, hat's gedauert; die Straße ist eher wenig frequentiert. Der Fahrer hat sie zum

Polizeiposten nach Dornstadt gebracht. Die Kollegen sind mit ihr hergefahren und haben uns dann angerufen. Inzwischen ist die Frau wieder zu Hause.«

»Habt ihr sie schon befragt?«

»Noch nicht. Wir haben sie gebeten, sich zur Verfügung zu halten.«

Querlinger nickte.

»Lässt sich bereits was zur Identität des Toten sagen?«

Die Hauptkommissarin zog ihr iPhone aus der Hosentasche und ließ die Finger wieselflink über das Display gleiten, was ihr einen bewundernden Blick vonseiten ihres Chefs eintrug. Es beeindruckte ihn immer wieder, wie virtuos sie mit dem Gerät umging, das sie auch als elektronischen Notizblock nutzte. Er selbst bevorzugte nach wie vor die steinzeitliche Notizblock- und Bleistiftvariante.

»Laut Personalausweis handelt es sich um einen gewissen Manfred Reuber, zweiundsechzig Jahre, wahrscheinlich verheiratet, wohnhaft in Ulm, Adresse: Mittlerer Kuhberg. Offenbar Berufsmusiker: Oboist beim Philharmonischen Orchester der Stadt Ulm«, dozierte die Kommissarin.

Querlinger hob überrascht eine Braue. »Oboist beim Philharmonischen Orchester?«

»Ja. Der Mann hatte neben seinem Personalausweis auch einen Ausweis dabei, der seine Orchesterzugehörigkeit dokumentierte. Beides führte er in seinem Geldbeutel mit. Und ein Foto, sein Hochzeitsbild. Hier.«

Querlinger öffnete den Geldbeutel. In einem der Scheinfächer ein Fünfzig-Euro-Schein, im Münzfach etwas Kleingeld. In weiteren Fächern: Personal- und Orchesterausweis sowie eine Bank Card. Das Hochzeitsbild steckte in einem Fach mit Klarsichtfolie; es erinnerte ihn an sein eigenes Hochzeitsfoto, das er in seinem Geldbeutel stets dabeihatte.

Querlinger zog das Bild heraus und betrachtete es genauer. Ja, das war der Tote. Ohne jeden Zweifel. Was auf dem Foto ins Auge fiel, war ein dunkles Muttermal auf der Stirn, direkt über der Nasenwurzel. An der Leiche war es nicht aufgefallen, da der Mörder durch das Mal hindurchgeschossen hatte. Glücklich lächelnd hielt der Oboist Manfred Reuber sein Gesicht eng an das seiner Braut geschmiegt. Eine hübsche blonde Frau im klassischen Hochzeitslook. Ziemlich jung allerdings. Sehr jung. Querlinger schätzte sie auf um die dreißig. Er drehte das Foto auf die Rückseite, auf der sich ein handschriftlicher Vermerk befand: »15. April 2015«, wahrscheinlich das Datum der Hochzeit.

Querlinger hob den Blick.

»Ich hab keinen Ehering an der Hand des Toten gesehen. Ihre Vermutung, dass er verheiratet gewesen sein muss, stützt sich auf dieses Bild?«, wandte er sich an Eulenburg.

»Ja, sehen Sie das anders?«

»Überhaupt nicht, der Mann ist Manfred Reuber, keine Frage. Außerdem gibt's eine Menge Leute, die keinen Ehering tragen. Können Sie mit Ihrem Smartphone mal 'n Foto von dem Foto schießen? Könnte für unsere Befragungen von Vorteil sein, wenn wir's dabeihaben.«

»Schon passiert, Chef, hier, sehen Sie.«

Eulenburg öffnete die Foto-App auf ihrem iPhone.

»Perfekt. Wie sieht's aus mit Vermisstenmeldungen?«

»Bis jetzt keine eingegangen. Ich hab nachgefragt.«

»Handy, Smartphone?«

Eulenburg schüttelte den Kopf.

»Nichts. Entweder er hatte von Haus aus keins dabei, oder aber sein Mörder hat es ihm abgenommen. Ach ja, dafür haben wir das gefunden, hätt ich fast vergessen. Steckte in seiner Jackeninnentasche.«

Eulenburg beugte sich zu einem aufgeklappten Aluköfferchen herunter und entnahm ihm einen Asservatenbeutel, in dem ein brauner Umschlag steckte, den sie Querlinger reichte. Der Kommissar öffnete ihn und zog ein etwa DIN-A5 großes Bild heraus, das einen Vogel zeigte: die Farbkopie eines Fotos oder ein Computerausdruck. Auf der Rückseite ein aufgeklebter Zettel in Scheckkartengröße, ebenfalls ein Computerausdruck. Er enthielt nur zwei gedruckte Zeilen in großer Schrift: »Keiner entgeht seiner Schuld. Gezeichnet: die Schwarze Henne«.

Querlinger furchte die Stirn.

»'ne Botschaft?«, fragte er.

Die Kommissarin zuckte mit der Schulter. »Steht zu vermuten.«

»Kennen Sie sich in Ornithologie aus, Eulenburg? Das ist doch nie und nimmer 'ne schwarze Henne, nicht mal 'ne weiße. Vielleicht 'ne Goldamsel?«

»Ich war zwar 'ne ziemliche Niete in Biologie, aber wenn das 'ne Goldamsel sein soll, bin ich Helene Fischer.«

»Also keine Goldamsel. Und wieso nicht?«, wollte Querlinger wissen.

»Mensch, Chef, schauen Sie sich den Vogel doch mal an, alles grau in grau, können Sie an dem auch nur eine Spur von Gold oder wenigstens 'n bisschen Gelb erkennen?«

Sie zückte erneut ihr iPhone. Querlinger wartete gespannt. Nur eine halbe Minute später hielt sie ihm das Display vor die Nase.

»Das hier, das ist 'ne Goldamsel.«

Verblüfft musterte der Kommissar das Bild, das seine Kommissarin gegoogelt hatte. Ein Vogel mit gelb schimmerndem Gefieder. »Goldamsel«, lautete die Bildunterschrift.

»Respekt, Frau Kollegin. Ich glaub, ich werde mir auch so 'n … Klugscheißertelefon anschaffen.« Querlinger besaß ein stinknormales Handy und hatte sich bis jetzt strikt geweigert, es gegen ein komfortables Smartphone einzutauschen.

Er konnte verdammt hartnäckig sein.

»Können Sie damit nicht rauskriegen, was das hier für ein Vogel ist?«

Janine von Eulenburg verdrehte die Augen und machte eine theatralische Verbeugung.

»Bitte um Vergebung, Eure Penetranz, aber ich kann nicht sämtliche Millionen von Vögeln hergoogeln, um mir ihre Konterfeis anzuschauen. Vorschlag: Ich scanne das Bild im Büro, und wir schicken es an einen Vogelkundler. Wäre die einfachste und sicherste Möglichkeit.«

Querlinger nickte. »Machen wir.«

Er zog sich die Einmalhandschuhe von den Händen und warf sie in einen bereitstehenden Plastikkorb, der der Entsorgung diente. Hier gab es für ihn nichts mehr zu tun.

Auch die Kollegen von der Spurensicherung hatten ihre Arbeit beendet.

»Also, wir wären dann so weit, Herr Hofzitzel«, wandte sich einer der Kriminaltechniker an seinen Chef.

Nepomuk Hofzitzel schloss seinen Utensilienkoffer.

»In Ordnung. Wer holt die Leiche ab?«

»Bestattungsdienst Unruh aus Ulm.«

Bestattungsdienst Unruh! Hofzitzel und Querlinger ließen ihre Brauen simultan nach oben schnellen. Eigentlich hatte man, wenn man tot war, Ruhe verdient …

»Sind die neu?«

Der Kriminaltechniker nickte. »Ich hab vor 'ner Dreiviertelstunde mit der Verwaltung telefoniert. Wir sollen diesmal die nehmen. Da kommen sie übrigens schon.«

Der Kriminaltechniker wies mit dem Kopf zum Weg hin. Zwei kräftige Männer in schwarzen Anzügen näherten sich mit einem Zinksarg. Sie würden die Leiche ins Labor der Rechtsmedizin bringen.

»Na, wenn die in der Verwaltung das meinen.« Hofzitzel griff nach seinem Alukoffer. »Wie sieht's mit dem Termin für die Lagebesprechung morgen Vormittag aus, Eugen?«

Querlinger dachte einen Augenblick nach. Morgen wäre nur die halbe Besetzung anwesend. Abgesehen von Guntram Bödele, den Heini offenbar nicht dazu hatte bewegen können, seinen Hintern hochzukriegen, fehlten noch Oberkommissar Bernd Zimmernagel und Hauptkommissar Armin Feigl. Beide waren im Urlaub und traten erst übermorgen wieder ihren Dienst an.

»Nicht morgen, übermorgen, Nepo. Dann ist meine Truppe wieder vollzählig.«

»Okay.«

»Wir beide«, Querlinger wandte sich an Eulenburg, »recherchieren derweil schon mal in seinem Umfeld.« Er nickte in Richtung des Getöteten. »Als Erstes schauen wir bei ihm zu Hause vorbei. Bei seiner Frau.«

»In Ordnung, Chef. Nehmen Sie mich mit? Mein Wagen steht vor der Dienststelle in Dornstadt.«

»Klar, aber zuerst geh'n wir was essen. Im Löwen!«

3

Zweieinhalb Stunden später standen Querlinger und Eulenburg vor einem schmiedeeisernen, kunstvoll mit Blattwerk, Drachen und anderen Fabelwesen verzierten Eingangstor. Es war in eine etwa mannshohe Mauer eingelassen, die sich um ein ausgedehntes Grundstück zog. Ein Villenanwesen.

Auf einer neben dem Tor angebrachten Metallplatte prangten in geschwungener Schrift zwei eingravierte Namen: »Professor Dr. phil., Dr. theol. Maria Rzcinski« und »Manfred Reuber, Oboist«. Neben jedem Namen ein Klingelknopf aus Messing.

Die Kommissarin klingelte bei Reuber.

»Ja bitte, Sie wünschen?«

Die beiden Kollegen traten erschrocken zurück. Die Stimme war aus unmittelbarer Nähe gekommen, direkt hinter der Mauer hervor. Ein tiefer Bass, der gleich darauf mit der elementaren Wucht eines seltenen Naturschauspiels ins Blickfeld der Beamten trat.

Eulenburg verschlug es die Sprache. Querlinger blieb schlichtweg die Spucke weg.

Die Frau, die da plötzlich vor ihnen stand, maß höchstens eins fünfzig. Allerdings im Quadrat, ein Ritter-Sport-Typ sozusagen. Extrem kurze Beine, kugelförmiger Kopf. Tief ins Fettpolster eingesunkene Sehschlitze, Stupsnase und knallrot geschminkter Schmollmund. Das Ganze gerahmt von einer pechschwarzen Pagenfrisur. Bekleidet war sie mit einem weißen Morgenmantel, als Gürtel diente ein Strick. Was der Erscheinung, die da vor ihnen stand, zusätzlich eine bizarr exotische Note verlieh, war die geschwungene Tabakspfeife, die ihr aus dem Mundwinkel hing.

»Sie wünschen?«, wiederholte die Frau finster grollend ihren Wunsch nach Aufklärung.

Querlinger fasste sich als Erster.

»Äh … Kripo Ulm, Eugen Querlinger, Hauptkommissar«,

stellte er sich hastig vor und wies in Richtung seiner Begleiterin. »Und das ist meine Kollegin, Hauptkommissarin Janine von Eulenburg.«

Simultan zückten beide ihren Dienstausweis.

»Verzeihen Sie, aber wir wollten zu Frau Reuber«, fügte Querlinger hinzu.

»Ich bin nicht Frau Reuber! Mein Name ist Maria Rzcinski«, stellte die Person mit dröhnender Klarheit und rollendem R fest.

»Das haben wir uns schon gedacht, Frau Professor Rzcinski. Aber Frau Reuber ist ja bestimmt –«

»Herr Reuber wohnt bei mir zur Miete.«

Der Kommissar seufzte. Ziemlich penetrant, diese doppelte Doktorin. Eine richtige Debatten-Domina.

»Ah ja, er wohnt bei Ihnen zur Miete. Seit wann?«

»Seit er vor drei Jahren nach Ulm kam, seit 2016.«

In diesem Moment ertönte ein Hahnenschrei. Maria Rzcinski vollzog eine halbe Drehung um die eigene Achse, griff in die Tasche ihres Morgenrocks und zog ein Handy heraus.

»Dzień dobry, tato«, sagte sie gleich darauf und begann sich mit dem Anrufer auf Polnisch zu unterhalten.

»Eigenartig. Sie hat nur von ihm gesprochen. *Er* habe eine Wohnung bei ihr gemietet. Kein Hinweis auf seine Ehefrau«, raunte Querlinger seiner Kommissarin zu.

Die nickte nachdenklich. »Ja. Komisch. Vielleicht leben sie getrennt«, murmelte sie.

»Das war mein betagter Vater, er wollte wissen, wie's mir geht.« Maria Rzcinskis rollender Bass meldete sich zurück. »Ich habe ihm gesagt, dass gerade zwei Kripobeamte am Tor stünden. Und dass ich nicht im Traum daran gedacht hätte, dass ich es mal mit der Kripo zu tun kriegen würde.« Ein schallendes Gelächter folgte.

»Frau Professor, wir wollen nicht zu Ihnen, sondern zu Frau Reuber«, stellte Querlinger in einem erneuten Anlauf klar, wurde jedoch sofort von dem harschen Professorinnen-Bass unterbrochen.

»Gehen wir ins Haus, folgen Sie mir!«

Ein Befehl. Widerspruch zwecklos. Maria Rzcinski drehte sich um und begann in Richtung der Villa über den Kiesweg zu schreiten.

»Pompöse Architektur, aber etwas heruntergekommen«, flüsterte Eulenburg ihrem Chef zu, als sie die wuchtige Treppe zum Eingangsportal hinaufstiegen.

Maria Rzcinski stieß die Tür auf. Sie durchschritten ein dämmriges, auffallend karg eingerichtetes Vestibül, ehe sie in einen Raum gelangten, den Querlinger bereits auf den ersten Blick als das Allerheiligste des Gebäudes identifizierte – die Bibliothek. Zwei Wände voller Regale bis unter die Decke, vollgestopft mit Büchern. Das restliche Interieur: Antiquitäten, ein Perserteppich und ein riesiges Gemälde an der Wand, offenbar die Darstellung einer antiken Schlachtszene.

Mit napoleonischer Geste wies Maria Rzcinski auf sechs Stühle, die sich um einen runden Tisch gruppierten.

»Setzen!«, befahl sie. Sie selbst blieb stehen.

»Brennnesseltee, Ziegenmilch, Ayram, Wasser?«

Querlinger versuchte sich zu erinnern, wann man ihn das letzte Mal genötigt hatte, sich ultimativ für ein Getränk zu entscheiden, das bei ihm Brechreiz auslöste.

»Danke, sehr liebenswürdig, Frau Professor, aber machen Sie sich keine Mühe. Wie gesagt, wir wollten eigentlich zur Frau Reuber.«

Nun erst setzte sich auch Rzcinski an den Tisch.

»Warum fragen Sie eigentlich immer nach Frau Reuber und nicht nach Herrn Reuber?«

Dem Kommissar reichte es jetzt.

»Ganz einfach. Es gibt etwas, was wir mit seiner Frau zu besprechen haben, nicht mit ihm«, sagte er barsch und fügte hinzu: »Und auch nicht mit Ihnen – klar?«

Professor Maria Rzcinski nahm zum ersten Mal die erkaltete Pfeife aus dem Mund und beugte sich über den Tisch weit nach vorne.

»Ich verstehe durchaus. Aber Sie müssen auch mich verstehen.

Herr Reuber war nicht verheiratet. War es noch nie gewesen. Klar?«

Querlingers Blick zuckte hilfesuchend zur Eulenburg. Die zog ihr Smartphone heraus und hielt der Professorin das Hochzeitsfoto vor die Nase.

»Wie erklären Sie sich dann das hier?«

Rzcinski musterte zuerst das Bild, dann ihre beiden Gäste. Ein unergründlicher Philosophenblick aus stahlblauen Augen traf den Kommissar und die Kommissarin.

»›Die Idee sitzt gleichsam als Brille auf unserer Nase, und was wir ansehen, sehen wir durch sie. Wir kommen gar nicht auf den Gedanken, sie abzunehmen‹«, deklamierte sie. »Ludwig Wittgenstein, österreichisch-britischer Philosoph.«

»Ach so«, entgegnete die Kommissarin. Gluckste, tat so, als müsste sie husten, und drehte den Kopf zur Seite.

Querlinger fand das Ganze absolut nicht zum Lachen. »Hören Sie, Frau Professor. Wir haben Sie nicht gebeten, uns Nachhilfeunterricht in Philosophie zu erteilen. Wir wollen unsere Arbeit machen. Sie sagten, er sei nicht verheiratet gewesen, aber dieses Foto …«

»… täuscht!«, unterbrach ihn Rzcinski in einem Ton, der so stählern klang, wie ihre Augen blitzten, und schlug mit der flachen Hand auf die Tischplatte. »Sie sind einer Täuschung aufgesessen. Sie sehen dieses Bild und entwickeln die Idee, er müsste verheiratet gewesen sein. Diese Brille sitzt gleichsam auf Ihrer Nase, und so kommen Sie nicht im Entferntesten auf den Gedanken, sie abzunehmen. Die Vorstellung, dass es ganz anders sein könnte – davon sind Sie Lichtjahre entfernt.«

Querlinger fühlte sich wie ein überprall mit Luft gefüllter Fahrradschlauch vor dem Platzen.

»Würden Sie dann … die Güte haben … uns über dieses Foto aufzuklären?«, stieß er mühsam hervor.

Rzcinski lehnte sich in ihren Stuhl zurück, in der Miene ein überhebliches Philosophinnenlächeln.

»Mein Mieter hatte einen Zwillingsbruder, Eberhard. Der war verheiratet. Er kam vor einem Jahr bei einem Unfall ums

Leben, zusammen mit seiner Frau. Manfred mochte seinen Bruder sehr. Und auch seine Schwägerin. Seit dem Unfall trägt er das Hochzeitsfoto seines Bruders ständig bei sich. In seinem Geldbeutel.«

Querlinger benötigte einige Sekunden, um diese Aussage zu verdauen, sein Blick glitt zur Eulenburg, der es ähnlich zu gehen schien. Da hatten sie sich ganz schön von einem Foto verscheißern lassen.

»Gibt es noch andere Verwandte?«, erkundigte sich Querlinger etwas kleinlaut.

Im selben Moment wurde ihm klar, dass man der Rzcinski reinen Wein einschenken musste.

»Die Sache ist nämlich die, Herr Reuber …«

»… ist tot! Er *muss* tot sein!«, fiel Rzcinski dem Kommissar ins Wort und fuhr fort: »Jetzt wundern Sie sich bestimmt, fragen sich, wie ich darauf komme, aber ich bin schließlich nicht auf den Kopf gefallen.«

Querlinger wunderte sich in der Tat. Die These, dass ihr Mieter das Zeitliche gesegnet hatte, war von ihr mit der Kaltschnäuzigkeit eines Terriers vorgebracht worden.

Er änderte kurzerhand seine Vernehmungstaktik.

»Sie glauben, er wäre tot? Wie kommen Sie darauf?«

»Ich bitte Sie, Herr Hauptkommissar, geben Sie nicht den Unbedarften. Wenn die Kripo vor einem steht, sich nach den Angehörigen des Mannes erkundigt, dem man die Wohnung vermietet hat, dann auch noch ein Foto herauszieht, welches dieser Mieter stets in seiner Geldbörse mit sich führte – dann kann es nur eine Erklärung geben: Der Mann wurde tot aufgefunden.«

Querlinger kratzte sich am Kopf.

»Na ja, er könnte ja … was weiß ich … auch betrunken randaliert und jemandem den Schädel eingeschlagen haben. Und jetzt sitzt er in Untersuchungshaft. Oder –«

»Niemals! Manfred trank keinen Alkohol. Nicht einen Tropfen.«

Manfred? Querlinger stutzte.

»Sie waren offenbar gut miteinander bekannt?«

Rzcinskis linker Zeigefinger schoss in die Höhe. Mit der Rechten nahm sie erneut die Pfeife aus dem Mund, um sie auf den Tisch zu legen.

»Jetzt haben Sie sich verraten. ›Waren‹! Imperfekt! Wusste ich's doch, er ist tot. Traurig, sehr traurig. Aber nur für die, die er hinterlässt. Für ihn selbst nicht. Denn wie sagt der Philosoph? ›So ist also der Tod – das schrecklichste der Übel – für uns ein Nichts: Solange wir da sind, ist er nicht da, und wenn er da ist, sind wir nicht mehr.‹ Epikur.«

Querlinger war es Jacke wie Hose, dass er sich soeben verraten hatte, und Epikur konnte ihn kreuzweise, er hatte die Schnauze endgültig voll.

»Sie werden mir jetzt«, seine Stimme klang wie Donnergrollen, das immer lauter wurde, »sofort und auf der Stelle sagen, in welchem Verhältnis Sie zu Ihrem Mieter standen. Haben wir uns verstanden?«

»Mensch, Chef, reißen Sie sich zusammen, das können Sie nicht bringen«, maßregelte Eulenburg flüsternd den Kommissar.

Rzcinski schien von dem Ausraster Querlingers tatsächlich beeindruckt zu sein, allerdings ohne vor ihm gänzlich einzuknicken.

»Wir waren befreundet, das ist alles.«

Querlinger, soeben noch ganz oben auf der Palme, begann wieder herunterzuklettern.

»Befreundet, aha!«, bemerkte er süffisant.

Wahrscheinlich eine Spur zu süffisant, denn Rzcinski ging sofort wieder in Kampfhahnposition.

»Moment! Nicht, was Sie jetzt denken«, ereiferte sie sich. Querlinger glaubte ein leichtes Vibrieren in ihrer Stimme wahrzunehmen. »Unsere Freundschaft war unbesudelt … bar jeglicher niederen Triebe … Rein platonischer Natur … Ich darf doch wohl annehmen, dass Plato wenigstens in diesem Zusammenhang ein Begriff für Sie ist?«

»Unbesudelt«. »Bar jeglicher niederen Triebe«. Der Verweis auf Plato. Dieses Vibrieren in ihrer Stimme. Erste Hinweise auf eine tiefergehende emotionale Bindung?

Querlinger beschloss, die Gunst des Augenblicks zu nutzen.

»Ich will Ihnen ja auch gar keine erotische Beziehung unterstellen. Aber Ihre Beteuerung, Sie seien mit Herrn Reuber befreundet gewesen, klingt doch recht lächerlich. Dafür nehmen Sie seinen Tod nämlich ziemlich gleichgültig zur Kenntnis. Um es deutlicher auszudrücken, es scheint Ihnen scheißegal zu sein.«

Das war der richtige Ton. Scharf und provokant.

»Was erlauben Sie sich? Wie sprechen Sie mit mir? Nur weil ich nicht gleich in Tränen ausbreche, glauben Sie, sein Tod sei mir egal? Ich habe mit Mani –«

Rzcinski schlug unwillkürlich die Hand vor den Mund.

Der »Mani« sprach natürlich Bände!

»Sie haben mit ›Manis‹ Ableben gerechnet. Das war es doch, was Sie gerade sagen wollten, stimmt's?«, provozierte Querlinger weiter.

Ein Schuss ins Schwarze! Volltreffer!

»Das ist infam! Ich werde mich über Sie beschweren. Mir zu unterstellen, dass ich an seinem Tod Interesse gehabt hätte! Fehlt nur noch, dass Sie mich des Mordes an ihm bezichtigen.«

»Jetzt hören Sie mir mal genau zu, werte Frau Professor. Ich bezichtige niemanden. Aber es muss Ihnen doch verdammt noch mal klar sein, dass Ihr Verhalten Sie verdächtig macht. Sollten Sie weiterhin ihren rhetorisch-philosophischen Zickzackkurs fahren und sich weigern, klare Aussagen über ihr Verhältnis zu Manfred Reuber zu machen, werden wir andere Saiten aufziehen müssen.«

»Was zur Folge hätte, dass wir eine Hausdurchsuchung bei Ihnen durchführen müssten. Einen Durchsuchungsbeschluss kriegen wir schnell. Sie können sich bestimmt gut vorstellen, wie es nach einer solchen Durchsuchung aussieht – ich meine, so ordentlich, wie Sie's hier haben?« Es war dieser lakonische Kommentar Eulenburgs, der die Situation von Grund auf umkrempelte. Auch wenn die Aussage rein juristisch natürlich völliger Blödsinn war.

Die Professorin kapitulierte. Allerdings auf ihre Weise. Was jegliche Panik und alles, was auch nur im Entferntesten nach Unterwerfung roch, kategorisch ausschloss.

Sie ließ sich in den Stuhl plumpsen und steckte die inzwischen erkaltete Pfeife wieder zwischen die Zähne. Ließ das Feuerzeug klicken, paffte ein paarmal und entließ eine ziemliche Menge karzinogener Substanzen in die Umwelt. Kreuzte die Hände auf der Tischplatte und sagte dumpf: »Also gut, wir hatten eine Beziehung, ja. Und wir haben uns geliebt. Hin und wieder auch recht intensiv, wenn Sie wissen, was ich meine.«

Ach, du grüne Neune, dachte Eulenburg.

Na also, wusste ich's doch, dachte der Kommissar.

Er setzte sich wieder, zog seinen Notizblock aus der Jackentasche und zückte den Bleistift.

»Sie haben uns also vorhin nicht die Wahrheit gesagt. Aber gut, lassen wir das. Ich würde sagen, wir fangen noch mal ganz von vorne an. Wann haben Sie Herrn Reuber zum letzten Mal gesehen?«

»Letzte Woche, Donnerstag.«

Den Bleistift in der Rechten, erstarrte Querlinger wie eine der Figuren in Dornröschen.

»Was sagten Sie eben?«

»Ich sagte letzte Woche Donnerstag. Da habe ich ihn zum letzten Mal gesehen. Das war es doch, was Sie wissen wollten, oder?«

»Und damit rücken Sie erst jetzt heraus?«

»Sie haben ja auch jetzt erst danach gefragt.«

Ruhig, Eugen, ganz ruhig. Tief durchatmen …

»Wann genau am vergangenen Donnerstag haben Sie ihn zum letzten Mal gesehen?«

»Gegen neun Uhr ging er aus dem Haus. Er verabschiedete sich von mir, wie er es immer tat.«

»Was heißt: wie immer?«

»Er küsste mich leidenschaftlich und sagte: ›Bis heute Abend, mein Schatz. Zieh heute das Blaue an.‹«

»Ähm …«

»Er meinte das blaue Negligé.«

Querlinger bemühte sich, seiner Miene nicht das geringste Zucken zu gestatten.

»Er verabschiedete sich also gegen neun. Ging er jeden Tag um neun aus dem Haus?«

»Ja. Vormittags machte er diverse Erledigungen, nachmittags besuchte er seine Schüler. Außer an den Tagen, an denen er mit dem Orchester probte.«

»Er besuchte seine Schüler?«

»Er gab privaten Musikunterricht. Für Kinder betuchter Eltern. Oboe, Flöte, Klarinette.«

»Laut Ihrer Aussage wollte er abends wieder zurück sein. Was offensichtlich nicht der Fall war, nachdem Sie ihn ja gegen neun Uhr morgens, als er das Haus verließ, das letzte Mal gesehen haben. So weit richtig?«

Nicken. Paffen. Ausstoß weiterer Emissionen in die Raumluft.

»Er kam nicht nur an jenem Tag nicht zurück, sondern überhaupt nicht mehr. Auch richtig?«

Nicken.

»Und weshalb nicht? Was war der Grund, dass er wegblieb?«

»Ich habe ihn auf dem Handy angerufen und ihm gesagt, dass, wenn er es wagen sollte, ins Haus zurückzukehren, er mit einer drakonischen Konsequenz zu rechnen habe.«

Rzcinskis Stimme bebte vor Zorn, die Pfeife im Mundwinkel bebte solidarisch mit.

Und ohne dass der völlig überraschte Kommissar nachhaken musste, kam die Erklärung diesmal wie von selbst.

»Er war schon etwa eine Stunde weg, als ich nach oben ging, um Blumen zu gießen. Da bemerkte ich einen Umschlag auf der Treppe, einen ziemlich dicken DIN-A5-Umschlag. Mani musste ihn verloren haben. Er war unverschlossen, aber ich merkte, dass da etwas drinsteckte. Ich nahm ihn mit nach unten, setzte mich an meinen Schreibtisch und öffnete ihn. Er enthielt einen handgeschriebenen Brief, der mir die Augen öffnete.«

Die Stimme von Rzcinski zitterte, ehrliche Entrüstung stempelte kleine rote Flecken in ihr Gesicht, die sie aussehen ließen, als ob sie Masern hätte.

Querlinger wartete. Die Professorin paffte. Wühlte im Sumpf der Erinnerungen an den ominösen Brief.

»Er öffnete Ihnen also die Augen. Inwie–«

»Unterbrechen Sie mich nicht ständig!«

Der Kommissar spürte, wie ihm heiß wurde, und er fragte sich, ob Empörungsmasern ansteckend waren.

Rzcinski nahm die Pfeife aus dem Mund.

»Der Brief war an eine Frau gerichtet und strotzte nur so von Schweinereien und heißen Liebesschwüren. Da wusste ich, dass er ein falsches Spiel mit mir trieb und sein Interesse an der Philosophie und der Theologie nur vorgetäuscht war. Und natürlich auch an meinem Körper.«

»Können wir diesen Brief mal sehen?«

Rzcinski schüttelte ihren Pagenkopf.

»Ich habe ihn zerrissen und im Garten in alle Winde zerstreut.«

»Sie sagten, der Brief sei an eine Frau gerichtet gewesen. Wissen Sie, wie die Dame hieß?«

Dröhnendes Lachen.

»Daaame?«

»Na gut, dann eben … Frau. Name, Adresse?«, lenkte Querlinger beschwichtigend ein.

»Weiß ich nicht, der Brief enthielt weder Name noch Adresse, nur eine Anrede. Vielleicht wollte er den Umschlag erst noch beschriften und ihn dann mit der Post abschicken. Ich nehme an, dass sie eine Orchesterkollegin von ihm war.«

»Wie kommen Sie darauf?«

»In dem Brief nannte er sie …« Rzcinski setzte eine Pause, holte tief Luft und schnaubte. »Mein kleiner Flötenkolibri.«

»Flötenkolibri«, notierte Querlinger in sein Notizbuch und fragte sich, auf welche ornithologischen Absurditäten er in diesem Fall noch stoßen würde. »Flötenkolibri«, googelte Janine von Eulenburg, die flugs ihr Smartphone herausgezogen und vor lauter unterdrücktem Glucksen einen hochroten Kopf bekommen hatte.

Der Kommissar wechselte das Thema.

»Sie sagten vorhin, Sie hätten ihn auf seinem Handy angerufen. Können Sie uns die Nummer geben?«

Das war eine wichtige Frage, schließlich war weder bei dem Toten selbst noch am Tatort ein Handy gefunden worden.

Rzcinski nannte eine Nummer, die Querlinger und Eulenburg sich sofort notierten. Vorausgesetzt, es war nicht zerstört oder durch Entfernen des Akkus stumm gemacht worden, ließ sich das Gerät vielleicht noch orten, anhand der Nummer würden sich beim Provider zumindest die letzten Kontakte abfragen lassen.

»Okay, kommen wir noch mal auf letzten Donnerstag zurück«, wechselte der Kommissar erneut das Thema. »Sie finden also den Brief, lesen ihn, rufen Herrn Reuber auf seinem Handy an und teilen ihm mit, er brauche nicht mehr nach Hause zu kommen. Richtig so weit?«

Die Professorin nickte.

»Gut – wie reagierte er?«

»Zuerst völlig überrascht. Er fragte, was das solle. Ich habe ihm gesagt, das wisse er doch ganz genau. Er sagte: ›Nein, was ist denn passiert, Brummerchen, was …?‹«

»Brummerchen?«, hakte der Kommissar nach.

Maria Rzcinski errötete.

»So … so nannte er mich mit Kosenamen, ja.«

Querlinger rutschte auf seinem Stuhl leicht nach vorn und drehte sich, um seine Kollegin endlich aus dem Blickwinkel zu kriegen.

»Er sagte … er äußerte also sein Unverständnis und fragte, was passiert sei. Weiter?«

»Ich habe ihm bildlich geantwortet, gewissermaßen gleichnishaft.«

»Gleichnishaft?«

»Ich habe zu ihm gesagt: ›Auf meiner Schulter sitzt ein Flötenkolibri und zwitschert.‹ Das muss ihn völlig verstört haben. Er schrie ›Oh Mist!‹ und legte auf. Es war das Letzte, was ich von ihm gehört habe.«

»Er hat sich danach überhaupt nicht mehr gerührt?«

»Nein.«

»Und Sie? Haben Sie nicht versucht, ihn noch mal zu erreichen?«

»Nein.«

»Fassen wir zusammen. Vergangenen Donnerstag werfen Sie Herrn Reuber per Telefonanruf quasi aus der Wohnung. Seitdem hat er das Haus nicht mehr betreten. Es gab auch keinerlei Kontakt mehr zwischen Ihnen. Korrekt?«

»Korrekt.«

»Aber irgendwo muss er sich ja aufgehalten haben. Wo?«

»Was weiß ich. Vielleicht bei seinem Flötenkolibri?«

Querlinger kam auf seine eingangs gestellte Frage zurück.

»Hatte er Verwandte?«

»Zu einer Tante hatte er hin und wieder Kontakt. Sie wohnt im Schwarzwald. Von anderen Verwandten weiß ich nichts. Zu seinem Bruder und zu seiner Schwägerin pflegte er ein sehr enges Verhältnis. Aber die kamen bei einem Verkehrsunfall ums Leben, wie ich Ihnen bereits sagte.«

»Freunde, Bekannte, Kollegen? Fällt Ihnen da was Konkretes ein? Personen, bei denen er sich in den vergangenen Tagen hätte aufhalten können?«

»Außer seinen Musikerkollegen niemand.«

»Sie sagten, er habe Musikunterricht erteilt. Können Sie zu diesem Umfeld nähere Angaben machen?«

»Nein.«

Der Kommissar klappte den Block zu und steckte den Bleistift in die Jackentasche.

»Wir dürfen Sie jetzt bitten, uns die Wohnung von Manfred Reuber zu zeigen.«

Rzcinski sprang wie von der Tarantel gestochen vom Stuhl und klappte entrüstet den Mund auf.

»Keine Widerrede, sonst muss ich Sie wegen Widerstands gegen die Staatsgewalt festnehmen!«, fuhr Querlinger sie an.

Was natürlich komplett an den Haaren herbeigezogen war, aber unmittelbar Wirkung zeigte. Knapp drei Minuten später standen er und Eulenburg in der Wohnung im Dachgeschoss, wo sie mit der Inspektion des Arbeits- und des Wohnzimmers begannen. Resultat: gleich null.

Querlinger hatte gehofft, Unterlagen sicherstellen zu können, die raschen Aufschluss über die Gewohnheiten Reubers, seine sozialen Kontakte und anderes zu geben vermochten, wozu vor allem sein Computer gehört hätte, wurde jedoch enttäuscht. Darauf angesprochen, gab Rzcinski an, Manfred Reuber habe nur über einen Laptop und ein Smartphone verfügt. Theoretisch bestand die Möglichkeit, Reubers Provider aufzufordern, dessen IP-Adressen zur Verfügung zu stellen, um in der Folge seinen E-Mail-Verkehr nachvollziehen zu können. Aber ob sie dafür die staatsanwaltliche Genehmigung erhalten würden, müsste man abwarten.

Sie nahmen sich des Schlafzimmers an, auch hier, wie schon die ganze Zeit über, von Rzcinski überwacht, die mit Argus-Sehschlitzen die Durchsuchungsaktion verfolgte. Querlinger war mit seinem Part der Durchsuchung gerade zu Ende gekommen, als Eulenburg ein triumphierendes »Aha« ausstieß. Beuteschrei!

Der Kommissar sprang aufgeregt an ihre Seite. Was er sah, trieb ihm vor Rührung fast die Tränen in die Augen. In einer Schublade in Reubers altmodischem Nachtkästchen war die Kommissarin doch tatsächlich auf ein Adressbuch gestoßen. Kein digitales, bewahre, nein! – eines mit richtigen Papierseiten sowie einem Register mit Namen, Adressen und Telefonnummern. Querlinger begann zu blättern.

»Geht halt nix über analoge Alternativen zum elektronischen Notizblock, gell«, bemerkte er andächtig.

»Ist was für Heini«, murmelte Eulenburg.

Querlinger nickte. Wenn es nämlich jemanden gab, der ein echtes Ass darin war, fremden Leuten am Telefon Informationen jedweder Art aus der Nase zu ziehen, dann war das Heinrich Heinerle. Querlinger würde ihn beauftragen, sämtliche Nummern abzutelefonieren. Auf den letzten beiden Seiten des Adressbuches entdeckte er eine Liste mit Einträgen, die sich von den anderen unterschieden. Hinter jedem von ihnen standen der Name eines der drei Blasinstrumente, die Rzcinski ihm benannt hatte, sowie Tages- und Uhrzeitangaben, offensichtlich eine Liste der Schüler, die bei ihm privaten Musikunterricht genossen hatten. Insgesamt zwölf Einträge.

»Danke, das war's fürs Erste«, wandte sich der Kommissar an die Professorin. »Wir werden jetzt einen Kollegen herbitten, damit er die Wohnung versiegelt. Sie dürfen sie bis zur Entsiegelung nicht betreten und haben uns sämtliche Schlüssel auszuhändigen.«

Bereits zehn Minuten später erschien der Kollege, fünf weitere Minuten danach waren sämtliche Eingänge zur Dachwohnung Reubers entsprechend versiegelt und der Kollege wieder verschwunden.

Rzcinski hatte die ganze Zeit über geschwiegen.

Selbst als die beiden Kriminalbeamten in ihrer Begleitung das Haus wieder verließen und über den gekiesten Weg zum schmiedeeisernen Tor schritten, blieb sie stumm.

Bis zu dem Augenblick, als sich Querlinger und Eulenburg von ihr verabschiedeten.

»Werden Sie den Mörder finden?«, fragte sie und rollte das R zum Abschied noch mal ganz besonders intensiv.

Querlinger zuckte die Schulter. »Ich hoffe es doch.«

Die Professorin hob den rechten Zeigefinger. Was dem Kommissar und der Kommissarin signalisierte, dass sie sich auf ein abschließendes Zitat einzustellen hatten.

»›Hoffnung ist der Vogel, der singt, wenn die Nacht noch dunkel ist‹«, sprach die Theologin und Philosophin Professor Dr. Dr. Maria Rzcinski, drehte sich um und schwebte gravitätisch den Weg zurück zum Haus.

»Ich glaub, heut ist der Tag der Vögel«, ironisierte Querlinger auf dem Weg zum Auto und kramte nach seinen Erdnüssen. »Eine schwarze Henne, ein Flötenkolibri und der Vogel der Hoffnung. Verrückt. Das glaubt uns keiner.« Plötzlich blieb er stehen. »Aber wer das mit dem Hoffnungsvogel gesagt hat, hat sie uns verschwiegen.«

Janine von Eulenburg sah ihren Chef mit der Überheblichkeit einer Lehrerin an, die ihrem strohdummen Schüler zum x-ten Mal den einfachsten Sachverhalt der Welt erklären muss. »Rabindranath Tagore, bengalischer Philosoph und Dichter. 1861 bis 1941. Literaturnobelpreisträger von 1913.«

Heftiges Husten aufseiten Querlingers, der sich an seinen Erd-nüssen verschluckt hatte.

»Wie … was … woher …?«, krächzte er heiser.

Eulenburg verdrehte arrogant die Augen. »Aber Chef, so was weiß man doch. Allgemeinbildung!«

4

Donnerstag, 6. Juni

Am nächsten Tag machte Querlinger auf dem Weg zur Kriminalpolizeidirektion in der Lindenstraße 1, wo sich sein Arbeitsplatz
befand, eine folgenschwere Beobachtung. Soeben hatte er seinen
Wagen in der Dreiköniggasse abgestellt, um sich in der Fuß-
gängerzone bei der »Obstliesl«, einem winzigen Laden unweit
des Münsters, seine tägliche Ration Erdnüsse zu besorgen, da
bemerkte er Guntram Bödele.

Keine zwanzig Meter vor ihm bewegte sich der flachsblonde
Oberkommissar mit der Helmut-Schmidt-Frisur in Richtung
seines Lieblingscafés Zum Türken. Und wie er sich bewegte:
federnde, weit ausladende Schritte, den Krückstock wie ein Ge-
wehr geschultert. Interessant, wie schnell man genesen konnte,
hatte man nur das richtige Ziel vor Augen: einen exzellenten
Cappuccino, serviert von einer vollbusigen Blondine, deren atem-
beraubendes Dekolleté sich beim Servieren besonders tief zu den
Gästen hinunterbeugte. Simulantensau, dachte der Kommissar
und wartete, bis sein Mitarbeiter im Türken verschwunden war.
Erst dann ging er weiter.

Gegen drei viertel acht betrat er das Gebäude, in dem seine
Dienststelle untergebracht war. Als er den Flur erreichte, auf dem
sein Büro lag, hörte er plötzlich Geräusche. Sie drangen aus dem
Zimmer, das sich Polizeihauptmeister Heinrich Heinerle und die
im Urlaub befindlichen Kommissare Feigl und Zimmernagel
miteinander teilten, die Tür war nur angelehnt.

Querlinger blieb stehen.

»Ja, verreck, des gibt's doch nicht, des gibt's einfach nicht, bin
ich denn blöd?«

Querlinger musste grinsen. Heinerle in ein verzweifeltes
Selbstgespräch vertieft? Er trat näher an die Tür heran.

»Hergolessnomol! Lieb's Herrgöttle von Biberach, mach,

dass ich den Scheißbrief halt endlich find. Was soll ich denn sonst bloß machen?«

Der Kommissar öffnete die Tür einen Spaltbreit und spähte hinein.

»Was gibt's, Heini? Probleme?«

Heinerle, der gerade mit dem Hintern zur Tür über seinen Papierkorb gebückt stand, fuhr wie von der Tarantel gestochen hoch und drehte sich um.

»Ho… hoi, Chef, sch… schon so früh auf? I… ich such b… bloß was.«

»Ja, das seh ich. Aber was?«

»W… weiß auch nicht.«

»Aha. Also wenn ich nach was suchen würd, aber nicht wüsst, wonach, würd ich's auch nicht finden«, grinste Querlinger und ging in sein Büro.

Kaum hatte er hinter seinem Schreibtisch Platz genommen, klopfte es an der Tür.

»Ja?«

Heinerle trat ein. Arme hinter dem Rücken, den Blick zu Boden gerichtet. Anschisserwartungshaltung.

»Ich hab's g'funden.« Seine Stimme klang belegt.

Querlinger hob die Brauen.

»Aha, du hast es also gefunden. Darf man fragen, was?«

Heinerle räusperte sich.

»Ja, also das war so. Beziehungsweise … ich mein …«

»Herrschaft, Heini, drucks nicht so rum, sag halt, was is'n los?«

»Also gut, Chef. Gestern, da war doch das mit dem Mord … ich mein, die Leich im Beimerwald. Das Bild von dem Vogel, also das Bild mit der Notiz auf der Rückseite, diese Bemerkung mit der Schwarzen Henne. Ich … ich wollt's dir gestern schon sagen, aber … also der Vogel auf dem Bild, des ihr bei der Leich g'funden habt – das ist ein Kuckuck!«

Verdutzt musterte Querlinger seinen Kollegen.

»Ah, ein Kuckuck. Interessant. Wenn du dir da sicher bist, brauchen wir wenigstens keinen Ornithologen mehr einzuschalten. Das ist es also, was du *gefunden* hast?«

»Äh, ja … des heißt nein … Ich … ich wollt dir noch was anderes sagen.«

»Kruzitürken, Heini, dann sag's halt endlich. Ich hab heut noch einiges zu tun.«

Mit drei hastigen Schritten trat Heinerle ganz nah an den Schreibtisch seines Chefs heran, ließ seine Rechte nach vorn schnellen und legte einen zerrissenen und mit Tesafilm zusammengeflickten Umschlag sowie einen zerknüllten, aber wieder geglätteten Zettel vor ihn hin.

»Des hier kam vor zwei Tagen mit der Post«, flüsterte er mit erstickter Stimme.

Etwas ratlos nahm Querlinger den Zettel in die Hand. Es war ein Computerausdruck. Mit einem Text, der es in sich hatte: »Der Kuckuck hallt, der Kuckuck schallt; verrecken soll er im Beimerwald. Es grüßt: die Schwarze Henne«.

Mit der Behändigkeit eines Raubtiers, das zum Beutesprung ansetzt, schoss Querlinger vom Stuhl hoch.

»Vor zwei Tagen schon? Ja geht's noch, und du bringst mir den Wisch erst jetzt?«, japste er.

Heinerle trat die drei Schritte vom Schreibtisch schleunigst wieder zurück.

»Ja, ich … ich hab den Wisch in den Papierkorb geschmissen, ich … ich hab gedacht … da erlaubt sich so ein Rindvieh einen saublöden Scherz. Ich … ich konnt ja nicht wissen, dass der verreckte Schreiber von dem Brief des mit dem Scheiß-Kuckuck ernst meint.«

»Menschenskind, Heini, bist du wahnsinnig? Du unterschlägst Beweismaterial?«

Wenn Querlinger brüllte, was nicht oft vorkam, lief gewöhnlich das halbe Stockwerk zusammen. Diesmal war es glücklicherweise nur Angie Braun. Die Enddreißigerin war die Sekretärin im Kommissariat. Eine Hannoveranerin. Zierlich, stylisch, kecke Bobfrisur (blondiert mit violetten Strähnen), hübsches Gesicht und vollendete Proportionen. Obwohl rein äußerlich die perfekte Inkarnation weiblicher Zartheit, konnte sie richtig tough sein.

Querlinger ignorierte ihre Anwesenheit.

»Weißt du, was das hier heißt?«, brüllte er weiter und fuchtelte mit dem Zettel herum. »Der Mörder hat seine Tat angekündigt. Das hier«, der Zettel knatterte in seiner Hand, »ist vielleicht der Beweis, dass das Opfer einige Tage, bevor es ermordet wurde, bereits in der Gewalt seines Mörders war. Ist dir klar, dass das einen völlig neuen Ansatzpunkt für die Ermittlungen ergibt?«

»I… is mir klar. A… aber Hergoless, was soll ich denn jetzt machen?«

»Was soll ich machen, was soll ich machen?«, äffte der Kommissar den Polizeihauptmeister nach. »Nix. Der Käs ist gegessen, aber was glaubst du, wie uns der Fachinger den Marsch bläst, wenn der von dieser Sauerei erfährt?«

»Ist ja gut, ist ja gut, kommen Sie mal wieder runter, Chef. Sauerei is ja wohl übertrieben. Die Suppe wird nicht so heiß gegessen, wie sie gekocht wird«, mischte sich Angie Braun jetzt ein.

»Das ist keine Suppe, das ist ein Mordfall, und der wird immer heiß gegessen«, konterte Querlinger wütend.

Angie ließ sich nicht beirren. »Lassen Sie die Mordfall-Suppe doch erst mal ein bisschen abkühlen, Chef. Selbst ein Fachinger muss begreifen, dass der Wisch noch vor drei Tagen nicht mehr als ein Wisch war. Erst das Auffinden der Leiche verleiht ihm Bedeutung. Vorher hätten wir eh nichts damit anfangen können, oder hätten Sie vor drei Tagen nach einem Verrückten fahnden lassen, der sich ›die Schwarze Henne‹ nennt, bloß weil Heini diesen dämlichen Briefumschlag im Postkasten gefunden hat?«

So gesehen hatte sie natürlich recht. Querlinger sah sich den Zettel und die Botschaft genauer an. Die Ankündigung des Mordes in Form eines makabren Verses. Reim und Rhythmus kamen ihm irgendwie bekannt vor, auch wenn er momentan nicht sagen konnte, weshalb. Es war handelsübliches Druckerpapier, der Text war verhältnismäßig groß, der Verfasser hatte eine dekorative Schrifttype gewählt. Der Poststempel auf dem Umschlag trug das Datum vom 3. Juni 2019.

Der Kommissar zuckte die Achsel. Blieb abzuwarten, was die Spurensicherung herausbekäme. Vielleicht ergab sich ja schon ein erster Hinweis, wenn sie die vorhandenen Fingerabdrücke durchs System laufen ließen.

Er sah kurz auf.

»Gib das Ganze an die Spusi. Aber bitte nicht erst in drei Tagen«, brummte er und reichte Umschlag samt Inhalt an Heinerle zurück.

Kaum dass Heini den Raum verlassen hatte, erhielt Querlinger einen Anruf vom Leiter der Spurensicherung.

»Das Labor der Gerichtsmedizin hat mir soeben die Zusammensetzung der Speisereste mitgeteilt, die wir neben der Leiche gefunden haben«, berichtete Nepomuk Hofzitzel.

»Du redest von dem Erbrochenen?«, vergewisserte sich Querlinger kauend; er hatte soeben ein paar Erdnüsse eingeworfen.

»Exakt.«

»Das ging ja flugs. Und?«

Hofzitzel legte eine Kunstpause ein, bevor er, jedes Wort genüsslich betonend, fortfuhr: »Der Mann hatte kurz zuvor Spareribs mit Honigsoße, gebackene Kartoffelspalten und Krautsalat gegessen. Außerdem fanden sich Vanillepudding, in Rotwein eingelegte Zwetschgen und Rote Bete in seinem Magen. Das war alles erst angedaut.«

»Waaas?« Zum zweiten Mal an diesem Vormittag fuhr Querlinger von seinem Bürostuhl hoch. »Das heißt, der Typ hatte an dem Abend beim Löwenwirt gespeist?«

»Und gesoffen, seinem Alkoholspiegel nach zu urteilen. Was die Speisereste angeht, dacht ich mir schon, dass dir das bekannt vorkommt: Hast du nicht das Gleiche gegessen, als du gestern mit Janine im Löwen warst?« Querlinger sah im Geist den Leiter der Spurensicherung vor sich hin grinsen.

»Ja, bis auf die Rote Bete, mit der kannst du mich jagen«, bestätigte der Kommissar trocken. Buraki hieß das scheußliche Gericht, welches der Löwenwirt, ein Pole, auf der Speisekarte führte; er kochte es nach einem Rezept aus seiner Heimat. Was um Himmels willen bewog jemanden, der beim Löwenwirt diese wundervollen Spareribs gegessen hatte, sich den Genuss derselben durch Buraki verderben zu lassen, fragte sich der Kommissar.

Wer derartige kulinarische Barbareien beging, dem war auch ein Mord zuzutrauen.

»Der Heinerle schickt dir gleich noch was rüber«, fuhr Querlinger fort. »Einen Briefumschlag mit Inhalt, schau's dir einfach an. Vor allem Fingerabdrücke wären wichtig, dürften identisch sein mit denen auf dem Bild, welches wir bei dem Toten gefunden haben.«

»Dem Vogelbild?«

»Genau. Dem Bild mit dem Kuckuck.«

»Kuckuck? Aha! Und woher weißt du auf einmal, dass das ein Kuckuck ist?«

»Ich hab angestrengt nachgedacht, den Biologieunterricht aus der fünften Klasse aus den Tiefen meines phänomenalen Gedächtnisses in die Gegenwart katapultiert, und dann war mir blitzartig klar, dass das ein Kuckuck ist. Alles Weitere sagt dir der Heini, der müsste gleich bei dir aufschlagen.«

Querlinger legte auf und sah auf seine Armbanduhr. Punkt acht. In einer halben Stunde würde Eulenburg aufkreuzen. Ob Bödele sich die Ehre geben würde, stand in den Sternen, er erschien in der Regel gegen neun. Der Kommissar überlegte sich die nächsten Schritte. Sich beim Löwenwirt nach dem kulinarischen Perversling zu erkundigen, der in der Nacht, als der Oboist getötet wurde, im Löwen gespeist hatte, um bald danach am Tatort die Spuren seiner barbarischen Menüzusammenstellung zu hinterlassen, stand ab sofort ganz oben auf seiner To-do-Liste.

5

Entgegen ihrer Gewohnheit sollte Janine von Eulenburg heute erst um neun erscheinen. Dafür tauchte Guntram Bödele schon kurz nach acht auf – hinkend, mit Gehhilfe und einer Miene, die ihn prädestiniert hätte, die Hauptrolle in Molières »Der eingebildete Kranke« zu übernehmen.

»Oha, dem Tod noch mal von der Schippe gesprungen?«, lästerte Querlinger zur Begrüßung.

Bödele tat, als überhörte er den Spott.

»Tut noch sauweh«, stöhnte er betont gequält. »Hab mir den Haxen geprellt, ist bestimmt angebrochen.«

»Hab's schon gehört. Steht mit Sicherheit morgen in der Zeitung, im Polizeibericht. ›Unter Einsatz seines Lebens hat der Kriminaloberkommissar Guntram Bödele gestern im Beimerwald bei den Ermittlungen zu einem Mordfall seinen Haxen verstaucht. Trotz gewaltiger Schmerzen erschien er am nächsten Tag zum Dienst. Für seine hohe Disziplin und seine Bereitschaft, weit über die üblichen Arbeitszeiten hinaus unseren demokratischen Rechtsstaat zu schützen, wird ihm demnächst das Bundesverdienstkreuz verliehen.‹«

Bödele erstarrte. Das war zu viel.

»Verarschen kann ich mich selber, Chef, gell! Da, meine Krankmeldung. Die geht noch bis nächste Woche Freitag.«

Erbost trat Bödele an den Schreibtisch und warf seinem Chef einen gelben Zettel hin.

Querlinger nahm die Krankmeldung auf, lehnte sich in seinem Drehstuhl zurück und sah sich den Stempel der ausstellenden Arztpraxis an.

»Ah, die Gemeinschaftspraxis am Münsterplatz, Unterschrift Dr. Reichenberger. Seid ihr nicht eng befreundet?«

»Eugen, jetzt reicht's aber. Pass auf, gell?«

Es reichte in der Tat, fand auch Querlinger.

»Aufpassen soll ich? Worauf eigentlich? Dass ich mir nicht die

Gosch verbrüh an einem heißen Cappuccino oder meine Augen an der üppigen Blondine, die ihn serviert? Du weißt schon, die mit dem Mordsvorbau, den sie dir heut Morgen entgegeng'streckt hat. Ich hab dich nämlich gesehen, mein Lieber. Einen Schritt hast du draufgehabt auf dem Weg zum ›Türken‹ – dagegen ist der Olympiasieger im Sprint ein Waisenknabe.«

Ein kaum hörbares »Mist, elendiger« verließ Bödeles Lippen.

»Ist dir schon klar, wohin du dir das hier stecken kannst, oder?« Querlinger hob den Zettel hoch und ließ ihn demonstrativ zu Boden segeln. Dann griff er sich eine Notiz, die ganz oben auf einem Papierstapel lag, beugte sich über den Schreibtisch und hielt sie Bödele unter die Nase.

»Da stehen ein Name, 'ne Postadresse, 'ne Handynummer und 'ne E-Mail-Adresse drauf. Kontakte bei den Providern abfragen; Anrufe, E-Mails checken und so weiter. Du kannst gleich anfangen. Auf deinem Schreibtisch findest du 'ne richterliche Verfügung, dass das klargeht, hab ich gestern Abend noch besorgt. Und wenn du jetzt in dein Büro gehst, sag der Angie, dass ich«, Querlinger sah kurz auf sein linkes Handgelenk, »für elf Uhr 'ne kleine Lagebesprechung ansetze. Sie soll schon mal den Besprechungsraum vorbereiten.«

Bödele drehte sich wortlos um und verließ den Raum mit einer knallroten Birne. Auf dem Flur, unmittelbar vor Querlingers Bürotür, stieß er auf Heinerle, der vor Schadenfreude schier hüpfte, offenbar hatte er die Standpauke mitbekommen. Die beiden hatten seit Längerem Zoff miteinander. Bödele warf Heinerle vor, Querlinger in den Hintern zu kriechen, während – glaubte man der Fama im Kommissariat – Heinerle Bödele angeblich dessen Erfolg bei den Frauen neidete.

Eine Dreiviertelstunde dauerte die Erörterung der Lage, zu der Guntram Bödele, Janine von Eulenburg sowie Heinrich Heinerle und Angie Braun erschienen waren. Querlinger fasste kurz die aktuelle Situation zusammen und wies auf die Aufgaben hin, die zu erledigen seien. Bevor sie auseinandergingen, kam Eulenburg noch mal auf die Botschaften des Mörders zu sprechen.

»Ich frag mich, mit was für 'nem kranken Hirn wir's hier eigentlich zu tun haben. Ein Täter, der mit einem lächerlich anmutenden Reim einen Mord ankündigt, indem er einen Brief an die Polizei schickt, und nach erfolgter Tat auch noch 'ne Vollzugsmeldung und ein Kuckucksbild beim Opfer deponiert?«

»Vielleicht sollten wir jemand von der Operativen Fallanalyse beim LKA Stuttgart einschalten. Die haben da ja ihre Psychologen«, meinte Bödele.

»Die OFA? In dem Stadium? So weit sind wir noch lange nicht. Das schaffen wir auch ohne Stuttgarter Hilfe. So viel Grips werden wir ja wohl noch aufbringen«, stellte Querlinger klar.

Was Heinerle augenblicklich veranlasste, die Situation für sich zu nutzen.

»Ich weiß gar nicht, was du hast, ›Operative Fallanalyse‹, ›LKA‹«, äffte er seinen Kollegen nach. »Der Chef hat recht, das schaffen wir auch ohne die aus Stuttgart. Wir fangen ja gerade erst an.«

In Bödeles Augen funkelte Mordlust.

»Oha, klar, das musste ja jetzt kommen. Der Herr Polizeihauptmeister und Laufbahnwechsler mandelt sich auf. Will sich lieb Kind machen.«

»Herrschaftszeiten, geht das schon wieder los zwischen euch? Kein Streit jetzt! Klappe! Alle beide!«, fuhr Querlinger lautstark dazwischen.

»Ich bin ja nur die Sekretärin. Aber ich finde, wenigstens steht das Motiv fest: Da will jemand Rache«, meldete sich Angie Braun und vollzog damit eine elegante Schleife zurück zur Sachlichkeit.

Das stimmte natürlich. Dass der Mörder mit dem »Kuckuck« eine Rechnung beglichen hatte, war sonnenklar. Wie sonst konnte die Vollzugsmeldung, die man beim Opfer gefunden hatte, interpretiert werden: »Keiner entgeht seiner Schuld« …

»Die Hauptfrage, die ich mir stelle, ist: Warum hat er die Tat angekündigt?«, warf Eulenburg ein.

»Es gab und gibt immer wieder Fälle, in denen Täter ihre Tat ankündigen«, meinte Querlinger achselzuckend. »Da können unterschiedlichste Motive eine Rolle spielen. Zum Beispiel Aufmerksamkeit erregen. So eine Mentalität findet sich verstärkt bei Soziopathen. Je spektakulärer die Ankündigung, desto größer die Aufmerksamkeit.«

»Und weshalb kündigt er den Mord ausgerechnet uns gegenüber an?«

»Möglicherweise verspürt er neben seinem Rachebedürfnis auch das dringende Verlangen, der Polizei eins auszuwischen. Allerdings kommt mir dieser infantil klingende Vers bekannt vor, an irgendwas erinnert der mich, ich weiß bloß nicht, an was.«

»Vielleicht an die ›Vogelhochzeit‹«, schlug Angie Braun vor und begann zu deklamieren. »›Der Sperber, der Sperber, der war der Hochzeitswerber‹ oder: ›Der Auerhahn, der Auerhahn, der war der würd'ge Herr Kaplan‹ oder –«

»›Der Kuckuck hallt, der Kuckuck schallt; verrecken soll er im Beimerwald‹«, fiel Querlinger der Sekretärin ins Wort und schlug sich mit der flachen Hand gegen die Stirn. »Mensch, Angie, Sie sind ein Schatz! Natürlich, dass ich da nicht von selbst drauf gekommen bin. Der Vers kommt so zwar nicht im Original vor, aber er ist daran angelehnt.«

»Recht kryptisch, das Ganze«, murmelte Janine von Eulenburg. »Wir haben einen Mörder, der sich ›die Schwarze Henne‹ und sein Opfer ›Kuckuck‹ nennt, wir haben ein Motiv, nämlich Rache, und wir haben ein altes deutsches Kinderlied – interessante Kombination.«

»Kryptisch sind die meisten Mordfälle, zumindest am Beginn der Ermittlungen«, warf Querlinger ein und erhob sich. »Das war's Herrschaften, und jetzt an die Arbeit. Eulenburg, wir beide fahren erst mal zum Löwenwirt.«

6

»Es waren *drei* Gäste!«

Die Antwort des Wirts, der gerade dabei war, ein Pils zu zapfen, klang sehr bestimmt und kein bisschen unsicher.

»Was, gleich drei?«, hakte Querlinger überrascht nach.

»Wenn ich's doch sag«, nickte Dariusz Kazinsky, dem man den Polen nicht anhörte, so perfekt beherrschte er die deutsche Sprache.

»Drei Gäste, die als Vorspeise zu deinem Spareribs-Menü das Buraki gegessen haben?« Der Kommissar konnte es einfach nicht glauben.

Dariusz nickte, stellte das Pils auf ein Tablett und begann ein weiteres zu zapfen.

Querlinger war fassungslos. Drei Buraki-Verzehrer an einem Abend? Das Ende der kulinarischen Zivilisation, eingeläutet mit einer Rote-Bete-Verschwörung?

»Und wer waren die drei?«

»Der eine war der alte Moser, den zweiten hab ich noch nie gesehen, und der dritte war der Schubert Hannes.«

Querlinger runzelte die Stirn. Den alten Moser kannte er, man traf ihn regelmäßig im Löwen an. Über achtzig, beginnendes Parkinson-Syndrom, Tippelschritt, Antialkoholiker.

Blieben also noch zwei. Besagter Schubert Hannes und ein Mensch, von dem Dariusz behauptete, ihn noch nie gesehen zu haben.

»Dieser Fremde, was fuhr der für einen Wagen? Können Sie das sagen?«, schaltete sich Eulenburg ein.

»Kann ich.«

Dariusz Kazinsky stellte das zweite Pils auf das Tablett und ein weiteres leeres Glas unter den Zapfhahn. Er war die Ruhe selbst.

»Ja, und?«

»Es war kein Wagen.«

»Wie, kein Wagen? Sie sagten doch gerade, Sie könnten sagen, was das für –«

»Er fuhr eine Yamaha«, fiel Dariusz der Kommissarin ins Wort.

Ein Motorrad. Das stimmte auf keinen Fall mit den Reifenspuren am Tatort überein. Blieb also nur noch der Dritte. Der Schubert Hannes. Den Querlinger allerdings nicht kannte.

»Dieser Schubert Hannes, wann kam und wann ging er?«

»Gekommen ist er so gegen acht, zum Schafkopfstammtisch. Gegangen ist er so gegen halb elf.«

»Schafkopfstammtisch?«

Der Wirt nickte.

»Der Hannes, der Gregor, der Schorsch und der Martin, die treffen sich jeden Dienstag zum Schafkopfen.«

»Und wer ist der Mann, und wo wohnt er?«

Der Pole kniff verständnisinnig ein Auge zu, grinste und schüttelte den Kopf.

»Der ist kein Mörder, der tut keiner Fliege was zuleide. Da seid ihr auf dem Holzweg.«

»Die Ermittlungen kannst du getrost uns überlassen. Also, wer ist der Mann, und wo wohnt er?«

»Verkaufsberater für Süßwaren im Außendienst. Wo er genau wohnt, weiß ich nicht, irgendwo außerhalb von Beimerstetten – in so einem alten, umgebauten Bauernhaus …«

»Welchen Wagen fährt er?«

»Er hat zwei. Einen neuen Toyota SUV und einen alten Mercedes.«

»Herrschaft, Dariusz, stell dich nicht so an. Ich will wissen, mit welchem Fahrzeug er da war?«

»Woher soll ich das wissen?«

»Du hast doch auch gewusst, dass der Fremde eine Yamaha fuhr.«

»Als der kam, war ich zufällig draußen.«

Egal. Mercedes oder Toyota SUV, zu den Reifenspuren passten beide.

Eulenburg war bereits am Googeln: adressbuch.de. Hans Schubert wohnte keine drei Kilometer vom Tatort entfernt.

Bitte senden Sie mir das aktuelle Verlagsprogramm zu

Ich möchte den Newsletter von emons: per E-Mail erhalten

Ich habe Interesse an Krimis aus folgender Region:

Besuchen Sie uns auch auf www.facebook.com/EmonsVerlag

Name

Straße

PLZ/Ort

E-Mail

Ich bin damit einverstanden, dass meine hier angeführten Daten zu dem folgenden Zweck »Versand von Kundenprospekte« erhoben, verarbeitet und genutzt sowie unter Umständen an unseren Dienstleister zum Versand des angeforderten Kundenprospektes weitergegeben bzw. übermittelt und dort ebenfalls zu dem folgender Zweck »Versand von Kundenprospekt« verarbeitet und genutzt werden. Hier werden die Daten unmittelbar nach dem Versand gelöscht. Im Fall des Widerrufs werden mit dem Zugang meiner Widerrufserklärung meine Daten gelöscht.

emons: **verlag**
Cäcilienstraße 48

50667 Köln

»Hoffentlich findet ihr den Mörder bald!«, rief Dariusz den beiden aus dem Lokal hastenden Beamten hinterher.

»Verlass dich drauf, Mörder und Buraki-Fresser kommen uns nicht aus«, rief der Kommissar zurück.

7

»Wow, sehr gepflegt für einen Mörder und Leichenfledderer«, kommentierte Eulenburg den Anblick, der sich ihnen bot, als sie das Anwesen des Schubert Hannes erreicht hatten.

»Wo Sie recht haben, haben Sie recht«, knurrte Querlinger. Argwöhnisch beäugte er die beiden Fahrzeuge, die unter dem Carport standen: ein nagelneuer Toyota SUV und ein Mercedes. Der SUV glänzte und strahlte vor Sauberkeit, der alte Mercedes schämte sich vor Dreck. An den Reifen eindeutig getrocknete Erde sowie Tannennadeln und andere Spuren der nächtlichen Fahrt durch den Wald.

»Das ist er«, murmelte Eulenburg.

Querlinger nickte.

»Dann schauen wir uns den Herrn mal an.«

Sie gingen zum Eingang und klingelten.

Die Tür ging auf. Aber nur einen Spalt weit.

»Sie wünschen?«

Dem Blick nach zu urteilen schien Hans Schubert – unrasiert, verschlafen, Morgenmantel – das personifizierte Misstrauen zu sein.

Querlinger setzte ein breites Grinsen auf.

»Wir wünschen uns ein nettes Gespräch mit Ihnen.«

»Ja, verreck, ihr schon wieder, wie oft soll ich's noch sagen. Ich bin katholisch und bleib katholisch, Herrgottzack, kapiert's des doch endlich, ihr Allmachtsdackl!«

Hans Schubert wollte die Tür zuknallen, aber Querlinger setzte seinen Fuß dazwischen und zückte seinen Dienstausweis.

»Kripo Ulm, Hauptkommissar Querlinger. Ist uns wurscht, was Sie sind. Sie lassen uns jetzt rein und beantworten ein paar Fragen. Oder wir machen Sie erst richtig katholisch. Und zwar auf der Polizei, verstanden?«

Das personifizierte Misstrauen verwandelte sich in personifiziertes Entsetzen.

»Was?«, schrie Hans Schubert. Vor lauter Schreck ließ er den Türgriff fahren und taumelte nach hinten.

Querlinger schob die Tür weiter auf und trat, gefolgt von der Eulenburg, in den Hausflur.

»Ich war's nicht, ich bin unschuldig. Und außerdem hab ich doch gar nicht g'merkt, dass ich auf einen Toten draufseuch«, zeterte das Entsetzen.

Was das Prozedere deutlich beschleunigte. Zwei Minuten später saß der Schubert Hannes neben der Eulenburg im Fond des Querlinger'schen Nissan Terrano, eine halbe Stunde später in einem Vernehmungszimmer der Kripo Ulm. Wo man dem »Buraki-Fresser« ordentlich einheizte und ihn, wie angekündigt, so »richtig katholisch« zu machen suchte, was jedoch misslang. Hans Schubert konnte glaubhaft versichern, seine Blase an einem »nicht dafür geeigneten Ort« (er hatte es tatsächlich so formuliert) »aus Versehen« entleert zu haben. Aus Scham und Ekel vor sich selbst habe er sich anschließend übergeben müssen. Außerdem habe er noch nie im Leben eine Watte in der Hand gehabt, nicht einmal eine Gummischleuder. Nach spätestens einer Stunde war klar, dass sie den Mann wieder laufen lassen mussten.

Als die Tür ins Schloss fiel, durch die Hans Schubert das Kommissariat verließ, überkam den Kommissar auf einmal das flaue Gefühl, als breitete die Schwarze Henne hämisch gackernd ihre dunklen Flügel über ihm aus.

8

Freitag, 7. Juni

Es war ein Kreuz mit diesen Vögeln. Diesem gefiederten Pack, das, kaum dass die Nacht sich vom Acker gemacht hatte, sich wie blöd aufführte. Dieses Pfeifen, Tirilieren, Keckern und Zwitschern in aller Herrgottsfrühe konnte einem den letzten Nerv rauben.

»Mistviecher, ich mach euch kalt«, schimpfte die Schwarze Henne schlaftrunken, schwang die Decke zur Seite und wuchtete sich aus dem Bett. Tappte barfuß zum Dachfenster, das weit offen stand, bemerkte, dass es draußen nieselte, und schloss es. Das mit dem Kaltmachen war natürlich nicht ganz ernst gemeint. Zumindest nicht, was die echten Vögel anging. Kaltzumachen galt es die anderen »Vögel«. Die menschlichen. Die, die es verdient hatten. Einen von denen hatte sie bereits erfolgreich ins Vogeljenseits befördert. Die anderen würden folgen. Heute noch würde sie sich in die Hauptstadt aufmachen, um sich den nächsten zu holen.

Die Schwarze Henne sah auf den Wecker, der auf dem Nachtkästchen stand und gespenstisch vor sich hin phosphoreszierte. Die Zeiger auf dem grün leuchtenden Zifferblatt zeigten Punkt fünf Uhr an. Eigentlich viel zu früh für einen rechtschaffenen Menschen, das Tagwerk zu beginnen. Selbst Harri, der auf einer eigenen Matratze am Fußboden schlief, hatte noch die Augen zu. Noch mal ins Bett oder nicht ins Bett, das ist die Frage, überlegte sich die Schwarze Henne. Entschied, dass diese Frage absolut keinen Sinn ergab, einschlafen würde sie sowieso nicht mehr. Da war es besser, sich in die Klamotten zu werfen und zum ehemaligen Stall hinüberzugehen.

Und die »Todeszelle« zu inspizieren.

Sie schlüpfte in ihre Klamotten, die an einem Haken neben der Tür hingen. Verließ die Dachkammer, die ihr und Harri als

Schlafzimmer diente, stieg die Holztreppe ins Erdgeschoss hinunter und ging in die Küche. Eine schöne alte Bauernküche von anno Tobak. In modernen Küchenstudios existierten lächerliche Kopien davon, die man »Landhausküchen« nannte. Auch wenn das Eichenholz, von Zeit und Patina geadelt, fast schwarz geworden war, erfüllten die Küchenmöbel noch immer ihren Zweck. Wie auch der Küchenherd mit seinen aus mehreren Eisenringen bestehenden Kochplatten, seinem verkalkten Schiffchen und dem riesigen, mit Papier und Holz gefüllten Feuerschlund. Die Schwarze Henne zündete das Papier im Schlund an, wartete ein Weilchen, bis die Flammen auch an dem trockenen Holz leckten, und stellte einen Topf mit Wasser auf. Zurück aus der »Todeszelle«, würde sie mit Harri zusammen Kaffee trinken, einen schönen starken Kaffee, der die letzten Reste von Müdigkeit aus ihrem Körper scheuchen würde.

Die Schwarze Henne schlüpfte in die Stiefel, die neben dem eisernen Korb mit Feuerholz standen, nahm einen Schlüsselbund vom Brett und verließ die Küche durch die Hintertür, durch die man in einen kleinen Bauerngarten und auf den geräumigen Hinterhof gelangte.

Es nieselte noch immer. Der Morgen war kühl, nass und saudunkel. Dunkler als sonst, was der dichten Wolkendecke geschuldet war, die sich fett und drohend am Himmel breitgemacht hatte. Und damit natürlich auch über dem Häuschen, das die Schwarze Henne hin und wieder bewohnte und das einem Hexenhäuschen aus Grimms Märchen nicht unähnlich sah.

Es gehörte zu einem ehemaligen bäuerlichen Anwesen, das abseits vom Schuss vor sich hin döste und außer dem Wohnhaus noch aus einem Stall, einem daran angebauten Stadel sowie einer weiteren Scheune bestand, die ganz hinten an der Grundstücksgrenze errichtet worden war. Die vormals landwirtschaftlich genutzten Gebäude hatten längst ausgedient. Windschief und ziemlich heruntergekommen standen sie auf dem weitläufigen, verwahrlost aussehenden Grundstück, das ein hervorragendes Setting für einen Krimi abgegeben hätte. Titel: »Mord auf dem Einödhof«.

Ein kühler Windhauch strich über den morastigen Hof und ließ die Schwarze Henne erschauern. Und während sie durch den Schlamm latschte, dachte sie an jenen schicksalhaften Tag vor drei Jahren zurück, an dem sie die Wahrheit erfahren hatte. Die Wahrheit über das hundsgemeine Komplott, das die »Vögel« geschmiedet hatten. Über lange Zeit hinweg hatte sie einer anderen Wahrheit vertraut. Einer »Wahrheit«, die gar keine gewesen war. Bis eine Botschaft sie dahinterkommen ließ, was sich wirklich zugetragen hatte. Eine Botschaft aus dem Jenseits gewissermaßen. Ab diesem Zeitpunkt hatte sich die Welt in die andere Richtung zu drehen begonnen. Zumindest für die Schwarze Henne …

Die Stalltür war mit einer Kette und einem Vorhängeschloss gesichert. Die Schwarze Henne steckte den Schlüssel ins Schloss, drehte ihn herum und stieß die Tür auf. Schummriges Dunkel empfing sie. Sie ließ die Tür zufallen, griff in eine Mauernische, in der zwei dicke Kerzen und eine Packung Streichhölzer lagen, zündete eine davon an und nahm sie in die Hand. Flackernder Schein zitterte die gekalkten Wände entlang und tauchte alles in gespenstisches Licht. Der aus schwarzen Bohlen bestehende Fußboden war sauber gefegt, stählerne Ringösen, die in einer der Wände eingelassen waren, blinkten matt im Licht der Kerzen und erinnerten zusammen mit den durch Bretter voneinander getrennten Boxen daran, dass dieser Raum einst mehreren Kühen als trautes Zuhause gedient hatte. Zwar war der bäuerliche Betrieb schon vor Jahrzehnten eingestellt worden, dennoch roch es noch immer leicht nach Stall. Was dem alten Gemäuer geschuldet war, das den Geruch, den Rindviecher so an sich haben, auf Jahre hinaus konservierte. Und doch gab es noch einen anderen Geruch, der der Schwarzen Henne in die Nase stieg: der Duft nach frischem Heu. Er stammte aus einer der Boxen, in der zwei Ballen Heu zu einer Art Lager aufgeschichtet waren, auf dem eine alte Pferdedecke ruhte.

Langsam schritt die Schwarze Henne auf das Heulager zu. Und während sie ein irres Lächeln auf den Lippen hatte, ging ihr der dunkle Spruch durch den Kopf, der seit drei Jahren ihr Leben bestimmte. Langsam hob sie die Hand mit der Kerze, so, wie man ein Glas hebt, um mit einem guten Freund anzustoßen, und murmelte in feierlich beschwörendem Ton: »Staunt und rätselt über die schwarze Henne und das weiße Ei.«

Dann machte sie kehrt, ging zum Eingang, löschte die Kerzen, legte sie in die Mauernische, verließ die »Todeszelle«, verschloss die Tür und begab sich ins Haus zurück.

Auf dem Herd in der Küche brodelte das Kaffeewasser.

9

Zur Besprechung an diesem Freitag war das Ermittlerteam vollständig versammelt. Auch die beiden bis gestern noch im Urlaub befindlichen Kommissare Armin Feigl und Bernd Zimmernagel waren anwesend. Querlinger stand vor einer Magnettafel, an die mehrere Fotos geheftet waren: Bilder vom Tatort und ein Porträtfoto des Opfers, das er der Theologin und Philosophin Maria Rzcinski abgeluchst hatte, sowie Kopien des Kuckucksbildes mit der Rückseitennotiz und der in Versform gegossenen Ankündigung des Mordes.

»Zunächst eine grobe Zusammenfassung«, eröffnete Querlinger die Sitzung. »Am Morgen des 5. Juni findet eine Rentnerin in einem Waldstück bei Beimerstetten eine männliche Leiche. Es handelt sich um den Berufsmusiker Manfred Reuber, der – das ergibt die gerichtsmedizinische Untersuchung – am späten Abend des 4. Juni mit einem aufgesetzten Schuss in die Stirn getötet wurde. Der Mörder hatte, wie wir aufgrund eines Versäumnisses des Kollegen Heinerle erst zwei Tage später, am 6. Juni, erfuhren, seine Tat mittels eines Briefes, den er an uns geschickt hat, schriftlich angekündigt. Beim Opfer selbst fand sich so etwas wie eine Vollzugsmeldung, deren Inhalt auf ein Rachemotiv schließen lässt. So weit grob der Status quo. Und jetzt der Kollege Hofzitzel mit den bisher vorliegenden Resultaten der kriminaltechnischen Untersuchung. Bitte, Nepo.«

Er trat zur Seite und stöberte in seiner Jackentasche nach Erdnüssen, während Hofzitzel sich an die Magnettafel begab.

»Zunächst mal: Die ballistische Untersuchung hat ergeben, dass es sich bei der Waffe um eine Beretta 92, Kaliber neun mal neunzehn Millimeter, gehandelt haben dürfte, beim US-Militär unter der Bezeichnung ›M9‹ bekannt. Und hier …«, er wies mit einem Kugelschreiber nacheinander auf vier Fotos, »schon mal Aufnahmen von der Kleidung des Opfers. Wie man sehen kann, haftete an der Kleidung Heu, sowohl einzelne Halme als auch«,

Hofzitzels Kugelschreiberspitze zielte auf zwei stark vergrößerte Fotos, »kleine und kleinste Heupartikel. Die gesamte Kleidung ist damit durchsetzt. Sogar die Unterwäsche. Vom Tatort, der ja zugleich auch Fundort der Leiche war, können diese Spuren nicht stammen. Entweder sie stammen aus dem Fahrzeug, mit dem das Opfer transportiert wurde, oder von einem anderen Ort, an dem es sich aufgehalten hat. Vermu–«

Hofzitzel unterbrach sich, Janine von Eulenburg meldete sich zu Wort.

»Das heißt, es käme ein Stall, ein Heustadel oder was in dieser Richtung in Frage?«

»Könnte sein. Wahrscheinlich wurde er, bevor er an den Tatort verbracht wurde, dort festgehalten. Wofür auch das hier spricht.« Nepo wies auf ein Foto, das den nackten linken Fuß des Opfers zeigte. »Diese etwa zwei Zentimeter breite Schürfwunde, die sich oberhalb des Fußgelenks ringförmig um den Fuß zieht, ist eindeutig auf eine Art Schelle zurückzuführen, die dem Opfer über längere Zeit angelegt worden sein musste. Wahrscheinlich war es angekettet.«

Raunen in der Runde.

»Bemerkenswert sind Spuren von organischem Material, die Dr. Brenner unter den Fingernägeln des Ermordeten gefunden hat: Blut und Hautreste«, fuhr Hofzitzel fort. »Noch lässt sich dazu nichts Konkretes sagen. Sie könnten durchaus vom Opfer selbst stammen. Es könnte sich aber auch gewehrt haben, dann stammt das Material vielleicht von seinem Mörder. Bis die Ergebnisse der DNA-Analyse vorliegen, kann es allerdings noch dauern. Außerdem, und das ist nicht uninteressant, gibt es im rechten Oberschenkel eine Einstichstelle. Sie stammt höchstwahrscheinlich von einer Injektionsnadel.«

»Das heißt, dem Opfer könnte intramuskulär etwas verabreicht worden sein?«, erkundigte sich Eulenburg.

Hofzitzel nickte. »Der Mann könnte betäubt worden sein. Was allerdings nur eine Vermutung darstellt; die Blutanalyse war negativ, ein Betäubungsmittel konnte nicht nachgewiesen werden.«

Bernd Zimmernagel meldete sich.

»Der genaue Todeszeitpunkt?«

»Etwa zwischen einundzwanzig und dreiundzwanzig Uhr.«

»Wie steht's mit Fingerspuren auf dem Kuckucksfoto und dem Brief von dieser Schwarzen Henne? Habt ihr die mal durchs System laufen lassen?«, wollte Feigl von Heinerle wissen.

»Hab ich gemacht. Sind jungfräulich, der Typ ist nicht erfasst.«

»Wie sieht's mit den Ergebnissen deiner Telefonrecherche aus?«, wandte sich Querlinger an Heini. »Die Familien, deren Sprösslinge Musikunterricht beim Reuber gekriegt haben, was ist mit denen? Und was ist mit den anderen Telefonnummern?«

»Die hab ich alle abgeklopft. Alles ganz normale Adressen, würd ich sagen. Nicht grad viel. Telefonnummern von seinen Musikerkollegen, unter anderem vom Dirigenten, dann Nummern von Versicherungsagenturen, von seiner Bank, einer Arzt- und einer Zahnarztpraxis, einer Fahrradwerkstatt – und dann halt die Nummern seiner Schüler beziehungsweise von deren Familien. Die hab ich alle kontaktiert. Da gibt's was recht Interessantes …«, Heinerle schaute auf seine Notizen, »… in Verbindung mit der Familie Kornthaler. Max Kornthaler heißt der Bub, zehn Jahre alt, er hat regelmäßig beim Reuber Klarinettenunterricht genommen. Der Reuber hätte am 30. Mai zum Unterricht kommen sollen. Aber er kam nicht und hat auch nicht abgesagt. Was noch nie vorgekommen sei. Die Mutter des Buben wollte telefonisch bei Reuber nachfragen, hat ihn aber nicht erreicht.«

»Vielleicht kam er nicht, weil der 30. ein Feiertag war?«, warf Zimmernagel ein.

»Es war ein Feiertag, richtig. Aber er sollte trotzdem kommen, es war ausdrücklich ausgemacht.«

Querlinger brummte etwas Unverständliches, ging zum Magnetbrett neben dem Whiteboard und schrieb mit gelber Kreide »Donnerstag, 30. Mai« auf die Tafel.

»Am 30. hätte Manfred Reuber dem Bub Klarinettenunterricht geben sollen«, bemerkte er und fuhr fort: »Das ist aber auch der Tag, an dem ihn seine Untermieterin aus der Wohnung geschmissen hat, der Tag, an dem sie das letzte Mal miteinander sprachen.« Querlinger setzte eine Pause und schrieb »Rauswurf« und »Unterricht ausgefallen« auf das Board.

»Am 4. Juni vormittags erreicht uns der Brief des Täters, in dem dieser den Mord ankündigt. Der Brief, den wir nebenbei bemerkt dank Heini erst zwei Tage später, am 6. Juni zu Gesicht bekommen haben, wurde am 3. Juni aufgegeben. Am 4. Juni, spätabends, vollzieht der Mörder die Tat«, resümierte er weiter und ergänzte die Notiz um das Datum »4. Juni«, hinter das er das Wort »Mord« setzte. »Die Frage, wo sich Reuber in den Tagen dazwischen aufhielt, haben wir uns ja schon gestellt. Überlegung: Ist der Umstand, dass er am 30. Mai nicht wie ausgemacht seinen Musikunterricht bei der Familie Kornthaler wahrnahm, als Hinweis zu werten, dass er so mit seinem Rauswurf beschäftigt war, dass er den Termin vergaß? Oder war es ihm schlichtweg unmöglich, ihn einzuhalten, weil noch etwas anderes passiert ist, etwas, das ihn daran hinderte, abzusagen?«

Janine von Eulenburg hob den Finger.

»Vielleicht, weil er genau an dem Tag in die Gewalt dieser Schwarzen Henne geriet?«

»Müssten wir noch verifizieren. Heißt: Wir müssen unter anderem die sozialen Kontakte des Opfers weiter ausleuchten«, warf Feigl ein.

Eulenburg nickte. »Hab da schon mal den Anfang gemacht. Wobei ich davon ausgegangen bin, dass Künstler Social Networks nutzen. Facebook, Twitter, Instagram, was weiß ich. Die posten doch alles Mögliche und haben jede Menge Kontakte. Dacht ich mir. Aber Pustekuchen. Was das angeht, muss der Typ hinterm Mond gelebt haben.«

»Wie sieht's mit den Handydaten aus, Guntram? Wolltest du das nicht überprüfen?«, wandte sich Querlinger an Bödele.

»Smartphone-Daten, Chef«, korrigierte Bödele. »Also, ich hab sämtliche Daten gekriegt und die letzten vier Wochen genauer unter die Lupe genommen. Der Mann hat auffällig wenig telefoniert. Insgesamt«, Bödele checkte seinen Zettel, »gibt's für diesen Zeitraum grad mal zwölf abgehende und neun eingehende Telefonate. Von den zwölf abgehenden Anrufen decken sich sechs mit den Adressen aus dem Telefonbuch, das ihr in der Wohnung des Opfers gefunden habt, also den Schülern, denen er Unterricht gegeben hat. Dreimal hat er seine Bank angerufen, zweimal eine gewisse Mercedes da Silva, die wohnt in der Yorckstraße, ›Flötistin‹ steht im Telefonbuch, und einmal seine Vermieterin. Von den –«

»Moment«, rief Querlinger. »Wann genau hat er diese Flötistin angerufen?«

Bödele warf einen Blick auf seinen Zettel. »Am 6. Mai, um achtzehn Uhr siebzehn, und am 30. Mai, um Punkt acht.«

»Okay, weiter. Vierzehn eingehende Telefonate, sagtest du?«

Bödele nickte. »Zwei von der Flötistin. Einer am 6. und einer am 30. Mai; der vom 30. dürfte ein Rückruf gewesen sein, dann ein Anruf von seiner Bank am 24., offenbar ebenfalls ein Rückruf, zwei Anrufe von seinen Schülern beziehungsweise von deren Familien, und zwar am 14. und 16.; insgesamt vier Anrufe von einem Arturo Tittivollo, der Generalmusikdirektor und zugleich Dirigent des Orchesters ist, und zwar zwischen dem 27. und 29., sowie …«, an dieser Stelle setzte Bödele eine Kunstpause, »… fünf nicht identifizierbare Anrufe.«

»Anonym?«, fasste Querlinger nach.

»Na ja … nicht ganz anonym.«

»Wir sind hier kein Rätselclub, Bödele. Hör bitte auf, den geheimnisvollen Magier zu geben!«

»Es gibt eine Prepaid-Nummer. Zugelassen auf den Namen Karl Kollermann. Name, Adresse und Ausweis des Mannes, den er beim Kauf vorgelegt hat, waren offenbar gefakt.«

»Von wann sind die anonymen Anrufe?«

»Der erste vom 11. Mai, zweiundzwanzig Uhr neun; einer vom 27. Mai, zehn Uhr fünfundvierzig; die drei anderen vom 30. Mai. Der erste wurde um neun Uhr zweiunddreißig abgesetzt, der zweite um Punkt zwölf Uhr fünfzig, der dritte um vierzehn Uhr zwei.«

Der 30. Mai. *Das* Schicksalsdatum im Leben des Manfred Reuber?

»Wie sieht's aus mit E-Mails?«

»Nix Weltbewegendes. Bekommen hat er neunzehn, die meisten davon Werbemails, mehrere Terminbestätigungen von seinen Schülern und eine Telekom-Rechnung.«

»Fassen wir noch mal zusammen. Erstens: Es scheint tatsächlich einiges auf den 30. Mai als eine Art ultimatives Datum hinzudeuten. Zweitens: Es existieren, soweit wir wissen, keine für den Fall relevanten E-Mail-Aktivitäten. Drittens: Telefoniert hat das Opfer in den letzten vier Wochen auffällig wenig. Für den Fall hochrelevant dürften fünf anonyme Anrufe sein, denen wir weiter nachgehen müssen. Uns interessiert vor allem, wo sie abgesetzt wurden. Der Anrufer, ein Prepaid-Nutzer, hat die Nummer anscheinend mittels gefälschter Daten erworben. Damit haben wir vielleicht schon eine erste heiße Spur. Viertens: Vor allem die Kommunikation, die das Opfer am 30. Mai geführt hat, dürfte für uns von Bedeutung sein. Mein Vorschlag: Wir nehmen uns erst mal den Dirigenten, diesen Arturo … Dingsbums, und diese Flötistin vor – wie hießen die beiden doch gleich, Bödele?«

»Arturo Tittivollo und Mercedes da Silva.«

»An welchen Tagen haben die Flötistin und Reuber noch mal miteinander telefoniert? Hattest du da nicht auch den 30. Mai genannt?«

»Ähm …«, Bödele guckte auf seine Notizen, »ja, genau. Am 6. um neun Uhr zweiundvierzig und elf Uhr dreißig und am 30. um acht Uhr und vierzehn Uhr zweiundzwanzig. Das ist übrigens der letzte aufgezeichnete Anruf.«

»Das heißt, diese Mercedes da Silva ist offenbar die Letzte, die vor dem Verschwinden Reubers Kontakt mit ihm hatte. Eulenburg, ich würde vorschlagen, die Flötistin und den Dirigenten übernehmen wir. Und zwar gleich am kommenden Dienstag, am Montag ist ja Feiertag.«

Die Hauptkommissarin grinste. Sie dachte an den »Flötenkolibri« und an das empörte Gesicht Maria Rzcinskis.

»Feigl, Bödele, ihr stellt sämtliche relevanten Unterlagen aus der Wohnung des Opfers sicher; hab mir zwischenzeitlich 'nen ordentlichen Durchsuchungsbeschluss vom Staatsanwalt geben lassen. Recherchiert die finanziellen Verhältnisse, Kontostände,

Transaktionen und so weiter. Seht euch die Wohnung noch mal genau an, stellt die Bude auf den Kopf. Heini, Zimmernagel, ihr kümmert euch um die Vergangenheit des Mannes. Lebenslauf, Aufenthaltsorte und so weiter.«

10

Sonntag, 9. Juni

Immer wieder waren Regenschauer niedergegangen. Bis irgendwann das Prasseln endlich aufgehört hatte und mit ihm auch das aufdringliche Quietschen der Scheibenwischer. Die Nacht war still geworden. Die Nacht – deine Freundin, dachte die Schwarze Henne, als sie auf dem gewundenen Weg den Hügel hinauffuhr, der zu ihrem Anwesen führte. Keine Menschenseele war ihr auf den letzten zehn Kilometern begegnet, nicht mal eine Autoseele. »Autoseele«, was für eine bestechende Formulierung, dachte die Schwarze Henne. An ihr war ein Dichter verloren gegangen.

»›Autoseele‹! Zum Schreien schön, diese Wortschöpfung, findest du nicht, mein Freund?«, wandte sich die Henne an Harri, der auf dem Beifahrersitz saß und wie immer auf einen Kommentar verzichtete.

Die Schwarze Henne schaltete in den zweiten Gang zurück, verließ den Weg und bog langsam in den Hof des Anwesens ein. Sie schaute auf die Cockpituhr: zwei Uhr zehn; sieben Stunden und fünfundzwanzig Minuten von Berlin bis hierher. Vorsichtig steuerte sie das Fahrzeug um das Wohnhaus herum auf den Hinterhof. Sie musste ein paarmal rangieren, bis der Touran genau so stand, wie sie es wollte: das Heck nur wenige Meter von der Tür entfernt, die in die »Todeszelle« im ehemaligen Stall führte.

Die Schwarze Henne schaltete Scheinwerfer und Motor aus und seufzte zufrieden. Sie beschloss, noch ein Weilchen sitzen zu bleiben und gemeinsam mit Harri den Tag noch mal durchzugehen, der so erfolgreich zu Ende gegangen war.

Vorgestern, Freitagnachmittag, war sie in der Hauptstadt angekommen und hatte am frühen Abend ihre Unterkunft bezogen, eine kleine Pension in Kreuzberg. Gestern, Samstag, gegen Mittag, war es dann so weit gewesen. Ihr Navi hatte sie auf Anhieb zu der richtigen Adresse gelotst. Ein altes, abgelegenes Häuschen, eher eine Hütte, mit viel Grün drum herum in einem Randbezirk von Spandau, bewohnt von dem Mann, dessen Leben in wenigen Tagen zu Ende gehen würde. Was der natürlich nicht wusste. Sie hatte an seiner schäbigen Wohnungstür geklingelt, und er hatte geöffnet. Sie hatte ihn gleich erkannt. Obwohl ein halbes Menschenalter vergangen war, seit sie sich das letzte Mal gesehen hatten. Natürlich hatte sie ihn bereits Tage vorher telefonisch über ihr Kommen unterrichtet. Und auch über den Grund ihres Besuchs. Er hatte sie reingebeten, und sie hatten über alte, urgemütliche Zeiten geplaudert. Aber auch über neue, weniger gemütliche, dafür umso gefährlichere. Sofern man die Erörterung der tödlichen Gefahr, die angeblich über dem Gastgeber schwebte, überhaupt Plaudern nennen konnte. Denn genau das hatte sie ihm weisgemacht: dass sein Leben in Gefahr sei. Dass es jemanden gäbe, der ihm ans Leder wolle. »Wegen der Sache damals.« Sie sei die Einzige, die ihm helfen könne. Er hatte daraufhin wie ein Kind zu winseln begonnen. Irgendwann hatte sie den Vorschlag gemacht, einen kleinen Ausflug zu unternehmen, die berühmte Berliner Luft täte ihnen jetzt gut. Spreewaldluft zum Beispiel, anschließend könne man weitere Einzelheiten zur Gefahrenabwehr besprechen. Noch ganz unter dem Eindruck der entsetzlichen Neuigkeiten, die sie ihm überbracht hatte, hatte er wie in Trance zugestimmt. Und damit sein Todesurteil unterzeichnet. Was er allerdings erst Stunden später mitbekommen sollte. An einem perfekt dafür geeigneten lauschigen Plätzchen am Ufer der Spree zwischen Bäumen und Sträuchern, wo der Touran so gut wie unsichtbar war. Hier hatte sie ihm die Wahrheit gesagt. Die ganze Wahrheit und nichts als die Wahrheit.

Anfangs hatte er noch ungläubig gelacht, der Blödmann, aber dann, als sie ihm erzählte, was sie mit ihm vorhatte, hatte er begriffen, dass sie es ernst meinte, und kolossal Schiss bekommen. So einen kolossalen Schiss, dass er zum Handy greifen und die Notrufnummer wählen wollte. Überfall, Lebensgefahr, Hilfe, Polizei! Aber so schnell, wie sie ihm das Handy zu Boden geschlagen hatte, hatte er gar nicht schauen können.

»Das kannst du nicht machen, das ist doch schon so lange

her, und eigentlich bin ich ja unschuldig«, hatte er versucht, sie umzustimmen.

»Von wegen ›unschuldig‹, das hat schon der Kuckuck behauptet«, hatte sie geantwortet und blitzschnell die Spritze herausgeholt. Sekunden später lag er friedlich schlummernd, Arme und Beine mit Kabelbindern fixiert und ein Klebeband über dem Mund im Kofferraum des Touran.

Da lag er immer noch.

Die Schwarze Henne stieg aus, streckte die Glieder und atmete tief durch. Laue, würzige Nachtluft strömte in ihre Lungen, erfüllt von den blumigen, leicht animalischen Düften einer Pflanze, die einen großen Teil des Bauerngärtchens einnahm und ganz bewusst von der Henne angesät worden war: die sogenannte Duftnachtkerze, lateinisch Oenothera odorata, die ihren Namen völlig zu Recht trug. Die Henne mochte Pflanzen, die wie sie das Dunkel liebten und ihren betörenden Duft nur nachts verströmten. Sie spazierte zum Stall und über den dahinterliegenden Hof, bis sie zu einem morschen Lattenzaun kam. Dort fiel das Gelände sanft ab, und dem Auge präsentierte sich ein weites Panorama mit Feldern, Wiesen und Wäldern. Gegen Norden wuchs kegelförmig ein Berg heran, auf dem sich – welch ein Anblick! – ein Schloss mit Zinnen und Türmen erhob. Normalerweise bot es sich dem nächtlichen Betrachter als dramatisch illuminiertes Märchenschloss dar. Heute aber fehlte die Beleuchtung, und die Silhouette stach klar und scharf wie die Kontur eines Scherenschnitts in den sternengesprenkelten Nachthimmel. Herrlich, dieses Panorama!

Auf einmal musste sie gähnen, sie fühlte sich müde. Ein Blick auf ihre Armbanduhr – kein Wunder. Höchste Zeit, die Operation »Wiedehopf« für heute zu beenden. Sie ging zum Touran zurück, öffnete die Fahrertür, beugte sich ins Fahrzeug und holte ihre Beretta 92 aus dem Handschuhfach. Die entsicherte Waffe in der Rechten, trat sie hinter das Fahrzeug und ließ mit der Linken den Kofferraum aufschnappen.

Da lag er, der Wiedehopf, fast genau so, wie sie ihn vor Stunden hineingelegt hatte. Das heißt nicht ganz, er hatte sich eingenässt und leicht gedreht, um seinen Kopf auf dem prall gefüllten Erste-Hilfe-Kunststoffkissen deponieren zu können. Außerdem waren seine Augen nicht geschlossen, sondern weit aufgerissen. Wahrscheinlich vor Wut. Wer weiß, welche beleidigenden Worte er ihr entgegengeschleudert hätte ohne das Klebeband um den Mund. So aber verließ nur ein dumpfes, gutturales »Hrrmm, hrrmm, hrrmm« seine Kehle.

Die Schwarze Henne steckte die Pistole in die Jackentasche, und wie schon gestern Nachmittag am Ufer der Spree zog sie auch jetzt wieder eine Spritze aus der Tasche.

»Hrrrrmmm!«, grummelte es panisch hinter dem Klebeband.

»Keine Angst, beruhige dich, is diesmal nur 'ne winzige Dosis«, bemerkte die Schwarze Henne im Plauderton. »Die muss ich dir geben, weil ich dir jetzt die Kabelbinder abnehme. Ich werde dir nämlich die nasse Hose ausziehen, nicht dass du dich noch erkältest. Ich bin verpflichtet, mich an die Genfer Konvention zu halten. Bis zur Gerichtsverhandlung bist du schließlich mein Gefangener, und als solchen habe ich dich menschlich zu behandeln, ohne jede Benachteiligung aus Gründen der Rasse, der Farbe, der Religion oder des Glaubens. So steht's nämlich in der Konvention, verstehst du?«

Als der Gefangene wieder bei Bewusstsein war, registrierte er erstens, dass er in Unterhosen und Unterhemd auf einem aus Heu und Stroh aufgeschütteten Lager lag. Zu seinen Füßen eine zusammengerollte alte Decke, die nach Pferdemist stank. Zweitens: Sein Peiniger hatte ihm tatsächlich die Kabelbinder abgenommen. Dafür schloss sich eine Rohrschelle um sein rechtes Fußgelenk, die mittels einer langen Kette an einem in der Mauer eingelassenen Metallring befestigt war. Um jedes seiner Handgelenke schlang sich ein Seil, ebenfalls an der Mauer befestigt und gerade so lang, um ihm den Bewegungsradius zu verschaffen, den er benötigte, um selbstständig essen, trinken und andere Verrichtungen absolvieren zu können. Was wahrscheinlich ebenfalls der Genfer Konvention geschuldet war. Drittens: Auch das Klebeband um seinen Mund war entfernt worden, eine Verbesserung seiner Lage, die er unverzüglich zu einer massiven Drohung nutzte.

»Lass mich sofort wieder frei, oder ich sorge dafür, dass du in den Knast gehst, du Misthund!«, stieß er mit heiserer Stimme hervor.

Die Schwarze Henne schien amüsiert.

»Ts, ts, ts, aber, aber, Wiedehopf, wir wollen doch nicht ausfällig werden, so kurz vor dem Schlafengehen.«

Der Gefangene richtete sich auf und zerrte an den Seilen, die sich um seine Handgelenke schlangen.

»Mach mich los!«, zeterte er, »sofort. Meine Nachbarn werden merken, dass was passiert ist, und auch der Bäcker, man wird nach mir suchen, dann werden sie dich kriegen.«

»Der Bäcker?« Die Schwarze Henne wirkte irritiert.

Der Wiedehopf nickte.

»Der bringt mir täglich frische Schrippen. Wenn er merkt, dass die Schrippentüte vom Vortag noch vor der Tür liegt, wird ihm das auffallen, alles Weitere kannst du dir ja denken. Man wird feststellen, dass ich nicht da bin. Vermisstenmeldung. Polizei. Suchaktion. Sie werden dir auf die Spur kommen. Du bist in keiner beneidenswerten Lage, das sag ich dir, es sei denn, du machst mich sofort frei. Ich werd auch niemand von dir erzählen, versprochen.«

Die Henne lächelte mitleidig über so viel Naivität.

»Glaubst du im Ernst, dass die Bullen 'ne teure Suchaktion nach dir starten, bloß weil 'n paar vertrocknete Schrippen zu viel vor deiner Haustür liegen? Nee, mein Lieber, ich hab das recherchiert, gib dich keiner Illusion hin, du wirst der Gerechtigkeit zugeführt. Morgen tagt das Gericht, deine Tat schreit nach Vergeltung. Die Schwarze Henne ist beauftragt, sie zu sühnen. Merke, die Losung lautet: ›Staunt und rätselt über die schwarze Henne und das weiße Ei.‹«

Die letzten Sätze waren in schrillem Pathos gekommen, mit der Stimme eines Wahnsinnigen. Dem Wiedehopf schauderte vor Grauen. Wo das Gericht denn tage, erlaubte er sich nachzufragen.

»Nicht weit von hier, im Gerichtssaal.«

»Und … und wer ist der Richter?«

»Sagte ich doch gerade, du musst zuhören, die Schwarze Henne. Sie steht vor dir. Und jetzt Schluss mit der ganzen Diskutiererei, Schlafenszeit. Also gute Nacht. Ich muss mich um Harri kümmern, der wartet schon. Bis morgen früh um acht, Wiedehopf. Dann gibt's Frühstück.«

»Wer ist Harri?«

»Das geht dich nichts an.«

Die Henne verließ die »Todeszelle«, nicht ohne vorher die Garagenleuchte ausgeschaltet zu haben, und schloss die Tür hinter sich ab.

Die schwärzeste aller vorstellbaren Dunkelheiten breitete sich über den Wiedehopf. Inzwischen hegte er nicht mehr den geringsten Zweifel daran, dass er in die Hände eines Verrückten gefallen war. »Staunt und rätselt über die schwarze Henne und das weiße Ei.« – So konnte nur ein Irrer daherreden. Jemand, der aus der geschlossenen Abteilung abgehauen war, ein Wahnsinniger, ein Jack the Ripper des 21. Jahrhunderts. Und er, der einst den Wiedehopf gab ein unverzeihlicher Fehler in seinem früheren Leben –, war diesem Psychopathen hilflos ausgeliefert.

Doch alles Hadern half nichts. Manchmal musste man sich ins Unvermeidliche fügen. Das Leben hatte den Wiedehopf gelehrt, aus jeder Phase des Daseins das Positive herauszufiltern. Bisher war er damit nicht allzu schlecht gefahren. Vielleicht würde sich ja noch alles zum Guten wenden. Also versuchte er, das Positive seiner Lage zu erkennen. Und was war das? Ganz einfach: Er lag überraschend weich, er hatte es warm, und es gab die Genfer Konvention.

11

Dienstag, 11. Juni (Tag nach Pfingstmontag)

»'ne Pizza oder 'nen Lkw, Chef?«

Janine von Eulenburg, die an diesem Dienstagmittag mit Vesperholen dran war, streckte ihren Kopf just in dem Moment durch die Tür, als Querlinger den seinen für ein kurzes Nickerchen auf die auf dem Schreibtisch verschränkten Arme sinken ließ. Obwohl es erst drei Minuten vor zwölf war, wie die große Uhr an der Wand hinter dem Schreibtisch verriet.

»Lkw. Aber bitte zwei und mit viel Senf.«

»In Ordnung. Dann bis nachher.«

Querlinger schmunzelte. Noch bis vor sechs Monaten, als sie ihren Job in Ulm angetreten hatte, war der Begriff »Lkw« für die aus Hameln stammende Kommissarin ein Terminus aus dem Straßenverkehr gewesen, mittlerweile ging ihr das Kürzel für »LeberKäsWecken« recht flott über die Lippen. Mehr noch: Inzwischen schwärmte sie geradezu von dieser schwäbischen »Imbiss-Kompaktversion«.

Erneutes Klopfen. Erneut Janine von Eulenburg.

»Hab total vergessen, wann wir zu dieser Flötistin gehen.«

»Erst um halb vier, Eulenburg. Und jetzt lassen Sie mich entspannen und gönnen Sie mir meine zehn Minuten Yoga!«

»Aber klar doch, Chef.«

Was der Kommissar unter »Yoga« verstand, verhielt sich zum eigentlichen Yoga etwa so wie Kneipp'sches Wassertreten zu Vierhundert-Meter-Freistilschwimmen. Dennoch: Wer Wert auf ein harmonisches Betriebsklima legte, vermied es tunlichst, die mittäglichen zehn »Yoga-Schnarch-Minuten« des Eugen Querlinger ohne wirklich zwingenden Grund zu stören.

Kurz nach drei fuhren sie los. Es nieselte.

»Welche Strecke fahren Sie eigentlich, Chef? Hier geht's doch nie und nimmer zur Yorckstraße«, stellte Janine von Eulenburg nach fünf Minuten fest und sah stirnrunzelnd aus dem Beifahrerfenster. Die futuristisch wirkende Fassade des Maritim Hotels, die in den regnerischen Ulmer Nachmittagshimmel ragte, kam immer näher.

»Da will ich ja auch gar nicht hin«, erwiderte Querlinger.

»Was? Ich denke, wir fahren zu dieser Mercedes da Silva, zu dieser Flötistin, die wohnt doch in der Yorckstraße!«

»Da wohnt sie. Aber da ist sie jetzt nicht«, sagte der Kommissar lakonisch und latschte auf die Bremse. Um ein Haar hätte er eine rote Ampel übersehen.

Obwohl nur der Sicherheitsgurt gerade noch verhinderte, dass sie gegen das Armaturenbrett knallte, verzichtete Janine von Eulenburg auf einen Protest. Wer mit dem Chef Auto fuhr, hatte sich auf bestimmte Fliehkräfte des Nissan Terrano II einzustellen. Auch wenn der noch aus dem letzten Jahrhundert stammte, Baujahr 1993.

»›Da wohnt sie, aber da ist sie jetzt nicht‹«, wiederholte sie und rollte mit den Augen. »Meine Güte, was sind Sie heute wieder kryptisch.«

Querlinger grinste.

»Ich bin nicht kryptisch, ich bin scharf auf ein klassisches Konzert. Wir hören uns gleich eine Orchesterprobe an. Die Philharmoniker proben heute im CCU. Unser Flötenkolibri dürfte also gar nicht zu Hause sein. Wir fahren jetzt zu dieser Probe, da werden wir ihn in voller Aktion erleben, und die anderen ehemaligen Kollegen von unserem ›Kuckuck‹ inklusive dem Dirigenten kriegen wir gratis dazu.«

»Ah, verstehe. Keine schlechte Idee.«

Neben dem Haupteingang zum CCU hing ein Plakat, das das in einer Woche stattfindende Konzert anpries, für das heute geprobt wurde.

Bereits im Foyer schwebten ihnen gedämpfte symphonische Klänge entgegen. Offenbar hatte die Probe früher als geplant begonnen. Just in dem Moment, als Querlinger und seine Begleiterin leise den Einstein-Saal, in dem die Probe stattfand, betraten, bekamen sie die volle Breitseite eines ohrenbetäubenden, sich über mindestens zwanzig Takte hinziehenden Fortissimos ab.

»Leck mich fett, das tut ja richtig weh«, zischte Eulenburg empört.

Während das Fortissimo allmählich von einem Diminuendo zurückgedrängt wurde, versuchten sie ziemlich weit vorne einen Platz zu ergattern, was nicht weiter schwierig war, gerade mal etwa zwanzig Kinder und Jugendliche saßen über die Sitzreihen verstreut da und hörten aufmerksam zu.

Sie fanden eine Stelle, von der aus sie sämtliche Abteilungen des Orchesters gut im Blick hatten. Die Holzbläser saßen etwas erhöht hinter den Streichern, besser gesagt hinter den zweiten Violinen: zwei Oboen, männlich; zwei Klarinetten, weiblich; ein Fagott, männlich; und zwei Flöten, weiblich.

»Hab mir unter 'nem Kolibri was völlig anderes vorgestellt, Chef«, wisperte Eulenburg in eine Kaskade von Zweiunddreißigsteln hinein, die von den Streichern gerade in ein erneutes Fortissimo gejagt wurden.

»Ich auch. Aber vielleicht gibt's ja Riesenkolibris, so wie's Riesenschildkröten gibt.«

Querlingers Bemerkung kam nicht von ungefähr. Beide Flötistinnen hätte man der Statur nach auch für Tubaspielerinnen halten können.

»Sollen wir sie –«, setzte Eulenburg zu einer Frage an, wurde aber von einem »Psst!« Querlingers unterbrochen.

In diesem Augenblick nämlich ertönte ein Klopfen wie von einem Specht – der Dirigent schlug mit dem Taktstock gegen sein Dirigentenpult.

»Also so nicht, meine Herrschaften, so auf keinen Fall. Bis jetzt hatten Sie's wunderbar drauf. Aber die letzten Takte – so geht's nicht, so geht's einfach nicht!«

Der Dirigent sah aus, wie ein Dirigent auszusehen hatte – Dirigentenmähne, schwarz gelockt und bis auf die Schultern reichend, ergraute Schläfen, groß, schlank, hohe Stirn, verkniffener Mund und Hände mit unglaublich langen, schmalen Fingern.

Dazu eine Goldrandbrille, die auf der äußersten Spitze einer mächtigen Nase saß, Typ Gérard Depardieu.

Dafür, dass der Mann einen so klangvollen italienischen Namen besaß – Arturo Tittivollo –, sprach er phantastisch gut Deutsch.

»Bitte das Ganze noch mal ab Takt …«, Titivollo sah auf seine Partitur, »ab Takt zweihundertvierundsechzig, Achtung, Herrschaften …«, er hob den Taktstock, schlug damit drei Mal in die Luft, dann setzte das Orchester ein. Nach zwanzig Takten Forte erneutes Spechtklopfen. Deutlich lauter.

»Aber was ist denn, Herrschaften, die beiden Achteltriolen nach Takt zweihundertvierundachtzig, dadada, düdüdü, bitte auch als Achteltriolen spielen. Noch mal bitte ab Takt … Moment … ab Takt zweihundertsechsundsiebzig …«

Heben des Taktstocks. Einsetzen des Orchesters. Perfekt getaktete Achteltriolen. Himmelwärts gerichteter Blick Tittivollos, befreites Nicken. Weitere zwölf Takte Fortissimo, verklingend bis zum Mezzopiano …

Spechtklopfen.

»Moment, Moment, Moment. Was ist denn, Herrschaften! Ab Ziffer Dreihundertzwölf müssen die Bläser weggehen, langsam weggehen, verklingen, bis zum Piano pianissimo. Da steht ›perdendo‹ drüber, Herrschaften, sich verlieren, verklingen. Was tun Sie? Sie sind wie UHU, Sie bleiben am Mezzopiano kleben, anstatt sich bis ins Piano pianissimo zu verabschieden. Perdendo, Herrschaften, perdendo, und zwar bis zum Piano pianissimo; nicht am Mezzopiano kleben bleiben, nicht UHU, also noch mal bitte … Gottogottogott!«

»Hat der sie noch alle?«, zischte Eulenburg.

»Der sorgt halt für Disziplin in seinem Laden. Er hat meinen vollen Respekt«, grinste Querlinger, griff in seine Jackentasche und warf sich ein paar Erdnüsse ein.

Nach einer weiteren halben Stunde hitzigen Duellierens zwischen Orchester und Dirigent war die Probe endlich zu Ende.

Querlinger stand auf.

»Wir gehen gleich hinter die Bühne und sehen zu, dass wir

den Dirigenten erwischen, er soll dann die Flötistin herzitieren.«

Sie wurden mit neugierigen Blicken bedacht, als sie den rückseitigen, nur dem Personal vorbehaltenen Backstagebereich betraten. Sofort eilte ein dürrer, hakennasiger Mensch in einem Arbeitsoverall auf sie zu.

»Hier ist für Unbefugte gesperrt, können Sie nicht lesen?«, schnauzte er und deutete auf ein rot umrahmtes Schild, auf dem »Für Unbefugte Zutritt verboten« stand.

»Tut mir leid, aber wenn man mich blöd anredet, werd ich zum Legastheniker«, sagte Querlinger trocken, »ich hoffe, Sie nicht.« Er zückte seinen Dienstausweis. »Falls doch, les ich Ihnen mal Silbe für Silbe vor, was hier draufsteht. Schauen Sie, oben steht: Po-li-zei. Da steht: Dienst-aus-weis, da steht mein Name: Eu-gen Quer-ling-er, da unten mein Dienstgrad: Ers-ter Kri-mi-nal-haupt-kom-mis-sar. Also hammers oder soll Ihnen meine Kollegin noch vorlesen, was auf ihrem Ausweis steht?«

»Kripo?«, fragte der Mann fast ehrfürchtig und schickte ein devotes »Entschuldigen Sie, das konnte ich nicht wissen, was kann ich für Sie tun?« hinterher.

Querlinger lächelte versöhnlich.

»Wenn Sie uns sagen, wie wir an den Dirigenten herankommen, haben Sie schon sehr viel für uns getan.«

»Aber natürlich, selbstverständlich, kommen Sie mit, gestatten Sie, dass ich vorausgehe.«

Sie folgten der Hakennase, die vor einer Tür, auf der »Bühnentechnik« stand, haltmachte und anklopfte.

»Entschuldigung, Maestro, aber da sind zwei Herrschaften, die Sie sprechen wollen. Von der Kriminalpolizei.«

»Ich hatte Sie schon erwartet«, sagte der Maestro und forderte die beiden Beamten auf, auf einem Sofa Platz zu nehmen. Er selbst blieb auf seinem Bürostuhl.

»Fürchterlich, das Ganze, wir sind noch alle ganz schockiert von der Nachricht.«

Querlinger nickte verständnisvoll. »Bevor wir auf unser Anliegen zu sprechen kommen … ähm … Maestro … wollte ich Sie bitten, nach Frau da Silva schicken zu lassen, der Flötistin. Mit der möchten wir uns auch noch unterhalten. Aber erst später, wenn wir hier durch sind.«

Tittivollo wirkte irritiert, aber auch irgendwie wissend.

»Ah, Frau da Silva! Aber natürlich, sofort, entschuldigen Sie mich einen Augenblick.«

Er eilte zur Tür. Zwei Minuten später war er wieder zur Stelle.

»Die Dame wartet solange beim Hausmeister.«

Querlinger kam sofort zur Sache.

»Sie haben vom Tod Ihres Orchesterkollegen aus der Presse erfahren, nehme ich an?«

»Ja, wir waren alle entsetzt. Ein ungeheurer Schlag für das ganze Orchester, menschlich und musikalisch.«

»Können Sie uns sagen, wann Sie das letzte Mal Kontakt zu Manfred Reuber hatten?«

»Aber ja. Das war am … lassen Sie mich überlegen … am 27. Mai. An dem Tag hatten wir vormittags Orchesterprobe.«

»Wie war er an dem Tag? Ist Ihnen an ihm etwas aufgefallen, etwas Ungewöhnliches?«

Maestro Tittivollo machte ein hochbekümmertes Gesicht.

»Oh ja, es gab da in der Tat etwas Ungewöhnliches, um nicht zu sagen etwas … Deprimierendes.«

»Etwas Deprimierendes?«

»Furchtbar deprimierend.«

»Ach, und was?«

Die Augen des Maestros bekamen einen feuchten Glanz.

»Er … er bekam das Alla breve nicht hin.«

»Das Alla bräwe. Oh mein Gott, wie furchtbar!«, rief Querlinger betont erschüttert.

Janine von Eulenburg sah ihn fassungslos an. Der ironische Unterton in seinem Ausruf war ihr völlig entgangen.

»Verzeihung, er bekam was nicht hin?«, hakte sie konsterniert beim Maestro nach.

»Das Alla breve in Mozarts Konzert für Oboe und Orchester C-Dur, KV 314, dritter Satz: Rondo: Allegretto«, erklärte Tittivollo mit erstickter Stimme und wischte sich mit dem rechten

Handrücken über die Augen. »Wir hatten an dem Tag sehr intensiv geprobt. Zuerst Debussy und Wagner. Zu dem Zeitpunkt war mit Kollege Reuber noch alles in Ordnung, er war voll bei der Sache. Dann ordnete ich eine zehnminütige Pause an, danach wollte ich noch den dritten Satz aus Mozarts Oboenkonzert proben, der im Alla-breve-Takt steht. Als das Orchester wieder Platz nahm, merkte ich schon, dass Kollege Reuber verändert war. Er wirkte blass und schien völlig fertig zu sein. Schon bei –«

»Entschuldigen Sie«, unterbrach Querlinger, »verstehe ich das richtig, diese Veränderung haben Sie erst nach der zehnminütigen Pause festgestellt?«

»Ja, in diesen zehn Minuten muss irgendetwas passiert sein, was ihm außerordentlich zusetzte.«

»Gut, erzählen Sie weiter.«

»Wie gesagt, wir hatten gerade mit dem dritten Satz begonnen, da …«, des Maestros Stimme geriet gehörig ins Wanken, »da deutete sich die Katastrophe schon an. Er … er bekam den geforderten Takt, dieses Alla breve, einfach nicht hin. Es war fürchterlich. Auf einmal sprang er auf, legte seine Oboe auf den Sitz und verließ die Probe ohne eine Erklärung. Er kam nicht wieder. Unser Orchesterwart packte das Instrument in den Koffer, und seitdem lagert es bei uns. Ich habe noch am selben Abend und auch in den folgenden Tagen versucht, ihn per Handy zu erreichen … vergebens.« Arturo Tittivollos Stimme brach endgültig. Er holte ein Taschentuch hervor und schnäuzte sich. »An diesem Nachmittag habe ich ihn zum letzten Mal gesehen«, hauchte er.

»Ist Ihnen bekannt, ob andere Mitglieder des Orchesters nach diesem Vorfall noch Kontakt zu ihm hatten?«, fragte Eulenburg.

Der Maestro schüttelte den Kopf. »Niemand.«

»Und woher wissen Sie das so genau?«

»Ich habe im Orchester nachgefragt.«

Die Kommissarin wechselte einen kurzen Blick mit ihrem Chef, in dem »Flötenkolibri« geschrieben stand.

»Maestro, welches Verhältnis hatte Herr Reuber zu seinen Kollegen?«

»Er war zurückhaltend, reserviert freundlich. An gemeinsamen Aktivitäten, zum Beispiel mal auf ein Bier zusammen weggehen, nahm er nur selten teil. Die einzige Person, zu der er näheren Kontakt unterhielt, war Frau da Silva.«

»Sie sagten soeben, dass niemand im Orchester nach diesem Vorfall Kontakt zu ihm hatte. Auch nicht Frau da Silva?«

»Auch Frau da Silva nicht. Behauptet sie zumindest.«

»Sie wird sich doch Sorgen gemacht haben – hat man davon nichts mitbekommen?«

»Wir alle haben uns Sorgen gemacht, aber was diesen seltsamen Vorfall ausgelöst hat, darüber weiß auch Frau da Silva nichts. Aber das kann sie Ihnen ja nachher selbst sagen.«

»Wie würden Sie die Beziehung zwischen Herrn Reuber und Frau da Silva deklarieren?«

Der Maestro zierte sich etwas.

»Nun, wie deklariert man ein solches Verhältnis?«, sagte er mit einem delikaten Unterton in der Stimme. »Am besten hat es Beethoven ausgedrückt.« Tittivollo breitete die Arme aus und rezitierte ekstatisch: »›Die Liebe fordert alles und ganz mit Recht, so ist es mir mit dir, dir mit mir.‹ Sie verstehen, werter Herr Kommissar?«

Querlinger hatte mehr als verstanden und sprang auf. Sein Bedarf an Zitaten war seit der philosophischen Nachhilfestunde bei Maria Rzcinski auf Jahrzehnte hinaus gedeckt. Wenn jetzt der Maestro auch noch damit anfing, wäre das ein nachvollziehbares Motiv für den Mord an einem Dirigenten.

»Ja also dann, herzlichen Dank, Maestro. Können wir jetzt Frau da Silva sprechen?«

»Selbstverständlich. Ich werde sie holen, Sie können sie hier in diesem Raum vernehmen. Ich darf mich doch sicher entfernen.«

Er durfte.

»Sie können sich wahrscheinlich denken, weshalb wir Sie sprechen wollen, Frau da Silva. Herzliches Beileid übrigens«, begann Querlinger das Gespräch.

»Denken kann ich's mir schon, aber ob ich Ihnen weiterhelfen kann, bezweifle ich.«

Die Flötistin, die, in ihrer ganzen körperlichen Mächtigkeit, neben der nicht minder mächtig wirkenden Eulenburg auf dem Sofa saß und auf einem Kaugummi herumkaute, klang ruhig, gefasst und – Querlinger konnte sich des Eindrucks nicht erwehren – irgendwie trocken aggressiv. Auf die Beileidsbekundung war sie gar nicht eingegangen.

»Ich bin mir sicher, dass Sie uns weiterhelfen können«, widersprach er freundlich. »Sie waren ja mit Herrn Reuber liiert. Wir –«

»Liieeert?«, fiel ihm die Frau ins Wort.

Querlinger und Eulenburg wechselten einen überraschten Blick.

»Nun ja …«, der Kommissar versuchte sich an einem sympathischen Schmunzeln, »um es romantisch mit Beethoven auszudrücken: ›Die Liebe fordert alles und ganz mit Recht, so ist es mir mit dir, dir mit mir.‹ Ihre Beziehung war doch in diesem Sinn zu sehen, nicht wahr?«

Mercedes da Silva lehnte sich lässig ins Sofapolster zurück und musterte den Kommissar mit einem Blick, als hätte sie einen unzurechnungsfähigen Idioten vor sich.

»Den Scheiß ham Sie doch von Titti, oder?«

Querlinger war fassungslos.

»Ähm … Titti?«

»Tittivollo, Maestro, Generalmusikdirektor, Dirigent – ganz wie Sie wollen. Die Behauptung, ich sei mit Reuber liiert gewesen, stammt garantiert von ihm. Das Beethoven-Zitat gehört übrigens zu seinem Standard-Repertoire an bescheuerten Sprüchen, mit denen er regelmäßig Eindruck schinden will.«

Monsterkolibri, dachte Querlinger grimmig.

»Wenn ich Sie richtig verstehe, waren Sie gar nicht liiert mit Herrn Reuber?«

»Ich liiere mich doch nicht mit ’nem Schwachkopf. Ich war ’n paarmal in der Kiste mit ihm, das war alles.«

Die Kaltschnäuzigkeit des »Kolibris« war geradezu verstörend. Konnten die »heißen Liebesschwüre« in dem Brief, von dem Rzcinski berichtet hatte, tatsächlich diesem Ungeheuer gegolten haben?

»Dafür, dass er Sie in seinen Briefen als ›Flötenkolibri‹ bezeichnete und Ihnen ewige Treue schwor, gehen Sie mit dem Andenken Ihres verstorbenen Liebhabers ganz schön rigide um, finden Sie nicht?«, merkte er sarkastisch an.

Mercedes da Silva beugte sich schlagartig nach vorne.

»Welche Briefe? Und *wie*, bitte, soll er mich genannt haben?«

Wenn ihre Überraschung echt war, und danach sah es fraglos aus, änderte dies die Lage grundlegend.

Querlinger musste sich vergewissern.

»›Flötenkolibri‹. Geben Sie jetzt nicht die Unbedarfte, in mindestens einem der Briefe, die er Ihnen schrieb, nannte er Sie doch so, oder?«, blaffte er.

Mercedes da Silva starrte ihn ein paar Sekunden lang ungläubig an – um schließlich in ein unbändiges Gelächter auszubrechen.

»Flötenkolibri!«, brüllte sie und schlug sich vor Vergnügen auf die Schenkel.

Querlinger fluchte leise in sich hinein. Was die Frau hier abspulte, war nicht gespielt. In der Konsequenz führte dies zu der bestürzenden Erkenntnis, dass er bezüglich des »Flötenkolibris« an der falschen Adresse gelandet war. Dem Blick nach zu urteilen, den Eulenburg ihm zuwarf, sah die das genauso.

»Unterhielt Herr Reuber noch eine andere Beziehung?«, fragte Querlinger, wobei er sich um einen möglichst konzilianten Ton bemühte.

»Nicht dass ich wüsste«, sagte da Silva und wischte sich kichernd ein paar Lachtränen von der Wange. »Aber was diesen Brief angeht, da gibt es etwas, was das Ganze erklären dürfte.«

»Ach, und das wäre?«

»Manfred hat mir mal erzählt, dass er bei einem Wettbewerb mitmachen wolle, den eine Boulevardzeitschrift – ich weiß den Namen nicht mehr– ausgeschrieben hatte. Ein Wettbewerb, betitelt«, die Flötistin verfiel in gackerndes Glucksen, »›Wer schreibt den schärfsten Liebesbrief?‹«

»›Wer schreibt den …‹« Der Rest blieb Querlinger im Hals stecken, er rang sichtlich um Fassung. Der »Flötenkolibri«, nichts weiter als ein lächerliches Phantasieprodukt?

Sei's drum. Eine entscheidende Frage blieb.

»Mich würde interessieren, welche Inhalte die Handygespräche hatten, die Sie mit Herrn Reuber am 6. und 30. Mai geführt haben. Zwei Mal rief er Sie an, zwei Mal Sie ihn. Am 30. meldete er sich«, der Kommissar hatte die Daten genau im Kopf, »um acht Uhr bei Ihnen. Sie haben ihn dann um vierzehn Uhr zweiundzwanzig zurückgerufen. Was wir bis jetzt wissen, lässt den Schluss zu, dass Sie die Letzte waren, die mit dem Opfer telefoniert hat.«

»Oh je, ein letztes Telefonat, wie dramatisch!«, spöttelte Mercedes da Silva, die zunehmend Oberwasser bekam. »Und nun glaubt der scharfsinnige Herr Kommissar, dass die böse Flötistin am gewaltsamen Tod des lieben Oboisten mitschuldig ist. Muss ich jetzt einen Anwalt hinzuziehen?«

Querlinger beugte sich nach vorne. Seine Miene gefror zu einem Permafrost-Lächeln. Er setzte es immer dann auf, wenn er renitente Typen, die glaubten, die Weisheit mit Löffeln gefressen zu haben, und ihn verscheißern wollten, vor seiner »Befragungsflinte« hatte.

»Ob Sie einen Anwalt brauchen? Das liegt ganz bei Ihnen. Wenn Sie mir jetzt nicht augenblicklich wahrheitsgemäß antworten, kommen Sie mit in die Kripo-Zentrale in der Lindenstraße. Dort nehmen wir Sie auseinander und setzen ein stundenlanges Verhör an, das sich gewaschen hat. Da können Sie dann Ihren Anwalt anrufen und ihn fragen, ob es gerechtfertigt ist, wenn wir Sie zusätzlich noch über Nacht dabehalten – ich hoffe, wir haben uns verstanden. Also, was haben Sie mit Herrn Reuber an den genannten Terminen besprochen?«

Das saß. Was sich in einem bitterbösen Flötistinnenblick und knappen, aber nichtsdestotrotz ergiebigen Antworten manifestierte.

»Es ging um Geld, das er mir schuldete.«

»Um Geld, aha. Um wie viel Geld?«

»Viertausend Euro.«

»Hübsches Sümmchen, das Sie ihm da geliehen haben.«

»Hab ich ihm nicht geliehen. Hab dafür gearbeitet.«

»Ah ja, gearbeitet. Sie haben ihm die Wohnung tapeziert, nehme ich an?«

Schweigen aufseiten der Flötistin. Beschimpfung des Kommissars in Gedanken mit einer Salve nicht druckfähiger Substantive, ergänzt mit entsprechenden Adjektiven.

»Aha, verstehe, natürlich.« Querlinger grinste wissend. Was das Schweigen in Verhören betraf, hatte ihn seine Berufspraxis hellseherische Fähigkeiten entwickeln lassen. »Es handelt sich offenbar um andere Dienstleistungen. Aber egal, müssen wir hier nicht näher verifizieren, wir sind ja nicht beim Finanzamt.«

Der Kommissar zog seinen Notizblock aus der Brusttasche und warf einen Blick darauf.

»Sie behaupten also, es ginge bei sämtlichen Handygesprächen ausschließlich um dieses Geld, diese viertausend Euro, die er Ihnen schuldete?«

»Hab ich doch gesagt.«

»Versuchen wir mal die beiden Gespräche vom 30. zu rekonstruieren. Das erste fand Punkt acht Uhr statt und dauerte sechzehn Sekunden. Da rief er Sie an. Was ungefähr sagte er da?«

»Dass er die Summe, die er mir schuldet, in fünf Raten abbezahlen werde. Ich fragte ihn, ob er mich verarschen wolle, und drohte ihm, sollte er die gesamte Summe nicht auf einmal bezahlen, würde ich ihn anonym beim Finanzamt anzeigen, wegen Steuerhinterziehung.«

»Steuerhinterziehung?«

»Das Geld für den Musikunterricht, das sackte er so ein. Das war Schwarzgeld, verstehen Sie, keine Rechnung, keine Quittung, nix. Die Eltern haben das mitgemacht, weil er exorbitant günstig war.«

»Und woher wussten Sie das?«

»Hat er mir mal in einer schwachen Stunde anvertraut.«

»Gut. Um vierzehn Uhr zweiundzwanzig haben Sie ihn zurückgerufen. Weshalb?«

»Ich hatte mir seinen Vorschlag noch mal überlegt. Wer weiß, dachte ich mir, wenn ich weiter auf der ganzen Summe bestehe, sehe ich nichts mehr von dem Geld. Und dann hab ich mir gesagt, besser den Spatz in der Hand als die Taube aufm Dach, und wollte ihm sagen, dass ich auf seinen Vorschlag eingehe. Aber dazu kam's nicht, weil …«, die Frau stockte.

»Weil?«, fasste Querlinger nach.

»Weil das Gespräch plötzlich abbrach. Am Anfang, als er ranging, klang er ärgerlich, irgendwie genervt. Er sagte: ›Was willst *du* denn jetzt?‹ Noch bevor ich antworten konnte, war da so ein Geräusch, und er rief: ›Verdammt, was soll das?‹ Er hörte sich ziemlich erschrocken an. Dann muss ihm das Handy runtergefallen sein, und dann war Funkstille.«

Der Kommissar war zunehmend hellhöriger geworden.

»Wie kommen Sie darauf, dass ihm das Handy runterfiel?«

»Hab ich am Geräusch gehört, war so 'n Scheppern wie … na eben, wie wenn einem das Handy aus der Hand fällt.«

»Und das erste Geräusch, als er so erschrocken reagierte, nach was klang das?«

Da Silva zuckte die Schulter.

»Keine Ahnung. Ich glaub, das war so ein Klacken, ziemlich dumpf.«

Querlinger starrte auf seine Hände und nickte abwesend. Wechselte einen fragenden Blick mit der Eulenburg und erhob sich.

»Danke, Frau da Silva, das war's. Sie haben uns möglicherweise doch weitergeholfen.«

»Das heißt, ich kann gehen?«

»Wohin Sie wollen«, grinste der Kommissar.

Es nieselte noch immer, als sie durch die Glastür des Congress Centrums nach draußen traten und zum Parkplatz eilten. An diesem Nachmittag schien die gesamte Donaumetropole in trägem, nassem Grau erstarrt. Selbst das Grün am Valckenburgufer schien mit dem trist verhangenen Himmel um die Wette zu grauen.

»Also doch noch 'ne Spur, dürfte uns ein gutes Stück weiterbringen, die Aussage dieser Mercedes da Silva«, bemerkte Eulenburg, als sie im Wagen saßen.

»Hoffen wir's. Der 30. scheint sich jedenfalls immer mehr als der entscheidende Tag herauszukristallisieren, an dem Reuber verschwand. Unter Umständen kennen wir dank des Anrufs dieser Flötistin sogar die genaue Uhrzeit: vierzehn Uhr zweiundzwanzig.«

»Hat durchaus Potenzial, der Anruf«, stimmte Eulenburg zu. »Was die Frau da live mitbekommen hat, hört sich ganz schön dramatisch an. Man müsste wissen, wo er zu diesem Zeitpunkt steckte.«

»Bin mir ziemlich sicher, dass wir das herausfinden«, sagte Querlinger und startete den Motor. »Wir recherchieren seine Standortdaten. Wir müssen wissen, in welcher Funkzelle er sich aufgehalten hat, als er den letzten Anruf erhielt, beziehungsweise wann und wo er sein Handy das letzte Mal ausgeschaltet hat.«

12

Als Querlinger an diesem Dienstagnachmittag gegen fünf nach Hause kam, überraschte Luise ihn mit der Nachricht, dass der für das heutige Abendessen angedrohte frische Löwenzahnsalat und das Lauch-Tomaten-Risotto entfallen würden. Stattdessen dürfe er sich auf ein opulentes »schwäbisches Nachtessen« freuen.

»Wir sind eingeladen, Bärle. Bei Weißeneggers. Die Pati macht heut als Vorspeis Maultaschensupp, und als Hauptspeis gibt's Zwiebelrostbraten, Schupfnudeln, Spinatspatzen und Feldsalat. Zum Nachtisch Nonnenfürzle und Ofenschlupfer. Ich hab zug'sagt, ist dir doch sicher recht, gell? Um halb sieben sollen wir da sein.«

»Aha«, sagte Querlinger und meinte eigentlich »Oh je«. Schuld daran war der Name »Weißenegger«. Das Ehepaar Arnulf und Patricia Weißenegger (Letztere kurz Pati genannt) war mit den Querlingers »befreundet«. Zumindest war das die offizielle Version über die Weißenegger-Querlinger'sche Beziehung, wie Luise und Pati sie in die Welt gesetzt hatten und wie sie auch auf Facebook kursierte. Querlinger hielt sich da lieber an das Beispiel der hohen Politik: weder bestätigen noch dementieren. Er selbst hatte zum Ehepaar Weißenegger nämlich ein ambivalentes Verhältnis, was sich unter anderem darin spiegelte, dass er im Umgang mit Arnulf und Pati noch nicht beim vertrauten »Du« angelangt war, ganz im Gegensatz zu seiner Frau. Einerseits sprach er den Weißeneggers durchaus »gewisse Qualitäten« zu, andererseits gab es Situationen, in denen er dem Physiotherapie-Praxen-Inhaber und Fitness-Studio-Betreiber Arnulf Weißenegger am liebsten eine ordentliche »Schäll« (im benachbarten, zu Bayern gehörenden Neu-Ulm auch »Fotzn« genannt) verabreicht hätte. Für einen kurzen Moment schwankte Querlinger, dann aber schlug die Aussicht auf ein hervorragendes schwäbisches Menü der Pati Weißenegger – deren Kochkünste zu den oben erwähnten »gewissen Qualitäten« zählten – sämtliche Bedenken in die Flucht.

»In Ordnung, Mäusle, dann mach ich mich fertig.«

Das Ehepaar Weißenegger bewohnte eine prächtige Villa auf dem Safranberg, welcher zu den begehrtesten Wohnlagen Ulms zählt. Querlinger stellte seinen Wagen auf einem kleinen Parkplatz nicht weit vom Anwesen der Gastgeber entfernt ab. Die letzten Meter gingen sie zu Fuß. Arnulf und Pati standen vor dem geöffneten schmiedeeisernen Einfahrtstor und erwarteten sie bereits. Er, Bürstenhaarschnitt, Zahnpastalächeln, weißes Poloshirt, weiße Hose, weiße Schuhe und braun gebrannt, als sei er gerade von einem Bahamasurlaub zurück; sie, ebenfalls zahnpastalächelnd, eine Idee hellhäutiger als ihr Mann, das blonde Haar zu einer Hochfrisur gesteckt und in einen giftgrünen Sari gekleidet.

»Liebe Luise, lieber Herr Kriminalhauptkommissar, herzlich willkommen in unserer bescheidenen Hütte«, rief Arnulf Weißenegger überschwänglich und in einer Lautstärke, als seien seine Gäste halb taub.

Depp, du brüllst doch nicht umsonst so in der Gegend rum, schimpfte Querlinger bei sich. Er schaute sich um und sah seinen Verdacht bestätigt. Auf dem Gehweg schräg gegenüber der Einfahrt zum Weißenegger'schen Anwesen flanierte gerade die Familie Rütliberger – Ehepaar, drei Kinder, Dobermann – den Gehsteig entlang. Die Rütlibergers waren Nachbarn der Weißeneggers, sie lagen im Clinch miteinander. Das überlaute »Lieber Herr Kriminalhauptkommissar!« galt mit Sicherheit ihnen. Wahrscheinlich sollte der Ausruf ein Hinweis sein, etwa im Sinne von: Seht her, Leute, und nehmt euch in Acht, wir verfügen über hervorragende Beziehungen zur Polizei! Querlinger bereute jetzt schon, Luise zugesagt zu haben. Doch da er nun mal hier war, galt es, gute Miene zum bösen Spiel zu machen.

Luise ging mit ausgebreiteten Armen auf die Weißeneggers zu.

Auf ein lieblich geflötetes »Danke für die Einladung, Arnulf, hallo, Pati!« folgte das obligate Küsschen-rechts-Küsschenlinks-Zeremoniell. Die Arme auf dem Rücken verschränkt, stand Querlinger in typischer Prinz-Philip-Manier drei Schritte hinter seiner Frau und grinste unverbindlich.

»Kommen Sie, kommen Sie, lieber Freund«, plärrte Arnulf Weißenegger noch um einige Dezibel lauter, die Rütlibergers hatten sich inzwischen nämlich etwas entfernt. »Lassen Sie uns in den Salon gehen und erst einmal einen Drink nehmen.«

Er packte Querlinger am Arm, wie Querlinger jemanden, den es zu verhaften galt, am Arm gepackt hätte, und schritt mit ihm, gefolgt von den beiden Frauen, über den gepflasterten Vorplatz zum Haus-, besser gesagt zum Villeneingang. Die Haustür stand offen.

Fünf Minuten später stand man im »Salon« bei einem Aperol Spritz beieinander und tauschte sich über die aktuellen Befindlichkeiten aus. Pati und Luise bemühten sich schließlich in die Küche, während die beiden Männer in die tiefen Polster zweier Ledersessel sanken, die in der Leseecke des Salons standen.

»Aperitif gefällig?«, fragte Arnulf Weißenegger.

»Danke, aber hatten wir den nicht gerade?«

»Aber mein lieber Kommissar, das war ein Willkommenstrunk und kein Aperitif«, belehrte Arnulf seinen Gast mit nachsichtigem Lächeln.

»Ach so, ja aber –«

»Kein Aber, wir genehmigen uns jetzt einen Aperitif«, widersprach Arnulf, noch bevor er wissen konnte, was Querlinger mit seinem »Ja aber« sagen wollte. Er erhob sich aus dem Ledersessel und öffnete ein Fach inmitten eines mit Büchern vollgestopften Regals.

»Hier«, sagte Arnulf schließlich und reichte seinem Gast ein schmales Glas mit einer rosafarbenen Flüssigkeit.

»Rosenblüten-Fruchtwein-Aperitif«, hauchte er mit Kennermiene, schürzte die Lippen und fügte hinzu: »Aus Damaszenerrosen, mein Lieber, etwas besonders Exquisites.«

»Ah, ein …«, Frauengesöff, wollte Querlinger sagen, besann sich jedoch gerade noch rechtzeitig und beendete den Satz mit »… sehr erlesenes Getränk«.

Weißenegger ließ sich erneut in das Lederpolster sinken. Sie prosteten sich zu.

»Sagen Sie, Wertester, was ich Sie fragen wollte, hätten Sie nicht mal Lust, auf eine Expedition mitzukommen?«

Der »Werteste« war baff. Dass Arnulf Weißenegger eine exzentrische Persönlichkeit war, war ihm schon immer klar gewesen. Aber was wollte er im Urwald oder in der Wüste oder in der Antarktis?

»Auf eine … Expedition?«

Arnulf Weißenegger ließ ein kehliges Lachen hören.

»Keine Angst, ich will Sie nicht in die Sahara oder andere unwirtliche Gegenden entführen, ich meine eine Expedition in die vergangenen Gefilde der Geschichte der Stadt Ulm. Kurzweilig, interessant und lehrreich.«

Jetzt verstand Querlinger, aus dieser Ecke also wehte der Wind. Weißenegger stand im Begriff, mal wieder den genialen Akademiker zu mimen, diesmal in der Rolle des Historikers. Der Kommissar wusste, dass Arnulf Weißenegger vor Jahrzehnten zwei Semester Geschichte, zwei Semester Anthropologie, ein Semester Psychologie und ein Semester Betriebswirtschaft studiert hatte. Ein klassischer Studienfächer-Nomade. Das Studium hatte er abgebrochen, weil eine Fortsetzung desselben ihn sein Erbe gekostet hätte. Sein Vater hatte nämlich gerade noch rechtzeitig den Hang seines Sohnes zur akademischen Vagabundiererei erkannt und gedroht, ihn zu enterben, wenn er sein Leben weiterhin verplempere und sich weigere, in die Geschäftsleitung der von ihm betriebenen Physiotherapie-Praxiskette einzusteigen. So kam es, dass Arnulf Weißenegger eine schweinisch teure, vom Vater gesponserte Ausbildung zum diplomierten Physiotherapeuten und Fitnesscoach absolvierte. Dass er keinen Universitätsabschluss hatte, hinderte ihn nicht daran, der obskuren Vorstellung zu erliegen, er wäre ein umfassend gebildeter Vollblutakademiker und könnte überall mitreden …

»In die vergangenen Gefilde der Geschichte der Stadt Ulm?«, wiederholte Querlinger den Vorschlag seines Gastgebers.

»Ja, eine Expedition in die Katakomben unserer schönen Stadt –

in die unterirdischen natürlich, Sie verstehen schon. Als Historiker versichere ich Ihnen, dass es da einiges zu entdecken gibt.«

Unterirdische Katakomben! Konnte es sein, dass dieses Rindvieh tatsächlich glaubte, er, Querlinger, wisse nicht, dass Katakomben nicht über, sondern unter der Erde liegen? Vielleicht sollte er ihm eine Lektion erteilen.

»Oh mein Gott«, rief er in gespieltem Entsetzen und sprang vom Sessel hoch. »*Unterirdische* Katakomben? Bitte nicht, ich bin Nyktophobiker!« Vor ein paar Tagen erst hatte der Kommissar einen Artikel über Phobien gelesen.

»Sie sind … Nyk… was?«

»Nyktophobiker«, wiederholte Querlinger. »Ich kann Dunkelheit nicht ausstehen. In einem dunklen Keller zum Beispiel, da krieg ich Herzrasen. Haben Sie denn keine *oberirdischen* Katakomben zu bieten?«

»Ähm … *oberirdische* Katakomben?«

»Ja«, der Kommissar nickte heftig. »Da kommt mehr Licht rein, wissen Sie. Und die Katakomben, also die oberirdischen, die erkunden wir dann zu Pferd. Auf einem *schwarzen* Rappen.«

Mit diebischem Vergnügen nahm Querlinger zur Kenntnis, wie sich auf der Stirn seines Gastgebers erste Schweißperlen bildeten. Er versuchte sich vorzustellen, was dem Physiotherapie-Fitness-Historiker gerade durch den Kopf schoss. Vielleicht fragte er sich, ob er einen von Wahnvorstellungen geplagten Schizophrenen vor sich hatte. »Oberirdische Katakomben« … »Schwarzer Rappe« … So konnte doch nur einer daherreden, der nicht mehr alle Tassen im Schrank hatte. Querlinger beschloss, den Effekt zu verstärken, und tat so, als befände er sich auf einem Pferderücken.

Mit verkniffenem Gesichtsausdruck schoss Weißenegger von seinem Sessel hoch. Offenbar hatte er begriffen, dass er soeben nach Strich und Faden verladen wurde. Mit einem gepressten »Wenn Sie mich bitte einen Augenblick entschuldigen würden« verschwand er in der Versenkung und tauchte erst wieder auf, als Pati und Luise zu Tisch baten.

Die Kommunikation während des »schwäbischen Nachtmahls« verlief ziemlich spröde, dicke Luft über der Tafelrunde. Luise und Pati warfen sich vielsagende Blicke zu, zwischen den Mannsbildern musste irgendetwas vorgefallen sein, vielleicht war es ein Fehler gewesen, sie länger als eine halbe Stunde allein zu lassen.

Kulinarisch hingegen war der Abend ein voller Erfolg. Patis »schwäbisches Nachtmahl« war ein Gedicht. Was Querlinger sie auch mit dem ihm eigenen Charme wissen ließ.

»Also verehrte Frau Weißenegger, an Ihnen ist eine Sterneköchin verloren gegangen. Wunderbar, exzellent, hervorragend! Ich hoffe, Ihr Mann schätzt es, eine solch begnadete Kochkünstlerin an seiner Seite zu haben.«

»Wenn er das nur auch mal zu mir sagen würd«, bemerkte Luise lächelnd und verpasste ihrem Mann einen Tritt ans Schienbein.

»Ich schätz, mein Schätzle schätzt das schon, gell, Schätzle?«, flötete Patricia Weißenegger.

Arnulf Weißeneggers Versuch, seinen Gesichtsmuskeln ein Schätzle-Lächeln abzuringen, misslang kläglich. Querlinger vermutete, dass noch immer der Reiter auf dem »schwarzen Rappen« durch die »oberirdischen Katakomben« in seinem Kopf preschte.

Bis Pati auf den genialen Gedanken kam, den Kommissar auf seine Arbeit anzusprechen.

»Wie läuft's denn so in der Arbeit, Herr Kriminalhauptkommissar? Bestimmt viel zu tun, gell? Dieser Mord bei Beimerstetten, schlimm!«, flötete sie.

Synchron dazu verpasste auch sie ihrem Gatten einen Tritt gegen das Schienbein. Was Querlinger nicht entging und vermutlich die Aufforderung beinhaltete: *Reiß dich zusammen, du Ochs, starr nicht stur vor dich hin und schwätz bissle, was sollen denn die Querlingers von uns denken?*

Arnulf Weißenegger hob den Blick.

»Mord? In Beimerstetten? Was für 'n Mord?«, fragte er.

»Ha, Schätzle, der Musiker vom Ulmer Philharmonischen Orchester, den man ermordet hat, stand doch groß in der Zeitung. Den hat mer tot im Wald aufg'funden.«

»Eigentlich logisch. Wenn jemand ermordet wird, kann man ihn ja schlecht lebendig auffinden. Außerdem lese ich keine Zeitung«, grantelte Weißenegger.

Pati warf ihm einen erzürnten Blick zu.

»Jetzt aber, Schätzle, bitte ...«

»Wann wurde der ermordet?«

»Erst vor ein paar Tagen, gell, Herr Kriminalhauptkommissar? Gibt's denn schon Hinweise ... also ich mein, auf den Mörder? Sie sind ja der Chefermittler höchstpersönlich, oder?«

Blöde Amsel ... »Wir sind noch am Beginn der Ermittlungen. Bis jetzt steht lediglich fest, dass der Mann ermordet wurde. Mehr als das, was in der Zeitung steht, kann und darf ich Ihnen nicht sagen, das verstehen Sie doch, gell?« Querlinger rang sich ein Lächeln ab.

»Auch nicht ein kleines bissle?« Pati deutete mit Daumen und Zeigefinger »ein kleines bissle« an und zwinkerte kokett mit dem linken Auge.

Saudumme Kuh ... »Auch nicht ein kleines bissle«, antwortete Querlinger und zwinkerte mit dem rechten.

»Dieser Musiker, wie hieß der eigentlich?«, wollte Weißenegger wissen, nachdem ihn seine Frau ein zweites Mal per Fußtritt aufgefordert hatte, sich doch bitte engagierter in die Unterhaltung einzubringen.

»Reuber. Manfred Reuber. Der Name stand natürlich nicht in der Zeitung«, antwortete der Kommissar.

Diesmal bedurfte es keines Fußtritts, damit Weißenegger antwortete, es riss ihn fast vom Stuhl.

»Der Oboist?«

Bei Querlinger sprang der Alarm an.

»Hoi. Kennen Sie ihn?«

In Arnulf Weißeneggers umwölkte Miene trat ein Leuchten.

»Ja, den kenne ich«, sagte er betont langsam. »Den habe ich erst kürzlich im Auto mitgenommen. Ich hab ihn an der B 311 aufgegabelt, irgendwo hinter Erbach. Er hat den hier gemacht«, Weißenegger streckte den rechten Arm aus und hob den Tramperdaumen, »er wollte nach Ehingen.«

»Sie haben ihn als Anhalter mitgenommen? Können Sie sagen, wann genau das war?«

»Das Datum? Da muss ich nachdenken. Ich war an dem Tag unterwegs nach … ja, wohin eigentlich?« Weißenegger tat so, als ob er intensiv grübelte.

»Ich hab's«, rief er schließlich triumphierend. »Am 13. Mai, nachmittags so um Viertel vor zwei. Ich war unterwegs nach Ehingen, ich hatte dort einen Termin.«

»Sie werden sich doch sicher mit Herrn Reuber unterhalten haben?«

»Aber natürlich, selbstverständlich, Verehrtester. Bei so einer Gelegenheit kommt man doch ins Gespräch, das geht ja gar nicht anders.«

»Und?«

»Und?«

»Ja, über was Sie gesprochen haben, würd mich interessieren. Ihre Aussage kann enorm wichtig für uns sein.«

»Wichtig? Oh mein Gott!«

Im selben Augenblick bereute Querlinger seinen Ausruf auch schon. Wahrscheinlich sah sich Weißenegger bereits in einer Pressemeldung verewigt: »Polizei völlig überfordert. Leitender Ulmer Physiotherapeut klärt spektakulären Mord auf.«

»Meine Güte, wir … wir haben uns über alles Mögliche unterhalten, über Gott und die Welt, wenn Sie verstehen, was ich meine.«

Nein, du Depp … »Herr Weißenegger, hat er Ihnen vielleicht was Persönliches erzählt, etwas über sich?«

»Er hat mir seinen Namen genannt und gesagt, dass er Oboist beim Philharmonischen Orchester sei. Und dass er in Ehingen einen alten Bekannten aufsuchen wolle.«

»Einen alten Bekannten. In Ehingen. Näheres über diesen ›alten Bekannten‹ hat er nicht erzählt?«

»Nein.«

»Ist Ihnen etwas Ungewöhnliches an ihm aufgefallen? Kleidung, Verhalten, sonst irgendwas?«

Weißenegger furchte die bahamasgebräunte Stirn.

»Ungewöhnlich? Nein – außer dass ich es ungewöhnlich fand, dass jemand wie er trampte.«

»Wie meinen Sie das?«

»Na, ja, ein Mann in seinem Alter ...«

»Ach so, ja.«

»Halt!«, schrie Weißenegger, »da war doch noch was Ungewöhnliches!«

Querlingers Brauen schnellten nach oben.

»Und das war was?«

»Quietschgelb!«, brüllte Weißenegger.

»Quietschgelb?«

»Der Rucksack, den er dabeihatte, der war quietschgelb.«

»Ein quietschgelber Rucksack? Und das sehen Sie als ... ungewöhnlich an?«

»Na hören Sie mal, Verehrtester, und wie bemerkenswert das ist. Kennen Sie denn nicht die Farb-Interpretation nach Professor Lüscher?«

Nicht auch noch das – Arnulf Weißenegger als Profiler!

»Damit habe ich mich schon während des ersten Semesters meines Psychologiestudiums beschäftigt. Gelb steht für das Streben nach Freiheit, für Kreativität, für Neugier, Spontaneität, Heiterkeit. Das psychologische Opferprofil ergibt demnach Folgendes: Unser Oboist dürfte ein freiheitsliebender Sonnyboy gewesen sein, dessen Neugier ihn das Leben gekostet hat. Wahrscheinlich stieß er auf ein dunkles Geheimnis, beschloss in seiner spontanen Neugier, diesem auf den Grund zu gehen, was demjenigen, der in dieses Geheimnis verwickelt war, logischerweise nicht passte. Also ...«, Weißenegger fuhr sich mit der Handkante über die Gurgel, »... brachte dieser ihn um. Sie müssen zugeben, das ist eine durchaus ernst zu nehmende Theorie. Ergo müssen Sie nach einem Täter suchen, der ...«

»... der einen schwarzen Rucksack mit sich rumschleppt«, fiel Querlinger dem Pseudoprofiler ins Wort.

»Schwarzer Rucksack?«, hakte Weißenegger irritiert nach.

»Ja, klar, laut Professor Lüscher steht Schwarz für Tod, Mordlust, Geheimniskrämerei, für das Dunkel des Verbrechens schlechthin. Das heißt: Ich nehme jetzt entweder Sie oder Ihre Frau fest oder Sie beide zusammen.«

Entsetztes Schweigen. Bestürzte Blicke. Kräftiger Tritt Luises gegen das Schienbein ihres Mannes.

»Und ... warum?«, murmelte Pati pikiert.

Querlinger streckte seine Hand aus und deutete mit dem Finger auf die Kaminecke des »Salons«.

»Darum!«

Neben einem Stapel Buchenholz lag ein schwarzer Einkaufsrucksack.

»Ja, also dann, schön, dass ihr uns besucht habt, war ein wirklich netter Abend. Und das Späßle mit dem schwarzen Rucksack, einfach goldig«, glückste Pati, als man sich vor dem schmiedeeisernen Tor voneinander verabschiedete.

»Find ich auch«, bestätigte Arnulf und lächelte sein markiges Zahnpastalächeln, der »schwarze Rappe« und die »unterirdischen Katakomben« schienen kein Thema mehr. Er konnte sich als Held des Abends betrachten. Immerhin hatte Querlinger den Hinweis, dass Manfred Reuber am 13. Mai einen »alten Bekannten« in Ehingen besuchen wollte, als »äußerst wertvoll und für die weiteren Ermittlungen hilfreich« bezeichnet. Auch wenn er dafür Arnulf Weißeneggers Debüt als Profiler und den Schwachsinn mit dem quietschgelben Rucksack hatte in Kauf nehmen müssen ...

»Ja, also dann, guten Nachhauseweg, Herrschaften«, rief Arnulf gut gelaunt. »Wie heißt es so schön in dem alten Volkslied: ›Das Käuzchen bläst die Lichter aus, und alle ziehn vergnügt nach Haus.‹«

Querlinger, der sich bei seiner Frau eingehängt hatte und im Begriff stand, zum Wagen zu gehen, erstarrte mitten im Schritt. Langsam drehte er sich um.

»*Was* haben Sie da eben gesagt?«

Weißenegger starrte ihn an wie der Delinquent den Inquisitor.

»Äh ... was ... wieso ...? Kennen Sie denn nicht dieses Kinderlied? ›Die Vogelhochzeit‹. Der Reim mit dem Käuzchen stammt aus diesem Lied. Ist doch nett, passt doch gut, wenn man sich abends voneinander verabschiedet, finden Sie nicht?«

»Ja, ja, schon – aber wie kommen Sie ausgerechnet auf diesen Vers? Das würd mich jetzt schon interessieren, verdammt noch mal!«

Der Kommissar schien plötzlich ein völlig anderer geworden zu sein. Pati und Luise tauschten einen bedenklichen Blick: Was war das denn auf einmal? Drohte die Harmonie zwischen den beiden Mannsbildern erneut zu kippen?

Weißenegger reckte das Kinn vor, wie immer, wenn er sich angegriffen fühlte.

»Vielleicht, weil mir gerade der Oboist wieder einfiel, dieser Reuber. Der hatte nämlich ein Foto dabei, und auf der Rückseite stand dieser Vers. Als handschriftliche Notiz, verstehen Sie? So einfach ist das! Ist es jetzt schon ein Verbrechen, wenn man einen Vers aus einem Volkslied zitiert?«

Du hirnloses Rindvieh, da erzählst du mir den Mist mit dem quietschgelben Rucksack, aber das Wichtigste unterschlägst du …

Egal, Eugen – ruhig, ganz ruhig …

»Er hatte ein Foto dabei? Das haben Sie gesehen?«

»Ja, zufällig. Als er neben mir im Auto saß, da hat er seinen Rucksack aufgemacht und drin rumgekramt, als suchte er etwas. Dabei hat er ein Schwarz-Weiß-Foto rausgezogen und es mit der Rückseite nach oben auf dem Armaturenbrett abgelegt.«

»Was auf dem Foto drauf war, also ich meine das Motiv, konnten Sie das erkennen?«

Weißenegger überlegte kurz.

»Es war so ein Gruppenfoto – mit Leuten drauf, glaube ich.«

Was soll denn sonst auf einem Gruppenfoto drauf sein, du Vollpfosten, dachte Querlinger.

Laut sagte er: »Leute, aha. Was für Leute? Junge oder ältere?«

»Was weiß denn ich? So genau habe ich nicht hingeschaut, konnte ja nicht wissen, dass –«

»Schon gut, schon gut, natürlich konnten Sie das nicht wissen. Also dann, vielen Dank für den schönen Abend.«

13

Mittwoch, 12. Juni

Zur Lagebesprechung an diesem Mittwoch waren außer dem Kommissar Janine von Eulenburg, Heinrich Heinerle, Armin Feigl, Guntram Bödele und Bernd Zimmernagel anwesend.

»Na, dann wollen wir mal. Ihr wolltet Reubers aktuelle finanzielle Verhältnisse recherchieren. Und die Wohnung wolltet ihr euch auch noch mal ansehen«, wandte Querlinger sich an Feigl und Bödele.

»Genau«, sagte Feigl und öffnete eine Mappe, »der Mann hatte zwei Girokonten, eins bei der Sparkasse und eins bei der Commerzbank. Außerdem ein Sparkonto bei der Deutschen Bank. Auf das Girokonto von der Sparkasse gingen regelmäßige Einkünfte in Form eines Gehalts ein. Monatlich zweitausendeinhundert Euro. Aktueller Kontostand: achthundertneunundneunzig Euro und zwei Cent.«

»Herrgott, Feigl, Kleckerlesbeträge und stinknormale Transaktionen brauchen wir hier nicht zu erörtern. Gibt's was, das auffällt, was außerhalb des Normalen liegt? Bitte kurz und bündig.«

»Was Auffälliges? Das gibt's schon.« Feigl hielt kurz inne und blätterte in seinen Notizen. »Also auffällig sind, würd ich mal sagen, sporadische Überweisungen auf ein Konto bei der Sparda-Bank, Inhaberin Mercedes da Silva, wahrscheinlich Liebeslohn, und – aufgepasst, Herrschaften, jetzt kommt's – ein Sparguthaben auf dem Sparkonto bei der Deutschen Bank in Höhe von einhundertzweiundsiebzigtausend Euro und dreiundachtzig Cent.«

Sprachlosigkeit in der Runde.

Verblüffung auch bei Querlinger.

»Auffälligkeiten? Größere Zuwendungen oder Einzahlungen, die auf dieses Konto gingen?«

»Nichts. Er hat seit 2008 jeden Monat lediglich fünfzig Euro auf das Sparkonto überwiesen.«

»Seit wann besteht dieses Sparkonto?«

»Schon ziemlich lange. Den ältesten Hinweis darauf fanden wir in Unterlagen, die wir in seiner Wohnung sichergestellt haben, ein Kontoauszug vom August 2007, aus der Zeit davor gibt es keine Unterlagen.«

»Schulden? Unregelmäßigkeiten?«

»Keine.«

»Er hat doch innerhalb eines kurzen Zeitraums mehrfach mit seiner Bank telefoniert, konntet ihr herausfinden, wieso?«

»Er wollte unbedingt sein Konto bei der Commerzbank überziehen, war jedoch nicht gewillt, eine Sicherheit anzugeben.«

»Bis zu welchem Limit wollte er überziehen?«

Feigl grinste. »Viertausend Euro. Genau die Summe, die er dieser Flötistin schuldete.«

»Gut. Wie sieht's aus mit weiteren Unterlagen oder Sachgegenständen? Irgendwas Besonderes?«

»Mein Gott, was heißt Besonderes? Eigentlich nix, oder Guntram?«

Bödele schüttelte den Kopf. »Nix!«, bestätigte er. »Es gibt drei oder vier Bilder, die ihn mit Kollegen zeigen, zwei sind Aufnahmen von Konzerten, auf anderen ist er mit seinem Bruder und dessen Frau abgelichtet – also die beiden, die tödlich verunglückt sind –, und dann gibt's noch ein uraltes Schwarz-Weiß-Foto, eine Luftaufnahme von einem Bauernkaff, auf der ein Bauernhof mit einem Kringel markiert ist, auf der Rückseite gibt's 'ne Notiz, mit Kugelschreiber geschrieben: ›Hahnennest‹. Wir haben das gegoogelt, is 'n Kaff im Hinterland vom Bodensee, im Linzgau. Sonst, wie gesagt, ham wir nix.«

Gefundenes Fressen für Heinerle.

»Was, *Hahnennest*? Und da behauptet ihr, das sei nix Relevantes? Ja, geht's noch?«, polterte er los. »Wir haben einen Mörder, der sich immerhin ›die Schwarze Henne‹ nennt. Habt ihr das vergessen, Leute?«

»Meine Güte, Heini, man kann auch alles übertreiben. Da muss doch kein Zusammenhang bestehen. Vielleicht hat er da bloß Urlaub gemacht«, meinte Feigl.

»Heimatland, seids ihr borniert. Zusammenhänge erkennen, Leute, Zusammenhänge erkennen, darum geht's …«

»Schluss jetzt, der Feigl hat recht! Man muss nicht hinter jedem bescheuerten Detail einen Zusammenhang vermuten«, beendete Querlinger die Debatte. »Wie steht's um seine Vergangenheit? Aufenthaltsorte, schulischer und beruflicher Werdegang et cetera?«

Heinerle sah auf seinen Zettel und leierte die Einträge herunter, die aus der Bewerbung Reubers stammten, die dieser im Jahr 2016 an das Philharmonische Orchester gerichtet hatte.

»Geboren in Ulm, Schulzeit bis zum Abi 1976 ebenfalls in Ulm. Danach Studium an der Musikhochschule Hanns Eisler in Berlin; Februar 1981 Rückkehr nach Ulm, einige Monate Tätigkeit als Musiklehrer. Engagements in Trier und Nürnberg. Mai 2016 Rückkehr nach Ulm. Seit August 2016 Mitglied des Philharmonischen Orchesters.«

»Wie sieht's aus mit Verwandten?«, fragte Querlinger.

Bernd Zimmernagel meldete sich zu Wort.

»Was seine Vermieterin sagt, stimmt. Außer einer einundneunzigjährigen dementen Tante im Schwarzwald gibt es keine Verwandten. Sein Bruder kam vor zwei Jahren mit seiner Frau bei einem Unfall ums Leben – aber das wissen wir ja.«

»Okay, damit hätten wir die alten Hausaufgaben erledigt. Jetzt zu den neuen«, fuhr Querlinger fort. »Zwei Dinge. Erstens: Wir brauchen sämtliche Bewegungsdaten von Reubers Handy für den 30. Mai. Insbesondere, wo er sich an diesem Tag um vierzehn Uhr zweiundzwanzig aufhielt. Heini, das besorgst du wieder.«

»30. Mai, vierzehn Uhr zweiundzwanzig?«

»Ja, klar. Das letzte Lebenszeichen von ihm war das Gespräch, das er mit der da Silva geführt hat. Zweitens: Es gibt einen Hinweis, dass er am 13. Mai in Ehingen einen alten Bekannten besucht hat. Wir müssen herausfinden, wer das war.«

»Schlage vor, dass ich das mache«, bot Eulenburg an. »Ich hake noch mal bei seiner Vermieterin nach und eventuell bei seinen Orchesterkollegen. Vielleicht wissen die was über Ehingen und haben nur vergessen, es zu sagen.«

»In Ordnung. Dann wieder an die Arbeit, Leute.«

In diesem Augenblick wurde die Tür aufgerissen, und Angie Braun stürzte ins Zimmer, das Gesicht kalkweiß.

»Hallo, Chef, hab vor drei Minuten das hier aus dem Briefkasten gezogen«, sagte sie mit zittriger Stimme und reichte Querlinger einen Briefumschlag und ein zusammengefaltetes Blatt.

Der Kommissar erblasste.

»Hundsveregg!«, murmelte er. Er faltete das Blatt auf, warf einen Blick darauf, sah stumm in die Runde und ließ sich wieder in seinen Drehstuhl fallen. Warf erneut einen Blick auf den Umschlag und las erst dann mit monotoner Stimme die neueste Nachricht des Mörders vor:

»›Der Wiedehopf, der Wiedehopf, der find' sein End im blauen Topf. Es grüßt: die Schwarze Henne‹.«

14

Donnerstag, 13. Juni

Die Nacht war kühl und still. Nur das verhaltene Rauschen des kleinen Wasserfalls, über den die dunklen Fluten der Karstquelle in das Flüsschen Blau abflossen, drang an das Ohr des Kommissars. Nachtschwarz schimmerte die spiegelglatte Oberfläche des Blautopfs zu ihm herauf.

»Der Blautopf ist die zweitwasserreichste Karstquelle Deutschlands. Hier entspringt die Blau, die nach zweiundzwanzig Kilometern durch Ulmer Stadtgebiet in die Donau mündet.« So lautete der Spruch, den Querlinger als Volksschüler im zarten Alter von acht Jahren auf Anordnung seines Klassenlehrers Herr Kornsegel fünfzig Mal als Strafarbeit hatte abschreiben müssen. Womit der Herr Lehrer für die Umwandlung seines Namens in ein schwäbisches Schimpfwort gesorgt hatte. Von da ab war er für den kleinen Querlinger schlicht und einfach der »Kornseggl«.

Eine Bö fuhr in die dicht belaubte Krone des Baumes, unter dem der Kommissar stand, und ließ ihn die Exkursion in die Gefilde seiner Kindheit unterbrechen. Synchron zu dem Rauschen, das sich rings um die »zweitwasserreichste Karstquelle Deutschlands« erhob, begann sich die schwarze Oberfläche derselben unruhig zu kräuseln. Ganz so, als ob die »Schöne Lau«, die tief unten im Topf ein einsames Nixendasein führte, im Begriff stünde, aus den Fluten aufzutauchen. Wenn sie doch nur die vermaledeite Schwarze Henne mit nach unten ziehen würde …

Zum x-ten Mal kramte Querlinger ein paar Erdnüsse aus seiner Jackentasche und sah auf seine Armbanduhr: null Uhr zweiundzwanzig, der Donnerstag war heraufgezogen. Seit gut fünf Stunden standen er und die Kollegen sich nun schon die Beine in den Bauch und warteten, dass sich irgendetwas täte. Was genau, wussten sie allerdings selbst nicht.

Und einmal mehr fragte er sich: Was veranlasste die mörderische Henne dazu, Tat und Tatort im Voraus anzukündigen? Nervenkitzel? Überlegenheitswahn, nach der Devise: Seht her, ihr Pfeifen, jetzt kündige ich euch schon Tat und Tatort an, und trotzdem seid ihr zu blöd, mich zu fassen?

Wie auch immer – es hatte gute ermittlungstechnische Gründe gegeben, hier am Blautopf Posten zu beziehen, so bizarr das im ersten Moment auch anmuten mochte. Erstens: Sie hatten allen Grund, die Drohung der Henne, dem ersten Mord einen zweiten folgen zu lassen, ernst zu nehmen. Zweitens: Wie beim ersten Mord hatte die Henne auch jetzt wieder konkret den Ort benannt, an dem sie ihn zu vollziehen gedachte. Drittens, und das war der springende Punkt: Im Fall der Ermordung Reubers waren zwischen dem Eingang des Briefes bei der Kripo, in dem die Henne die Tat angekündigt hatte (am Vormittag des 3. Juni), und der Tat selbst (am späten Abend desselben Tages) gerade mal zehn bis zwölf Stunden vergangen. Was, wenn der Mörder diesmal dem gleichen Zeitplan folgte?

Querlinger checkte das Halbrund, das sich, ausgehend von seinem Standort beim Denkmal der Schönen Lau, um das Gewässer zog. Sein Blick richtete sich auf die gegenüberliegende Uferseite. Irgendwo dort zwischen Büschen und Bäumen hatte sich Eulenburg postiert, während Bödele und Feigl den Zugang zur Quelle aus einem beim Kloster gelegenen Versteck heraus beobachteten. Heinerle und Zimmernagel hatten an der Ecke Sonderbucher Steige/Lindenstraße am Ortsrand von Blaubeuren Position bezogen; wer von außerhalb kommend zum Blautopf wollte, würde aller Wahrscheinlichkeit nach diese Strecke wählen.

Querlingers Handy vibrierte. Heinerle.

»Was gibt's, Heini?«, flüsterte der Kommissar.

»Da ist gerade ein Passat vorgefahren«, wisperte Heinerle erregt. »Kam die Sonderbucher Steige runter. Er parkt direkt auf der kleinen Wiese vor uns.«

»Wo seid ihr gerade?«

»Ja, halt da, wo wir schon die ganze Zeit sind. Ecke Sonderbucher Steige/Lindenstraße. Wir haben uns hinter 'ner Baumgruppe und 'nen paar Sträuchern versteckt.«

Klar, blöde Frage, wo sollten sie sonst sein.

»Jetzt steigt jemand aus«, flüsterte Heini. »Ein Mann. Er geht um das Fahrzeug herum. Er macht die Heckklappe auf … er zieht was aus dem Kofferraum … es … es ist eine Teppichrolle. Mist, ich glaub, da steckt jemand drin. Was sollen wir machen, Chef?«

Eine Teppichrolle? Grundgütiger. »Schnappt euch den Kerl, bevor er ein Loch reinschießt!«, bellte Querlinger, zu flüstern brauchte er nicht mehr, »wir sind gleich da!«

Ein scharfer Pfiff in Richtung Janine von Eulenburg, und schon stürmte er zum Parkplatz davon. Guntram Bödele und Armin Feigl erwarteten ihn vor der Hammerschmiede, auch sie hatten den Pfiff gehört.

»Bödele, den BMW, schnell, Feigl, du hältst hier die Stellung, stell dein Handy auf volle Lautstärke«, keuchte Querlinger im Vorbeirennen.

»Wieso, was is 'n los?«, rief Feigl ihm hinterher.

»Wir fahren zu den anderen! Offensichtlich haben sie ihn. Ich wart bloß noch auf Eulenburg, die muss gleich da sein.«

Bödele rannte mit zum Parkplatz, um den Dienstwagen zu holen, den sie in einer Seitenstraße abgestellt hatten.

Querlinger war auf dem Parkplatz stehen geblieben und scannte konzentriert seine Umgebung. Bis auf den leichten Regen, der soeben eingesetzt hatte, schien alles unverändert. Sanftes Rauschen vermischte sich mit dem Plätschern der Blau. Das Blautopfhaus mit der Hammerschmiede wirkte genauso verschlafen wie die drei auf dem Parkplatz abgestellten Fahrzeuge. Sie hatten schon dagestanden, als er und die Truppe vor mehr als fünf Stunden hier Posten bezogen hatten, offenbar gehörten sie irgendwelchen Anwohnern. Er holte mehrmals tief Luft – dieses verdammte Seitenstechen! – und versuchte seine Gedanken zu ordnen.

Was trieb die Henne dazu, an einer Stelle aufzutauchen, die von zwei Polizisten observiert wurde? Mit einem Teppich, in dem ihr Opfer steckte! War sie tatsächlich so verrückt, ein solches Wagnis einzugehen? Das entbehrte jeder Logik! Es sei denn, und das war die einzig plausible Antwort, die Querlinger dazu einfiel: Sie war davon ausgegangen, dass sich die Aufmerksamkeit der Polizei ausschließlich auf das Areal unmittelbar um den Blautopf herum konzentrieren würde. »Der Wiedehopf, der Wiedehopf, der find' sein End *im* blauen Topf«, hatte sie schließlich angekündigt. In Wirklichkeit hatte sie von Anfang an vorgehabt, die Tat dreihundert Meter von der Quelle entfernt zu begehen. Also nicht »im« sondern »beim« Blautopf. Mit der Formulierung »im«, wollte sie die Polizei auf eine falsche Fährte locken. Gewiss, eine Theorie, aber eine durchaus schlüssige.

Schritte, direkt hinter ihm. Er drehte sich um. Janine von Eulenburg. Auch sie keuchte, ihr Gesicht glänzte vor Nässe.

»Was gibt's, Chef?«

In kurzen, abgehackten Sätzen erklärte Querlinger, was los war.

Reifenquietschen. Bödele fuhr mit dem Dienstwagen vor. Sie rasten die Straße entlang in Richtung Sonderbucher Steige und stoppten nach knapp dreihundert Metern. Sie sprangen aus dem Wagen.

An der Ecke Sonderbucher Steige/Lindenstraße stand ein alter Passat Variant mit hochgeklappter Hecktür und eingeschalteten Scheinwerfern. In ihrem Lichtkegel: dünne, unruhig zitternde Fäden, der Regen war stärker geworden. Die Arme aufs Autodach gelegt und die Beine gespreizt, lehnte ein etwa dreißigjähriger Mann an dem Fahrzeug. Einen Schritt hinter ihm stand, in der Rechten die Dienstpistole und die Linke auf die Schulter des Mannes gelegt, Bernd Zimmernagel. Der mit Kabelbindern fixierte Teppich lag im Gras, daneben kniete Heinerle, der verzweifelt versuchte, im Schein einer neben ihm liegenden Stablampe mit einer winzigen Nagelschere die Kabelbinder durchzuschneiden.

»Der Typ behauptet, er wisse nicht, was in dem Teppich steckt! Er glaubt, dass wir ihm das abnehmen!« Zimmernagel gestikulierte mit der Pistole herum.

»Steck die Waffe weg und schrei nicht so, du weckst mir ja halb Blaubeuren auf – und du, mach voran, hast du denn kein vernünftiges Messer? Vorausgesetzt, der Mann lebt, erstickt er uns noch im Teppich«, herrschte Querlinger zuerst Zimmernagel, dann Heinerle an.

»Wie denn? Konnt ja nicht wissen, dass ich so Scheißkabelbinder kappen muss«, schimpfte Heini.

»Schnell, ein Messer! Hat denn niemand ein gescheites Messer dabei?« Der Kommissar rang die Hände.

»Moment, immer sachte!«

Eulenburg griff in ihre Hosentasche, eine schnelle Bewegung, Stahl blitzte auf.

»Pass auf, sauscharf«, sagte sie.

»Ein Butterfly? Die sind aber doch verboten bei uns«, sagte Heini vorwurfsvoll.

Querlinger platzte der Kragen.

»Hundsveregg, Heini, als ob's jetzt darauf ankäme«, fuhr er ihn an, riss Eulenburg das Messer aus der Hand und besorgte den Rest selbst.

»Und jetzt helfts mit aufwickeln, zack, zack!«

In Windeseile wickelten sie den Teppich auf – und starrten wie vom Donner gerührt auf das, was sich ihnen im Licht von Heinerles Stablampe präsentierte.

»Wow!«, rief Bödele, der Stielaugen bekam.

»Ich werd verrückt, ein Wiedehopf aus Silikon«, sagte Heini.

»Eher eine Wiedehopfin«, grinste Zimmernagel.

»Zufall oder nicht? Das ist hier die Frage«, konstatierte Eulenburg.

Querlinger sagte gar nichts. Mit verhaltener Wut starrte er auf die lebensgroße fleischfarbene Silikonpuppe, die sich ihren Blicken auf ausgesprochen vulgäre Weise präsentierte. Eine pralle Blondine mit schulterlangem Haar. Was zusätzlich irritierte, war ein Gewirr grellgrüner Linien und Striche, mit denen die Beine der Puppe von den Füßen bis zur Wade bemalt waren. Die Frage, die die Kommissarin gestellt hatte, war berechtigt. Waren sie einem total bescheuerten Zufall aufgesessen? Einem verkorksten Typen, der seinen verkorksten Trieb zu einer verkorksten Zeit an einem verkorksten Ort ausleben wollte?

Oder …

Ein jäher Gedanke schoss Querlinger in den Sinn und löste eine Hitzewelle in ihm aus. Hastig griff er zu seinem Handy und wählte Feigls Nummer.

»Was gibt's?«, raunte Feigl.

»Alles klar bei dir, Armin?«

»Alles klar. Und bei euch?«

»Erzähl ich später. Hör zu, du meldest dich bei der kleinsten Unregelmäßigkeit. Und halt deine Waffe bereit, verstanden?«

»Wieso? Gefahr im Verzug?«

»Mach einfach, was ich sage, und pass auf, okay?«

Querlinger steckte das Handy weg, trat nah an den Mann heran und musterte ihn eingehend von der Seite.

»Wer sind Sie? Was machen Sie hier?«

»Er heißt Jonas Bichler, wohnt in Sonderbuch und behauptet, jemand habe ihn gefragt, ob er gegen gute Bezahlung einen einfachen Auftrag erledigen wolle«, antwortete Zimmernagel anstelle des Mannes. »Es würde um eine Wette gehen. Er konne sich hundertfuffzich Euro verdienen, wenn er heut Nacht den Teppich hier ablege.«

»Soso, und wer war derjenige, der Sie gefragt hat, ob Sie da mitmachen würden?«

»Er behauptet, es sei jemand gewesen, den er nicht gekannt habe«, sagte Zimmernagel.

»Herrschaft, Bernd, ich hab den Herrn gefragt. – Also?«

»Stimmt … es war ein Fremder«, antwortete der Herr stockend. Seine Hände auf dem Autodach zitterten.

»Und wann hat er Sie das gefragt?«

»Vorgestern Nacht … da hat er mich angesprochen. Er stand vor meinem Haus, als … als ich von der Schicht nach Hause kam, so gegen elf.«

»Ah, ein Fremder. Vorgestern Nacht vor Ihrem Haus, gegen elf. ›Strändschers in se Neit‹, um es mit Frank Sinatra auszudrücken, gell?«

»Ich weiß, es klingt komisch. Ich fand's ja auch seltsam. Aber es stimmt. Er hat mich gefragt, ob ich es machen würde, und weil hundertfuffzich Euro hundertfuffzich Euro sind, hab ich mir gedacht: Mach ich doch.«

»Ja, ja, klar, das versteh ich natürlich, hundertfuffzich Euro sind hundertfuffzich Euro, da beißt die Maus kein' Faden ab.«

»Eben.« Der Mann wirkte erleichtert, wenigstens einer von den Bullen schien Verständnis für ihn aufzubringen.

»Kam Ihnen das nicht komisch vor? Da kommt ein wild-fremder Mensch daher und bietet Ihnen hundertfuffzich Euro, nur damit Sie hier nachts 'nen Teppich ablegen?«

»Wieso komisch?«

»Na ja, ich mein ja nur. Hätte doch wer weiß was in dem Teppich drinstecken können, 'ne Leiche zum Beispiel.«

Bichler schüttelte den Kopf.

»Hätt ich gerochen, Herr Kommissar. Außerdem – wie gesagt: hab mir da nicht den Kopf zerbrochen, nicht bei hundertfuffzich Euro.«

Logisch! Bei hundertfuffzich Euro können Synapsen schon mal in den Ruhemodus gehen.

»Gut, weiter. Er hat Sie also vorgestern gebeten, heute Nacht den Teppich hier abzuladen.«

»Vorgestern noch nicht. Heute.«

Querlinger spürte, wie es langsam in ihm hochbrodelte.

»Herrschaftszeiten, können Sie sich vielleicht mal entscheiden? War er jetzt vorgestern oder heute bei Ihnen?«

»Vorgestern war er bei mir, und vorhin hat er mich angerufen, so vor 'ner halben Stunde.«

»Angerufen?«

»Genau! Vorgestern, am Dienstag, als er plötzlich vor meiner Garage auftauchte, hat er mir den Vorschlag gemacht und mich gefragt, ob ich es machen würde. Ich hab Ja gesagt, und dann haben wir den Teppich ausgeladen und in der Garage verstaut. Und –«

»Moment! Sie haben den Teppich mit ihm ausgeladen? Er war also mit einem Fahrzeug da?«

»Logisch, Mann! Er konnte das Riesenviech von Teppich doch nicht aufm Buckel tragen.«

»Was war das für ein Fahrzeug?«

»Weiß ich nicht mehr so genau, hab nicht drauf geachtet, so 'ne Geländekiste halt.«

»Okay, Geländekiste. Er ist dann offensichtlich wieder gefahren, und vor circa einer halben Stunde hat er Sie angerufen und Ihnen mitgeteilt, dass Sie's in dieser Nacht machen sollen.«

»Genau.«

»War das so abgemacht – ich meine, dass er Sie anruft?«

Wieder nickte Bichler.

»Wie kam er eigentlich ausgerechnet auf Sie? Sie kannten ihn doch gar nicht.«

»Ich ihn nicht – aber er mich. Fragen Sie mich nicht, woher, ich weiß es nicht. Ich weiß nur, dass er ... dass er ein paar Sachen von mir wusste, die nicht jeder weiß – und auch nicht wissen muss, ich bin nämlich verheiratet. Heikle Geschichte, ziemlich gemein, wenn Sie verstehen, was ich meine.«

Querlinger verstand durchaus.

»Mit anderen Worten, er hat Sie erpresst. Wie ist die Begegnung Dienstagnacht denn nun genau abgelaufen? Einzelheiten! Am besten, Sie fangen noch mal ganz von vorn an.«

»Ich ... ich war gerade nach Hause gekommen, da ... da stand er plötzlich vor meiner Garage und hat mich ... gefragt, ob's ... ob's schön gewesen sei.«

»Ob's schön gewesen sei?«

»Schön, ja. Und ob meine Frau ...«, Bichler wand sich wie ein Wurm im Schnabel der Krähe, »ob meine Frau, wenn sie's erführe, es wohl auch schön finden würde, dass ich's schön gefunden habe.«

Querlinger begann allmählich zu begreifen.

»Und, was haben Sie ihm gesagt?«

»Dass ich's schön fände, wenn er verschwinden würde.«

»Was er aber nicht schön fand.«

»Genau.«

»Können Sie uns denn sagen, wo Sie diese ... ähm ... schönen Erlebnisse hatten?« Die Krähe war aber auch so was von penetrant.

Der Wurm geriet zusehends in Panik. »Ja, also, da gibt's so ein … äh … interessantes Etablissement in der Blaubeurer Straße, wo's die … wo's die …«

»Wo's die roten Lichter und die netten Mädels gibt«, half Querlinger nach.

»Genau.«

»Das heißt, der Teppichtyp wusste von Ihren Ausflügen und hat Sie mit diesem Wissen erpresst.«

»Genau. Bloß, ich wusste es nicht.«

»Was wussten Sie nicht?«

»Ja, halt, woher er's wusste.«

»Er hat Ihnen doch bestimmt nähere Anweisungen gegeben. Welche?«

»Ich solle mich für die nächsten Tage bereithalten. Er könne noch nicht genau sagen, wann ich das mit dem Teppich machen soll. Wenn's so weit sei, würde er mich anrufen, und dann müsse ich's sofort machen.«

»Und das hat er dann auch gemacht. Er hat Sie vor 'ner halben Stunde angerufen, ich nehme mal an, auf Ihrem Handy, und Sie sind sofort los.«

»Genau.«

Querlinger kratzte sich an der Stirn. Das hörte sich nach dem größten Blödsinn an, den er je gehört hatte. Dann bemerkte er, dass die Hände des Mannes noch mehr zitterten als vorher, und ihm war klar, dass das hier alles sein konnte – aber kein Blödsinn.

»Wie sah dieser Fremde eigentlich aus?«

»Verknittertes Gesicht, langer weißer Bart. Nikolaus, Knecht Ruprecht, so was in der Art. Er trug einen schwarzen Mantel und 'nen Hut, ziemlich breite Krempe.«

»Figur? Größe? Stimme?«

»Figur? Na ja, eher schlank, Größe: mittelgroß, so um die eins fünfundsiebzig. Normale Stimme.«

»Wie sprach der Mann?«

»Wie, wie sprach der Mann?«

»Sprach er hochdeutsch oder mit dialektalem Einschlag?«

»Dialekwas?«

»Herrgott, hat er schwäbisch g'schwätzt oder sächsisch oder bayrisch oder was weiß ich?«

»Eher hochdeutsch.«

»Und das Geld, die hundertfuffzich Euro? Wann hat er Ihnen die gegeben?«

»Noch am Dienstag, nachdem wir den Teppich in meine Garage verfrachtet hatten.«

»Hatte er denn keine Angst, dass Sie das Geld einfach einstreichen, ohne den Auftrag zu erledigen?«

»Er sagte, sollte ich ihn bescheißen, bekomme er das schnell heraus, und dann würde er sich das Geld wieder besorgen, er wisse ja, wo ich wohne. In dem Fall habe ich aber mit einer Vertragsstrafe zu rechnen. Quasi so was wie 'ner Abreibung. Und er würde meiner Frau erzählen, wo ich meine Nächte verbringe. Und dann sagte er noch was. Was ganz Irres.«

»Aha, und was?«

»Wer die Schwarze Henne verarscht, den würde sie verarschen.«

Querlinger fluchte leise vor sich hin. Eigentlich hätte es dieser Bestätigung gar nicht bedurft. Aber war das wirklich der einzige Zweck der Übung? Eine Verarschung? Die »Wiedehopf-Botschaft« – eine inszenierte Verhohnepipelung in Gestalt einer angemalten Silikonpuppe? Nicht mehr?

Nein! Irgendetwas in ihm sperrte sich gegen diese Vorstellung. Er zerrte sein Handy aus der Jackentasche und wählte Feigls Nummer. Wartete.

»Verdammt, geh ran!«

Er brach ab, wartete kurz und wählte erneut.

Keine Reaktion.

»Hundsveregg! Ich glaub, das hier ist ein Ablenkungsmanöver. Wir fahren sofort zurück zur Quelle! Bernd, du bleibst hier. Fixier den Typ mit Handschellen und halt bis auf Weiteres die Stellung!«

Das Team hatte augenblicklich begriffen. Bödele raste wie ein Irrer zum Blautopf zurück und hielt auf dem Parkplatz vor dem Souvenirladen neben den anderen parkenden Autos. Noch während der Fahrt hatte Querlinger mit dem Kriminaldauer-dienst telefoniert und einen Trupp Schutzpolizisten angefordert. Verdammter Fehler.

Sie sprangen aus dem Fahrzeug und knipsten die Stablampen an. Querlinger bemerkte, wie ringsum in einigen Häusern Licht anging, was mit Sicherheit Bödeles Fahrstil geschuldet war. Gleich würde hier ein Trubel wie auf einem Jahrmarkt ausbrechen.

Gefolgt von den anderen, stürmte er an der historischen Hammerschmiede vorbei und bog auf den Rundweg ein, der um die Quelle herumführte. Rechts, zum Quelltopf hin, bewehrte ein Holzgeländer den Weg, links wuchsen Strauchwerk und dicht belaubte Bäume den steilen Hang hinauf. Es war dunkel, der Regen war stärker geworden, das Licht ihrer Stablampen schien die Schwärze der Nacht noch zu verstärken. Doch kaum dass sie am steinernen Denkmal der Schönen Lau vorbeigekommen waren, hielt Querlinger auch schon wie vom Blitz getroffen inne.

»Hundsveregg!«

Der Lichtkegel seiner Stablampe hatte einen reglos am Boden liegenden Körper erfasst: Feigl! Die Augen geschlossen, Arme und Beine mit Kabelbindern fixiert, um den Mund ein Klebeband, lag er völlig durchnässt im Dreck.

»Um Himmels willen!«, murmelte Eulenburg.

Die Kommentare Heinis und Bödeles gingen in einer Kaskade Querlinger'scher Kraftausdrücke unter. Der Kommissar ließ sich an Feigls Seite nieder und legte Zeige- und Mittelfinger an dessen Halsschlagader.

»Puls unregelmäßig! Eulenburg, schnell, rufen Sie einen Krankenwagen. Und geben Sie mir Ihr Butterfly!« Querlinger riss Feigl das Klebeband vom Gesicht und schnitt die Kabelbinder durch.

»Armin?«, rief Querlinger und klopfte dem Bewusstlosen beide Wangen. Keine Reaktion.

»Armin!«

Feigl rührte sich nicht.

»Armin, mach keinen Mist, bleib bei mir! Armin …« Querlingers Stimme bebte.

Endlich ein Lebenszeichen, Feigl blinzelte.

»Sorry ... tut mir leid«, flüsterte er matt. »Aber ... der Dreckhund war plötzlich über mir. Gleich nachdem ... wir mit'nander telefoniert hatten. Er hat ... er hat 'nen Taser benutzt, ich hatte keine Chance. Ich ... ich hab 'nen elektrischen Schlag gespürt, und dann lag ich flach. Anschließend muss das Schwein mir eins über den Schädel gegeben haben. Von da an ... weiß ich nichts mehr.«

»Schon gut, Armin, schon gut«, versuchte Querlinger ihn zu beruhigen. »Konntest du den Mann erkennen?«

Feigl schüttelte den Kopf. »Er war ... er war maskiert.«

Mit Hilfe Eulenburgs und Bödeles richtete Querlinger ihn in sitzende Position auf.

»Der Sani muss gleich da sein«, sagte Eulenburg.

»Sani? Ihr spinnts wohl! Ich brauch kein Sani!«, begehrte Feigl auf.

»Halt die Klappe, du gehörst in die Klinik!«, blaffte Querlinger ihn an, eine Träne rann ihm aus dem Augenwinkel.

Eulenburg reichte ihm ein Papiertaschentuch.

»Hey, Chef, wird schon wieder. Machen Sie sich keine Sorgen!«

Querlinger schob ihre Hand beiseite.

»Danke, schon gut, Kollegin. Dieser blöde Wind treibt einem dauernd das Wasser ins Gesicht, Hundsveregg!«

Eulenburg grinste. Es regnete zwar, aber von Wind konnte keine Rede sein.

Querlinger sah sich suchend um.

»Da bei der Schönen Lau steht 'ne Bank, auf die legst du dich jetzt, wir helfen dir dorthin«, wandte er sich an Feigl. »Bödele, pack mit an! Komm!«

Plötzlich hörten sie Heini rufen, der ein paar Meter weiter vorn den Weg absuchte.

»He, da ist ein Seil!«

Querlinger entledigte sich rasch seines Anoraks und gab ihn Bödele.

»Deck ihn damit zu, er muss ja nicht noch nasser werden! – Kommen Sie, Eulenburg!«

Tatsächlich war etwa sieben, acht Meter von der Stelle entfernt, an der Feigl niedergeschlagen worden war, ein Seil quer über den Weg gespannt. Auf der linken Seite an einer Baumwurzel befestigt, führte es durch die Uferböschung hinunter zur Quelle.

Der Kommissar wusste augenblicklich, was die Stunde geschlagen hatte.

Auch Bödele hatte begriffen. Er spurtete zum Geländer, beugte sich darüber und leuchtete mit seiner Stablampe die Wasseroberfläche ab.

»An dem Seil hängt was dran. Schwimmt auf dem Wasser«, brüllte er und bestätigte damit ihre schlimmsten Befürchtungen.

Gleich darauf beugten sich auch die anderen über das Geländer. Im Lichtkegel von Bödeles Stablampe, der von der Wasseroberfläche gespenstisch reflektiert wurde, dümpelte ein prall gefüllter Plastiksack auf dem schwarzen Gewässer. Was die Größe anging, erinnerte er fatal an den Teppich, aus dem sie die Silikonblondine gewickelt hatten.

»Das grenzt doch schon an Hexerei. Wie hat die Henne das in der kurzen Zeit alles schaffen können?«, rätselte Eulenburg, die sichtlich verstört wirkte.

»Darüber können wir uns später den Kopf zerbrechen«, entgegnete Querlinger hektisch, »holen Sie den Hofzitzel aus dem Bett, er soll seinen Hintern in Bewegung setzen. Wir brauchen die ganze Besetzung. – Heini, Guntram, wir versuchen, ihn rauszuziehen.«

Was alles andere als einfach war. Das Seil, an dem der Sack befestigt war, hatte sich im Ufergestrüpp verheddert. Es dauerte, bis sie den Kampf mit der Böschung für sich entscheiden konnten und der Sack vor ihnen lag. Ein reißfester blauer Plastiksack, wie man ihn für Baustellenschutt verwendete, an dem zwei aufblasbare Schwimmreifen befestigt waren.

»Er wollte sichergehen, dass die Leiche nicht untergeht«, bemerkte Eulenburg mit Blick auf die beiden Schwimmreifen. Ihre Stimme klang spröde.

Querlinger nickte.

»Wir können mit dem Öffnen nicht warten, bis die Spurensicherung da ist. Eulenburg, machen Sie ein paar Bilder mit Ihrem Smartphone, bevor wir den Sack aufschneiden.«

Sie entfernten den Müllsack und sahen in die weit aufgerissenen Augen einer männlichen Leiche. Der Mann hatte ein Loch in der Stirn und war komplett bekleidet, lediglich die Schuhe fehlten. Er war gefesselt: Arme und Beine waren mit Kabelbindern fixiert, um den Mund hatte er ein Klebeband.

»Kopfschuss. Gleiches Muster wie bei Manfred Reuber«, konstatierte Eulenburg nüchtern.

»Nur mit dem Unterschied, dass wir im Moment weder das Projektil noch die Hülse haben«, pflichtete Bödele ihr bei.

»Und dass der Mord diesmal quasi in unserer Gegenwart passiert ist«, knurrte der Kommissar, dem man seinen Frust anmerkte.

»Fehlt nur noch die Visitenkarte der Schwarzen Henne«, sagte Heini, der wie Querlinger und Eulenburg neben dem Opfer in die Hocke gegangen war. Er legte die Stablampe auf den Boden, griff mit der behandschuhten Rechten in die Innentasche des Jacketts, zog eine Brieftasche heraus und öffnete sie.

Bereits beim Aufklappen entdeckte er das Blatt. Er faltete es auseinander. Ein farbiger Computerausdruck mit der unverkennbaren Abbildung eines Wiedehopfs. Auf der Rückseite ein bedruckter Zettel in Scheckkartengröße, auf dem sich der Mörder in der bereits bekannten Art mit zwei Sätzen empfahl: »Keiner entgeht seiner Schuld. Gezeichnet: die Schwarze Henne«.

»War zu erwarten«, sagte Querlinger grimmig.

Heini durchsuchte die Innenfächer der Brieftasche und förderte einen Zwanzig-Euro-Schein, etwas Kleingeld und einen Personalausweis zutage. Er wies den Verblichenen als Horst Kämper aus; geboren im August 1958, einundsechzig Jahre alt, und wohnhaft in Berlin-Spandau.

Bödele, der bis jetzt danebengestanden hatte, ging ebenfalls in die Hocke.

»Lass mal sehen«, sagte er und nahm Heini die Brieftasche aus der Hand. »Ja da schau her. Das hier hat der Kollege wohl übersehen«, sagte er noch eine Spur süffisanter.

Er hielt ihm einen Rentnerausweis vor die Nase.

Heini verdrehte die Augen.

»Mein Gott, kann passieren, oder?«

»Dir schon.«

Heini murmelte etwas Unverständliches, riss Bödele die Brieftasche wieder aus der Hand und steckte sie in einen Beweisbeutel.

Querlinger war dem Geplänkel der beiden nur mit halbem Ohr gefolgt. Zum einen verursachte die Vorstellung, dass der Mann nur wenige Minuten zuvor noch gelebt hatte, ein unangenehmes Ziehen in seiner Magengegend. Zum anderen war er dabei, die nähere Umgebung konzentriert nach Spuren abzusuchen.

Keine zehn Meter von der Stelle entfernt, an der das Seil an der Baumwurzel festgemacht worden war, wurde er fündig. Ein massiger Gegenstand hatte Gräser und Gestrüpp niedergedrückt und eine Mulde geformt.

»Markier doch mal diese Stelle mit irgendwas Auffälligem. Die Kollegen von der Spusi werden gleich da sein. Sie sollen sich das hier genauer anschauen«, wandte er sich an Bödele und forderte Eulenburg erneut auf, Fotos zu machen.

Bödele sah sich ratlos um.

»Wie, mit was Auffälligem? Ich seh nix Auffälliges.«

Statt gleich Fotos zu machen, leuchtete Eulenburg den Boden ab, suchte sich schweigend mehrere Steine aus und legte sie in Form eines Pfeils, der auf die entsprechende Stelle im Gebüsch wies, auf den Weg. Dann erst zückte sie ihr Smartphone, um das Ganze aus unterschiedlichen Blickwinkeln abzulichten.

»Nicht schlecht. Mal bei den christlichen Pfadfinderinnen gewesen?«, feixte Bödele spöttisch.

»Innovativer Grips, gepaart mit kreativem Einfallsreichtum und weiblicher Intuition. Eigenschaften, die bestimmten männlichen Kollegen völlig abgehen«, konterte sie trocken.

Mittlerweile war auch Heini hinzugetreten. Noch bevor er seinen Senf dazugeben konnte, ertönte das Tatütata mehrerer Martinshörner. Parallel dazu spiegelten sich Blaulichtblitze auf der Wasseroberfläche. In zwei Streifenwagen rückten die Kollegen von der Schutzpolizei an, gefolgt von zwei Fahrzeugen der Spurensicherung und einem Krankenwagen.

»›Blaulicht am Blautopf‹. Würde glatt als Titel für 'nen neuen Tatortkrimi durchgehen«, meinte Heini.

»Womöglich mit dir als scharfsinnigem Kommissar, oder was?«, meinte Bödele süffisant.

»Klar, oder siehst du noch jemand anderen Scharfsinnigen hier? Ich mein natürlich außer unserem Chef und unserer Pfadfinderin.«

Sekunden später erschien ein weiteres Fahrzeug: der Mercedes des Dr. Brenner.

»Ich muss unbedingt austreten, Leute. Eulenburg, übernehmen Sie doch mal kurz die Lage.«

Die Kommissarin grinste.

»Aber klar doch, Chef.«

»Ach ja, und sorgen Sie dafür, dass der Feigl keinen Zirkus veranstaltet. Er muss in die Klinik. Ich dulde da keinen Widerspruch!«

Querlinger entfernte sich mit raschen Schritten in Richtung WC-Anlagen. Was er jetzt am wenigsten gebrauchen konnte, war eine Auseinandersetzung mit seinem Intimfeind. Er war nicht in Kampfesstimmung, fühlte sich matt und verspürte absolut keine Lust auf einen verbalen Schlagabtausch.

Die Toiletten befanden sich schräg gegenüber der historischen Hammerschmiede hinter der von einer Umfassungsmauer umgebenen Kirche – was für den einen oder anderen gläubigen Blaubeurer schon fast an Blasphemie grenzte. Gerade hatte Querlinger den schmalen Einlass in der Mauer passiert, da begegnete er ihm doch noch – beim Treppenabgang, der zu den WCs hinunterführte.

Überrascht blieben beide stehen und musterten sich wie zwei Kampfstiere. Schweigend, quasi mit den Hufen scharrend, darauf wartend, dass der jeweils andere die Hörner senkte und zum Angriff überging.

Querlinger erlangte als Erster die Fassung zurück. So abrupt, wie er stehen geblieben war, so behände sprang er die wenigen

Stufen zur Herrentoilette hinunter, riss die Tür auf, knallte sie hinter sich zu und schloss ab.

»Warten macht keinen Sinn, Verehrtester. Hier bricht gleich der olfaktorische Weltuntergang aus. Erstickungsgefahr! Ich schlage vor, Sie suchen sich einen sichereren Platz«, teilte er Brenner durch die geschlossene Tür mit.

Als Querlinger von seiner WC-Sitzung zurückkam – mittlerweile waren fast zwanzig Minuten vergangen –, war der Rechtsmediziner bereits wieder abgezogen. Der Platz, wo die Leiche lag, war inzwischen taghell von den Scheinwerfern der Kriminaltechniker erleuchtet, die mit professioneller Routine ihrem Job nachgingen. Während zwei der Kollegen von der Bereitschaft die Gaffer vor dem Absperrband in Schach hielten, suchten die drei anderen mit Heini zusammen die weitere Umgebung notdürftig nach Spuren ab. Angesichts der Dunkelheit und der penetrant vom Himmel rieselnden Nässe ein wenig erfolgversprechendes Unterfangen, weite Bereiche des Geländes wirkten wie lichtkillende Schwarze Löcher in den Weiten des Universums. Querlinger hatte angeordnet, es dennoch zu versuchen, manchmal konnte wider Erwarten und gegen jede Logik doch noch etwas auftauchen, das sich erhellend auf die Ermittlungen auswirkte.

»Erleichtert?«, fragte die Kommissarin anzüglich, als er wieder neben ihr auftauchte.

»Zweifach«, antwortete Querlinger.

»Denk ich mir doch.«

»Und, was sagt er?«, fragte der Kommissar, womit er den Rechtsmediziner meinte.

»Todesursache ist eindeutig. Todeszeitpunkt: circa ein Uhr heute früh. Näheres wird die Obduktion ergeben. Aber da gibt's noch was: Der Brenner hat ihm die Socken ausgezogen und das hier entdeckt.«

Eulenburg lüpfte die Folie über dem Leichnam etwas und ließ den Kommissar einen Blick auf den linken Fuß des Opfers werfen.

Oberhalb des Sprunggelenks zog sich eine etwa zwei Zentimeter breite rote Abschürfung ringförmig um das Bein.

»Wie bei Manfred Reuber«, meinte sie.

Querlinger nickte nur, er wirkte sichtlich angeschlagen. Gedankenverloren ließ er seinen Blick über das Rund des Quelltopfs schweifen. Versuchte, das Ungeheuerliche, das sich hier abgespielt hatte, zu reflektieren. Objektiv betrachtet, hatten sie sich in dieser Nacht nicht mit Ruhm bekleckert. Von einem narzisstisch veranlagten Verrückten derart vorgeführt zu werden, war mehr als peinlich. Auch wenn der äußerst clever vorgegangen war. Blieb nur zu hoffen, dass nichts davon an die Medien durchsickern würde. Die Henne stand im Begriff, sich zu einem Übervogel zu mausern. Sie mussten mit den Ermittlungen vorankommen, bevor das Drecksvieh zum Flugsaurier mutierte.

»Über was brüten Sie denn, Chef?«, unterbrach Eulenburg seine Gedankenflüge.

»Ich stell mir grad vor, was ich mit der Henne mache, wenn ich sie zu fassen kriege«, antwortete der Kommissar dumpf.

»Im Moment dürfte *sie* sich was vorstellen – nämlich unsere dummen Gesichter«, orakelte die Kollegin düster.

15

Ein herrlicher Anblick. Das Quellrund, erleuchtet vom gleißenden Licht diverser Lampen, deren unruhiger Schein gespenstisch über die nachtschwarze Wasserfläche huschte. Der dichte Wald, der den steilen Hang hinaufwuchs, und das Gewirr aus Bäumen und Sträuchern, die um das Ufer herum dunkle Winkel bildeten und sich dem künstlichen Licht höhnisch zu verweigern schienen. Und dann der Regen, der dem Ganzen noch zusätzlich Atmosphäre verlieh. Wie aus einer Gruselgeschichte von Edgar Allan Poe, dachte die Schwarze Henne und spürte, wie ein wohliger Schauer über ihren Rücken rieselte.

Als noch wonnevoller allerdings empfand sie einen ganz anderen Anblick. Nämlich wie die Deppen von der Kripo, die uniformierten Hornochsen von der Schutzpolizei und die in weiße Tatortanzüge gehüllten Fachidioten von der Kriminaltechnik sich abmühten, den Tatort zu sichern, und nach Spuren Ausschau hielten, mittels derer sie hofften, *ihr* auf die Schliche zu kommen. Ihr, der Schwarzen Henne! Was glaubten sie eigentlich, diese Ignoranten, diese sogenannten Gesetzeshüter, die schon immer alles Mögliche getan hatten, außer eben die Gesetze zu hüten? Etwa, dass sie es mit einem Genie vom Schlage einer Schwarzen Henne aufnehmen könnten?

Sie versuchte sich vorzustellen, wie dumm der Haufen unfähiger Kriminaler wohl aus der Wäsche geschaut haben mochte, als er der Silikonpuppe ansichtig geworden war. Mit dieser Aktion war ihr ein Geniestreich der ganz besonderen Art gelungen – ein Täuschungsmanöver, mit dem sie in die Kriminalgeschichte eingehen würde. »Deutsches Rechtssystem auf drastische Weise bloßgestellt – Fall ›Schwarze Henne‹ offenbart unsägliche Dummheit des deutschen Polizeiapparates«, würde in den Kriminalistik-Lehrbüchern – ach was, in den Geschichtsbüchern! – stehen. Mit der Silikonpuppen-Aktion hatte sie diese gehirnamputierten Nichtskönner nicht nur gebührend vergackeiert, sondern ihnen gezeigt, dass sie außerstande waren, die wahren Zusammenhänge zu erkennen. Wie schon damals, als diese verblödeten Idioten ihre …

Schluss jetzt mit den Erinnerungen, maßregelte sich die Schwarze Henne. Sie durfte sich jetzt nicht in das, was vergangen und unwiederbringlich verloren war, hineinsteigern, nicht dass sie sich durch ihr Mienenspiel noch verriet.

Verstohlen musterte sie die Menschen um sich herum: Anwohner, die, angelockt vom Lärm quietschender Autoreifen, dem Signal der Martinshörner und dem Flackern des Blaulichts, sich schnell eingefunden hatten, um ein Spektakel zu verfolgen, das sie nicht alle Tage geboten bekamen. Und *sie* hatte für dieses exzellente Setting gesorgt, sie, die Schwarze Henne, die sich inmitten der Versammlung aus Neugierigen und Sensationshungrigen befand und so tat, als könnte sie kein Wässerchen trüben. Doch sie musste achtgeben. Vorsicht war angesagt. Noch hatte sie eine Mission zu erfüllen, noch gab es weitere Vögel, die …

Die Henne fuhr herum. Hatte ihr da gerade jemand auf die Schulter getippt? Natürlich, Harri! Den hatte sie ganz vergessen.

»Mit den Nächsten werden wir ein wenig warten, Harri«, flüsterte sie. »Geduld ist die Mutter des Erfolgs, das verstehst du doch, oder?«

Harri verstand, auch wenn er nichts sagte.

16

Der Morgen graute bereits, als Querlinger zu Hause ankam. Gegen Viertel nach vier stellte er seinen Wagen in der Tiefgarage ab, um fünf vor halb fünf sperrte er die Wohnungstür auf, Punkt halb fiel er neben seiner selig schnarchenden Luise wie ein Stein ins Bett.

Irgendwann – noch war es stockdunkel – wachte er auf. Im Kopf die drei Hämmer der historischen Hammerschmiede, die wie irrsinnig auf und nieder krachten und dabei waren, sein Gehirn zu pulverisieren. Zumindest fühlte es sich so an.

Querlinger stöhnte und tastete den Platz zu seiner Rechten ab. Doch der war leer, wo war Luise? Und weshalb war es so dunkel? Im Zeitlupentempo hob er den linken Arm, öffnete blinzelnd die Augen und versuchte, einen Blick auf seine Armbanduhr zu werfen. Hämisch vor sich hin phosphoreszierend meldeten ihm die beiden Zeiger die ultimative Katastrophe: zehn Uhr dreißig vormittags! Er hatte verpennt. Dank Luise. Sie hatte die Jalousien unten gelassen.

»Hundsveregg«, schimpfte der Kommissar und schoss mit dem Oberkörper vom Bett hoch. Was das Hammerwerk in seinem Schädel augenblicklich mit einem höheren Schlagtempo quittierte. Sofort legte er sich wieder hin. Dabei war es höchste Zeit, dass er seinen Hintern endlich ins Bad bewegte, für dreizehn Uhr hatte er eine große Lagebesprechung angesetzt. Erneut versuchte er aufzustehen. Keine Chance. Der Hintern wollte, der Kopf streikte. Jetzt konnten nur noch Streikbrecher helfen. Der Kommissar tastete nach der Medikamentenschachtel auf seinem Nachtkästchen. Er fand sie, drückte eine der winzigen, aber hoch dosierten Pillen aus der Blisterpackung und warf sie ein. Jetzt brauchte er nur noch im mittleren Tempo bis hundert zu zählen, und der Schmerz würde abklingen. Manchmal tat er ihm den Gefallen schon bei neunzig oder achtzig …

Sechsundsiebzig, dem Himmel sei Dank! Aufstehen, dritter

Versuch. Diesmal funktionierte es, wenngleich sich um ihn herum alles drehte.

Auf dem Weg ins Bad – er musste sich Schritt für Schritt an der Wand abstützen – begegnete er Luise. Sie war mit Putzen beschäftigt, gerade staubte sie den Garderobenständer im Flur ab, an dem bis eben Querlingers Holster gehangen hatte.

»Bärle, geht's dir nicht gut?«, fragte sie besorgt, in der Linken das Holster, in der Rechten einen Putzlappen.

»Um Himmels willen, bist du wahnsinnig?« Querlinger machte einen Satz auf sie zu und riss ihr das Holster aus der Hand. »Und überhaupt, warum sind die blöden Jalousien noch unten?«

»Ja, sag mal, Eugen, geht's noch, spinnst du?«

Luise war selten aufgebracht, aber wenn sie »Bärle« durch »Eugen« ersetzte, kam das in etwa einer Kriegserklärung Washingtons an Moskau gleich.

»Glaubst du, ich nehm das blöde Ding in die Hand, wenn die Waffe noch drinsteckt? Die hast du doch weggeschlossen! Und warum hab ich wohl die Jalousien unten gelassen, he? Damit der Herr besser schlafen kann«, setzte sie wütend nach.

Querlinger ließ das Holster zu Boden gleiten und suchte erneut Halt an der Wand.

»Ähm … ach so … ja, verstehe. Sorry, Mäusle, ich bin so ein Depp, aber mir geht's wirklich nicht gut«, entschuldigte er sich mit mitleidheischender Stimme.

Was Luise einen Dreck interessierte. Völlig unbeeindruckt drehte sie sich um, ging in die Küche und knallte die Tür hinter sich zu.

Frauen, dachte der Kommissar und seufzte. Zwanzig Minuten später verließ er das Bad in Versöhnungsstimmung, es ging ihm schon viel besser.

»Übrigens: Wunderschönen guten Morgen, Mäusle«, sang er betont fröhlich, als er die Küche betrat. »Hab ich vorhin vergessen«, fügte er hinzu.

»Morgen«, echote Luise mürrisch. Was die Laune des Kommissars augenblicklich wieder in den Keller beförderte. Wenn er etwas nicht ausstehen konnte, dann einen amputierten Guten-Morgen-Gruß, der nach beleidigter Leberwurst klang. Und außerdem …

»Ich hab doch vorhin 'tschuldigung g'sagt, oder hab ich mich unklar ausgedrückt?«

Schweigen.

Neuer Anlauf, eine Spur lauter: »Und ich hab g'sagt, dass ich ein Depp war, reicht das immer noch nicht?«

Keine Reaktion. Miserable Stimmung und das nach der beruflichen Niederlage der vergangenen Nacht; das Leben konnte grausam sein.

Doch es konnte noch viel grausamer sein, wie Querlinger mit Blick auf den Küchentisch feststellte. Ein leerer Teller, eine angebrochene, mit einem Gummiring verschlossene Packung Haferflocken, ein ungeschälter Apfel, eine ungeschälte Banane und ein ungeöffneter Becher Joghurt. Mach dir dein Frühstück doch selber, schrien die Cerealien und anderen Zutaten ihm entgegen. Da hatte er sich schon vor Tagen bereit erklärt, zum Frühstück auf Wurst, Käse, Eier und frische Semmeln zu verzichten und stattdessen das von seiner Frau fertig zubereitete Müsli hinunterzuwürgen (Ausnahme: Samstag und Sonntag), und jetzt sollte er dieses Knastfrühstück auch noch selbst zubereiten! Und überhaupt, wo war die Thermoskanne mit Kaffee? Und der Vesperbeutel? Beides stand normalerweise immer neben dem Müsliteller, bereit für die Aktentasche – und jetzt?

So nicht, so auf keinen Fall!

»Also, um da mal Verschiedenes klarzustellen, Mäusle, gell, erstens …«

Sein Handy summte. Sein Büro.

»Ja, was gibt's denn, Herrschaftszeiten. Ich bin ja schon aufm Weg. Ihr werdet's doch noch erwarten können!«

Genervt drückte er die rote Taste.

Luises Kommentar kam so unvermittelt wie die legendäre Rechte von Muhammad Ali.

»So harsch gehst du also mit deinen Kollegen um! Wie mit deiner Frau! Unmöglich! Also ich hätt schon längst gekündigt.«

Was sollte das denn nun, war Luise von allen guten Geistern verlassen?

»So, gekündigt, aha! Willst du vielleicht auch kündigen? Sag mal, bin ich jetzt im falschen Film, oder was?«, polterte Querlinger erneut los.

»Im falschen Film nicht, aber im richtigen Leben«, zischte Luise und stürmte aus der Küche.

Dann halt nicht, Friede wem Friede gebührt, ich hab mein Möglichstes getan, räsonierte Querlinger. Er griff sich die Aktentasche, ging in den Flur, zog sich den Anorak über, ging zur Tür und blieb kurz stehen.

Sollte er nicht doch noch mal Versöhnungsbereitschaft signalisieren? Sich wenigstens ordentlich verabschieden, bevor er die Wohnung verließ? Absolut, das schuldete er dem Ehefrieden, auch wenn Luise das anders sah.

»Also tschüss dann, und alles Gute im richtigen Leben, gell!«

17

Als Querlinger den Besprechungsraum betrat, war Angie Braun gerade damit beschäftigt, belegte Weggle, Brezeln, Apfelküchle und einige andere herrliche Dinge appetitlich herzurichten sowie diverse Getränke bereitzustellen. Auf dem Tisch standen mehrere Thermoskannen, es duftete nach frisch gebrühtem Kaffee. Die auf Querlingers Stimmungsthermometer angezeigten minus zehn Grad Celsius stiegen schlagartig auf geschätzte zwanzig Grad plus, der eisige Sturm vom Vormittag wich einer sanften Frühlingsbrise. Und dies trotz der anstehenden Schwarze-Henne-Sitzung, die nicht einfach werden würde.

»Hoi, ist das eine Überraschung«, sagte der Kommissar und lächelte milde, der Krach mit Luise schien in weite Ferne gerückt. Gerade als er sich nach dem edlen Spender erkundigen wollte, bemerkte er auf einem Beistelltisch einen riesigen Weidenkorb mit Äpfeln, Birnen, Karotten und anderem »g'sunden Zeugs« nebst zwei Flaschen Staatl. Fachingen still. Womit sich die Frage nach dem Spender erübrigte.

»Hat der Fachinger heut seinen sozialen Tag?«, wunderte er sich.

»Er gibt heut einen aus, weil er von seiner Partei als Bürgermeisterkandidat aufgestellt worden ist. Man munkelt ja schon länger, dass er kandidieren will.«

»Ahaaaa!«

Dann bemerkte der Kommissar noch etwas.

»Und für wen sind die beiden zusätzlichen Stühle?«

»Es kommen zwei neue Mitarbeiter von der Kriminaltechnik dazu. Die sollen einfach mit dabei sein und schnuppern, Anordnung von Dr. Fachinger.«

»Ah ja, schnuppern, und der Fachinger selber?«

»Der lässt sich entschuldigen, er kann leider nicht, er hat einen wichtigen Termin. Politisch«, fügte Angie an.

»Oh, das ist ja schade – aber macht nichts, das versteh ich

natürlich«, heuchelte Querlinger. »Die anderen kommen aber hoffentlich pünktlich?«

Angie zuckte die Schulter. »Ich denk schon, bis auf den Hofzitzel hab ich sie alle schon rumspringen sehen.«

Rumspringen! Blieb nur zu hoffen, dass nach der Lagebesprechung keiner vom Team ›rumsprang‹. Vor allem nicht im Dreieck.

»Muss noch mal ins Büro, telefonieren«, sagte der Kommissar. »Bin gleich wieder da.«

Fünf Minuten nach zwölf war die Truppe bis auf Hofzitzel und Feigl vollzählig versammelt. Hofzitzel hatte angekündigt, dass er sich etwas verspäten werde, Feigl galt als entschuldigt. Bödele, Zimmernagel, Heinerle und Eulenburg lümmelten am Tisch und ratschten. Angie Braun saß mit gespitzten Lippen und gespitztem Bleistift am Tisch und kritzelte irgendwelche Notizen auf einen Schreibblock. Querlinger hatte an der Stirnseite des Besprechungstisches Platz genommen. Den Kopf in die Linke gestützt, ging er erneut den Einsatzbericht der vergangenen Nacht durch. Zuvor hatte er noch ein Telefonat mit einem Berliner Kollegen geführt, einem gewissen Emil Penzkow, Hauptkommissar bei der Polizeidirektion Berlin-Spandau. In dessen Einzugsbereich lag die Siedlung, in der der ermordete Horst Kämper gewohnt hatte. Querlinger hatte ihn über das Auffinden der Leiche informiert, und sie hatten beschlossen, am Nachmittag noch einmal miteinander zu telefonieren. Außerdem war er mit dem Kriminaloberrat übereingekommen, ab sofort die »SOKO HENNE« zu installieren, der zunächst fünf weitere Personen aus unterschiedlichen Dezernaten angehören würden. Wer konkret, sollte noch festgelegt werden.

»Wie geht's eigentlich dem Armin?«, wandte sich Bernd Zimmernagel an Angie Braun.

»Schon besser. Sie haben ihn entlassen. Er soll zu Hause noch zwei Tage das Bett hüten«, antwortete Angie, die vor einer halben Stunde mit Feigls Frau telefoniert hatte.

Die Tür ging auf, Hofzitzel erschien. Allerdings nahm man

ihn erst auf den zweiten Blick wahr. Was schlichtweg an einem Überstrahlungseffekt lag. Er wurde nämlich von zwei hochgewachsenen, langbeinigen, überirdisch wirkenden Lichtwesen überstrahlt, die einem Männertraum entstiegen zu sein schienen. Blond die eine, brünett die andere und mit allem ausgestattet, was einen Traum zu einem Männertraum machte, catwalkten sie an der Seite Nepos einher, als befänden sie sich auf einer Modenschau von Lagerfeld.

Die Wirkung war durchschlagend. Augenblicklich setzte andachtsvolles Schweigen ein. Verbunden mit dem Kinnladen-Wegklapp-Syndrom bei den männlichen Teilnehmern der Runde: Sie schienen die Kontrolle über die untere Gesichtshälfte verloren zu haben. Querlinger war der Erste, dem es gelang, das Syndrom in den Griff zu bekommen. Am stärksten betroffen von der überirdischen Erscheinung war Bödele.

»Darf ich bekannt machen: Tamara Tausendschön und Vanessa Vanzetti. Die Damen arbeiten seit gestern bei uns im kriminaltechnischen Labor«, stellte Hofzitzel die beiden neuesten Errungenschaften seiner Abteilung vor.

Freundliches Gemurmel.

»Ah ja, dann … ähm … können wir ja beginnen«, sagte der Kommissar, der sich wieder völlig in der Gewalt hatte. Er eröffnete die »Große Lage« zunächst mit einer offiziellen Begrüßung der neuen Mitarbeiterinnen der KTU.

»Und jetzt zur aktuellen Lage«, fuhr er dann fort. »Ich geh davon aus, dass die Damen grob über den Fall informiert sind?«, wandte er sich an die beiden Lichtwesen.

Berückendes Lächeln bei Tausendschön und Vanzetti. Sollte wohl »Ja« heißen.

»Gut, bevor wir zu den Fakten kommen, noch ein Hinweis. Ich bin mit Dr. Fachinger übereingekommen, eine Soko zu installieren. Weitere Informationen folgen demnächst. Jetzt zu den Einzelheiten. Kollegin Eulenburg, wären Sie so freundlich, das Wichtigste kurz zu referieren?«

In Anbetracht der beiden Neuen von der KTU hatte er beschlossen, sämtliche Anwesenden zu siezen.

Janine von Eulenburg stand auf und ging zu einem Flipchart, das neben der Magnettafel stand.

»Ich hab vorhin schon mal die wichtigsten Punkte notiert. Lassen Sie mich zusammenfassen«, sagte sie, schlug das erste Blatt um und begann sachlich und routiniert den Ablauf der Ereignisse zu schildern.

»Wir haben in diesem bizarren Mordfall bisher zwei Opfer zu beklagen. Beim Täter haben wir es offensichtlich mit einer soziopathischen Persönlichkeit zu tun. Am 4. Juni spätabends tötet er den Berufsmusiker Manfred Reuber in einem Waldstück bei Beimerstetten. Heute, am 13. Juni, in aller Herrgottsfrühe, konfrontiert er uns mit dem Mord an Horst Kämper, den er in einen Sack gesteckt und in den Blautopf befördert hat. Beide Morde gleichen einer Hinrichtung. Das Motiv des Täters, der sich ›die Schwarze Henne‹ nennt, scheint Rache zu sein. Das Bizarre daran: Er kündigt seine Taten mittels schriftlicher Botschaften vorher an, die er an uns schickt. Nach vollbrachter Tat quittiert er diese mit einer Vollzugsmeldung, die er bei den Opfern hinterlässt: ›Keiner entgeht seiner Schuld. Gezeichnet: die Schwarze Henne‹. Was die Ankündigungsbotschaften angeht: Sie erschöpfen sich keineswegs in der bloßen Ankündigung des Mordes, der Täter nennt im Voraus den Ort, an dem er seine Tat zu vollziehen beabsichtigt. Außerdem bedient er sich in seinen Nachrichten einer – um einen Begriff aus der Kommunikationstheorie zu gebrauchen – besonderen Semantik, die sich durch zwei Charakteristika auszeichnet. Erstens: Er gibt seinen Opfern Vogelnamen. Zweitens: Angelehnt an das Kinderlied ›Die Vogelhochzeit‹ formuliert er seine Botschaften in Versform. Für uns klingen diese Verse infantil, ja geradezu lächerlich. Für ihn hingegen scheinen sie eine besondere Bedeutung zu haben. Vielleicht steckt in ihnen ja ein weiterer verschlüsselter Hinweis an uns, wir erkennen ihn nur noch nicht.«

Donnerwetter, dachte Querlinger anerkennend. Sie hatte was drauf, die Kollegin, ohne Zweifel. Die Runde war ihren Ausführungen aufmerksam gefolgt. Auch wenn der eine oder andere nicht unbedingt wusste, was »Semantik« bedeutete, und von Kommunikationstheorie so viel verstand wie ein Erstklässler von Algebra.

»Was den Mord heute Nacht am Blautopf angeht«, fuhr Eulenburg fort, »gelingt ihm allerdings etwas schier Unglaubliches: Er begeht die Tat quasi vor unserer Nase und verschwindet unerkannt. Die vielleicht bitterste Erkenntnis aus der vergangenen Nacht ist die …«

»… dass es dem Täter gelungen ist, uns nach Strich und Faden zu verarschen«, fuhr Bödele mit einem effektheischenden Blick Richtung Tausendschön und Vanzetti dazwischen.

»Kollege Bödele, die Kollegin Eulenburg war noch nicht fertig. Könnten wir's vielleicht so halten, dass jeder die Hand hebt, wenn er eine Wortmeldung hat?«, korrigierte Querlinger ihn scharf.

»Ja aber, wenn's doch wahr –«

»Herr! Kollege! Bödele! Bitte!«, insistierte Querlinger mit Nachdruck, wobei er jedes Wort einzeln betonte. »Bitte fahren Sie fort, Kollegin«, wandte er sich an Eulenburg.

»Wie gesagt, die bittere Erkenntnis, die wir aus den Ereignissen der vergangenen Nacht ziehen müssen: Dem Mörder ist es gelungen, uns durch einen einfachen Trick zu überlisten und sich für seine Tat die Bedingungen zu sichern, die er dafür benötigte. Wie hat er das gemacht? Ganz einfach, er hat sich in unsere Lage versetzt. Er weiß, dass wir uns um seine Ankündigung, erneut zuzuschlagen, kümmern müssen. Er zwingt uns, den potenziellen Tatort zu überwachen: das Gelände um den Blautopf herum. Er will uns demütigen und verhöhnen, und er will seine Überlegenheit beweisen. Aber er muss uns für die Zeit, die er für sein Vorhaben braucht, vom geplanten Tatort weghaben. Was also macht er? Er lockt uns mittels des von ihm vorbereiteten Silikonpuppen-Manövers an einen anderen Schauplatz. Nämlich zur Ecke Sonderbucher Steige/Lindenstraße, wo die Kollegen Heinerle und Zimmernagel Position bezogen haben, etwa dreihundert Meter entfernt …«

»Moment, Janine, woher wusste er denn, dass dort zwei von unseren Leuten postiert waren?«, warf Bödele ein.

»Das konnte er sich ausrechnen. Es muss ihm klar gewesen sein, dass wir nicht nur das Areal unmittelbar um den Quelltopf herum beobachten, auch wenn wir gestern Nacht irrtümlicherweise davon ausgegangen sind. Sondern auch die direkten Zufahrtswege dorthin. Will jemand, der von außerhalb kommt, zum Blautopf, gibt es für ihn mehrere Möglichkeiten. Entweder er nimmt die Zufahrt Blaubergstraße/Mühlweg oder die Zufahrt Ecke Sonderbucher Steige/Lindenstraße oder – sofern er aus der Innenstadt kommt – die Zufahrt über die Klosterstraße, die in die Lindenstraße mündet. Die Zufahrt Blaubergstraße/Mühlweg lässt sich gut vom Gelände des Quelltopfes aus einsehen. Da mussten wir nicht unbedingt einen Beobachtungsposten installieren. An der Zufahrt Sonderbucher Steige/Lindenstraße sehr wohl. Von dort aus konnten Heinerle und Zimmernagel auch die Einmündung der Klosterstraße in die Lindenstraße im Blick behalten.«

»Verstehe«, ergänzte Zimmernagel. »Der Täter weiß, dass wir hier sind, er beobachtet uns, von wo aus auch immer. Er wartet einen günstigen Zeitpunkt ab und weist dann diesen Jonas Bichler per Handy an, seinen Auftrag zu erledigen. Nämlich die Silikonpuppe an der Ecke Sonderbucher Steige/Lindenstraße abzulegen. So lockt er letztlich fast unser gesamtes Team dorthin.«

»Eben! Und da er weiß, dass wir uns eingehend mit diesem Jonas Bichler beschäftigen werden, verschafft ihm das die Zeit, die er benötigt, um das Opfer aus dem Versteck zu holen, es zu töten und dann im Blautopf zu entsorgen.«

Heinerle meldete sich. »Kommen wir noch mal auf den Zeitrahmen zu sprechen, der dem Täter zur Verfügung stand, nachdem er uns vom Quelltopf weggelotst hatte, vielleicht fünfundzwanzig, dreißig Minuten. Er müsste das Opfer Stunden vorher in den Sack gesteckt haben, und zwar so, dass es die ganze Zeit über keinen Mucks von sich geben konnte.«

»Du sagst es. So furchtbar sich das auch anhört, aber er hat quasi alles, was zu seinem Vorhaben gehörte, auf Stand-by-Modus gebracht, um so schnell wie möglich agieren zu können. Was minutiöse Planung voraussetzt.«

»Aber wo hatte er das Opfer versteckt? Es müsste ja in unmittelbarer Nähe des Quelltopfs gewesen sein. Ist das vorstellbar?«, meinte Bödele.

»Die Fakten erlauben bisher keine andere Sichtweise. Aber«, Eulenburg wandte sich an Querlinger, »ich glaube, dazu werden wir gleich ein paar Details hören, richtig?«

Der Kommissar nickte. »Kollege Hofzitzel wird dazu was sagen, oder, Nepo?«

Hofzitzel nickte.

Heinerle meldete sich.

»Was hätte der Typ gemacht, wenn er es am Blautopf nicht nur mit Feigl zu tun gehabt hätte?«

»Die Frage ist hypothetisch. Wir können in diesem Stadium nicht jede Eventualität klären. Wir müssen uns an die Fakten halten«, meinte Eulenburg.

Auch das war richtig, auch wenn die Frage absolut berechtigt war.

Querlinger sah sich genötigt, einen Kommentar abzugeben. »Zu den Fakten gehört auch, und das stelle ich durchaus selbstkritisch fest: Ich hätte noch jemanden zusätzlich abstellen sollen, der mit dem Kollegen Feigl zusammen die Stellung hält. Ist nicht geschehen, mein Fehler. Als leitender Ermittler übernehme ich dafür die Verantwortung.«

Betretenes Schweigen. Bis Eulenburg das Wort ergriff. »Wir alle hätten das eine oder andere anders machen können, Chef. Die Schuld an einem Einzelnen festzumachen halte ich nicht für fair. Insgesamt gesehen, hat jeder von uns das Beste gegeben. Berücksichtigt man alle Umstände, kommt man zu dem Schluss, dass wir keine Alternative hatten.«

Zustimmendes Nicken in der Runde. Querlinger wurde warm ums Herz, auch wenn er die Sache etwas differenzierter sah. »Wenden wir uns weiteren Fragen zu. Hat sich schon mal jemand Gedanken gemacht, was es mit dem Gewirr aus Linien und Strichen auf den Beinen der Puppe auf sich haben könnte?«

Bödele riss den Arm nach oben. Schmachtender Blick hin zu Tausendschön und Vanzetti.

»Also … ich könnte mir vorstellen, dass die Henne bei gewissen Damen gewisse kreative Vorlieben im Blick hat, die … ähm … ja, und halt deswegen vielleicht … die Striche auf den … Beinen und …«

Querlinger schlug die Hände vors Gesicht. Konnte es sein, dass ein Virus das Hirn seines Oberkommissars befallen hatte – das Tausendschön-Vanzetti-Virus?

»Was die Kreativität der Henne angeht, scheinen Sie ihr ja ordentlich Konkurrenz machen zu wollen, Herr Oberkommissar«, meldete sich Tamara Tausendschön unaufgefordert zu Wort. Sie konnte offenbar auch anders als nur lächeln.

Bödeles Birne begann zu leuchten, was in der Runde schadenfrohes Gelächter auslöste.

Nicht bei Querlinger. »Herrschaften, das hier ist eine Lagebesprechung des K1 der Ulmer Kripo und keine Kabarettveranstaltung. Ich bitte um qualifizierte Kommentare«, sagte er und sandte einen hilfesuchenden Blick zur Eulenburg.

»Ich denke, was diesen Beinschmuck angeht, kann man nur spekulieren«, meinte sie. »Stellt das Ganze eine Botschaft dar? Will die Henne uns damit ein Rätsel aufgeben? Lösen wir es, verstehen wir vielleicht ihr Motiv.«

»Kommen wir noch mal auf gestern Nacht zurück. Auf die Frage, wo der Mörder das Opfer die ganze Zeit über versteckt hatte. Kollege Hofzitzel hat mir vor der Besprechung signalisiert, dass die KTU dazu aktuelle Erkenntnisse liefern kann. Bitte, Kollege. Im Übrigen …«, Querlinger wies mit einer Geste auf den gedeckten Tisch, »… bitte ich darum, sich keinen Zwang anzutun. Bedienen Sie sich, Herrschaften, das hier dient nicht der Dekoration!«

18

Hofzitzel nahm sich einen Krapfen, den er mit drei Bissen hinunterschlang, und ging nach vorne.

»Der Vollständigkeit halber zunächst ein paar Informationen zum Thema Fingerspuren«, begann er und rieb sich die Hände, um den Puderzucker loszuwerden. »Sowohl auf dem Schreiben, in dem die Henne den Mord an Kämper in gewohnt infantiler Reimform ankündigt, als auch auf der Vollzugsmeldung mit dem Wiedehopf-Bild und dem rückseitigen Vermerk ›Keiner entgeht seiner Schuld …‹ konnten die gleichen Fingerabdrücke sichergestellt werden, wie wir sie auch auf den Botschaften Manfred Reuber betreffend gefunden haben. War ja auch nicht anders zu erwarten.«

Hofzitzel heftete mehrere Fotos an die Magnettafel.

»Wie der Kollege Querlinger bereits ausführte«, fuhr er fort, »ist eine der wichtigsten Fragen die, wo der Mörder das Fahrzeug versteckt hatte, in dem er das Opfer transportiert haben musste. Ich denke, wir haben zumindest eine Teilantwort gefunden, die allerdings noch verifiziert werden muss. Zunächst aber ein paar andere Informationen.«

Hofzitzel zeigte auf einige Fotos, die um die Quelle herum aufgenommen worden waren.

»Das hier sind Bilder unmittelbar vom Tatort aus der vergangenen Nacht sowie Aufnahmen, die wir einige Stunden später machen konnten. Wir haben nämlich am frühen Morgen, bei Tageslicht, unsere Untersuchungen fortgeführt beziehungsweise erweitert und konnten zusätzliche Spuren sichern. Insgesamt bietet sich folgendes Bild …«

Hofzitzel wies mit einem Bleistift auf das erste Foto.

»Fangen wir mit dem Müllsack an, in dem die Leiche steckte. Das hier …«, die Bleistiftspitze zielte auf ein vergrößertes Detail, eine Aufschrift in Englisch und einige exotisch wirkende Schriftzeichen, »… ist das Label des Herstellers. Eigenartigerweise handelt es sich dabei um eine vietnamesische Firma. Und hier –«

»Waaas, ein vietnamesischer Müllsack? Wie kommt er zu einem vietnamesischen Müllsack?«, unterbrach Bödele.

»Is momentan doch wurscht. Lass den Kollegen erst mal zu Ende referieren«, wies Heini ihn zurecht.

»Ja, klar, dem Kollegen Heinerle ist das wurscht, aber wer ein bissle Grips im Kopf hat, dem kann das nicht wurscht sein, weil der schaltet nämlich sein Hirn ein und kommt drauf, dass wer einen vietnamesischen Müllsack besitzt, ihn ja irgendwoher haben muss.« Bödele geriet mächtig in Fahrt. »Woher stammt der? Im Baumarkt oder im Supermarkt gibt's mit Sicherheit keine vietnamesischen Müllsäcke, da gibt's nur deutsche oder europäische. Woher also hat die Henne einen *vietnamesischen* Müllsack? Geht sie gern vietnamesisch essen, müsste man sich beispielsweise fragen, und die vietnamesischen Restaurants –«

»Ruhe!«, unterbrach Querlinger den Monolog Bödeles. »Den Punkt können wir nachher diskutieren. Jetzt ist erst mal der Kollege Hofzitzel –«

»Ja, klar, logisch«, fuhr Heini, für den der Chef Luft zu sein schien, höhnisch dazwischen. »Die Henne geht in ein vietnamesisches Restaurant, isst Huhn mit Reis, was denn sonst, geht zum Koch in die Küche und sagt zu ihm: ›Hallo, Herr Koch, guten Abend, ich möchte gern einen Müllsack, weil ich bin ein Mörder und will einen Mord begehen, und da brauch ich einen Sack, weil ich will die Leiche darin einpacken.‹ – Meine Güte, wie hirnrissig ist das denn?«

Mordlust glomm in Bödeles Augen. Querlinger befürchtete eine weitere Eskalation und bedeutete ihm mit einem wütenden Blick, den Mund zu halten. Der Kommissar war auf hundertachtzig. Dass die Situation dermaßen aus dem Ruder gelaufen und die »Große Lage« auf dieses erbärmliche Niveau abgesackt war, war ihm ungeheuer peinlich.

»Kollege Heinerle«, bellte Querlinger, »was wir jetzt am allerwenigsten gebrauchen können, sind provokante Sprüche und infantile Bemerkungen, wir sind hier nicht im Kindergarten. Im

Übrigen: Die Überlegung des Kollegen Bödele, was den vietnamesischen Müllsack angeht, hat durchaus was für sich, auch wenn Sie das lächerlich finden.«

Jetzt war es Heinis Birne, die rot leuchtete. Bödele war die Bemerkung des Chefs wie Öl runtergegangen. Und dann eilte ihm noch jemand zu Hilfe. Vanessa Vanzetti hob die Hand – und Querlinger überrascht die Brauen.

»Ja, bitte, Frau … äh … Vanzetti?«

»Ich weiß ja nicht, ob das, was ich sagen möchte, relevant sein könnte, aber …« Sie zögerte.

»Nur immer raus damit, Frau Vanzetti!«

»Also mein Freund, der Hien Ho, der ist Vietnamese. Letztes Jahr im Sommer haben wir zusammen Vietnam bereist. Und da waren wir auch in der Bucht von Halong. Da gibt's eine Sehenswürdigkeit, zwei Felsen, die irgendwie seltsam ausschauen. Die nennt man ›Hahn und Henne‹.«

Die Runde war perplex. Bödele platzte schier vor Stolz. Eine in einen vietnamesischen Müllsack eingewickelte Leiche, eine vietnamesische Sehenswürdigkeit namens »Hahn und Henne« und ein Mörder, der sich »Schwarze Henne« nennt! Das konnte kein Zufall sein, das war eine heiße Spur. Und wer hatte das Team mit der Nase drauf gestoßen? Na? Na?

»Ah, das ist ja interessant«, bemerkte Querlinger. »Dem Hinweis werden wir natürlich nachgehen. Vielen Dank, Frau Vanzetti. – Wir machen bitte weiter, Kollege Hofzitzel.«

Nepo deutete auf das nächste Foto: ein Gebüsch, daneben eine Mulde im hohen Gras.

»Das ist die Stelle, an der das Opfer mit einem Schuss in die Stirn getötet wurde. Wir haben«, drittes und viertes Foto, »auch das Projektil und die Hülse gefunden. Das Projektil steckte, wie auch beim Mord an Manfred Reuber, direkt unter dem Kopf des Opfers in der Erde. Die detaillierten Ergebnisse der ballistischen Untersuchung bekomme ich noch, aber mit an Sicherheit grenzender Wahrscheinlichkeit handelt es sich um die gleiche Waffe, mit der auch Manfred Reuber getötet wurde. Trotz des aufgesetzten Schusses konnten wir nur einen Hauch von Beschmauchung feststellen, was beweist, dass der Mörder einen Schalldämpfer benutzt hat.«

Der Chef der Spurensicherung kommentierte weitere Fotos. Die Parallelen zum Mord an Reuber waren unverkennbar: das Scheuermal am Fußgelenk, der Einstich im Oberschenkel (welches Betäubungsmittel die Henne eingesetzt hatte, konnte bisher weder in dem einen noch in dem anderen Fall geklärt werden) sowie Spuren von Heu auf der Kleidung Kämpers, wie sie auch im Falle Reubers sichergestellt worden waren.

»Und jetzt zum spannenderen Teil. Diese Aufnahmen habe ich gegen zehn Uhr dreißig heute Vormittag bekommen.«

Hofzitzel heftete fünf neue Bilder an die Tafel.

»Frau Tausendschön, wären Sie so freundlich, diese Fotos hier zu kommentieren?«, grinste Hofzitzel und setzte sich auf einen freien Stuhl.

Tamara Tausendschön stand auf und catwalkte zur Tafel. Knisternde Spannung …

»Tja, Herrschaften, dann wollen wir mal.«

»Das«, sie zielte mit dem Bleistift auf das erste Foto, »ist eine Reifenspur, auch wenn sie nur rudimentär erkennbar ist. Meine Kollegin und ich konnten sie eindeutig als zu einer Sackkarre gehörig identifizieren. Wir haben –«

»Momentle, Frau Tausendschön«, unterbrach Bödele sie. »Könnte es sich nicht auch um eine Art Buggy, Kinderwagen oder was Ähnliches gehandelt haben?«

»Also, wenn ich mich beruflich mit einem Thema beschäftige, versuche ich es so intensiv wie möglich zu tun. Das gilt auch für Karren und Säcke – Säcke jeder Art. Denen begegnen wir ja zuhauf in unserem Job, nicht wahr, Herr Oberkommissar?«

Bödele lief dunkel an, verzichtete jedoch auf einen Kommentar, die Tussi konnte ihn einfach nicht ausstehen.

»Aber ich will mich jetzt nicht verzetteln. Um es kurz zu machen: Es handelt sich definitiv um eine Sackkarre. Wir haben die Spur verfolgt, was nicht ganz einfach war. Das Fazit ist eindeutig: Die Spur führt vom Parkplatz zum Tatort und wieder zurück, um sich dann zu verlieren. Und zwar noch auf dem Parkplatz.«

Tamara Tausendschön wies auf mehrere Fotos, die die immer schwächer werdenden Reifenabdrücke und die parkenden Fahrzeuge zeigten.

Das war eine böse Überraschung. Querlinger war blitzartig klar, was das bedeutete. Er sah zur Eulenburg hinüber, deren Blicke Bände sprachen.

Zimmernagel meldete sich. Auch bei ihm war der Groschen gefallen.

»Aber das würde ja bedeuten, dass sich das Opfer mit hoher Wahrscheinlichkeit in einem der drei Fahrzeuge befand, die auf dem Parkplatz abgestellt waren.«

Die schöne Tamara zuckte mit der Schulter, was wohl Zustimmung signalisierte.

»Das heißt«, ergänzte Bödele, »der Mörder brauchte nur zu warten, bis wir das Feld geräumt hatten – bis auf Feigl natürlich –, und konnte dann zuschlagen. Er geht zum Fahrzeug, holt die Sackkarre und das Opfer, das im Müllsack steckt, raus und –«

»Moment! Was, wenn die Henne ihr Fahrzeug erst später von irgendwo aus der Nähe herholt?«

»Mein Gott, Heini, das hätte der Feigl doch bemerkt, er wäre gewarnt gewesen, und alles wäre anders gekommen.«

»Ich meine ja, nachdem sie den Feigl –«

»Vergiss es. Zuerst den Feigl fertigmachen, dann das Auto von irgendwoher holen – viel zu aufwendig. Sie muss sich schon bei der Quelle aufgehalten haben, noch bevor wir aufgekreuzt sind. Wahrscheinlich war sie schon Stunden vorher vor Ort. Und zwar mitsamt ihrem Fahrzeug, das sie auf dem Parkplatz abstellte, und –«

»Hundsveregg! So ein Scheiß!«, unterbrach ihn Querlinger und schlug mit der flachen Hand auf die Tischplatte, er war fix und fertig. »Als wir gestern Abend beim Blautopf ankamen, das war gegen neunzehn Uhr, standen alle drei Fahrzeuge schon da. Wir fanden eine ganz normale Parkplatzsituation vor. Und du, Heini«, Querlinger hatte den Siez-Modus verlassen und sprach mit seinen Mitarbeitern so wie immer, »du hattest doch schon gestern Nachmittag das Areal in Augenschein genommen, was war da mit den Fahrzeugen?«

»Die standen schon um drei da.«

»Also bitte, sag ich doch, eine ganz normale Parkplatzsituation ohne jegliche Auffälligkeit. Wie, zum Henker, hätten wir auf die Idee kommen sollen, dass es sich bei einem der drei Fahrzeuge um das des Täters handelt, in dem sich auch noch das in einen Sack eingewickelte und betäubte Opfer befindet?«

Er wandte sich an Nepomuk Hofzitzel.

»Diese Fotos, Nepo, die hast du doch gegen zehn Uhr dreißig bekommen. Das heißt, heute Vormittag waren die Fahrzeuge noch auf dem Parkplatz?«

»Exakt.«

»Stehen sie immer noch da?«

»Bis vor 'ner Stunde war das noch so. Ich hab mit einem Kollegen von der Bereitschaft vor Ort telefoniert.«

»Was ist mit den Besitzern?«

»Bis jetzt hat sich kein Aas gemeldet.«

»Habt ihr den Tatort großräumig abgesperrt?«

»Ja, sicher. Trotzdem könnten die ihre Autos holen, wenn sie wollen. Wir brauchen dringend eine Genehmigung, um sie beschlagnahmen zu können. Vor allem den Touran.«

Das war richtig. Dass sich die Besitzer bis jetzt nicht um ihre Fahrzeuge gekümmert hatten, war merkwürdig, hatte aber mit Sicherheit seinen Grund.

»Herrschaften, wir beenden die Sitzung. Eulenburg, Bödele, ihr fahrt sofort nach Blaubeuren. Ich will alles über diese bescheuerten Autos wissen. Findet die Besitzer heraus. Zapft sämtliche Infoquellen an. Befragt die Nachbarschaft. Wann wurden die Fahrzeuge dort abgestellt et cetera et cetera? Unter Umständen müssen alle drei kriminaltechnisch untersucht werden. Ich kontaktiere den Staatsanwalt, der muss uns die Erlaubnis dafür erteilen. Nepo, du hältst dich mit deiner Truppe bereit. Heini, Bernd, wir machen in einer Stunde in meinem Büro weiter.«

Stühlerücken, Teamgeplapper. In null Komma nichts war das

Besprechungszimmer leer. Nur Hofzitzel war noch im Raum, er klaubte seine Bilder zusammen.

Querlinger spürte, wie Ärger seinen Schlund hinaufkroch.

»Wieso erfahr ich von diesem ganzen Mist, von dem nix im Einsatzbericht steht, erst während der Besprechung? Auf die Idee, mich unverzüglich von den neuesten Erkenntnissen zu unterrichten, und zwar im Voraus, bist du nicht gekommen?«, knurrte er den Leiter der Spurensicherung wütend an.

»Doch. Ich hab dich heut Morgen auf deinem Handy angerufen. Vom Apparat deiner Sekretärin aus. Da warst du noch zu Hause. Aber du wolltest es ja nicht wissen. Du wärst schon auf dem Weg, und wir würden's ja wohl noch erwarten können, hast du gebrüllt und aufgelegt.«

Hundsveregg!

»Ähm … war blöd von mir, sorry, Kollege.«

19

»Hundsvereggter Tag, hundsvereggter«, schimpfte der Kommissar auf dem Weg zurück ins Büro. Er hatte eine Pause eingelegt und sich in einer italienischen Eisdiele um die Ecke einen Caffè freddo genehmigt, in der Hoffnung, etwas abschalten zu können. Vergeblich, er war noch immer geladen wie ein Böllerstutzen. Der morgendliche Krach mit Luise, das blamable Gebaren seines vom Tausendschön-Vanzetti-Virus befallenen Mitarbeiters während der Lagebesprechung, die Erkenntnis, dass er es versäumt hatte, sich um die bescheuerten Fahrzeuge auf dem Parkplatz am Blautopf zu kümmern, und die saublöde Art, wie er sich gegenüber einem befreundeten Kollegen am Telefon benommen hatte – all das setzte ihm gehörig zu. Noch so eine Panne, und er würde mit einem Mordsknall explodieren und wie Konfetti zu Boden regnen.

Zimmernagel und Heinerle erwarteten ihn vor seinem Schreibtisch stehend.

»Hockt euch halt hin! Kostet genauso viel.«

Im Moment, als er hinter seinem Schreibtisch Platz nahm, summte sein Telefon.

Eine Frauenstimme. Ziemlich aufgeregt. Querlinger hatte Mühe, sie zu verstehen.

»Wie bitte, was, wer ist dran? – Bürgermeisteramt Blaubeuren. Aha! Was kann ich für Sie tun? – Waaas?« Querlinger sprang wie elektrisiert vom Stuhl hoch. »Können Sie Genaueres sagen? – »Hören Sie … Was, wie kommen Sie denn darauf? … Jetzt machen Sie aber mal einen Punkt, das ist … Nein, das ist doch Unsi–«

Die aufgeregte Frauenstimme schien auf einem Monolog zu bestehen. Hin und wieder versuchte Querlinger, zu Wort zu kommen. Doch jedes Mal wenn er den Mund aufklappte, klappte er ihn gleich wieder zu. Irgendwann hatte er es satt, den Fisch zu geben, und knallte einfach den Hörer auf die Station.

»Schöne Schweinerei! Und die saublöde Kuh will uns dafür verantwortlich machen«, stieß er hervor.

»Wieso, was is 'n los?«, fragte Zimmernagel.

»In die Hammerschmiede am Blautopf wurde eingebrochen.«

»Was? Wann?«, fragten Heinerle und Zimmernagel im Chor.

»Das ist die Frage. Seit gestern Abend haben wir das Areal im Auge. Müsste also irgendwann davor gewesen sein.«

»Wer hat den Einbruch entdeckt?«, fragte Zimmernagel.

»Jemand vom Ordnungsamt. Vor 'ner knappen Stunde.«

»Wieso vom Ordnungsamt und wieso erst vor 'ner knappen Stunde?«, wollte Heinerle wissen.

»Der Einsatz vergangene Nacht hat die ganze Stadt meschugge gemacht. Vor der Absperrung wuselte es nur so von Menschen. Also wollte jemand vom Ordnungsamt nach dem Rechten sehen, natürlich in Begleitung eines uniformierten Kollegen. Dabei hat er festgestellt, dass die hintere Eingangstür offen stand, sie war nur angelehnt, das Schloss beschädigt. Dem Typ vom Ordnungsamt ist der Einbruch ziemlich schleierhaft, weil's da eigentlich nichts zu holen gibt. Im Gegensatz zu uns. Wir wissen jetzt endlich, wo sich die Henne aufgehalten hat.«

»Ganz schön clever, das Miststück. Da sind genügend Fenster. So hatte sie uns die ganze Zeit über im Blick«, resümierte Zimmernagel finster.

»Seh ich das richtig?«, vergewisserte sich Heinerle. »Ihr glaubt tatsächlich, dass die Henne die Tür aufgebrochen und sich dort versteckt hat?«

»Ist die bisher wahrscheinlichste Hypothese. Sie würde sämtliche noch offenen Fragen klären.«

»Moment mal! Die Hammerschmiede hat bis achtzehn Uhr für Besucher geöffnet. Ab achtzehn Uhr werden die Hämmer abgeschaltet. Also könnte die Henne logischerweise erst nach achtzehn Uhr dort eingedrungen sein. Hinzu kommt, dass auf dem Areal immer 'ne Menge Leute unterwegs sind. Da ist ganz schön was los, wir haben das ja gestern Abend selbst mitbekommen. Ab sieben waren wir vor Ort. Wie also hätte sie unbemerkt die Tür aufbrechen und dort eindringen können?«

»Die Tussi vorhin sagte, dass die Hammerschmiede seit drei Tagen für Besucher geschlossen ist«, entgegnete Querlinger. »Wegen bevorstehender Reparaturarbeiten an einem der Hämmer. Hätte uns eigentlich auffallen müssen. War aber nicht der Fall. Da die Hammerschmiede drei Tage außer Betrieb war, hatte die Henne leichtes Spiel.«

»Seh ich nicht so. Die wäre trotzdem ein wahnsinniges Risiko eingegangen. Ich sag's noch mal: Auf dem Gelände sind 'ne Menge Leute unterwegs. Die würden mitkriegen, wenn sich jemand an der Tür von der Schmiede zu schaffen macht.«

»Auf der Rückseite des Gebäudes halten sich immer wieder Leute auf. Schon allein, um sich das große Wasserrad anzuschauen, das die Hämmer antreibt. Es fällt nicht auf, wenn da mal jemand ein bissle länger rumsteht und am Schloss rummanipuliert. Er muss sich nur einigermaßen geschickt anstellen und einen günstigen Moment abwarten.«

»Seh ich auch so«, stimmte Zimmernagel zu. »Ein Touri oder ein stinknormaler Spaziergänger käme nie auf die Idee, dass da jemand einbrechen will. Als wir aufgetaucht sind, war die Henne wahrscheinlich schon längst im Gebäude.«

»So ein Scheiß!«, fluchte Heinerle. »Wenn das rauskommt, haben wir nicht nur beim Fachinger, sondern auch bei der Presse die Arschkarte.«

»Was heißt da ›wenn‹? Es ist bereits rausgekommen, das ist ja der Mist«, bemerkte Querlinger trocken.

»Und was können wir jetzt noch machen?«

Ein fader Beigeschmack von Kapitulation lag in Heinerles Frage.

»Was soll das heißen?«, polterte der Kommissar los. »Dass die Presse davon Wind kriegen wird, daran lässt sich nichts ändern. Da sind unser Pressesprecher und der Pressestaatsanwalt gefordert. Und vielleicht auch der Fachinger mit seinen Beziehungen. Wir sehen zu, dass wir eins nach dem anderen gebacken kriegen und uns nicht aus dem Konzept bringen lassen.«

»Sagt sich leicht daher«, maulte Zimmernagel. »Zwei Mordermittlungen zur gleichen Zeit. Für so was sind wir personell einfach unterbesetzt.«

»Umso wichtiger ist es, dass jeder seinen Job anständig erledigt. Vorerst gibt's noch unerledigte Hausaufgaben, gehen wir die endlich mal an.«

»Was denn für unerledigte Hausaufgaben?«

»Denk an den Mord an Manfred Reuber. Uns fehlen noch die Bewegungsdaten von Reubers Handy. 30. Mai, vierzehn Uhr zweiundzwanzig. Da hat Reuber dieses ominöse Gespräch mit der Flötistin geführt, sein wahrscheinlich letztes Lebenszeichen. Wir müssen unbedingt wissen, wo er sich zu diesem Zeitpunkt aufhielt. Wolltest du das nicht erledigen, Heini?«

»Wann hätt ich das denn machen sollen? Das haben wir ja erst gestern besprochen. Außerdem –«

Telefonsummen: Eulenburg. Der Kommissar schaltete den Telefonlautsprecher ein.

»Wir haben die Autos identifiziert. Stehen übrigens immer noch auf dem Parkplatz. Der Opel Corsa und der Fiat 500 gehören einem Ehepaar, das gleich hier um die Ecke wohnt, beide sind gerade im Urlaub. Sie haben die Parkplätze gemietet. Sind mit ›Privat‹ gekennzeichnet, was wir nicht sehen konnten, weil die Fahrzeuge genau über der Markierung stehen.«

»Was ist mit dem Touran?«

»Volltreffer! Ein Mietwagen. Ich hab die Angie angerufen und sie um einen telefonischen Schnell-Check in Flensburg gebeten. Der Besitzer des Fahrzeugs ist die Firma Rent-a-Car, Blaubeuren. Wir sind gleich hingefahren und haben mit den Leuten dort gesprochen. – Dreimal dürfen Sie raten, wer den Touran gemietet hat …«

»Herrschaftszeiten, Eulenburg, ich –«

»Der Typ heißt Karl Kollermann!«

Zum zweiten Mal innerhalb weniger Minuten hüpfte der Kommissar vom Stuhl hoch.

»Kollermann? So hieß doch der mit dem Prepaid-Handy, von dem Reuber die anonymen Anrufe bekommen hat. Die Nummer gibt's doch nicht mehr.«

»Richtig, die gibt's nicht mehr, aber den gefakten Ausweis, den benutzt er immer noch. Und –«

»Moment! Machen die Autovermieter nicht immer 'ne Kopie vom Ausweis *und* vom Führerschein der Mieter?«, mischte sich Zimmernagel ins Gespräch.

»Exakt. Wir haben von beiden Dokumenten Kopien. Hut ab vor dem, der sie gefälscht hat, der ist definitiv ein Profi. Sein Konterfei auf dem Ausweis ist identisch mit der Beschreibung der Angestellten von Rent-a-Car.«

»Wie sieht der Mann aus?«

»Der Typ hat auffallend dicke Backen, buschige Augenbrauen und 'ne Glatze.«

»Kein weißer Bart? Verknittertes Gesicht?«

»Nein, sieht stinknormal aus.«

»Wie hat der Mann bezahlt?«

»Natürlich bar, ist doch klar.«

»Fangen Sie jetzt auch noch an zu reimen?«

»Nur wenn ich entsprechende Fragen gestellt kriege, Chef.«

»Wann hat der Mann das Fahrzeug angemietet?«

»Ist schon fast zwei Wochen her, am 28. Mai.«

Der 28. Mai. Das bedeutete, dass auch Manfred Reuber in dem Fahrzeug transportiert worden sein konnte.

»Er muss doch irgendwie zu dem Autoverleiher gekommen sein?«

»Haben wir die Mitarbeiterin auch gefragt. Kann sie nicht sagen. Der Typ stand auf einmal da.«

»Gut, dann sag ich jetzt dem Hofzitzel Bescheid, der wartet schon. Wäre hilfreich, wenn die von der Autovermietung –«

»Haben wir schon in die Wege geleitet, Chef. Wir haben mit dem Geschäftsführer von Rent-a-Car gesprochen, der ist sehr kooperativ und sieht ein, dass wir das Fahrzeug untersuchen müssen. Wir haben ihm klargemacht, dass es vorläufig zu einem Verwahrort gebracht werden muss.«

Perfekt! Die Frau Kollegin sah sofort, was erledigt gehörte, ohne dass man sie mit der Nase drauf stoßen musste.

»Hervorragend, Eulenburg. Nur zu Ihrer Info: Der Hofzitzel

wird ein paar Leute zusätzlich mitbringen. Er muss sich nämlich auch die Hammerschmiede vornehmen.«

»Wie bitte? Wieso denn das?«

Querlinger klärte sie in kurzen Sätzen über den Einbruch in die Schmiede auf und erläuterte die sich daraus ergebenden Schlussfolgerungen.

»Das wär's dann, Eulenburg, bis morgen. Nein, stopp, warten Sie!«

Blitzartig waren ihm noch zwei andere Dinge eingefallen.

»Kilometerstände des Fahrzeugs, habt ihr das überprüft?«

»Ach so, ist im Eifer des Gefechts untergegangen, wir liefern die Infos nach.«

»Was ist mit den Anrainern, haben die was bemerkt, was uns weiterbringen könnte?«

»Nichts. Keine wesentlichen Hinweise. In der kurzen Zeit konnten wir aber auch nur wenige befragen.«

»Gut, dann ist morgen großes Klingelputzen angesagt. Danke, Eulenburg, gute Arbeit. Gilt auch für den Bödele.«

Querlinger legte auf.

Heinerle wirkte irritiert.

»Würde mich schon interessieren, wieso die Henne das Fahrzeug einfach so stehen lässt. Der muss doch klar sein, dass wir die Karre kriminaltechnisch untersuchen lassen«, meinte er.

Zimmernagel wiegte zweifelnd den Kopf.

»Sie wird Vorsorge getroffen haben, dass wir nix finden. Zumindest nichts, was auf ihre Spur bringen könnte.«

»Jeder Verbrecher und jedes Verbrechen hinterlässt Spuren.«

»Das ist der Henne scheißegal. Sie ist nicht blöd, sie weiß genau, was sie tut. Dass sie ein Risiko eingeht, ist ihr bewusst, aber das scheint ihr eher noch einen gewissen Kick zu geben. Sie ist sicher, dieses Risiko eingehen zu können, weil sie sich absolut überlegen fühlt. Warum sie das Fahrzeug einfach hat stehen lassen, dafür gibt es meines Erachtens nur einen Grund: Sie will uns damit genauso provozieren und demütigen wie mit der Silikonpup–«

Telefonsummen. Fachinger.

»Grüß Gott, habe die Ehre, Herr Oberrat. Vielen Dank übrigens für … Wie meinen der Herr Oberrat? Ob die Nahrungsumstellung klappt? Ja, ja, die klappt, meine Frau meint … Ja, ja natürlich, sehr g'sund, ihre Tipps, sehr g'sund … Der Bericht für die Staatsanwaltschaft? Ähm … sorry, bin noch nicht dazu gekommen. Wir haben … Nein, wir haben … Jetzt aber, Herr Oberrat! Wir sind Polizeibeamte, und die Lichtgeschwindigkeit liegt immer noch bei dreihunderttausend Kilometern pro Sekunde, schneller geht's nicht, gell!«

Was offenbar nicht für das Gesprächskarussell galt, das drehte sich nämlich immer schneller.

»Hören Sie, wir haben uns am Blautopf fast die ganze Nacht um die Ohren geschlagen und uns die Füße in den Ar… äh … Hintern gestanden. Ich bin erst um halb fünf in die Falle gekommen, und die Kollegen … Nein, wie sollte das denn gehen, wir sind personell stark unterbesetzt, deswegen baue ich ja auch auf die Soko, über deren … Die Presse, der Oxheimer? Dieser windige Hund? Wissen Sie, was der mich kann?«

Querlinger war zunehmend lauter geworden; Dieter Oxheimer war für ihn ein rotes Tuch, der Polizeireporter von der lokalen Presse und der Kommissar konnten einander auf den Tod nicht ausstehen. Zimmernagel kannte seinen Chef gut genug, um zu wissen, dass der kurz davorstand, die Kontrolle über sich zu verlieren.

»Um Gottes willen, Eugen, pass auf, des bringt doch nix«, zischte er entsetzt und begann wild mit den Händen zu fuchteln.

»Nein, Herr Oberrat, das haben Sie jetzt falsch interpretiert, das lass ich mir nicht unterstellen. Ich wollte sagen, er kann mich gern im Büro aufsuchen … Hallo? Hallo, Herr Oberrat?«

Querlinger knallte den Hörer hin. Schweißperlen standen auf seiner Stirn.

»Legt einfach auf, das hirnlose Rindvieh, das saublöde!«

»Schätz mal, die Kacke ist am Dampfen«, kommentierte Heinerle die Lage.

»Wird Zeit, dass wir sie abkühlen«, bemerkte Querlinger grimmig und griff zum Telefonhörer. »Hallo, Angie? Machen

Sie mir doch mal 'ne Verbindung mit dem Kollegen Penzkow in Berlin.«

»Die Lage hat sich gedreht, wir müssen ein paar Aufgaben neu verteilen«, wandte er sich an Heinerle und Zimmernagel. »Heini, du übernimmst den Job der Eulenburg, was diese Ehingen-Recherche angeht. Am besten, wir starten einen Zeugenaufruf. Und vergiss nicht, den Bewegungsstatus von Reubers Handy zu checken. Bernd, du schnappst dir den Bödele. Ihr werdet morgen um den Blautopf rum noch mal Klingeln putzen. Eulenburg und ich, wir fahren morgen nach Berlin und checken das Umfeld von diesem Horst Kämper. Zusammen mit den Kollegen vor Ort. Es muss eine Verbindung zwischen den beiden Morden geben, das ist so sicher wie das Amen in der Kirche. Und –«

Telefonsummen. Polizeihauptkommissar Emil Penzkow. Ein Mann der kurzen Sätze, was ihn Querlinger unheimlich sympathisch machte. Innerhalb einer Minute verfügte der Kommissar über die wichtigsten Personendaten zu Horst Kämper, unter denen ein Umstand besonders hervorstach: Der Mann hatte zwei Jahre als Angestellter der deutschen Botschaft in Vietnam zugebracht. Wegen eines Diebstahldelikts war ihm 2005 fristlos gekündigt worden, danach war er nach Deutschland zurückgekehrt, hatte sich als Rikschatouren-Anbieter in Berlin selbstständig gemacht und sich so eine neue Existenz aufgebaut. Offenbar konnte er es nicht lassen, sich für anderer Leute Sachen zu interessieren, was ihm regelmäßige Aufenthalte im Knast eingebracht hatte. Vor zwei Jahren war er nach einem schweren Unfall mit seiner Rikscha vorzeitig in den Ruhestand gegangen und hatte sich ein älteres Häuschen mit einem großen Gartengrundstück zugelegt.

»Also wir würden uns ja gerne mal sein unmittelbares Lebensumfeld ansehen, Herr Kollege. Es könnten sich Parallelen zum ersten Opfer ergeben … Was meinen Sie? … Richtig, wollte gerade den gleichen Vorschlag machen. Mit dem Zug sind wir in sechs Stunden bei Ihnen … Klar, geht in Ordnung. Ich bringe meine Kollegin mit. Meine Sekretärin wird Sie noch informieren, wann genau. Schon mal besten Dank, Herr Kollege.«

Querlinger drückte kurz eine Taste und wählte erneut.

»Eulenburg, Sie machen jetzt Feierabend. Wir beide fahren morgen nach Berlin. Richten Sie sich auf eine Übernachtung in der Hauptstadt ein … Nein, kein Witz. Ich weiß, dass morgen Freitag ist und Sie Ihren freien Tag nehmen wollten, aber dafür … Sie warten noch auf das KTU-Team? Das kann der Bödele auch allein. Also, fahren Sie jetzt nach Hause, ruhen Sie sich aus und gehen Sie früh schlafen. Die Angie sagt Ihnen Bescheid, wann Sie morgen früh am Bahnhof sein sollen … Keine Widerrede, Kollegin, Sie haben genauso wenig Schlaf gehabt wie ich. Also machen Sie jetzt Feierabend. Wir sehen uns morgen früh am Hauptbahnhof. Basta und servus!«

Klopfen an der Tür. Angie Braun trat ein und legte Querlinger einen Brief auf den Schreibtisch.

»Das hier muss noch heute mit der Post raus, Chef. Da bräuchte ich Ihre Unterschrift. Da, wo ich das Kreuzchen hingemacht habe.«

Querlinger setzte seinen Servus an die gekennzeichnete Stelle.

»Gut, dass Sie da sind, Angie. Erkundigen Sie sich doch mal nach den Intercity-Verbindungen nach Berlin. Und zwar für morgen. Ankunftszeit zwischen elf und zwölf Uhr vormittags. Besorgen Sie Bahntickets für Eulenburg und für mich, erste Klasse hin und zurück.«

»Erste Klasse geht nicht, Chef. Die Vorschriften …«

»Ich weiß, dass die Vorschriften nur zweite Klasse genehmigen, trotzdem …«

»Chef, wir hatten schon mal Ärger wegen so einer Sache. Es gibt eine Anweisung, in der steht, dass wir mit den Mitteln des Steuerzahlers verantwortungsvoll –«

»Zum Donnerwetter, ja, ist mir klar, dass wir mit den Mitteln des Steuerzahlers verantwortungsvoll umgehen müssen. Was soll das jetzt, sind Sie seit Neuestem Vorstand beim Bund der Steuerzahler, oder was?«

»Chef, wenn die Abteilung Innenrevision rauskriegt, dass wir –«

»Ist mir wurscht, was die Abteilung Innenrevision sagt. Wir müssen während der Fahrt arbeiten. Mit Laptop und so. Da brauchen wir unsere Ruhe. Das sieht sogar der dümmste Steuerzahler ein. Der will nämlich, dass wir unsere Arbeit ordentlich machen. Weil wenn die Kriminalität steigt, weil die Polizei nicht gescheit arbeiten kann, weil ihr ein Erste-Klasse-Ticket mit der Bahn verwehrt wird, kriegt der Steuerzahler eine Stinkwut, geht auf die Straße, macht Randale, zettelt eine Revolution an, stürzt die Regierung und schickt den Rechtsstaat zum Teufel, wollen Sie das?«

Als loyale Staatsbürgerin wollte Angie das natürlich nicht und lenkte ein. Zufrieden mit sich und seiner Vorlesung über die Psychologie des Steuerzahlers griff der Kommissar in seine Jacketttasche. Die drei verbliebenen Erdnüsse hatte er sich jetzt redlich verdient.

»Also, wo waren wir stehen geblieben?«, wandte er sich kauend an Zimmernagel und Bödele. In ihren grinsenden Gesichtern spiegelte sich unverhohlene Zustimmung.

Statt wie üblich um diese Zeit zu Hause gelassen vor seinem Feierabendbier zu sitzen, hockte Querlinger um halb sieben noch immer in seinem Büro rum. Nicht, weil er den Bericht für den Staatsanwalt, der gerade mal vier mickrige Zeilen umfasste, fertig schreiben wollte. Er wusste einfach nicht, wie er Luise nach dem Krach von heute Vormittag gegenübertreten sollte. Und so grübelte er über verschiedenen strategischen Optionen. Eine allerdings schloss er von vornherein kategorisch aus: wie ein geprügelter Hund bei Frauchen um Gnade zu winseln. Klar, der Ehefrieden hatte seinen Preis, doch den hatte man sich partnerschaftlich zu teilen. Das Problem war, dass sie sich heute nicht, wie sonst üblich, zwischendurch mal angerufen hatten. Wie es um die Befindlichkeit Ihro Allergnädigster Majestät stand, ließ sich also nur schwer einschätzen.

Querlinger seufzte und entschied, den schweren Gang nach Hause anzutreten. Gegen Viertel nach sieben schloss er die Wohnungstür auf, trat in den Flur und atmete tief durch. Ungewöhnliche Stille. Kein Geschirrklappern, keine Staubsaugergeräusche, kein Fernseher, kein Radio. Eine Atmosphäre wie auf dem Mars. Ausgesprochen lebensfeindlich. Er inspizierte die Zimmer. Keine Spur von Luise. In der Küche dann auf dem Tisch ein Zettel, handgeschrieben. »Bin bei der Pati. Übernachte heute dort. Essen auf dem Herd. Mach's dir warm. Umrühren nicht vergessen. Brennt sonst an. Frisches Bauernbrot im Kasten. Hab kein Handy dabei. Bussi: Luise«.

Was war das jetzt? Ein Ultimatum? Ein Schuss vor den Bug? Eine Note, die die Beendigung der diplomatischen Beziehungen ankündigte? Oder bereits eine Kriegserklärung?

»Hab kein Handy dabei« – das hieß doch wohl nichts anderes wie: *Lass dir bloß nicht einfallen, mich bei den Weißeneggers anzurufen, ich will nichts von dir wissen!* Aber wie passte dann das versöhnliche »Bussi: Luise« dazu?

Der Kommissar zuckte die Schulter. Zumindest ließ die Note Spielraum für eine gewisse Hoffnung. Er trat an den Herd. Auf der hinteren Platte stand ein Topf. Er hob den Deckel. Gaisburger Marsch mit selbst gemachten Spätzle, eines seiner Lieblingsgerichte. Die Hoffnung stieg. Querlinger beschloss, eine Antwort zu formulieren, deren diplomatischer Charakter dem von Luises Botschaft mindestens ebenbürtig war. Er schaltete die Herdplatte ein, holte sich ein Bier aus dem Kühlschrank und einen Block samt Kugelschreiber aus dem Arbeitszimmer.

Während der Gaisburger Marsch leise köchelnd vor sich hin zu marschieren begann und ein verheißungsvoller Duft die Küche erfüllte, schrieb Querlinger eine Erklärung nieder, die man durchaus als versöhnlich hätte bezeichnen können. Wenn auch gespickt mit einer gewissen Dramatik, was Luise vielleicht dazu brachte, künftig sensibler mit ihm umzugehen.

»Bin mit der Eulenburg morgen und übermorgen dienstlich in Berlin. Muss eventuell Sondereinsatzkommando befehligen. Könnte gefährlich werden. Danke für den Gaisburger Marsch. Wird hoffentlich nicht mein letzter gewesen sein. Hab den Lebensversicherungsordner auf den Schreibtisch gelegt. Dann musst du im Bedarfsfall nicht lange suchen. Eugen.«

Konzentriert las er das Ganze noch mal durch. Überlegte kurz und entschloss sich, ein Postskriptum drunterzusetzen – selbst auf die Gefahr hin, dass aus der diplomatischen Note eine Kapitulationsurkunde wurde.

»PS: Bussi! Mag dich!«

21

Freitag, 14. Juni

Punkt fünf Uhr acht verließ der ICE 616 mit dem Kommissar und der Kommissarin an Bord den Ulmer Hauptbahnhof. Erst ab Mannheim hatte Angie Braun erste Klasse gebucht, aber das war okay. Immerhin lagen noch sechs Stunden Fahrzeit vor ihnen, die sie mit »Arbeiten« verbringen konnten. Was hieß, dass Eulenburg auf ihrem Laptop nach allem Möglichen googelte, vor allem nach den neuesten Kinotrailern – sie liebte Kino über alles –, während Querlinger sich einen Kommissar-Maigret-Krimi reinzog.

Bei Seite siebenundfünfzig der schaurigen Lektüre angekommen, Titel »Maigret und der Gehängte von Saint-Pholien«, hielt Querlinger auf einmal mit Lesen inne. Ihm war plötzlich etwas eingefallen.

»Sie schulden mir noch eine Information, verehrte Kollegin.«

Die Kommissarin, die gerade in einen Trailer zu einem Film mit Russell Crowe vertieft war, schreckte hoch.

»Ach, und welche?«

»Wie sieht's mit den Kilometerständen von diesem Touran aus?«

Eulenburg griff sich an die Stirn.

»Sorry, hab total vergessen, Ihnen das zu sagen. Ich hab noch gestern Abend mit dem Bödele deswegen telefoniert.«

Sie kramte ihr Smartphone aus der Jackentasche und holte sich die Notiz-App aufs Display.

»Also, die Henne hat das Fahrzeug am Freitag, dem 27. Mai um acht Uhr dreißig von der Blaubeurer Leihwagenfirma übernommen. Kilometerstand bei Übernahme: 56.786. Kilometerstand beim gestrigen Auffinden des Fahrzeugs auf dem Parkplatz beim Blautopf: 59.318.«

Querlinger pfiff durch die Zähne und rechnete kurz nach.

»Sind 2.532 Kilometer in knapp zwei Wochen, 'ne Menge Holz.«

»Hm«, nickte Eulenburg nachdenklich.

Punkt elf Uhr achtunddreißig rollte der Zug in den Hauptbahnhof der Hauptstadt ein. Fahrplanmäßig, auf die Sekunde genau, was Querlingers Vertrauen in die Zuverlässigkeit der Deutschen Bahn merklich erschütterte, war die doch zuverlässig für ihre Verspätungen bekannt. KHK Penzkow erwartete sie bereits am Gleis, knappe sechzig, mittelgroß, sympathisches, offenes Gesicht, feste, angenehme Stimme.

Querlingers erste Frage, nachdem sie zu Penzkow ins Auto gestiegen waren, galt eventuellen Angehörigen des Opfers.

»Wir haben schon mal die Nachbarn befragt. Und einen Bekannten, einen gewissen Otto Wudtke, der Einzige, zu dem Kämper regelmäßig Kontakt hielt, wenn auch nur alle paar Monate. Wudtke behauptet, außer einem dementen Cousin, der in einem Altersheim wohnt, habe er keine weiteren Angehörigen gehabt«, informierte Penzkow seine beiden Kollegen, während er seinen Dienstwagen geschickt durch den Berliner Verkehr fädelte.

»Und die Nachbarn? Konnten sie die Aussage dieses Wudtke bestätigen?«

Penzkow schüttelte den Kopf.

»Zu irgendwelchen Angehörigen konnten sie keine Angaben machen. Der Mann war ein Eigenbrötler, nicht gerade sehr kommunikationsfreudig. Unterhielt man sich mit ihm über seinen Garten, sei er jedoch aufgeblüht, Gärtnern war anscheinend sein einziger Lebensinhalt. Das Hobby hat er übrigens mit Wudtke geteilt.«

»Wie sind Sie an diesen Wudtke eigentlich rangekommen?«

»Einer der Nachbarn konnte uns seine Adresse geben. Der Mann wohnt in Neukölln. Witwer, im gleichen Alter wie Kämper. Sie trafen sich alle paar Wochen auf 'n Eisbein und 'n Bier und quatschten über alte Zeiten und über ihr gemeinsames Hobby: Gärtnern.«

»Alte Zeiten? Das heißt, sie kannten sich schon lange?«

»Sie waren zusammen in Vietnam. Wudtke als Chauffeur bei der Niederlassung einer deutschen Firma in Hanoi, Kämper als Sekretär des Kulturattachés in der deutschen Botschaft. Von Wudtke haben wir auch die Infos zu seiner Vita. Zum Beispiel, dass er Rikscha-Unternehmer war, einen Unfall hatte und vorzeitig in Rente ging.«

»Wann hatten die beiden zum letzten Mal Kontakt?«

»Vor etwa drei Monaten.«

»Mit aktuellen Informationen konnte dieser Wudtke also nicht aufwarten?«

»Nein, aber es gibt zwei Nachbarn, die gesehen haben wollen, wie Kämper vergangenen Freitag zu einem Mann in einen Touran stieg. Seitdem hätten sie ihn nicht mehr gesehen.«

Querlinger spitzte die Ohren.

»Vergangenen Freitag? Wann?«

»Der eine konnte es nicht mehr genau sagen, er meinte, das sei am frühen Nachmittag gewesen, der andere behauptet, es müsse spätnachmittags gewesen sein, zwischen halb fünf und fünf.«

Querlinger blätterte in seinem Kopfkalender die Ereignisse der vergangenen Tage durch. Besagter Freitag war der 7. Juni gewesen. Gestern, Donnerstag, am 13. Juni, in aller Frühe, war Horst Kämper ermordet worden. War der Mann, zu dem er in den Touran gestiegen war, tatsächlich die Schwarze Henne, dann wäre Kämper fünf Tage in der Gewalt seines Mörders gewesen.

»Weitere Hinweise? Autokennzeichen, Fahrzeugfarbe?«

»Zum Kennzeichen konnten sie nichts sagen. Aber beide sind sicher, dass es ein Fahrzeug mit dunkler Farbe gewesen sei, der eine tendiert zu Schwarz, der andere zu Nachtblau.«

»Näheres zu dem Mann, der den Touran fuhr?«

»Ein älterer Mann mit auffallender Hakennase, sonst nichts.«

Auffallende Hakennase! Der Silikonpuppenfuzzi, den sie in der Mordnacht gestellt hatten, hatte einen Typen mit langem weißen Bart beschrieben. Der gefakte Ausweis von »Karl Kollermann« zeigte das Bild eines Mannes mit dicken Backen, Glatze und Hornbrille. So hatte ihn auch die Mitarbeiterin der Leihwagenfirma beschrieben. Anscheinend liebte es die Henne, sich unterschiedliche Identitäten zuzulegen.

»Verbindungen nach Süddeutschland, speziell nach Ulm? Konnten Sie da was rauskriegen?«

»Um das festzustellen, war die Zeit zu kurz, Herr Kollege. Die Informationen, die wir über Kämper haben, stammen von Wudtke, vom Gewerbeamt und aus dem Polizeicomputer.«

»Aus dem Polizeicomputer?«

»Der Mann war mehrfach vorbestraft. Mehrere kleinere Eigentumsdelikte. Das letzte liegt vier Jahre zurück. Kaufhaus-diebstahl. Dafür hat er anderthalb Jahre Knast kassiert. Ohne Bewährung.«

»Ohne Bewährung?«, fragte Eulenburg.

»Wie gesagt, war nicht sein erstes Delikt. Kam davor immer mit 'n paar Wochen Freiheitsentzug oder 'ner Geldstrafe davon. Der Richter war der Meinung, dass dem Mann ein ordentlicher Denkzettel gebührte.«

Querlinger geriet kurz ins Grübeln.

»Die Sache in Vietnam, als er an der deutschen Botschaft be-schäftigt war, ist die auch im Polizeicomputer registriert?«

Penzkow nickte. Und stellte seinerseits die Frage nach dem bisherigen Ermittlungsstand, die Querlinger ausführlich beant-wortete.

Mittlerweile waren sie in Spandau angekommen. Kämpers »Haus« war eher eine stark sanierungsbedürftige Hütte, die ver-geblich mit einem daneben befindlichen Gewächshaus konkur-rierte und inmitten eines äußerst gepflegten Gartengrundstücks lag.

Das Haus selbst hatte nur ein Erdgeschoss. Es lag in schumm-rigem Dämmerlicht. Schuld daran waren die viel zu klein gera-tenen Fenster.

»Wir haben schon mal 'ne erste Inspektion vorgenommen, aber alles so belassen, wie wir es vorfanden. Mit der KTU wollten wir warten, bis Sie da waren«, bemerkte Penzkow.

Die Kollegen denken wenigstens mit, dachte Querlinger an-erkennend.

»Wäre Ihnen dankbar, wenn Sie uns die Ergebnisse baldmöglichst zukommen lassen würden. Fingerabdrücke, DNA-Spuren und so weiter«, bat er Penzkow.

Sie hatten kaum mit der Inspektion der Wohnung begonnen, als Eulenburg plötzlich ein »Ich werd verrückt!« ausstieß, den Arm nach oben riss und mit einem Foto wedelte, das sie offenbar in einer Tischschublade entdeckt hatte.

Im Nu war der Kommissar an ihrer Seite.

»Na endlich, wer sagt's denn.«

Penzkow sah die beiden fragend an.

Die Kommissarin reichte ihm das Bild.

»Haargenau das gleiche Foto haben wir beim ersten Opfer gefunden«, klärte sie ihn auf.

»Eine Luftaufnahme«, kommentierte Penzkow das Bild und drehte es auf die Rückseite. »›Hahnennest‹«, las er amüsiert.

»Is 'n Kaff im Hinterland des Bodensees, Oberer Linzgau, wenn Ihnen das was sagt.«

Penzkow schüttelte den Kopf.

»Tut mir leid, nie gehört. Und was soll der Kringel hier?« Er deutete auf den mit einem Kugelschreiber gezeichneten Kreis, der offensichtlich ein Gehöft umschloss.

»Wissen wir noch nicht. Auf jeden Fall haben wir den ersten Hinweis auf eine direkte Verbindung zwischen den Opfern«, antwortete Querlinger.

»Verstehe.«

Es sollte der einzige aufregende Fund bleiben, den sie in Kämpers Haus und auf seinem Grundstück machten. Die weitere Durchsuchung, unter anderem des Gewächshauses, förderte zwar noch einen Packen Müllsäcke aus vietnamesischer Herstellung zutage, aber das war auch schon alles.

»Nicht gerade üppig, die Ergebnisse, die Sie mit nach Hause nehmen«, meinte Penzkow, während er mit der Eulenburg zum Wagen zurückging. Querlinger war stehen geblieben, er telefonierte gerade mit Bödele.

»Seh ich nicht so«, gab sie zurück. »Immerhin wissen wir jetzt, dass es zwischen den beiden Opfern eine wie auch immer geartete Verbindung gibt. Hätten wir nicht, wenn wir nicht hergekommen wären. Zumindest nicht so schnell.«

Beim Wagen angekommen, lehnten sie sich mit dem Rücken gegen die Fahrerseite, quatschten und warteten auf Querlinger.

»Sagen Sie, hätten Sie nicht Lust auf einen gemütlichen Abend? Ich würde Sie beide gern einladen. Ins Nante-Eck, Unter den Linden, typisches Berliner Lokal. Die haben das beste Eisbein und 'n dolles Bier.«

»Wär ich nicht abgeneigt.«

»Ich auch nicht«, tönte es hinter ihnen.

Die Arme auf dem Autodach verschränkt, stand Querlinger grinsend auf der Beifahrerseite, sie hatten sein Kommen nicht bemerkt.

»Dürfte ein neues Geschmackserlebnis für Sie werden, Chef. Schätz mal, Sie haben noch nie Eisbein gegessen, oder?«, grinste Janine von Eulenburg zurück.

»Bis jetzt noch nicht. Von der Schweinshaxe kenn ich nur die schwäbische und die bayrische Variante. Aber kulinarisch bin ich Kosmopolit und für alles offen, wie Sie wissen.«

Während Penzkow seine Gäste zu dem beim Hauptbahnhof gelegenen Hotel fuhr, informierte Querlinger die Kommissarin über das Gespräch mit Bödele. Inzwischen lagen endlich die Bewegungsdaten von Reubers Handy für den 30. Mai vor. Besser gesagt die Info, wo er sein Handy zum letzten Mal ausgeschaltet hatte.

»Er hat sich zum fraglichen Zeitpunkt in der Pampa aufgehalten.«

»Pampa?«

»Genauer gesagt in der Nähe eines Waldstücks, das an die Donau grenzt. Zwischen Unter- und Obermarchtal. Romantische Gegend übrigens, landschaftlich wunderschön. Da gibt's 'nen tollen Wanderweg, linker Hand die Donau, auf der rechten Seite hoch aufragende Felsen.«

»Sonst nichts Neues?«

»Doch. Die KTU ist immer noch mit der Auswertung der Spuren aus dem Touran beschäftigt, sie haben das Fahrzeug abtransportiert und zum Verwahrort gebracht, um es sich gründlich vorzunehmen. Es ist definitiv das Fahrzeug, das vom Täter für den Transport seines Gefangenen benutzt wurde. Sogar die Sackkarre wurde gefunden, sie befand sich im Kofferraum. Die KTU hat Reste von Heu und Staub sichergestellt, das gleiche Zeugs, das an Kämpers und an Reubers Kleidung haftete. Außerdem ein Stück von dem Müllsack, in dem das Opfer steckte, und Abriebspuren von den Schwimmreifen, die am Müllsack angebracht waren.«

Inzwischen waren sie beim Hotel angekommen.

»So, dann wünsche ich erst mal angenehmes Ausruhen, Kollegen«, sagte Penzkow. »Bis heute Abend, ich hol Sie Punkt halb acht hier wieder ab. Und bringen Sie ordentlich Hunger mit, Sie sind meine Gäste.«

»Das ist das Gastgeschenk, das ich grundsätzlich immer mitbringe, wenn ich eingeladen bin«, bemerkte Querlinger grinsend.

Penzkow war pünktlich. Und so saßen sie gegen acht an einem der Holztische im Nante-Eck, einem gediegenen Lokal direkt an der Berliner Prachtstraße Unter den Linden. Soeben hatte der freundliche, im Stil der Zwanziger gekleidete Kellner – ein Namensschild auf der Brust wies ihn als »Ralph« aus – Querlinger und Penzkow ein frisch gezapftes Pils, berlinerisch »Blondet« oder auch »Molle« genannt, gebracht. Eulenburg zog eine Weiße mit Schuss, in diesem Fall Waldmeister, vor.

Penzkow schlug die Speisekarte auf.

»Sie können selbstverständlich nehmen, was Sie möchten, aber wenn ich einen Vorschlag machen darf –«

»Wir nehmen natürlich das Eisbein, mit Erbspüree und Sauerkraut, das Berliner Nationalgericht sozusagen, nicht wahr, Chef?«, unterbrach ihn Eulenburg.

»Klar, wo wir doch schon mal hier sind«, meinte Querlinger gut gelaunt, dem bei dem Gedanken an eine herrlich rösche Schweinshaxe das Wasser im Mund zusammenlief.

»Wir bereiten hier alles janz frisch zu, jehört zur Philosophie des Hauses«, meinte Ralph, nachdem er die Bestellung aufgenommen hatte.

Janine von Eulenburgs Smartphone vibrierte. Sie ging ran. Es war Bernd Zimmernagel.

»Okay, warte, er sitzt neben mir.«

Sie reichte Querlinger das Smartphone. »Bernd will Sie sprechen.«

»Was gibt's, Bernd? Warum rufst du mich nicht auf meinem Handy an? … Was? Moment!« Querlinger fasste in die Brusttasche seines Jacketts, um anschließend seine Hosentaschen abzutasten.

»Stimmt, sorry, muss ich im Hotel vergessen haben … Wo wir gerade sind? Wir haben ein Arbeitsessen mit unserem Berliner Kollegen. Also, was gibt's Wichtiges?«

Das anschließende Gespräch mit Zimmernagel dauerte knapp zwei Minuten und endete mit einem »Hervorragende Arbeit, Bernd, danke!«.

Querlinger gab der Eulenburg das Smartphone zurück. Er wirkte sehr zufrieden.

»Das Klingelputzen hat sich gelohnt. Sie haben eine ältere Frau ausfindig gemacht, die sagen konnte, um welche Uhrzeit der Touran auf dem Parkplatz abgestellt wurde.«

»Sie hat den Weißbärtigen gesehen?«

»Nix Weißbärtiger, eher unauffällig der Typ. Ob er 'ne Glatze hatte, konnte sie nicht sagen, er hatte 'ne Basecap auf. Er stieg gegen dreizehn Uhr aus der Kiste, hatte einen Rucksack umgeschnallt und verließ den Parkplatz Richtung Westen, Richtung Blaubergstraße.«

»Die Blaubergstraße, mündet die nicht in einen Waldweg, der nach Sonderbuch führt?«

»Richtig.«

»Hm.« Die Kommissarin stützte die Ellenbogen auf den Tisch, verschränkte die Finger und ließ das Kinn auf dem abgespreizten Daumenpaar ruhen. »Ganz schön unverfroren, der Mörder. Er stellt den Touran gegen dreizehn Uhr auf dem Parkplatz ab, und zwar mitsamt dem Opfer, dann spaziert er davon, um irgendwann wieder umzukehren und sich am Nachmittag, bevor wir am Blautopf aufkreuzen, in der Hammerschmiede zu verstecken.

Dort hält er sich in den folgenden Stunden auf, wartet, bis wir auf die nächtliche Verarschungsaktion mit der Silikonpuppe hereinfallen und das Feld räumen, und führt dann sein Vorhaben durch, nicht ohne vorher den Kollegen Feigl aus dem Verkehr gezogen zu haben. Völlig irre, der Typ. Eiskalt!«

»Vielleicht ist es ja gerade dieser Unberechenbarkeitsfaktor, der die Ermittlungen erschwert«, meinte Penzkow. »Der Mörder handelt völlig unvorhersehbar, sein absurdes Verhalten entzieht sich jeder Logik, aber genau damit hat er Erfolg. Wir hatten vor ein paar Jahren auch mal so 'n Fall. Ein Serientäter. Zwei Jahre hat er uns an der Nase herumgeführt. Erst durch 'nen Zufall kamen wir ihm auf die Spur.«

»Zwei Jahre! Tolle Aussichten«, maulte Eulenburg.

»Die werden wir hoffentlich nicht brauchen. Ich fahr in drei Monaten in Urlaub, da muss der Käs gegessen sein – ah, da kommt schon unser Berliner Nationalgericht.«

Querlinger rieb sich die Hände. Er hatte Ralph ausgemacht, der mit einem Riesentablett auf ihren Tisch zusteuerte.

»So die Herrschaften. Ick wünsche juten Appetit. Noch 'n Blondet für die Herren, 'ne Weiße für die Dame?«, fragte Ralph, während er das Tablett abstellte und die drei Portionen Eisbein verteilte.

»Gern«, meinte Eulenburg.

»Gern«, echote Penzkow.

»Ach du lieb's Herrgöttle von Biberach«, entfuhr es Querlinger, der völlig entsetzt auf seinen Teller starrte.

»Wie meinen, der Herr?«, hakte Ralph nach.

»Ähm … nein, kein Pils … bitte 'nen Schnaps«, murmelte Querlinger. Er war kreidebleich im Gesicht.

»Een Schnäpperken? Wat für eens? Kümmel, Korn oder 'ne Mampe Halb und Halb – dit is 'n Majenbitter aus so 'ne Kräuter und Bitteroranjen«, erklärte Ralph, dem klar war, dass Querlinger mit »Mampe« nichts anfangen konnte.

»Ähm … ja … also dann Mampe«, ächzte der Kommissar, kramte ein Taschentuch aus seiner Jacketttasche und wischte sich den Schweiß von der Stirn.

»Was gibt's, Chef, ist Ihnen nicht gut?«, heuchelte Eulenburg.

Querlinger sagte nichts. Mit zusammengekniffenen Lippen und zunehmendem Widerwillen starrte er auf die preußische Version einer Schweinshaxe, die auf seinem Teller vor sich hin dampfte. Das erbärmliche Schweinefußsegment erinnerte an ein Stück aus dem Kochtopf einer Horde Kannibalen. Von wegen schön rösch und krustig. Die Farbe der Schwarte bewegte sich zwischen Altweiß, Gelb, Schweinchenrosa und tiefem Entzündungsrot. Das bedauernswerte Stück Schwein war weder ordentlich gebraten noch im Ofen geschmort, sondern offenbar gekocht oder in heißem Dampf gegart worden. Verbrühungen zweiten oder dritten Grades hatte die arme Sau erlitten. Allmählich begriff Querlinger, weshalb dieses seltsame Gericht »Eisbein« genannt wurde – beim Anblick desselben musste es jedem zivilisierten Gourmet eiskalt über den Rücken laufen.

Gerade wollte Penzkow etwas sagen, als sein Handy klingelte. Er sah aufs Display. »'tschuldigung, da muss ich jetzt rangehen, könnte länger dauern, ich geh mal kurz nach draußen.«

Querlinger löste seinen Blick vom Teller und drehte seinen Kopf ganz langsam nach rechts.

»Sie wussten es, aber Sie haben mich voll auflaufen lassen«, knurrte er Eulenburg an, die sich gerade ein großes hellrosafarbenes Stück Schwarte in den Mund schob.

»Hhmm«, antwortete die Kommissarin, schloss demonstrativ die Augen und kaute genussvoll.

»Sie sind ein Miststück«, meinte der Kommissar.

»Hhmm«, erwiderte Eulenburg, schob eine Gabel mit Erbspüree hinterher und zwinkerte ihrem Chef zu.

Ralph brachte die Mampe.

»Entschuldigen Sie, Herr … äh … Ralph«, wandte Querlinger sich an ihn, »kennt man in Berlin auch geschmortes oder gebratenes Eisbein, braun, kross, knusprig?«

»Dit heeßt dann aber nich Eisbein«, meinte Ralph.

»Sondern?«

»Ofenfrische Schweinshaxe mit Knödel und Kümmelsoße.«

Querlingers Augen leuchteten. Das klang nach Heimat.

»Dann bringen Sie mir doch bitte davon eine Portion.«

Ralph reagierte ziemlich antiberlinerisch – er schwieg für mindestens vier Sekunden.

»Wie, wat? Se möchten zusätzlich noch 'ne Portion Schweinshaxe mit Knödel? Hab ick dit richtich verstanden?«, hakte er schließlich verdutzt nach.

Querlinger nickte.

»Und packen Sie mir doch bitte das Eisbein ein. Da macht meine Frau Sülze draus. Die mag das.«

»Aha! Na denne«, meinte Ralph, nahm den Teller an sich und verschwand achselzuckend Richtung Küche.

Als Penzkow nach zehn Minuten wieder hereinkam, registrierte er verblüfft, dass Querlingers Teller verschwunden war.

»Nanu, schon fertig?«

»Ich hab umdisponiert und mir eine ofenfrische Schweinshaxe mit Knödel und Kümmelsoße bestellt«, erklärte Querlinger trocken. »Ich hab nämlich mal einen Abenteuerfilm gesehen, in dem Kannibalen einen Missionar geschlachtet haben. Anschließend haben sie das arme Schwein in einen Riesenkochtopf mit kochendem Wasser gesteckt und sind wie die Wahnsinnigen um das Feuer rumgehüpft. Nachdem der Missionar gar war, haben sie mehrere Stücke von ihm rausgefischt, die sahen aus wie Eisbein. Mir ist richtig schlecht geworden, ich hab fluchtartig das Kino verlassen.«

»Verstehe«, grinste Penzkow. »Und jetzt befürchten Sie, dass Berlin ein gefährliches Pflaster für Missionare ist.«

»Genau«, grinste Querlinger zurück.

»So, hier, bitte sehr, der Herr. Ick hoffe, dit passt so.« Ralph brachte die Schweinshaxe. »Außen knusprig-rösch, innen herrlich saftich«, fügte er hinzu.

Ein verklärter Ausdruck trat in Querlingers Miene.

»Hmm, phantastisch. Das ging aber flugs.«

Kellner Ralph nickte.

»Dit ham Se dem Herrn dahinten zu vadanken, der hat ooch umjestellt.« Ralph deutete mit einer Kinnbewegung auf einen Tisch beim Eingang, an dem ein Mann mit Soutane und einem weißen, ringförmigen Stehkragen saß. »Der wollte zuerst ooch

Schweinshaxe mit Knödel, dann is ihm einjefall'n, dat er doch lieber Eisbein wollte, da war die Schweinshaxe aber schon fertich. Die kriejen Sie jetzt wie jesacht janz frisch.«

Querlinger musterte den Mann in der Soutane, der genüsslich an seinem Bier nippte, offenbar ein Geistlicher.

»Sie meinen den Priester dort?«, fragte er.

Ralph schüttelte den Kopf.

»Is keen normala Priesta. Der Herr kommt aus Brasilien, direkt ausm Rejenwald, und is Missionar.«

Die nächste Viertelstunde grübelte Querlinger über der vertrackten philosophischen Frage, wie zufällig der Zufall ist. Stunden später hatten vier weitere Pils und zwei weitere Gläschen Mampe die Frage komplett weggespült.

Es war ziemlich spät, als Penzkow sie wieder beim Hotel absetzte und sie sich verabschiedeten. Bevor Querlinger in die Falle stieg, beschloss er, einen Anruf bei Luise zu wagen. Eigentlich hatte er damit gerechnet, auf die Mailbox sprechen zu müssen, das wäre ihm leichter gefallen, doch sie ging selbst ran.

»Ähm … ja … also ich bin's, gell … der … ähm … der Eugen«, stotterte Querlinger völlig überrascht. Im gleichen Moment schalt er sich ein Rindvieh – wie bescheuert war das denn, sich Luise gegenüber zu identifizieren.

»Hallo, Bärle!«, tönte, nein flötete es aus dem Lautsprecher. Klang da etwa Sehnsucht an?

»Ja … ähm … hallo, Mäusle.«

»Ich hab mir schon solche Sorgen g'macht!«

Du hättest ja nur mal anzurufen brauchen, wollte Querlinger sagen, beherrschte sich jedoch gerade noch rechtzeitig.

»Also … ähm … morgen bin ich wieder daheim«, verkündete er.

»Und, alles glattgegangen mit dem SEK?«

Was für ein SEK, wollte Querlinger schon fragen, als ihm glücklicherweise die Notiz einfiel, die er auf dem Küchentisch zurückgelassen hatte.

»Ah so, ja, ja, alles glattgegangen. Wir haben das auch ohne SEK hingekriegt.«

»Gott sei Dank. Soll ich uns morgen was Schönes kochen?«

Hatte Querlinger bis jetzt noch leise Zweifel gehegt, ob er dem Braten trauen konnte, lösten sich diese augenblicklich in Wohlgefallen auf.

»Würd mich wahnsinnig freuen, Mäusle.«

»Was G'sunds?«

»Was Ung'sunds wär mir lieber.«

Luise lachte. »Du Schelm, du! Dann mach ich uns Schnitzel und Kartoffelsalat.«

»Freu mich saumäßig drauf.«

»Auf die Schnitzel?«

Querlinger krauste die Stirn. Was war das denn für eine Frage? Dann kam es ihm.

»Schon auch. Aber hauptsächlich natürlich auf dich«, beeilte er sich pflichtschuldigst zu sagen. Als er auflegte, registrierte er gerührt, wie ernst es ihm damit war. Bevor er endgültig in die Falle ging, zog er das Foto, das ihn und Luise am Tag ihrer Hochzeit zeigte, aus dem Geldbeutel und sah es mit einem langen, verklärten Blick an.

»Mäusle«, murmelte er gerührt.

In dieser Nacht schlief der Kommissar tief, fest und zufrieden mit sich und dem Rest der Welt.

22

Montag, 17. Juni

Punkt halb zehn betrat Querlinger an diesem Montagmorgen das Büro seines Vorgesetzten, Dr. Moritz Fachinger. Anwesend war außer dem Kriminaloberrat auch der Polizeipräsident Hubertus Kramer-Beutlin, aufgrund seines Namens und seiner geringen Körpergröße »der Hobbit« genannt.

»Wunderschönen guten Morgen, Herr Kollege Querlinger«, begrüßte der »Hobbit« ihn jovial und reichte ihm eine fleischige Hand.

»Morgen, Kollege«, sagte Fachinger. Er klang deutlich reservierter, begrüßte den Kommissar jedoch ebenfalls mit Handschlag.

Sie setzten sich.

»Ich dachte mir, es könnte Sinn machen, bei der Besprechung heute selbst zugegen zu sein«, meinte Kramer-Beutlin. »Ich gehe nämlich in drei Wochen in Urlaub, und es geht immerhin um die Besetzung der neuen Soko, da gibt es einiges zu regeln, schließlich liegt manches im Argen. Ich hatte gestern ein Arbeitsessen mit der Justizministerin. Natürlich ging es da um ganz andere Dinge, und dennoch …«, der Polizeipräsident hielt kurz inne, »… musste ich mir die Frage gefallen lassen, warum wir denn nicht schon längst eine Soko gegründet haben«, bemerkte er und lächelte gequält.

Da liegt manches im Argen. War das ein versteckter Vorwurf? Und was konnte er, Querlinger, denn dafür, dass noch keine Soko gegründet worden war? Dann diese Bemerkung mit dem Urlaub. Ein subtiler Hinweis darauf, dass der Polizeipräsident erwartete, dass der Fall Schwarze Henne bis zu seinem Urlaub gefälligst aufgeklärt zu sein hatte? Und schließlich die kryptische Bezugnahme auf das Arbeitsessen mit der Justizministerin – eine Drohung mit ganz oben?

»Ja, ja, ich verstehe natürlich, Herr Präsident. Wenn einem die blöde Henne in den Urlaub nachflattert und einem auf den …« Querlinger unterbrach sich. Das »auf den Kopf scheißt« hatte er gerade noch unterdrücken können, doch die »blöde Henne« war bereits raus. Natürlich hatte er nicht die Justizministerin gemeint, aber …

»Wie bitte, was haben Sie da eben gesagt?«, japste der »Hobbit«.

»Aber, aber, Kolleche, ei verbibbsch …«, sächselte Fachinger entsetzt.

»Entschuldigen Sie, das war jetzt sehr missverständlich. Ich hab natürlich die ›Schwarze Henne‹ gemeint, also den Mörder. Wenn ein solcher Fall einen bis in den Urlaub verfolgt … also gedanklich, dann … ähm …«

»Schon gut, schon gut, Querlinger«, der Präsident klang jetzt bedeutend kühler als eben noch bei der Begrüßung, »wir haben Sie hergebeten, weil wir gemeinsam die Zusammensetzung der Kommission beraten wollen. Als Leiter des Ermittlungsteams haben Sie sich bestimmt Gedanken gemacht, wen Sie als Unterstützung dabeihaben wollen.«

Das hatte der Kommissar in der Tat.

»Also zunächst mal gehe ich davon aus, dass meine Kernmannschaft mit dabei ist.«

»Natürlich«, meinte der Polizeipräsident.

»Dann hätte ich gerne einen erfahrenen Phantombildhersteller in der Truppe.«

»Ach!«, entgegnete der Polizeipräsident.

»Ach!«, schloss sich Fachinger an.

Der Kommissar holte zu einer Erklärung aus.

»Sehen Sie, wir haben es mit einem Typen zu tun, der, was sein Aussehen angeht, gerne in unterschiedliche Identitäten schlüpft. Wir könnten unterschiedliche Phantombilder anfertigen und sie veröffentlichen.«

Der »Hobbit« überlegte kurz. »Hm, hat was für sich, Ihre Überlegung«, meinte er schließlich.

Auch Fachinger stimmte brummend zu.

»Sonst noch ein Vorschlag, wer Ihrer Meinung nach zur Truppe gehören sollte?«

»Vielleicht zwei Mitarbeiter, die sich nicht zu schade sind, auch mal ältere Akten durchzustöbern. Eventuell finden sich ja Hinweise auf frühere, ähnlich gelagerte Fälle. Ja, und dann vielleicht noch zwei clevere jüngere Kollegen, die wir nach Bedarf einsetzen können.«

Der Direktor und der Präsident nickten zustimmend.

»Was halten Sie davon, uns psychologische Unterstützung zu holen?«, schlug Fachinger vor.

»Sie wollen einen Fallanalytiker vom LKA einschalten?«, vergewisserte sich der Präsident.

So ein Blödsinn, dachte Querlinger. Fallanalytiker! Die analysieren doch mehr, als dass sie gescheit arbeiten.

»Warum nicht?«, sagte der Kriminaloberrat.

»Ich denke, dafür ist es noch zu früh«, meinte Hubertus Kramer-Beutlin und fuhr fort: »Das kostet alles Geld, und außerdem wissen Sie ja, dass Fallanalysegutachten nach Ansicht des Bundesgerichtshofs grundsätzlich keine gemäß der Strafprozessordnung zulässigen Beweismittel darstellen.«

»Das ist im Moment zweitrangig, Herr Polizeipräsident. Wir brauchen ein professionell erstelltes Täterprofil, das uns in den Ermittlungen weiterbringt.«

Depp, dachte Querlinger. Als ob seine Truppe bisher unprofessionell gearbeitet hätte.

»Das Täterprofil haben wir bereits, Herr Kriminaloberrat«, korrigierte er seinen Vorgesetzten und leierte einen Satz herunter, in den er einige Begriffe einfließen ließ, die er erst kürzlich auf Wikipedia aufgeschnappt hatte. »Wir wissen, dass es sich bei dem Mann um einen psychopathisch veranlagten Soziopathen mit einem übergroßen Ego handelt: geringe Frustrationstoleranz, Neigung zu aggressivem und gewalttätigem Verhalten, fehlendes Schuldbewusstsein und …«, Querlinger überlegte krampfhaft, welche miserablen psychologischen Attribute er der Henne noch zuordnen konnte, »… und mit einer … äh … pathologisch ausgeprägten Kreativität, die sich im Schmieden infantiler, an einem

Kinderlied orientierter und in orgiastische Gewaltphantasien abgleitender Verse äußert.«

»Ähm … was?« Der Kriminaloberrat starrte Querlinger ungläubig an.

Der Polizeipräsident war beeindruckt.

»Ja, also dann, Kollege Dr. Fachinger, lassen Sie uns mit dem Fallanalysegutachten noch warten.«

Querlinger atmete auf, der Kriminaloberrat warf ihm einen giftigen Blick zu. Sie besprachen weitere Details. Resultat nach knapp einer Stunde Besprechung: Vorerst würden sieben neue Mitarbeiter hinzukommen, was bedeutete, dass die neu gegründete Soko künftig mit insgesamt dreizehn Beamten ins Feld ziehen würde, um der Schwarzen Henne das Handwerk zu legen. Bereits morgen würden die Neuen ihrer ersten Lagebesprechung beiwohnen.

Und es gab noch einen weiteren Beschluss, den Querlinger durchgesetzt hatte: Nach wie vor würde man der Presse keine Einzelheiten über die beiden Mordfälle präsentieren. Was diesen Punkt anging, würde man natürlich den Pressestaatsanwalt und den Pressesprecher mit ins Boot holen und ihnen die Gründe erklären müssen. Allerdings hatte der Kriminaloberrat dem nur mit halbem Herzen zugestimmt, was an seiner sauertöpfischen Miene abzulesen war. Wofür es wiederum nur eine Erklärung geben konnte: Im Hinblick auf seine geplante politische Karriere hatte Fachinger offensichtlich keine Skrupel, sich mit der Presse *um jeden Preis* gut zu stellen, sogar mit einem Ochsen wie dem Oxheimer.

Querlinger hatte das dumpfe Gefühl, dass in dieser Sache das letzte Wort noch nicht gesprochen war.

23

Dienstag, 18. Juni

Als der Kommissar an diesem Dienstagmorgen gegen elf zur
Lagebesprechung erschien, waren die Mitglieder der Soko bereits
vollständig versammelt. Die Besprechung diente vor allem dem
Zweck, sowohl die Kerntruppe, die mit Feigl, der von den Toten auferstanden war, wieder vollzählig war, als auch die Neuen
mit dem aktuellen Ermittlungsstand vertraut zu machen. Die
»Neuen«, das waren der Phantombildspezialist August Vegesack,
die Oberkommissare Harald Henssler und Birgit Unseld (sie befanden sich im mittleren Alter), die beiden alten Hasen Heinrich
Göppel und Arthur Bommel, Hauptkommissare, die kurz vor
der Pensionierung standen, sowie die frisch von der Hochschule
gekommenen Kommissare Karin Petrarca und Markus Dörfler,
beide vierundzwanzig Jahre jung. Bis auf August Vegesack, den
Phantombildspezialisten, den sie aus Stuttgart angefordert hatten, gehörten die neu zum Team gestoßenen Beamten alle dem
für Einsatz- und Ermittlungsunterstützung zuständigen K7 an:
der Kriminalinspektion, der auch das Fahndungsdezernat ange-
gliedert war. Nepomuk Hofzitzel hätte ebenfalls anwesend sein
sollen, hatte sich aber wegen einer Magenverstimmung krankgemeldet.
   Im Protokoll der ersten Soko-Lagebesprechung las sich die
Zusammenfassung der wichtigsten neu hinzugekommenen Ergebnisse wie folgt:

Vergleichende Analyse der Fingerabdrücke: Fingerspuren
von den Tatorten, vom Fahrzeug (Touran) und aus der
Hammerschmiede ergaben keine Übereinstimmung mit
den Abdrücken auf den »Kuckucks«- und »Wiedehopf«-
Botschaften. Mit anderen Worten: Fingerspuren des Mör-
ders finden sich nur auf diesen Botschaften und konnten

nirgendwo sonst nachgewiesen werden. Abgleich dieser Fingerspuren mit den Daten im Polizeicomputer: negativ. Kein Hinweis darauf, dass die Henne irgendwann in der Vergangenheit mit dem Gesetz kollidiert wäre.

Ergebnis des Zeugenaufrufs in der »Ehingen-Angelegenheit«: negativ.

Weitere Ergebnisse der kriminaltechnischen Untersuchung: An den Reifen der beiden Hinterräder des Touran konnten Reste einer Pflanze mit dem botanischen Namen Oenothera odorata, auf Deutsch Duftnachtkerze, sichergestellt werden. Das Gewächs wird ausschließlich in Gärten gezogen und verströmt nachts einen süßlichen Geruch.

Bericht der Rechtsmedizin: Das Mittel, das Manfred Reuber und Horst Kämper verabreicht worden war, um sie ruhigzustellen, ist nicht mehr nachweisbar. Bei dem organischen Material unter den Fingernägeln Manfred Reubers (Haut- und Blutpartikel) handelt es sich laut DNA-Analyse eindeutig um Fremd-DNA und damit mit an Sicherheit grenzender Wahrscheinlichkeit um die DNA des Mörders. Dies legt nahe, dass sich das Opfer gegen ihn gewehrt hat.

Im Verlauf der Besprechung hatte der Kommissar neue »Hausaufgaben« verteilt. Protokoll-Eintrag:

– KHK Feigl und KOK Bödele: Besuch Jonas Bichlers in dem Etablissement in der Blaubeurer Straße klären (KK Petrarca und KK Dörfler mit einschalten). Frage: Wie war die Henne ausgerechnet auf Jonas Bichler (eheliches Fehlverhalten) gekommen?

– PHM Heinerle, KOK Zimmernagel, KOK Henssler, KOK Unseld: Vergangenheit der beiden Opfer recherchieren. Gemeinsamkeiten in der Hahnennest-Luftbild-Angelegenheit checken.

– KHK Göppel, KHK Bommel: Aktenstudium im Archiv; ähnliche Fälle?

– KHK Penzkow, Berlin: schickt ergänzende Daten zur Vita Horst Kämpers
– Erster KHK Querlinger, KHK von Eulenburg: Recherche vor Ort in Hahnennest

24

Mittwoch, 19. Juni

Sonnenschein, blauer Himmel, sechsundzwanzig Grad. Ein Wetter wie gemacht für einen Ausflug aufs Land. Oder eine Expedition ans Ende der bisher bekannten Welt, je nachdem, wie man die Sache sah. Punkt neun waren sie in Richtung B 311 gestartet. Diesmal fuhr Eulenburg. Kurz vor halb elf stellte sie ihr Cabrio unmittelbar hinter dem Ortsschild am Rand eines Feldwegs ab. Sie würden Hahnennest erst mal zu Fuß erkunden.

Kaum dass sie sich in Richtung Ortsmitte in Bewegung gesetzt hatten, kam ihnen auch schon ein Traktor entgegengetuckert, der einen bläulichen Dieselschleier hinter sich herwob. Ein alter Fendt, der von einem etwa fünfzehnjährigen, stämmigen Bengel gesteuert wurde. Feistes rosiges Gesicht, Sommersprossen wie der Sternenhimmel jenseits des Äquators, feuerrot gelocktes Haar.

Sie traten zur Seite, um dem knatternden Ungetüm Platz zu machen, als der jugendliche Fahrer plötzlich anhielt und von seinem erhöhten Sitz aus drohende Gebärden vollführte.

»I muss do nei«, schrie eine Stimmbruchstimme den beiden zu.

»Wo nei?«, brüllte Querlinger, den Eingeborenendialekt aufnehmend, zurück.

»Ha, dohinde halt!«

Der Bursche deutete auf eine Stelle irgendwo im Rücken der beiden.

Querlinger drehte sich um und begriff. Der Junge wollte in den Feldweg einbiegen, an dessen Rand die Kommissarin den MINI abgestellt hatte. Es war massenhaft Platz vorhanden.

»No fahr halt nei!«, schrie Querlinger weiter gegen das Knattern an.

»Ha noi! I ka doch it, die Kischt muss erscht weg. Wenn ihr se it glei wegfahrt, falt i 's zammn!«

Das war eine deutliche Warnung. Das indigene Volk der Linzgauer schien mit Angehörigen fremder Stämme nicht gerade zimperlich umzugehen. Statt mit einem vergifteten Pfeil drohte der junge Eingeborene mit seinem Fahrzeug. Wahrscheinlich hatte er erst kurz zuvor im Rahmen eines Initiationsritus die Erlaubnis zum Führen eines Traktors erworben.

Querlinger wandte sich an seine Kommissarin.

»Könnten Sie Ihren MINI ein Stück weit in die Wiese reinfahren, der junge Mann will in den Feldweg einbiegen. Ich erkundige mich bei ihm in der Zwischenzeit nach dem Hof beziehungsweise nach dem Besitzer. Vielleicht kann er auch was zu dem Luftbild sagen.«

»Na klar doch.«

Auf einen unmissverständlichen Wink des Kommissars hin zog der Junge die Handbremse an und sprang behände vom Traktor, der Motor tuckerte weiter.

Querlinger ging vorsichtig auf ihn zu und hielt ihm das Luftbild unter die Nase.

»Sait dir des ebbes?«, fragte Querlinger.

»E alts Foto«, antwortete der Linzgauer.

Na immerhin weiß er, dass das ein Foto ist, dachte Querlinger. Irgendwann musste in Hahnennest ein Missionar oder ein Forschungsreisender vorbeigekommen sein, der die Eingeborenen mit den Errungenschaften der Zivilisation bekannt gemacht hatte.

»Und sonscht?«, fragte Querlinger weiter.

»Nix sonscht.«

Querlinger deutete auf den mit einem Kreuz versehenen Bauernhof.

»Was isch mit dem Hof do? Geit's den no?«

»Ja klar!«

»Wohnt do no jemand?«

»Ja klar!«

»Und wer?«

»Woiß i it.«

»Wieso it? Des musch doch wisse?«

»Woiß i it«, wiederholte der Bursche mit verschlossener Miene und streckte Querlinger die geöffnete Rechte entgegen.

Ein Bakschisch also. Diese Linzgauer schienen ein geschäftstüchtiges Völkchen zu sein. In Ermangelung einiger Glasperlen holte Querlinger seinen Geldbeutel aus der Hosentasche, zog einen Fünf-Euro-Schein heraus und legte ihn feierlich in die geöffnete Hand des Jungen.

»Also?«, fragte er.

»Des isch de Hof vom Stocker Erwin. Der isch außerhalb vom Dorf. Do musch die Stroß dohinde nauffahre.« Der Junge vollzog eine halbe Drehung um die eigene Achse und zeigte Richtung Westen. »No kommt e Kurv, do biegsch rechts ab, fahrsch 'n Feldweg nauf, no bisch glei do.«

Na also.

»Danke!«, sagte der Kommissar und nickte zufrieden.

Gerade als er zu Eulenburg ins Auto steigen wollte, hörte er den Eingeborenen rufen.

»Hey, du!«

Querlinger wandte sich um. Der Junge bedeutete ihm mit einem Wink, noch einmal näher zu treten.

»Was geit's? Hosch was vergesse?«, fragte ihn der Kommissar.

»Des hätt'sch billiger han kenne«, meinte der Linzgauer, zog ein Smartphone aus der Gesäßtasche, tippte blitzschnell auf der Tastatur herum und hielt Querlinger das Display unter die Nase.

»Guck her! Des do isch der Hof vom Stocker Erwin.« Er wies mit dem Finger auf die entsprechende Stelle. »Do hosch sämtliche Infos drauf. Wägbeschreibung, Entfernung, oifach alles! Google Earth hoißt die App. Bediene ko die jeder Depp.«

Sprach's, grinste und erklomm seinen Traktor.

Fünf Minuten später bogen sie von einem Feldweg auf ein großes Hofareal ein, wo sie vom heiseren Gebell eines ziemlich in die Jahre gekommenen Bernhardiners und den erstaunten Blicken eines etwa achtzigjährigen Mannes empfangen wurden, der gerade dabei war, ein Scheunentor in einem lang gezogenen Gebäude aufzuschieben.

Querlinger stieg aus.

»Grüß Gott«, sagte er. Aus den Augenwinkeln heraus maß er den Bernhardiner, der sich gefährlich knurrend anschlich.

»Grüß Gott«, sagte Eulenburg, die es mit Blick auf den Hund vorzog, hinter der halb geöffneten Fahrertür in Deckung zu bleiben.

Der Alte war stehen geblieben. Ein groß gewachsener, schlaksiger Mensch mit Schirmmütze, an dem alles nur dürr wirkte. Bis auf die Brauen, die es sich offenbar zur Aufgabe gemacht hatten, genau diesen Eindruck wieder umzukehren. Üppig wie dichtes Buschwerk wucherten sie über einem schwarzen Augenpaar, das sich muränenartig in tiefe Höhlen verzogen hatte.

Schweigend starrte der Stocker Erwin zuerst auf seine Besucher und dann auf das Kennzeichenschild des MINI.

»Hoi, Ulm, ja Wahnsinn!«, stellte er fest, als hätte der MINI auf dem Weg von Ulm bis Hahnennest Tausende Kilometer zurückgelegt.

»Genau, wir sind aus Ulm«, bestätigte Querlinger freundlich.

Der Alte nahm die Schirmmütze ab und kratzte sich die Stirn.

»Was gibt's, was wollet ihr?«

»Hauptkommissar Querlinger, Kripo Ulm. Meine Kollegin, Hauptkommissarin von Eulenburg. Wir ermitteln in einer Mordsache«, antwortete Querlinger in regulärem Deutsch. Erstens war das, was jetzt besprochen werden musste, dienstlich, zweitens hatte Eulenburg, die inzwischen an seine Seite getreten war, mit dem Eingeborenendialekt so ihre Schwierigkeiten.

»Leck mi am Arsch, Polizei? Hot sich des scho bis Ulm rumg'sproche?« Der Alte schien aus allen Wolken zu fallen.

»Was denn?«, hakte Querlinger verblüfft nach.

»Ha, des mi 'm Fritzle. Dass so eine Drecksau den vergiftet hot.«

Der Kommissar stöhnte innerlich auf. Das hatte gerade noch gefehlt. Dass sie in dieser hinterwäldlerischen Gegend auf eine weitere Mordsache stießen. Womöglich ein Fall von Blutrache zwischen verfeindeten Stämmen …

»Vergiftet? Der Fritzle? Welcher Fritzle?«, bohrte er nach.

»*Mei* Fritzle natürlich. Mei Rauhaardackel. Der kloine Kerle war erscht drei Johr alt. Aber des war der Drecksau, die wo ihn vergiftet hot, scheißegal! Die hot mich nicht leide kenna und hot sich ans Fritzle g'halte. Wenn i wisse tät, wer's war, tät i die Drecksau oigehändig ombringa.«

Für einen Moment war Querlinger sich unschlüssig. Wollte der Alte ihn verscheißern? Dann aber verriet ein Blick in sein Gesicht, dass er es ernst meinte. In seinen Augen standen Tränen.

»Ja, das tut uns sehr leid, Herr … ähm … Stocker, also ich meine, dass ihr Hund … der kleine Kerl … also, dass er umgebracht wurde. Aber deswegen sind wir nicht hier. Dass jemand Ihren Hund vergiftet hat, müssen Sie der nächsten Polizeidienststelle melden.«

»Aber Sie habet doch Mordsache g'sagt – oder habet Sie des nicht g'sagt, wollet Sie des jetzt bestreiten?«

»Stimmt, Sie haben recht, das hab ich gesagt. Aber es geht nicht um Ihren Hund, die Opfer sind zwei ältere Herren.«

»Zwoi ältere Herre? Aus Hahnennescht? Des ko it sei', des tät i wissen.«

»Nicht aus Hahnennest. Die Opfer stammen aus Ulm und aus Berlin und –«

»I kenn koin aus Ulm und scho glei gar koin aus Berlin.«

»Das mag ja sein, aber es genügt uns, wenn Sie uns sagen können –«

»I hab doch g'sagt, dass i do drzu nix sage ko.«

»Hören Sie doch erst mal zu, Herr Stocker, Sie sollen uns nur sagen, ob –«

»Himmelarsch, wir oft soll i's no sage. I woiß vo koim, der ermordet wore isch. Und übrigens: I bi oschuldig, i lass mir nix ohänga, dass des klar isch, gell!«

Querlinger fluchte still in sich hinein. So kamen sie nicht weiter. Doch noch bevor er zu einem neuerlichen Erklärungsversuch ansetzen konnte, kam ihm Eulenburg zuvor.

»Herr Stocker, aber wir haben keineswegs die Absicht, Ihnen was anzuhängen. Sie haben mit den Morden nichts zu tun, das wissen wir. Aber Sie können der Polizei helfen, sie aufzuklären.

Wäre doch toll, wenn in der Zeitung steht: ›Erwin Stocker aus Hahnennest hilft Doppelmord aufzuklären.‹ Was glauben Sie, wie das der Drecksau, die Sie nicht leiden kann und die Ihren Hund vergiftet hat, stinken würde.«

Das saß! Ein panzerbrechendes Argument! Der Alte war schlagartig wie umgewandelt, er begann sogar zu grinsen.

»Leck mi am Arsch, des stimmt eigentlich. Kommet Se mit in d' Stub. Do schwätzt sich's leichter.«

Zielstrebig steuerte er auf die Haustür zu, der Kommissar und die Kommissarin folgten ihm.

»Verdammt clever, Kollegin«, raunte Querlinger der Eulenburg zu.

Sie betraten einen geräumigen Flur, in dem es intensiv nach Landwirtschaft roch. Der Alte öffnete quietschend eine von vier Türen, die von hier aus in verschiedene Räume führten. Aufgeregtes Summen empfing sie.

»Des isch mei Stub. Hocket na!«, sagte er und wies auf vier Stühle, die um einen massiven Tisch standen, der das Zentrum des Summens bildete. Ein ganzes Bataillon Schmeißfliegen tat sich an den reichlich vorhandenen Gebrauchsspuren zweier verdreckter Teller und einer mächtigen Tasse, schwäbisch »Hafa« genannt, gütlich. Nur widerstrebend ließen sich der Kommissar und die Kommissarin auf den Stühlen nieder.

»Wollet Se ebbes drenga? En Hafa Kaffee vielleicht?«, fragte der Alte.

»Wie bitte, was?«, hakte Eulenburg nach, dieser verdammte Dialekt.

»Ob Sie etwas trinken wollen? Vielleicht einen Becher Kaffee«, übersetzte Querlinger und nickte grinsend mit dem Kinn in Richtung Schmeißfliegen-Bataillon.

»Um Gottes willen, nein!«, rief die Kommissarin zu Tode erschrocken.

Querlinger verneinte ebenfalls.

»No halt it«, sagte der Stocker Erwin und setzte sich ihnen gegenüber an den Tisch.

»Also? Was isch los?«, fragte er.

Querlinger zog das Luftbild aus seiner Jackentasche und legte es kommentarlos direkt vor den Alten auf den Tisch.

Die Reaktion war durchschlagend.

Mit einer Energie, die man ihm nicht zugetraut hätte, fetzte der Alte vom Stuhl hoch und ließ ein dröhnendes »Do lecksch mi doch glei am Arsch!« hören.

»Des …«, mit zittriger Hand und bebender Stimme wies Stocker auf das Bild, »des isch des Bild, was i dene zwoi Dreggseggel gäbe hab. Vor fascht vierz'g Johr. Die habet mein Hof kaufe wolle, en Reiterhof für Tourischte wolltet se draus mache, hom s' zumidescht domols g'sagt. Wo habet Se des Bild her?«

Querlinger ignorierte die Frage.

»Was waren das denn für … ähm … Dreggseggel? Können Sie sich noch an ihre Namen erinnern?«

»Und ob, freili! Des han i it vergesse.« Der Alte machte eine Pause, er zitterte noch immer vor Aufregung.

»Und?«

»Horscht Kämper und Manfred Reuber.«

Querlinger wechselte einen Blick mit der Eulenburg. Jetzt wurde es spannend. Doch zunächst wollte er noch was anderes wissen.

»Wie kam es, dass Sie Luftaufnahmen von Ihrem Hof hatten?«

»War domols in Mode. Im Dorf habet no andere ihren Hof aus dr Luft fotografiere lasse.«

»Ah so.« Der Kommissar verschränkte die Arme auf dem Tisch und beugte sich weit nach vorne.

»Schildern Sie doch einfach, was genau damals passiert ist, Herr Stocker, aber bitte hochdeutsch, wenn's geht. Wie kamen Sie mit den beiden … ähm … Dreggseggel in Kontakt?«

»Ja also, des war so …«

Der Alte begann seine Schilderung, die sich in etwa wie folgt zusammenfassen ließ: Im Jahr 1981 – seine Frau habe da noch gelebt, und die drei Kinder seien noch klein gewesen – sei er in einer Zeitung auf ein Inserat gestoßen. Der Inserent sei auf der Suche nach einem Bauernhof gewesen, den er käuflich erwerben wollte. Er selbst, so der alte Stocker weiter, sei damals in einer beschissenen Lage gewesen und habe Geld gebraucht, um diverse Schulden abbezahlen zu können. Er habe schon länger mit dem Gedanken gespielt, den Hof zu verkaufen, und da sei ihm die Anzeige gerade recht gekommen. Zwei Tage nachdem er sich mit dem Inserenten in Verbindung gesetzt habe, sei dieser mit einem anderen »Vollidioten«, der sich am Kauf beteiligen wollte, bei ihm aufgekreuzt. Der Hof täte ihnen schon gefallen, hätten die beiden verlauten lassen und ihm ein respektables Angebot unterbreitet, einhundertfünfzigtausend Mark. Das sei damals ein Haufen Geld gewesen, so der alte Stocker, also habe er eingewilligt und sogar einen Vorvertrag mit ihnen geschlossen. Dann aber sei etwas passiert, das ihn veranlasst habe, den Vertrag sofort wieder rückgängig zu machen und die »Drecksbagasch« zum »Deifel« zu schicken. Am Tag vor dem Gang zum Notar hätten Kämper und Reuber, die bei ihm übernachtet hätten, mitbekommen, dass ihm die Bank im Nacken saß und ihm kurzfristig eine »Hibodehg« kündigen wollte. Diese Notlage habe die »Dreggsbagasch« ausnutzen und ihn nötigen wollen, mit dem Verkaufspreis drastisch nach unten zu gehen. Statt den vereinbarten hundertfünfzigtausend hätten sie den Preis auf hundertzwanzigtausend drücken wollen und ihm einen neuen Vorvertrag präsentiert, den er unterschreiben sollte. Aber da seien sie an »de Rechte komme«. Noch hätten die »Dreggseggel« ihre »Dreggsgosch« nicht geschlossen gehabt, da habe er die beiden auch schon mit der Mistgabel vom Hof gejagt. Die Flucht sei so überstürzt vor sich gegangen, dass einer der beiden, nämlich Kämper, dabei ein Notizbuch verloren habe. Das habe er noch. Im »Kuchekaschte« ...

Erregtes Japsen bei Querlinger.

»Sie sind noch im Besitz dieses Notizbuches? Und das haben Sie im Küchenschrank?«

Der Alte nickte. »Klar! Aber do war nix dring'stande. Bloß e Foto war drin, des ischt irgendwie zwische die Seite neigrote – also ... ähm ... hineingeraten, e Bild mit lauter jonge Leit – also jungen Menschen. Die zwoi Arschgeige – ähm ... Arschgeige muss ich aber it ins Hochdeutsch übersetze, oder?«

»Nein, nein, Herr Stocker, Arschgeigen gibt's auch in Hochdeutschland.«

»Also die sind au drauf. Auf d'r Rückseit stoht so e bleeder Spruch, ich glaub, irgendwas mit Veegel – also … ähm … Vögel, ich hol's mol her, wartet Se kurz.«

Stocker begab sich in die Küche und kehrte mit einem Notizbuch und einem Schwarz-Weiß-Foto zurück, das er auf den Tisch legte.

Querlinger nahm das Foto und hielt es so, dass auch Eulenburg einen Blick darauf werfen konnte. Im Vordergrund etwa zwanzig Personen, die ihnen entgegenlachten, alles junge Leute, angeordnet in drei hintereinanderstehenden Reihen. Alter: um die fünfundzwanzig. Offenbar die Momentaufnahme einer Feier im fortgeschrittenen Stadium. Im Hintergrund ein großes Fenster mit Blick nach draußen. Die Andeutung einer Landschaft. Berge, Felsen, ein paar Bäume und etwas, das aussah wie eine Mauer. Allerdings nur unscharf und sehr schemenhaft.

»Ich zähle insgesamt achtzehn Personen«, bemerkte Eulenburg. Sie tippte mit dem Finger auf einen der Männer, die sich hinten in der dritten Reihe postiert hatten.

»Das muss Reuber sein.«

Tatsächlich war das Muttermal auf der Stirn deutlich zu erkennen.

Querlinger hielt Stocker das Bild hin.

»Sie sagten, dass auch Kämper auf dem Foto ist?«

»Ja klar.« Stocker warf einen Blick darauf. »Des isch er.«

Er wies auf einen Mann in der ersten Reihe. Trotz der mehr als vierzig Jahre, die vergangen waren, war eine gewisse Ähnlichkeit mit dem Bild auf Kempers Personalausweis unverkennbar.

Querlinger drehte das Foto auf die Rückseite.

»Das Käuzchen bläst die Lichter aus, und alle ziehn vergnügt nach Haus – Die lustigen Vögel von der ehemaligen Oberprima 1976«, stand dort in flotter Handschrift geschrieben, vermutlich die Schrift einer Frau. Querlinger fiel die Aussage von Arnulf Weißenegger ein, der anscheinend das gleiche Bild zu Gesicht bekommen hatte.

»Ein Foto von 'ner Abiklasse?«, bemerkte Eulenburg fragend.

Querlinger schüttelte den Kopf. »Das hier sind keine Primaner mehr, die dürften etwas älter sein. Ich tippe eher auf ein Klassentreffen des Abi-Jahrgangs. Von Reuber wissen wir, dass er sein Abi 1976 gemacht hat, allerdings nicht, an welcher Schule.«

Querlinger schlug das Notizbuch auf. Kein Eintrag, nichts.

»Herr Stocker, wir müssen das Notizbuch und das Bild beschlagnahmen. Ich hoffe, Sie verstehen das. Sie haben uns mit Ihren Informationen jedenfalls enorm weitergeholfen«, bemerkte der Kommissar und steckte das Bild zusammen mit dem Notizbuch in sein Jackett.

»Isch scho okay. Hauptsach, i komm in d' Zeitung. Des hom S' m'r doch versproche, oder?«

»Ähm … ja natürlich. Wir tun unser Möglichstes.«

»Und was isch mit dem Kopfgeld?«

»Kopfgeld?«

»Ja, halt des mit der Belohnung? ›Für Hinweise, die zur Ergreifung des Täters führen, ischt eine Belohnung ausgesetzt‹, so hoißt's doch immer im Radio und in d'r Zeitung«, zitierte der Alte das Radio und die Zeitung. Und das in fast fehlerfreiem Hochdeutsch.

Querlinger räusperte sich.

»Also in dem Fall … ähm … würd ich sagen, stehen die Chancen besser, dass Sie in die Zeitung kommen, Herr Stocker.«

Der Alte brummte etwas, das wie »Huarageizkrage, elendige« klang. Für Querlinger das ultimative Signal, aufzustehen.

»Ja, also dann, vielen Dank für Ihre Hilfe, Herr Stocker.«

Eine Minute später schoss der MINI der Kommissarin zum Hof des Stocker Erwin hinaus, fünf Minuten später befanden sie sich auf der B 311 auf der Heimfahrt Richtung Ulm.

25

Freitag, 21. Juni

»Danke, ich werd's ausrichten, Fabian. Soll dir übrigens auch Grüße bestellen, hab's bloß vergessen«, sagte Querlinger und schüttelte seinem Hausarzt, Dr. Fabian Herold, zum Abschied die Hand. Seit über zwanzig Jahren waren die Querlingers bei ihm Stammpatienten. Gestern, am Feiertag, hatte man sich auf einen Kaffee getroffen, heute hatte Querlinger seinen jährlichen Gesundheitscheck bei dem Arzt absolviert. Alles bestens, hatte der befunden.

Zufrieden setzte sich Querlinger hinter das Steuer seines Wagens, warf ein paar Erdnüsse ein, die er sich noch vor dem Arztbesuch bei der »Obstliesl« besorgt hatte, und fuhr zum Dienst.

Vor der Tür zu seinem Büro warteten Heinerle und Zimmernagel.

»Was Neues?«, fragte der Kommissar und schloss die Tür auf.

»Und ob, Chef«, entgegnete Heinerle geheimnisvoll.

Querlinger forderte die beiden auf, Platz zu nehmen, er selbst setzte sich in seinen Drehsessel.

Künstliches Schweigen.

»*Was* jetzt? Geht's auch weniger spannend?«, fragte Querlinger leicht genervt.

»Der Reuber und der Kämper sind zusammen zur Schule gegangen«, platzte Heinerle heraus.

»Genau, sie waren in einer Klasse«, ergänzte Zimmernagel erwartungsvoll.

»Hm, weiß ich«, brummte Querlinger, lehnte sich in seinen Drehstuhl zurück und schnabulierte ein paar Erdnüsse.

»Ja ... aber ... ähm ...«, stotterte Zimmernagel verdutzt.

Querlinger holte das Notizbuch des Horst Kämper aus der Jackentasche und zog das Foto von der Klassenfete heraus.

»Dieses Foto dürfte bei einem Klassentreffen des Abi-Jahrgangs entstanden sein, dem die beiden angehört haben«, sagte er und legte das Bild auf den Schreibtisch.

»Das ist Reuber«, er deutete mit dem Zeigefinger auf den Oboisten, der in der hintersten Reihe stand, »und das hier Kämper.« Er wies auf eine Person in der ersten Reihe. Dann drehte er das Foto kommentarlos um.

Das Käuzchen bläst die Lichter aus, und alle ziehn vergnügt nach Haus – Die lustigen Vögel von der ehemaligen Oberprima 1976 …

»Leck mich fett!«, stieß Heini hervor.

»Ich glaub, ich spinn«, setzte Zimmernagel nach.

Den fragenden Blicken der beiden begegnete der Kommissar mit einer knappen Zusammenfassung der vorgestrigen Hahnennest-Recherche.

»Und was heißt das jetzt?«, fragte Heinerle.

»Im Hinblick auf unseren Fall spricht die Rückseitennotiz natürlich Bände – einerseits! Andererseits haben wir keine Ahnung, was es damit wirklich auf sich hat. Es scheint, dass sich ein direkter Bezug zwischen dem Mörder und dieser Klasse herstellen lässt. Vielleicht gibt es ja Klassenkameraden, die uns Auskunft zu diesem Vogelvermerk geben können. Wir brauchen die Namen, Adressen und jetzigen Aufenthaltsorte. Wäre hilfreich zu wissen, welches Gymnasium die Klasse besucht hat.«

»Also mit *der* Info können wir inzwischen dienen, Chef«, grinste Zimmernagel.

»Genau«, ergänzte Heinerle. »Der Berliner Kollege hat Unterlagen geschickt, aus denen hervorgeht, dass Kämper auf einem Ulmer Gymnasium gewesen sein muss. Wir haben weiterrecherchiert und sind auf das Humboldt-Gymnasium gestoßen. Eine Nachfrage bei der Rzcinski, dieser komischen Professorin, ergab, dass auch Reuber dieses Gymnasium besucht hat. Diese Angabe fehlt komischerweise in der Bewerbung, die er damals beim Philharmonischen Orchester eingereicht hat.«

Querlinger zog anerkennend eine Braue hoch.

»Sehr gut. Dann wisst ihr ja, was ihr zu tun habt.«

Beim Verlassen des Büros gaben Heinerle und Zimmernagel sich mit Feigl und Bödele die Klinke in die Hand.

»Wir haben das fehlende Puzzleteil«, tönte Bödele.

Für einen kurzen Moment stand Querlinger auf der Leitung.

»Ja, halt die Sache mit dem Silikonpuppenfuzzi, diesem Jonas Bichler. Wie die Henne ausgerechnet auf ihn kam, sollten wir doch zusammen mit der Petrarca und dem Dörfler recherchieren«, half Bödele ihm auf die Sprünge.

»Ach so, ja klar, und?«

»Wir haben in dem Etablissement in der Blaubeurer Straße nachgeforscht, in dem Bichler Kunde war. Dreimal darfst du raten, wer dort noch aus und ein ging.«

Jetzt wurde der Kommissar hellhörig.

»Doch nicht etwa die Henne?«

»Bingo, Chef!«

Respekt, da hatte seine Truppe ein echtes Highlight in den Ermittlungen gesetzt.

»Wie seid ihr drauf gekommen?«

Feigl übernahm. »Na ja, nachdem die Henne von den regelmäßigen Besuchen des Herrn Bichler in der Blaubeurer Straße wusste, war die Frage natürlich, woher er es wusste. Also sind wir hin in dieses … ähm … Laufhaus … sagt man doch mittlerweile, oder, Guntram?«

»Also früher hieß das ganz einfach –«

»Schon gut, Guntram, schon gut«, unterbrach ihn Querlinger. »Mach weiter, Armin.«

»Also wie gesagt, wir sind dann dorthin und haben uns den Betreiber persönlich vorgeknöpft. War zuerst nicht gerade sehr auskunftsfreudig, der Bursche, aber bevor wir zu ihm sind, haben wir uns bei den Kollegen von der Sitte ein paar Auskünfte eingeholt und –«

»Bleib bei der Sache, Armin!«, brummte Querlinger.

»Ja, also, auf jeden Fall haben wir in seiner Gegenwart sämtliche seiner Miezen zu eventuellen Freiern aus Sonderbuch befragt, und siehe da, eine gewisse Minou hat dann rausgelassen, dass sich ein Typ, der sie insgesamt drei Mal gebucht hatte, tatsächlich danach erkundigt hat, ob auch Freier aus Blaubeuren zu ihr kämen. Aus Blaubeuren nicht, aber aus Sonderbuch käme immer einer, hat sie ihm geantwortet. Einer, der einen fürchterlichen Drachen zu Hause hätte.«

»Sie kannte seine Familienverhältnisse?«

Feigl grinste.

»Der Sonderbucher hat sich hin und wieder bei ihr ausgekotzt.«

Das erklärte natürlich so manches. Offenbar hatte die Henne jemanden gesucht, der relativ schnell in der Lage war, auf telefonische Anweisung hin zeit- und ortsnah zu reagieren. Die Informationen, die sie erhalten hatte, hatten es ihr ermöglicht, Bichler zu erpressen.

»Konnte sie nähere Angaben zu dem Typ machen, der sie das gefragt hat? Name, Aussehen, Alter et cetera?«

»Alter so um die sechzig, fünfundsechzig. Vorname Hans-Egon. Kein Nachname. Der Name ist wahrscheinlich genauso ein Fake wie ›Karl Kollermann‹, unter dem die Henne das Prepaid-Handy gekauft und das Mietfahrzeug bei dem Blaubeurer Autoverleih angemietet hat. Vom Aussehen her eher ein Durchschnittstyp, nix Besonderes.«

Das bestätigte das, was sie bereits wussten. Nämlich, dass die Henne auf denkbar einfache, aber nichtsdestotrotz effektive Weise ihre Identität mittels verschiedener Maskeraden verschleierte oder auch mal ohne Maskerade auftrat. Das »verknitterte Gesicht« war wahrscheinlich einer stinknormalen Latexmaske geschuldet, wie die Verbrecher und Geheimagenten in diversen Krimis sich ihrer bedienten.

»Das heißt, wir wissen zumindest, dass der Mörder etwa im gleichen Alter ist wie seine Opfer«, stellte Querlinger nachdenklich fest. »Sonst noch was? Gewohnheiten, Gebaren, Hinweise, wo er wohnt, woher er stammt? Irgendwas?«

»Eventuell auf den Wohnort. Einmal hätte der Typ rausgelassen, dass er bis nach Hause gute eineinhalb Stunden unterwegs sei.«

Gute eineinhalb Stunden. Wenn das stimmte, war die Henne weder in Blaubeuren noch in Ulm wohnhaft.

»Das mit dem Lied hast du nicht erwähnt«, meinte Bödele und grinste.

»Ah ja, richtig. Er hatte so was wie ’ne Marotte. Immer wenn er bei dieser Minou war, sang er im Bad ein Lied. Sie konnte nicht sagen, was für eines, und auch die Melodie war ihr unbekannt. Nur, dass im Text was mit Wind und Wald vorkam, wusste sie noch.«

»Du hast kalt vergessen«, erinnerte Bödele ihn.

»Ah ja, richtig: Wind, Wald und kalt.«

»Aha! Wind, Wald und kalt! Melodie, Rhythmus? Konnte sie da überhaupt keine Angaben machen? Wenigstens summen oder so?«

»Nix, nada.«

Na wunderbar, ein Lied ohne Melodie, in dem die Wörter Wind, Wald und kalt vorkamen. Da würden sie bis zum Sankt-Nimmerleins-Tag recherchieren können.

»Wann war die Henne eigentlich das letzte Mal bei dieser Minou gewesen?«

»Am 10. Juni, das war der Pfingstmontag.«

Vor fast vierzehn Tagen. Drei Tage vor dem Mord an Kämper und einen Tag, bevor die Henne bei Bichler gewesen war, um ihm das obskure Teppichgeschäft vorzuschlagen.

»Seitdem nie wieder?«

»Nie wieder.«

Geistesabwesend nickte Querlinger. Damit war klar, was sie als Nächstes in Angriff nehmen mussten.

»Ich schlage vor, ihr unterstützt Heini und Bernd bei der Recherche nach den anderen Angehörigen dieser Abiklasse. Die Neuen in der Truppe müssen natürlich auch mit ran. Ich bin mir mittlerweile fast sicher, dass auch der Mörder zur Klasse gehörte. Gute Arbeit, Leute! Also dann!«

Kaum dass Bödele und Zimmernagel die Tür hinter sich zugemacht hatten, ging bei Querlinger das Telefon.

»Hallo, Chef«, krächzte Janine von Eulenburg heiser. »Mich hat’s erwischt. Fieber, wahnsinnige Halsschmerzen, und mir dröhnt der Kopf. Kann unmöglich zur Arbeit kommen, hab meinen Freund informiert, der fährt mich gleich erst mal zum Arzt.«

Mist! Das hatte gerade noch gefehlt. Scheiß-Cabriofahren!

»Um Himmels willen, Eulenburg, das tut mir wahnsinnig leid. Bleiben Sie bloß zu Hause und kurieren Sie sich aus. Gute Besserung!«

Er legte auf, kramte nach seinen Erdnüssen, griff sich das Foto vom Klassentreffen vom Schreibtisch und lehnte sich bequem in seinen Stuhl zurück.

Er hatte sich das Bild inzwischen wiederholt angesehen, und mit jedem Mal verfestigte sich in ihm das Gefühl, dass da etwas drauf war, das ihm irgendwie bekannt vorkam. Das Fatale daran: Er konnte nicht sagen, was es war. Mit Sicherheit nur eine Kleinigkeit. Ein winziges Detail, etwas, das wie ein Sandkorn in die Zahnräder seines Gehirngetriebes geraten war und in seinem Erinnerungsvermögen knirschte …

Sand! Er schnellte nach vorne, griff sich ein Vergrößerungsglas aus seiner Schreibtischschublade und sah sich das Foto genauer an. Durch das Fenster im Hintergrund war ein höher gelegener Landschaftsausschnitt zu erkennen: Bäume, Felsen und ein Gemäuer. Ganz klar, das war es. Vor wenigen Wochen erst war er mit Luise, deren Nichte und deren neunjährigem Sohn Torsten an diesem Gemäuer vorbeispaziert. Es war Teil eines verfallenen Mauerstücks auf dem Gelände der Burg Rechtenstein. Bei dem Ausflug, den sie in die kleine, an der Donau gelegene Gemeinde gleichen Namens unternommen hatten, war es zu einem tragischen Zwischenfall gekommen. Torsten, dieser total verzogene Rotzlöffel, hatte während des Spaziergangs ständig wie ein Wahnsinniger mit einer Haselrute auf den Rand eines Feldwegs eingedroschen. Bei einem besonders wuchtigen Schlag hatte er dann eine Ladung Sand in die Augen gekriegt und gefühlte zehn Minuten lang gebrüllt wie ein abgestochenes Schwein. Im Inneren hatte Querlinger tiefe Befriedigung verspürt …

Der Kommissar versuchte, sich anhand des Fotos die Örtlichkeit zu vergegenwärtigen, von wo die Aufnahme gemacht worden sein könnte. Höchstwahrscheinlich aus einem der Häuser unmittelbar unterhalb der Burg, wahrscheinlich einem Gasthaus. Querlinger warf seinen Computer an und googelte nach einer adäquaten Möglichkeit. Nichts. Von wo aus, verflixt noch mal, war das Foto vor fast vierzig Jahren geschossen worden? Eventuell gab es ja noch jemand, der Auskunft über diese mysteriöse Klassenfete geben konnte. Zeitzeugen sozusagen …

Querlinger betrachtete grübelnd seinen Schreibtisch und checkte die Aktenlage: Höhe zwanzig Zentimeter, Papierkram, den er nach Feierabend auf einer Arschbacke abarbeiten könnte …

Er griff zum Hörer.

»Hallo, Angie, ich bin die nächsten vier Stunden auf Außenermittlung. Ich stell zu Ihnen durch.«

26

Als Querlinger eine gute Stunde später das Ortsschild von Rechtenstein passierte, knurrte ihm der Magen, er hatte noch nichts
gefrühstückt, schließlich hatte man zu einem Gesundheitscheck
immer nüchtern zu erscheinen. Er parkte vor einer kleinen Bäckerei mit Stehcafé. »Bäckerei Müller – immer ein Knüller«, stand auf
einem alten Werbeschild, auf dem die Schrift schon abplatzte. Die
Verkäuferin hinter dem Tresen – Witwe-Bolte-Typ: schlohweißer
Dutt, füllig, Nickelbrille – musste an die achtzig gehen, machte
aber einen gepflegten und fitten Eindruck. Der Kommissar be-
stellte sich ein Knüller-Salamiweggle und einen Knüller-Kaffee.
Witwe Bolte brachte ihm sämtliche Knüller an den Stehtisch.

»Wo kommen Sie eigentlich her, wenn ich fragen darf?« Alter
schützt vor Neugier nicht.

»Ulm«, antwortete Querlinger und biss in sein Salamiweggle.
Die Alte seufzte.

»Vor vielen Jahren, da war ich noch jung, da hab ich auch in
Ulm gewohnt.«

»Aha.« Querlinger spülte den Bissen mit einem Schluck Kaffee
hinunter.

»Und dann sind Sie hierhergezogen«, vermutete er höflich.

»Genau, nach meiner Heirat. Mein erster Mann Gottfried –
Gott hab ihn selig – und ich, wir haben zusammen die Wirtschaft
von meinen Schwiegereltern übernommen.«

Querlinger wurde hellhörig.

»Mit Wirtschaft meinen Sie ein Gasthaus, nehme ich an?«

Witwe Bolte nickte.

»›Zum Goldenen Schwan‹, hieß es. Ging sehr gut.«

»Wo ist das Gasthaus? Ich such nämlich eins, wo man gut
essen kann.«

»Bei uns hat man saugut essen können, mein erster Mann –
Gott hab ihn selig – war Koch. Aber den ›Goldenen Schwan‹
gibt's nicht mehr. Der ist 1985 abgebrannt.«

»Und wo stand das Haus?«

»Direkt unter der Burg. Man hatte einen sauguten Blick auf den Turm.«

Fast automatisch griff Querlingers Hand in die Jackett-Brusttasche und förderte das Foto zutage. Er schob die Kaffeetasse zur Seite und legte es auf den Tisch.

Die Reaktion der Frau war umwerfend.

»Jesses Maria«, rief sie und schlug die Hände zusammen, »woher haben Sie denn das? Das ist ja eine Aufnahme aus unserem ›Goldenen Schwan‹, und eine saugute dazu.«

Querlingers Ermittlerherz hüpfte. So musste sich ein Lotto-Gewinner vorkommen – saugut!

»Und das wissen Sie genau?«

»Ja höret Se mal, freilich! Das ist unser Nebenzimmer gewesen. Das konnte man für Feiern anmieten. Und an *die* Feier und was *da* abging«, sie klopfte ganz aufgeregt mit dem rechten Zeigefinger auf das Bild, »kann ich mich noch saugut erinnern.«

An *die* Feier … was *da* abging! Konnte es sein, dass in dem *die* und *da* eine Spur Empörung mitschwang?

»Das heißt, Sie können tatsächlich noch sagen, was das für eine Feier war? Das ist doch schon Jahrzehnte her?«

Witwe Bolte sah ihn einen Moment erzürnt an.

»Momentle, ich bin zwar ein bissle älter als Sie, aber ich bin nicht senil, gell, und ich hab ein saugutes Gedächtnis. Und die Visagen auf dem Foto, die sind mir noch in sauguter Erinnerung.«

Das war ja saugut! Besser hätte er es nicht treffen können. Er hatte eine Glückssträhne erwischt. Zuerst der Stocker Erwin und jetzt die ehemalige Schwanenwirtin.

»Aber – warum wollen Sie das eigentlich wissen? Und woher haben Sie das Foto?«, löcherte Witwe Bolte den Kommissar.

Der zückte seinen Dienstausweis.

»Eugen Querlinger, Kriminalhauptkommissar, Kripo Ulm. Frau Müller, nehme ich an?«

Vor lauter Sprachlosigkeit brachte es die Alte nur zu einem Nicken und einem leise gehauchten »Regina Müller«.

»Frau Müller, wenn Sie zu den Personen auf diesem Bild etwas Näheres zu sagen haben, könnte das eventuell für die Aufklärung eines Doppelmordes relevant sein.«

»Doppelmord? Jesses Maria!«, rief die Müller Regina und schlug erneut die Hände zusammen. Dann wurde ihr Blick lüstern. Sensationslüstern! »Da helfe ich natürlich saugern«, ergänzte sie.

In diesem Augenblick betraten zwei Frauen die Bäckerei.

»Moment«, sagte die Müller an den Kommissar gewandt, »ich sag oben der Rosi Bescheid, das ist meine Schwiegertochter, die soll weiterbedienen.«

Nach fünf Minuten, die dem Kommissar wie gefühlte zehn vorkamen, saß er mit der Alten in einem Raum neben der Backstube, vor sich einen zweiten Kaffee und ein saugutes Stück Linzertorte (»Die gehen aufs Haus«).

Er zückte Bleistift und Notizblock.

»Frau Müller, sagen Sie mir zuerst, bei welcher Gelegenheit dieses Foto geschossen wurde und wann?«

»Das war ein Klassentreffen einer ehemaligen Abiturklasse. Und zwar im Mai 1981. Ich kann mich deswegen noch so gut erinnern, weil die Fete, die die da abgezogen haben – also das war schon saumäßig sittenwidrig.«

»Sittenwidrig?«

»Was die Burschen und Mädels miteinander alles g'macht haben, ekelhaft, sag ich Ihnen. Und gesoffen haben die, was das Zeug hielt.«

»Ja, aber das konnte Ihnen doch nur recht sein. Je mehr die Gäste saufen, desto besser für den Wirt.«

»Ja, normalerweise schon. Aber das war ja nicht normal, des isch's ja. Die Saubagasch hat ihre eigenen Getränke mitgebracht und draußen aufm Hof hinter 'nem Holzstoß versteckt, das haben wir aber nicht gewusst. Mein Mann – Gott hab ihn selig – und ich, wir haben gebettelt und gedroht, 's hat aber alles nix geholfen. Die Saubande hat uns einfach ignoriert.«

Von daher also wehte der Wind der Empörung. »Ja, haben Sie denn nicht daran gedacht, die Polizei zu rufen?«

»Aber Herr Kommissar, wie hätt des denn ausg'schaut? Blaulicht bei uns in der Wirtschaft. Wir konnten doch nicht unseren Ruf ruinieren.«

Nein, natürlich nicht. Querlinger drehte das Foto auf die Rückseite.

»Dieser Spruch – kommt der Ihnen auch bekannt vor?«

Regina Müller gingen die Augen über.

»Ja, freilich, des isch's ja! Die Sauerei, von der ich grad g'schwätzt hab.«

»Was? Das mit den Vögeln?«

»Ja, klar, eine Riesensauerei!«

»Erzählen Sie.«

Und die Müller begann zu erzählen. Bei dem Treffen sei es recht wild zugegangen. Ausgelassene Stimmung, vulgäre Witze. Irgendwann hätten einige vorgeschlagen, das Lied »Die Vogelhochzeit« anzustimmen. Jeder habe sich einen Vogelnamen zugelegt und einen dazu passenden Vers gedichtet. Ziemlich kindisch sei das gewesen. Aber die »Saubagasch« sei zu dem Zeitpunkt ja auch schon »groddavoll« gewesen.

»Und wie kamen die gerade auf die Vogelhochzeit? Das ist doch eigentlich ein Kinderlied?«

»Ich glaub, das hat mit diesem Verrückten zu tun gehabt, der ein paar Stunden vorher plötzlich auftauchte. Komischer Heini, später hab ich erfahren, dass er gar nicht eingeladen war. Er kam mit einem Moped und stand plötzlich in der Tür und hat angefangen zu predigen, er hatte saumäßig einen sitzen. ›He, ihr Sünder, kehrt um von eurem bösen Weg, bittet den Herrn um Vergebung, sonst wartet die Hölle auf euch‹, irgend so was in die Richtung hat er gelallt, total wirres Zeug. Ich hab zuerst gedacht, dass das 'ne lustige Einlage ist, aber der hat's ernst gemeint. Die anderen haben gegrölt und sich halb totgelacht. Dann war er auf einmal wieder verschwunden. Später am Abend hab ich rausgekriegt, dass der Typ seit Kurzem bei den Benediktinern war, so ein … Frischmönch.«

»Ein Novize, meinen Sie.«

»Richtig, Novize! Er hat nach dem Abi Theologie studiert.

Schon während der Schulzeit muss er sehr religiös gewesen sein, lauter Priester, Mönche und Nonnen in der Verwandtschaft, der typische Außenseiter halt, keiner konnte den leiden …«

»Aber Sie sagten doch eben, das mit dem Lied von der Vogelhochzeit, das habe mit ihm zu tun gehabt. Inwiefern?«

»Hing bestimmt mit seinem Namen zusammen. Der war saukomisch.«

»Komischer Name?«

»Er hieß Benedikt Totvogel.«

Eisesstarre in Querlingers Miene.

»War … war das sein Spitzname?«

»Nein, er hieß wirklich so.«

»Und die Sache mit den Vogelnamen, dass jeder einen verpasst bekam, das ging erst los, nachdem dieser … Benedikt Totvogel da gewesen war?«

»Genau.«

Querlinger notierte sich den Namen.

»Erzählen Sie, Frau Müller, wie ging's weiter mit der Fete?«

»So gegen Mitternacht war allmählich Schluss. Die haben dann noch diesen Vers gegrölt, der da auf dem Foto steht, quasi als Abschied, die meisten sind danach heim, einige wurden abgeholt, andere haben sich ein Taxi kommen lassen. Ein paar von der Bagasch hatten aber immer noch nicht genug, die sind dann zur Burgruine hochgestiegen und haben weitergefeiert.«

»Auf dem Gelände der Burgruine?«

Nachdrückliches Kopfnicken.

»Können Sie sich erinnern, wer?«

»Es waren vier Männer und eine Frau. An die Frau, an die erinnere ich mich noch ziemlich gut. Die hieß Gertrud Steinhauser und hat den Marabu gegeben.«

»Und die Männer, wer waren die?«

»Das weiß ich nicht mehr.«

»Sagen Sie –«

»Halt, fast hätt ich's vergessen!« Regina Müllers rechter Zeigefinger schnellte aufgeregt nach oben. »Mein erster Mann – Gott hab ihn selig – hat die Bagasch noch stundenlang vom Fenster aus beobachtet, und da hat er mitgekriegt, dass da später noch einer hochging, das muss nach ein Uhr nachts gewesen sein. Der kam von ganz unten vom Dorf rauf.«

»Insgesamt also fünf Männer. Wer der fünfte war, wissen Sie auch nicht?«

»Leider nicht.«

»Können Sie sich noch an einige Vogelnamen erinnern?«

Frau Müller überlegte. Die Antwort kam zögernd.

»Also, es gab einen Storch ... einen Reiher ... eine Drossel, glaub ich ... und ja, den Marabu halt.«

»Den Gertrud Steinhauser gab.«

»Genau.«

»Die Vogelbezeichnungen Wiedehopf und Kuckuck, sagen die Ihnen nichts?«

»Nicht dass ich wüsste. Die haben sich viele Namen von Vögeln ausgedacht, Herr Kommissar.«

»Frau Müller, wie kommt es, dass Sie sich ausgerechnet an diese Frau, also an den Marabu, so gut erinnern?«

»Ha, des isch ganz oifach. Sie kam wenige Wochen danach ums Leben, bei einem Badeunfall. Das hab ich von einer Nachbarin erfahren, die sie näher kannte. – Ach ja, und es gab noch einen Grund, warum ich mir den Namen gut hab merken können. Einen ganz speziellen. Diese Steinhauser, das war so eine richtige ... also so eine ganz bestimmte ... Sie wisset doch, was ich sage will, gell, Herr Kommissar?«

Verständnisinniges Nicken bei Querlinger.

»Können Sie sie auf dem Foto identifizieren?«

Regina Müller sah eine Weile konzentriert auf das Foto, dann tippte sie mit dem Finger auf eine Frau ganz vorne in der ersten Reihe. Ein hübsches Mädel.

»Und die war tatsächlich ... so eine ... ähm ...?«

»Tatsächlich, Herr Kommissar, wirklich. Gertrud Steinhauser, die hat nämlich mit diesem Möbius ganz schön rumg'macht. Also ekelhaft, sag ich Ihnen, ekelhaft.«

»Möbius? Welcher Möbius?«

»Ach, von dem hab ich Ihnen noch gar nichts erzählt? Heinz

Möbius hieß er, der hatte Medizin studiert. Der hat des Ganze organisiert, also diese Fete.«

Heinz Möbius. Querlinger notierte sich auch diesen Namen.

»Ist er auch auf dem Bild zu sehen?«

»Ja, klar, der hier, des isch er. Wenn er g'lacht hat, sah er aus wie ein Pferd.«

Die Müller wies auf einen Mann in der zweiten Reihe, der breit lächelte und ein mächtiges Gebiss zeigte.

»Dieser Möbius – könnte das vielleicht einer von den Männern gewesen sein, die mit zur Burg hoch sind?«

»Nein, das weiß ich ganz sicher. Der hat die Party relativ früh verlassen.«

»Und wie ging's auf dem Burggelände weiter? Wissen Sie das?«

Augenrollen bei Regina Müller.

»Ha, des isch doch wohl klar. Ich bitte Sie, Herr Kommissar, vier Männer und eine Frau …«

Logisch, Eugen, du Depp; vier Männer und eine Frau, was sollen die auch schon anderes machen?

»Ja, gut, aber auf jede Nacht folgt auch ein Tag. Die werden doch nicht ewig auf der Burg geblieben sein«, insistierte der Kommissar.

Regina Müller lächelte gerührt.

»Des habet Sie jetzt aber schön g'sagt, Herr Kommissar. Aber Sie haben recht, irgendwann nach eins war dann Schluss. Mein erster Mann – Gott hab ihn selig – hat mitgekriegt, dass die sich einen Taxibus habet komme lasse. Mehr weiß ich nicht.«

Querlinger erhob sich, den letzten Schluck Kaffee trank er im Stehen.

»Sie haben mir saumäßig weitergeholfen, Frau Müller. Das heißt: Halt, stopp, beinahe hätte ich's vergessen, diese Nachbarin, von der Sie das mit dem Badeunfall erfahren haben, können Sie mir sagen, wo die wohnt?«

Schmerzvolles Lächeln bei Regina Müller.

»In den himmlischen Gefilden, Herr Kommissar.«

»Ach so … ja, ähm … Konnte diese Dame denn sonst noch was zum Unfallhergang beziehungsweise zum Tod dieser Gertrud Steinhauser sagen?«

Die ehemalige Schwanenwirtin schüttelte den Kopf.

»Nur, dass sehr wenige auf ihrer Beerdigung waren, vielleicht sieben oder acht Leut, ihr Verlobter inklusive.«

»Sie war verlobt?«

»Mit 'nem Schreiner aus Stuttgart. Conny Stahlberg hieß er. Den Namen konnt ich mir saugut merken, weil ich einen Vetter hatte – Gott hab ihn selig –, der hieß Eisental.«

Die Alte war ermittlungstechnisch eine Goldgrube.

»Conny Stahlberg. Aus Stuttgart.«

»Ja, aber der lebt auch nicht mehr. Dem hat der Tod seiner Verlobten so zu schaffen gemacht, dass er zur Fremdenlegion ging. Jahre später kam er bei irgend so einem Militäreinsatz ums Leben. Auf der Beerdigung von der Steinhauser wäre er vor Schmerz fast zusammengebrochen, ein paar Klassenkameraden von der Steinhauser mussten ihn stützen.«

»Das hat Ihnen alles Ihre Nachbarin gesagt? Woher wusste die das?«

»Sie hatte 'ne Freundin in Stuttgart, die hat in dem Haus neben dem Stahlberg gewohnt, aber die …«

»… weilt auch nicht mehr unter den Lebenden?«, ergänzte der Kommissar, der das Schlimmste befürchtete.

Die Alte nickte.

Querlinger lief es eiskalt über den Rücken, das war ja furchtbar. Offenbar unterschied sich der »Fluch der Gertrud Steinhauser« in nichts vom legendären »Fluch des Pharao«. Wenn er sich nicht beeilte, von hier wegzukommen, würde es ihn auch noch treffen.

»Jetzt muss ich aber wirklich weiter, Frau Müller. Vielen Dank für die Zeit, die Sie mir geopfert haben.«

»Gern g'scheh'n, Herr Kommissar. Wenn Se wieder in der Gegend sind, kommet Se doch einfach vorbei.«

27

Samstag, 22. Juni

Schön – ach was: zum Sterben schön, dachte die Schwarze Henne und spürte, wie Tränen der Rührung über ihr Gesicht rannen. Den sechsten Tag in Folge saß sie auf dem niedrigen Mäuerchen hoch über der malerischen Bucht und genoss den herrlichen Anblick, der sich ihr bot. Direkt unter ihr: der kleine, geschützte Hafen des malerischen Örtchens mit seinen malerischen Häuschen und den malerischen, verwinkelten Gässchen. Im Hintergrund, auf einem Felsvorsprung, das malerische Kastell aus dem 11. Jahrhundert. Dahinter die malerische Bucht. Und dann dieses Blau von Meer und Himmel – kein malerisches Blau, nein, es gab keinen Maler, der dieses Blau auch nur annähernd hinkriegen würde, nicht mal, wenn er total blau wäre.

Die Henne sah auf ihre Armbanduhr: sechs Uhr fünfzehn. Höchste Zeit, sich zur Höhenstraße aufzumachen und Posten zu beziehen. An der Stelle hinter der scharfen S-Kurve, die sie schon vor Tagen ausgemacht hatte. Um dort auf die beiden »Vögel« zu warten, die an diesem zum Sterben schönen Tag mit ihrem Motorradgespann die Kurve passieren würden. Da die Strecke um diese Zeit nur wenig frequentiert war, stand nicht zu erwarten, dass ein anderes Fahrzeug ihre Pläne durchkreuzte.

Die Schwarze Henne sprang vom Mäuerchen und ging, ein Liedchen pfeifend, zu dem Touran, den sie am Straßenrand abgestellt hatte. Öffnete die Heckklappe, griff vorsichtig in einen der beiden Kartons, die im Kofferraum standen, und nahm eines der kleinen Dinger in die Hand, die aus vier spitz zulaufenden, abgeschrägten Eisenröhrchen bestanden und tetraedrisch miteinander verbunden waren. Andächtig betrachtete sie die einfache, aber geniale Metallkonstruktion. Egal, wie die Dinger auf der Straße zu liegen kamen, eine der Spitzen wies immer nach oben.

Die Schwarze Henne lächelte und stellte sich das explosionsartige Geräusch vor, mit dem die Luft aus den Reifen des Motorradgespanns entweichen würde. Was dann passieren würde, ließ sich zwar nicht im Detail voraussehen, aber dass das Gespann mit den beiden Vögeln ins Schleudern geraten und über die niedrige Leitplanke katapultiert werden würde, war sonnenklar. Die letzten Eindrücke, die die beiden Vögel auf dem Weg ins Vogeljenseits wahrnehmen würden, wären der blaue Himmel und der gähnende Abgrund ...

Die Schwarze Henne legte den eisernen Krähenfuß – so nannte man das Ding im Fachjargon – in den Karton zurück, schloss die Hecktür, ging um den Wagen herum auf die Fahrerseite, stieg ein und wandte den Kopf zur Beifahrerseite.

»Es wird klappen, glaub mir, es wird klappen, Harri. Die schwarze Henne und das weiße Ei haben noch nie versagt«, flüsterte sie mit fiebrig glänzenden Augen.

Mittwoch, 26. Juni

Fast zwei volle Tage waren für die Recherchen draufgegangen. Die gesamte Soko hatte ihr Bestes gegeben. Dennoch war Querlinger mit dem Resultat alles andere als glücklich – gerade mal acht aus der ehemals achtzehn Mitglieder umfassenden Abiturklasse hatten sie ausfindig machen können, ohne ein einziges davon befragen zu können. Sechs waren bereits verstorben: Horst Kämper, Manfred Reuber, Gertrud Steinhauser sowie drei andere, die eines natürlichen Todes gestorben waren. Vier waren gar nicht erst aufzutreiben gewesen: ein Johannes Meier, ein Andreas Neumeister sowie Heinz Möbius, der Organisator des denkwürdigen Klassentreffens, und der mysteriöse Benedikt Totvogel. Letzterer tauchte eigenartigerweise auch nicht in der offiziellen Namensliste der Klasse auf. Was ihn anging, waren sie davon ausgegangen, dass es Verwandte geben müsste, die den gleichen bescheuerten Familiennamen trugen, und es infolgedessen einfach sein würde, dem Mann auf die Spur zu kommen. Pustekuchen! Dieser Totvogel war und blieb ein Phantom.

Über Gertrud Steinhauser – sie war tatsächlich kurz nach dem Klassentreffen im Alter von gerade mal vierundzwanzig Jahren zu Tode gekommen – hatten sie nichts Nennenswertes herausgebracht. Es existierten keine Verwandten mehr, die über die Verstorbene hätten Auskunft geben können. Ihre Eltern waren bereits vier Jahre zuvor bei einem Flugzeugabsturz ums Leben gekommen, ihre Großmutter väterlicherseits starb eineinhalb Jahre nach dem Ableben ihrer Enkelin.

Von den acht zu befragenden Personen, die sie ausfindig gemacht hatten, lebten nur noch zwei in Ulm, eine in Bremerhaven, zwei in Wien (ein Mann und eine Frau, die Jahre nach dem Abitur ein Paar geworden waren) sowie eine in Passau und eine in Sydney, eine weitere hielt sich seit Wochen in Pjöngjang auf (ein Journalist namens Harald Häfele, der für den SWR eine Reportage drehte und angeblich auf dem Handy zu erreichen war).

Der Status quo ergab allerdings Folgendes: Die beiden in Ulm lebenden Personen – wohl ein unzertrennliches Geschwisterpaar – befanden sich derzeit im Urlaub (wo genau, wusste kein Schwein), die in Bremerhaven (dort hatte Querlinger Amtshilfe beantragt) konnte von den Kollegen vor Ort noch nicht vernommen werden, weil wieder einmal der Amtsschimmel wieherte. Das Ehepaar in Wien nahm gerade an einer Expedition durch die Innere Mongolei teil, die Stadt Passau wurde momentan vom Hochwasser heimgesucht, in Sydney ging kein Aas ans Telefon, und der Journalist in Pjöngjang saß mittlerweile im Hochsicherheitstrakt eines Gefängnisses irgendwo in der nordkoreanischen Pampa ein, angeblich hatte er den Staatspräsidenten beleidigt.

Auch die E-Mails, die sie in alle Welt verschickt hatten, hatten nichts gebracht. Einige waren vom automatischen Mail Delivery System mit dem Vermerk »unknown user« retourniert worden.

Mit anderen Worten: Nicht einen einzigen der ehemaligen Klassenangehörigen hatten sie in den vergangenen Tagen erreichen, geschweige denn befragen können.

Das Kinn in die Hand gestützt, saß der Kommissar an seinem Schreibtisch und starrte verdrossen auf die Nieten-Liste der nicht erreichten Kandidaten. Ihm war zum Kotzen zumute. Und er war müde. Bleiern müde. Was nicht verwunderte, schließlich ging es stramm auf Mitternacht zu.

Mit einem missmutigen Gähnen stand er auf und beschloss, endlich nach Hause zu gehen. Er war gerade auf dem Weg zur Tür, als ihn das laute Summen des Telefons mitten im Schritt festnagelte. Ein Anruf um Mitternacht? Er starrte auf das Telefondisplay: eine Zahlenkombination, lang wie eine Anakonda, mit zwei Nullen am Beginn: 0061. Die Vorwahl von Australien, er kannte die Nummer, hin und wieder rief Luise eine Freundin an, die in Melbourne lebte. Aber was zum Teufel …

Die Nummer aus Sydney, schoss es ihm durch den Kopf. Die

Nummer, über die sich Bödele beschwert hatte: Kein Aas würde rangehen, hatte er gesagt. Ein Rückruf!

Hastig griff Querlinger zum Hörer.

»Hallo?«

»Hello!«, echote es englisch aus dem Hörer.

Querlingers Puls schnellte nach oben, er schaltete unverzüglich.

»Kriminell Investigeschen Dipartment Ulm, Dschörmeni. Dedektiv tschief sjuperintendent Judschin Querlindscher schpieking«, plärrte er aufgeregt.

Schweigen. Verblüffung am anderen Ende der Welt. Dann, in breitestem Schwäbisch:

»Verarschen ko ich mi selber, du Depp, gell. Saudomms Rindvieh, saudomms!«

Ein lautes Knacken. Der Teilnehmer hatte aufgelegt.

»Hundsveregg!«, schimpfte Querlinger und spürte, wie ihm der Schweiß ausbrach. Das durfte doch nicht wahr sein.

Mit zitterndem Finger drückte er die Wiederholentaste.

»Bleeder Hund, saubleeder, was –«

»Moment, um Himmels willen legen Sie bitte nicht gleich wieder auf, Sie sind *wirklich* mit der Kriminalpolizei Ulm verbunden, Sie brauchen nur die Nummer zu googeln, die Sie auf Ihrem Display haben, und Sie werden sehen, wir sind tatsächlich die Polizei, Eugen Querlinger ist mein Name, ich bin Kriminalhauptkommissar, und ich ermittle in einem Doppelmord-Fall, Sie dürften die beiden Opfer kennen, es handelt sich um ehemalige Klassenkameraden von Ihnen.«

Querlinger hatte in fast flehentlichem Ton und ohne Punkt und Komma gesprochen.

»Und wer genau sind die Opfer?«

Höfliche Frage auf Hochdeutsch. Betroffenheit und Kooperationsbereitschaft am anderen Ende der Welt. Querlinger atmete auf.

»Manfred Reuber und Horst Kämper.«

»Soso, aha.« Die Betroffenheit am anderen Ende der Welt hielt sich in Grenzen.

»Die beiden waren im Mai 1981 auf dem Klassentreffen in Rechtenstein, an dem auch Sie teilgenommen haben, Herr ...«, Querlinger spähte auf die Liste, »... Herr Straßer. Können Sie was zu den beiden sagen?«

»Was soll ich zu denen sagen können. Der Reuber hat nach dem Abi Musik studiert, der Kämper Physik, der hat das Studium dann aber geschmissen. Das ist alles, was ich von denen noch weiß.«

»Sie haben keinen Kontakt mehr zu ihnen?«

»Zu keinem von der Klasse. Ich lebe seit zweiundzwanzig Jahren in Sydney.«

»Aber an das Klassentreffen erinnern Sie sich?«

»Logisch, es war das erste Klassentreffen nach dem Abi, es war von Heinz Möbius organisiert worden.«

»Sie erinnern sich an Heinz Möbius?«

»An das Pferdemaul? Klar, er war ein Volldepp!«

»Pferdemaul?«

»Die unter uns, die ihn nicht leiden konnten, nannten ihn so. Er hatte ein unglaubliches Gebiss. Wenn der seinen Mund aufmachte, sah er aus wie ein Pferd.«

»Aha, und wieso war er ein Volldepp?«

Verächtliches Lachen am anderen Ende der Welt.

»Er hat sich immer eingebildet, was Besseres zu sein, weil er als Einziger aus der Klasse 'nen Abidurchschnitt von eins Komma null hingelegt hatte. Das Großmaul hat Medizin studiert und wurde dann Chirurg, *Schönheitschirurg*!«

»Wissen Sie, wo er sich jetzt aufhält? Er ist einer der wenigen, deren Aufenthaltsort wir nicht kennen.«

»Kann ich Ihnen nicht sagen. Interessiert mich auch nicht. Das Einzige, was ich von ihm weiß, ist, dass er irgendwann ins Ausland ging.«

»Herr Straßer, bei der Veranstaltung ging's ja auch um dieses Kinderlied ›Die Vogelhochzeit‹. Jeder der Teilnehmer hatte sich einen Vogelnamen zugelegt und einen Vers darauf gedichtet. Können Sie sich noch daran erinnern, wer sich welchen Vogelnamen zugelegt hatte?«

Zögern in Sydney.

»An ein paar schon. Unter anderem an die … warten Sie, wie hieß sie gleich noch mal … Steinhauser, Gertrud Steinhauser. Die gab den Marabu. Und an Reuber und Kämper. Reuber gab den Kiebitz, Kämper den Eisvogel, dann waren da –«

»Moment«, fiel im Querlinger ins Wort. »Waren die beiden nicht Kuckuck und Wiedehopf?«

»Nein, Kiebitz und Eisvogel, das weiß ich genau.«

»Und wer gab dann den Kuckuck und den Wiedehopf?«

Kurzes Schweigen.

»An die kann ich mich nicht erinnern.«

Der Kommissar war perplex. Das war ja mehr als seltsam. Reuber und Kämper: Kiebitz und Eisvogel? Wie, verflixt, kam die Henne dann auf Kuckuck und Wiedehopf?

»Und weshalb erinnern Sie sich so gut an Reuber und Kämper? Und an Gertrud Steinhauser?«

»Die drei waren auf dem Treffen besonders ausgelassen. Nachdem Schluss war, sind sie mit noch 'n paar anderen zur Burg Rechtenstein hoch, um weiterzufeiern. Wer die waren, weiß ich aber nicht mehr.«

»Wie viele waren es, die da mit hoch sind?«

»Zwei? Drei? Vier? Was weiß ich?«

Na toll. Noch ein Kinderreim. *Eins, zwei, drei, vier Eckstein, alles muss versteckt sein.* Da hatte die ehemalige Schwanenwirtin konkretere Aussagen gemacht. Sie hatte definitiv von fünf Männern gesprochen.

»Weitere Vogelnamen?«

»Warten Sie, es gab auch einen …«, Straßer überlegte, »… einen Storch, das war der Baumgartl Xaver, und eine Wachtel, die Zenker Luzia. Wer sonst noch welchen Vogel gab – keine Ahnung.«

»Und welchen Namen hatten Sie sich zugelegt?«

Verlegenheitspause. Räuspern.

»Ich war der Emu. Ich hatte schon immer ein Faible für Australien, wissen Sie.«

»Diese Gertrud Steinhauser – wissen Sie Näheres darüber, wie sie ums Leben kam?«

»Die kam ums Leben? Davon weiß ich nichts.«

Was wusste dieser Emu überhaupt?

»Herr Straßer, sagt Ihnen der Begriff Schwarze Henne etwas?«

»Schwarze Henne? Nein, überhaupt nichts. Ich erinnere mich zwar nicht mehr an alle Vogelnamen, aber ich weiß sicher, dass eine Schwarze Henne nicht dabei war.«

»Noch was, Herr Straßer. Wer war eigentlich dieser Benedikt Totvogel?«

Erdbebengleiches Gelächter auf dem australischen Kontinent. Geschätzte acht Komma fünf auf der Richterskala. Dann:

»Ent… entschuldigen Sie, aber immer wenn ich an diesen Deppen erinnert werde, lach ich mich halb tot.«

»Und weshalb?«

»Der Typ …«, heftiges Nachbeben, »… der Typ war von der fixen Idee besessen, eines Tages Papst werden zu wollen.«

Berufswunsch Papst! Und was war daran zum Lachen? Wahrscheinlich, dass er Schwabe war. Ein Schwabe als oberster Chef im Vatikan – unvorstellbar. Es hieß zwar: ›Vati-kan‹, aber Vati konnte beileibe nicht alles. Sich als Papst zum Nachtisch ein Nonnenfürzle genehmigen – und dieser kulinarische Wunsch war in einem Schwaben genetisch fest verankert –, allein das würde schon ein schweres Sakrileg bedeuten und ein neues Kirchenschisma heraufbeschwören …

»Er war religiös?«

»Ein religiöser Spinner. Wir haben ihn deswegen immer aufgezogen. Und auch wegen seines körperlichen Handicaps.«

»Ach, und was war das für ein Handicap?«

»Er hatte nur acht Zehen. An jedem Fuß vier. Beim Schwimmen oder wenn er barfuß lief, sah man das natürlich.«

Wie heißt es so schön? Kinder können grausam sein.

»Sonst fiel das nicht auf? Zum Beispiel beim Gehen?«

»Nein. Er ging immer ganz normal.«

»Er hat sich den Spott einfach gefallen lassen?«

»Er konnte ziemlich wütend werden. Das war's ja, was uns reizte, ihn zu reizen. Er schrie dann rum und stieß Drohungen aus. Eines Tages werde er es uns schon zeigen und uns alle in die Hölle schicken.«

Papst Benedikt, der Achtzehige, der seine Widersacher in die Hölle schickte – die Schwarze Henne? Die Farbe würde passen …

»Unseren Recherchen zufolge tauchte er kurz auf diesem Klassentreffen auf. Können Sie das bestätigen?«

»Stimmt. Er war sturzbesoffen, zog aber bald darauf wieder Leine.«

»Er hat nach dem Abi Theologie studiert, ist das richtig?«

»Ja. Aber ich weiß nicht, wie er mit seinem Studium vorankam. In dem Jahr, als das Klassentreffen war, war er jedenfalls Novize bei den Benediktinern. Wie's später mit ihm weiterging – keine Ahnung. Er gehörte übrigens nicht zu unserer Abschlussklasse, er musste die Unterprima nämlich wiederholen. Darum war er auch nicht eingeladen. Er tauchte einfach auf.«

Deswegen also fehlte der Name Totvogel in der Liste der Klassenangehörigen.

»Fällt Ihnen sonst noch was zu Reuber und Kämper ein? Oder zu diesem Klassentreffen?«

»Nein, nichts.«

Tja, das war's dann wohl mit dem erhofften Mehr an Erkenntnissen.

»Herr Straßer, vielen Dank für das Gespräch.«

»Gerne, war mir ein Vergnügen.«

Lügner, australischer!

»Ja, also dann, gute Nacht.«

Ein blödsinniger Gruß. In Sydney war es gerade mal fünf Uhr nachmittags!

29

Donnerstag, 27. Juni

Als der Kommissar an diesem Donnerstagmorgen gegen halb sieben von einem gewaltigen Krachen erwachte, hatte er das dumpfe Gefühl, dass ein saublöder Tag vor ihm lag.

Eine knappe Stunde später wartete er inmitten des Gewitters, das sich über Ulm auskotzte – »wild zuckt der Blitz, der Donner grollt, im fahlen Lichte steht das Münster« –, mit seinem Terrano an einer roten Ampel und trommelte ungeduldig mit den Fingern aufs Lenkrad. Im strömenden Regen schien das Rot auf der Frontscheibe zu zerfließen. Querlinger fühlte sich unwillkürlich an jene scheußliche Nachspeise erinnert, mit der er sich einmal gehörig den Magen verdorben hatte. Aber rote Grütze auf der Windschutzscheibe seines Wagens – das ging gar nicht! Wenn schon Grütze auf der Frontscheibe, dann bitte schön die Waldmeister- und nicht die Waldbeerenvariante, da kam man wenigstens voran.

Das kulinarische Phantasieren des Kommissars nahm ein jähes Ende. Offenbar hatte ein Blitz die Stromversorgung gekappt, denn mit einem Mal fielen sämtliche Ampeln in Ohnmacht, was eine schlagartig einsetzende Rechts-vor-Links-Situation auslöste. Querlinger freute sich diebisch: Er befand sich gerade auf einer Vorfahrtsstraße. Dann schlug erneut ein »Blitz« ein. Diesmal in sein Handy.

»Chef, schlechte Nachricht«, rief Angie völlig aufgelöst in den Hörer. »Neue Botschaft von der Henne …«

»Waaas?«

»›Der Seidenschwanz, der Seidenschwanz, tanzt mit dem Pfau den Totentanz. Es grüßt: die Schwarze Henne‹«, rezitierte Angie den aktuellen lyrischen Einfall des Mörders.

So ein Mist, gleich zwei auf einen Streich? Querlinger verspürte ein heißes Ziehen in der Magengegend. Gleichzeitig wurde ihm bewusst, dass der Mörder seine Botschaft modifiziert hatte: In dem Vers fehlte der Ortsbezug.

»Sagen Sie, Angie, haben Sie mir nicht etwas unterschlagen?«

»Unterschlagen? Was denn?«

»Na, den Ort, wo er sein Opfer diesmal umbringen will.«

»Steht nicht drin!«

In diesem Moment erwachten die Ampeln wieder aus ihrer Lethargie – rote Grütze auf der Frontscheibe. Querlinger latschte auf die Bremse.

»Wo wurde der Brief aufgegeben und wann?«

»Er wurde nicht aufgegeben. Jemand muss den Umschlag einfach in den Briefkasten gesteckt haben. Er war nicht mal zugeklebt.«

Das war dreist. Wagte die Henne es jetzt schon, die Botschaften höchstpersönlich in den Briefkasten zu stecken?

Die Ampel schaltete auf Waldmeister, Querlinger gab Gas. Fünfzig Meter weiter erneut Waldbeere. Zum Kotzen!

»Chef, sind Sie noch dran?«

»Ja, natürlich. Sagen Sie, ist die Truppe bereits da?«

»Ja, bis auf die Janine. Von den Neuen sind bisher bloß der Henssler und die Unseld im Büro.«

»Der Fachinger, was ist mit dem?«

»Den hab ich nicht erreicht. Ich versuch's aber gleich noch mal.«

»Rufen Sie ihn auf seinem Privathandy an. Versuchen Sie, alle zusammenzutrommeln. Ich bin in acht Minuten im Büro.«

»Hier«, sagte Angie und hielt ihm den Computerausdruck hin. »Hab ich vor 'ner halben Stunde entdeckt.« Sie war kalkweiß.

»›Der Seidenschwanz, der Seidenschwanz, tanzt mit dem Pfau den Totentanz. Es grüßt: die Schwarze Henne‹«, las Querlinger.

Kein Zweifel. Das Papier, die Größe und der Duktus der Schrift sowie das Layout des Zweizeilers entsprachen aufs Haar genau dem gewohnten Schwarze-Henne-Layout.

»Sind vom Team schon alle da?«, wollte Querlinger wissen.

»Die Janine fehlt, die kommt immer noch nicht, sie hat vorhin angerufen, sie muss noch mal zum Arzt. Dr. Fachinger hat verlauten lassen, dass er etwas später kommen wird. Den Phantombildspezialisten hab ich nicht erreichen können, ansonsten warten alle im Besprechungsraum.«

War ja klar, dass der Phantombildspezialist fehlte. Als Phantom konnte er es sich nicht leisten, zugegen sein.

»Hab übrigens frischen Kaffee gemacht, Chef. Und Butterbrezeln hab ich auch auf die Schnelle bestellt.«

Das war Angie. Immer clever mitgedacht.

»Danke, Sie sind ein Schatz.«

»Trittbrettfahrer! Ich sag euch, wir haben's mit einem Trittbrettfahrer zu tun«, tönte es lautstark auf den Gang hinaus. Die Stimme gehörte Bödele.

Querlinger, der sich, die Aktenmappe unter den Arm geklemmt und gefolgt von Angie, dem Besprechungsraum näherte, bemerkte, dass die Tür weit offen stand.

»Nix Trittbrettfahrer, original Schwarze Henne«, konterte Heinerle erbost.

»Nie im Leben. Erstens nimmt die Henne immer nur *ein* Opfer aufs Korn, zweitens fehlt der Hinweis auf die Örtlichkeit. Dieser Wisch stammt von einem Trittbrettfahrer, sag ich euch, und dabei bleib ich!«

»Meinst du wirklich, Kollege? Welches Ziel sollte ein Trittbrettfahrer denn damit verfolgen?«, wagte Birgit Unseld, die neu zum Team gestoßene Beamtin, einzuwenden.

»Genau das frag ich mich auch«, unterstützte Harald Henssler sie.

»Ich mich auch«, sagten Heinrich Göppel und Arthur Bommel, die beiden anderen Neuen, im Chor.

»Liegt doch auf der Hand, Kollegen«, belehrte Bödele sie herablassend. »Der macht sich einen Spaß draus, uns zu verarschen, und will, dass wir darauf reinfallen. Der denkt gar nicht dran, jemand umzubringen.«

»Das ist doch Schwachsinn, Bödele.« Zimmernagel hatte sich eingeschaltet. »Das kann kein Trittbrettfahrer sein, weil woher will der von den Botschaften der Henne wissen, vor allem, wie sie aussehen? Das haben wir bisher unter Verschluss gehalten, darüber stand bis jetzt nichts in der Presse.«

»Also, ich seh das ähnlich«, warf Karin Petrarca ein. »Ich hab mir den Wisch vorhin auch angeschaut – der passt zu den bisherigen Botschaften wie der Deckel aufs Töpfchen.«

»Absolut«, kam Markus Dörfler seiner gleichaltrigen Kollegin zu Hilfe. »Schrifttype, Schriftgröße, Papierformat, Anordnung der Zeilen: alles wie gehabt.«

Die versteckte Kritik konnte sich Bödele natürlich nicht bieten lassen. Vor allem nicht von diesen beiden Greenhorns.

»Ach, und da sind sich die beiden jungen Kollegen so sicher? Weil sie ja so viel Erfahrung haben?«, gab er den Überlegenen.

»Moment mal, Guntram. Die beiden jungen Kollegen haben recht. Seh ich nämlich auch so«, verteidigte Feigl die beiden Neuen.

»Genau. Die sind zwar jung, aber nicht blind«, setzte Heinerle nach. »Der Wisch stammt von der Henne. Des isch so klar wie Flädlesupp.«

»Richtig!«, hallte es von der Tür her.

Querlinger hatte mit Angie den Raum betreten und knallte die Aktenmappe auf den Tisch.

»Das ist kein Trittbrettfahrer. Das hier …«, Querlinger wedelte mit dem Beweisbeutel, in dem das Papier steckte, »ist eine Original-Schwarze-Henne-Botschaft. Dass die Henne diesmal von zwei potenziellen Opfern spricht, aber keinen Ort nennt, muss seinen Grund haben. Ich fürchte, den werden wir bald erfahren.«

Vor sich den aufgeklappten Laptop, räkelte sich Bödele provokativ in seinem Stuhl und grinste besserwisserisch.

»Ich bleib dabei, es handelt sich um einen *Tritt-brett-fah-rer*«, widersprach er, die Silben rhythmisch betonend.

»Sag mal, was soll der infantile Mist, muss ich jetzt den Sanka rufen, oder was?«, raunzte Querlinger ihn an.

Bödele ignorierte die Bemerkung. Er beugte sich mit einem Ruck nach vorne, begann wie ein Wilder auf der Tastatur seines Laptops rumzuhacken und fragte triumphierend: »Konnten die verehrten Kollegen heute schon mal einen Blick in die aktuelle Ausgabe des Südwestboten riskieren, in die elektronische? Ich hab's vor zehn Minuten getan.« Und ohne eine Antwort abzuwarten, begann er vom Bildschirm abzulesen: »›Endlich gibt es weitere Informationen zu den verstörenden Morden an Manfred Reuber, dem ehemaligen Oboisten beim Ulmer Philharmonischen Orchester, sowie an Horst Kämper, offenbar ein ehemaliger Mitschüler Reubers am Ulmer Humboldt-Gymnasium. Wie unsere Leser sich erinnern werden, wurden die sterblichen Überreste Reubers im Beimerwald und die Kämpers am Blautopf gefunden. Und wie unser Reporter aus sicherer Quelle erfahren hat, wurden bei beiden Opfern Nachrichten in Form von seltsamen Versen entdeckt, die nahelegen, dass ein gefährlicher Soziopath für die Taten verantwortlich ist. Warum, so muss gefragt werden, rückt die Polizei jetzt erst mit diesen wichtigen Fakten heraus? Das unten stehende Bild zeigt eine der Botschaften des Mörders, der sich ›die Schwarze Henne‹ nennt …‹«

Mittlerweile waren alle um Bödele und seinen Laptop versammelt und starrten auf das Display. Bödele zoomte das Foto mit der »Botschaft des Mörders« heran. Den Computerausdruck mit dem Kuckucks-Vers, den sie bei Reuber gefunden hatten.

»Also, wenn das hier keine perfekte Vorlage für einen Trittbrettfahrer ist, fress ich 'nen Besen«, resümierte Bödele genüsslich.

Eine Stinkwut stieg in Querlinger hoch. Da hatten sie vereinbart, gegenüber den Medien über die näheren Umstände der Morde aus ermittlungstechnischen Gründen Stillschweigen zu bewahren, und jetzt das! Konnte es sein, dass Bödele mit seiner Trittbrettfahrer-Vermutung richtiglag?

Birgit Unseld beugte sich ganz nah über den Laptop.

»Schau mal hier, Kollege«, sagte sie und deutete mit dem Finger auf eine Stelle oberhalb der Textmeldung.

Auch Querlinger folgte ihrem Blick.

»Mein Gott, Bödele, die Kollegin hat recht. Vielleicht solltest du dir solche Pressemeldungen in Zukunft genauer ansehen, bevor du irgendeinen unqualifizierten Bockmist daherfaselst. Sieh dir mal den Zeitpunkt der Meldungserstellung an, fällt dir was auf?«

Bödele schaute, aber ihm fiel nichts auf.

»Himmelherrschaftszeiten, Bödele! Sieben Uhr siebenundzwanzig, steht da. Die Meldung ist gerade mal anderthalb Stunden alt«, blaffte er seinen Mitarbeiter genervt an. »Angie hat den Wisch aber bereits vor 'ner halben Stunde in der Post entdeckt. Wie also hätte dein Trittbrettfahrer in der kurzen Zeit sein Trittbrett startklar machen können? Und übrigens …«, der Kommissar blickte wie ein angeschossener Eber in die Runde, »… welcher Oberidiot hat diese Information überhaupt an die Presse gegeben, vor allem das verdammte Foto?«

Angie versuchte zu beruhigen.

»Jetzt aber mal langsam, Chef. Von uns war's garantiert keiner.«

»Aber irgendwie muss dieser Oxheimer-Depp ja an die Informationen gekommen sein. Und nicht nur das, er hat sogar ein Foto von der Kuckucksnachricht schießen können, und ein ziemlich scharfes dazu.«

Angie schüttelte energisch den Kopf.

»Irrtum, Chef. Um Sie da mal auf den neuesten Stand zu bringen: Der Oxheimer liegt im Krankenhaus, der kann den Artikel gar nicht geschrieben haben. Weiß ich von meiner Freundin, die arbeitet bei dem in der Redaktion.«

Der Oxheimer krank? Trotzdem!

»Dann hat dieser Oberidiot halt einen anderen Deppen informiert, ist ja auch völlig wurscht, der Mist bleibt der gleiche. Würd mich trotzdem interessieren, wer's war.«

»Der ›Oberidiot‹ war in erster Linie ich, verehrter Kollege.«

Wie von der Viper gebissen fuhr das versammelte Team herum. Im Türrahmen stand, puterrot im Gesicht und mindestens auf hundertachtzig, Dr. Fachinger.

»Und im Gegensatz zu Ihnen war mir bewusst, dass nur die rückhaltlose, ich wiederhole, die *rückhaltlose* Aufklärung der Bevölkerung sowie ein vertrauensvoller Kontakt zu den Medien die Basis für eine erfolgreiche Polizeiarbeit bilden können. Deshalb habe ich mich mit dem Herrn Polizeipräsidenten kurzgeschlossen. Und der hat nach Rücksprache mit dem für die Presse zuständigen Staatsanwalt unseren Pressesprecher Hansjörg Häberle instruiert, eine andere Strategie zu fahren als die, die bisher von Ihnen so hartnäckig vertreten wurde. Kurzer Rede langer Sinn: Als *Oberidioten* – um Ihren Jargon zu verwenden, Kollege Querlinger – sind wir gemeinsam zu der Überzeugung gelangt, die Versäumnisse des uns unterstehenden *Unteridioten* ausbügeln zu müssen, wenn Sie verstehen, was ich meine!«

Die gesamte Soko stand wie vom Donner gerührt. Feigl, der den Chef wie seine Westentasche kannte, witterte sofort die Gefahr. »Um Gottes willen, reiß dich zusammen, Eugen«, zischte er ihm zu. Umsonst.

»Ja ... ähm ... Herr Kriminaloberrat, ich verstehe durchaus. Nur um eines klarzustellen: Eigentlich hätte ich darüber informiert werden müssen. Aber gut – ich entschuldige mich in aller Form und versichere Ihnen, mich als Unteridiot künftig noch enger an die Weisungen der mir übergeordneten Oberidioten zu halten.«

Fachinger rang sichtlich nach Luft.

»Was ... was erlauben Sie sich, ei verbibbscht noch mal?«, kehrte er den Sachsen raus. »Sie ... Sie bezeichnen den Herrn Polizeipräsidenten und den Pressestaatsanwalt als Oberidioten?«

»Aber Herr Oberrat, wieso ich? Das waren doch Sie!«

»Ich?«

»Sie sagten – und die Anwesenden hier sind Zeugen –, als Oberidioten seien Sie, der Herr Präsident und der Pressestaatsanwalt zu der Überzeugung gelangt, mich, den Unteridioten –«

»Nu mal sachte, ja? Das war eine bewusst ironische Bemerkung, ein rhetorischer Kunstgriff, eine Antiphrase gewissermaßen, ich habe lediglich Ihren Jargon aufgegriffen und –«

»Herr Kriminaloberrat, Sie haben soeben vom Herrn Polizeipräsidenten und vom zuständigen Staatsanwalt als Oberidioten gesprochen, da beißt die Maus kein' Faden ab. Ich will keine Staatsaffäre draus machen, und ich bürge dafür ...«, Querlinger gewann zunehmend Oberwasser, er gab jetzt sogar den Großzügigen, »dass Ihre despektierliche Äußerung diesen Raum nicht verlassen wird. Aber selbst als Unteridiot muss ich darauf hinweisen dürfen, dass angesichts der noch sehr instabilen Ermittlungssituation Pressemeldungen wie die heutige für den Fortschritt der Ermittlungen ziemlich kontraproduktiv sind. Das müsste auch dem Herrn Polizeipräsidenten klar sein. Und jetzt entschuldigen Sie mich. Auch ein Unteridiot hat hin und wieder menschliche Bedürfnisse.«

Stunden später, am Nachmittag, saß Querlinger mit einem bohrenden Gefühl hinter seinem Schreibtisch. Der Vorfall vom Vormittag bohrte im Kopf und im Magen. Obwohl die Lagebesprechung nach seiner Rückkehr von der Toilette doch noch recht konstruktiv verlaufen war, war die Atmosphäre mehr als frostig gewesen. Warum hatte er sich bloß so gehen lassen? Andererseits – was sich der Kriminaloberrat und der Polizeipräsident erlaubt hatten, war die Höhe. Der Presse Einzelheiten zu nennen, über die sie vereinbart hatten zu schweigen, schlug dem Fass den Boden aus. Und was zum Donnerwetter hatte Hansjörg Häberle, den Pressesprecher, geritten, die Meldung rauszugeben, ohne ihn, Querlinger, vorher informiert zu haben? Was war bloß los in der Lindenstraße? Eine Verschwörung?

»Mischt, hundsveregget!«, knurrte Querlinger und überlegte, was er tun konnte. Eines stand jedenfalls fest: Was die Beziehung zum Kriminaloberrat anging, ließ sich am Status quo momentan nichts ändern. Er nahm sich noch mal seine Besprechungsnotizen vor. Grübelte über das Telefongespräch mit dem Australier nach und seine Behauptung, Manfred Reuber sei nicht der Kuckuck, sondern der Kiebitz gewesen. Und Horst Kämper nicht der Wiedehopf, sondern der Eisvogel. Wie zum Henker passte das zusammen? Auch während der Morgenlage hatte keiner eine Idee gehabt, wie dieser gordische Knoten zu durchschlagen war. Was die neue Botschaft der Henne betraf, würden sie ebenfalls erst mal abwarten müssen: Die Mitteilung allein konnte noch keine weiteren Ermittlungen auslösen. Auch wenn es fast zynisch klang: Noch fehlte die Leiche. Beziehungsweise die Leichen, schließlich enthielt die Nachricht zwei Namen.

Telefonsummen. Querlinger erschrak. Er sah aufs Display: Luise. Ein Blick auf die Uhr: schon fünf vorbei.

»Ich weiß, Mäusle, es ist schon wieder später geworden. Aber in einer halben Stunde bin ich daheim, und dann fahren wir zu IKEA, versprochen.«

»Du, das mit IKEA können wir auch verschieben, Bärle. Die Pati hat gerade angerufen, sie hat heut eine Party, bei der so ein Spezialist eine Küchenmaschine vorführt. Ich würd gern dahingehen, ich wär aber um sieben wieder daheim. So eine Küchenmaschine könnten wir übrigens gut gebrauchen. Die kann nämlich alles: schneiden, schnippeln, raspeln, hobeln, wiegen, dampfgaren, kochen, backen …«

Querlinger stöhnte.

»Ja, ja, hab schon verstanden, Mäusle. Ein elektronisch gesteuerter Allroundküchenroboterdepp, in den man alles roh reinschmeißt und wo dann eine warme Brühe rauskommt …«

»Nein, nein, Bärle, nicht nur Brühe, auch Gemüsesuppe, Soßen, Salatdressings, Nachspeisen, zum Beispiel Puddings, Teig für Nonnenfürzle …«

»Schon klar, Mäusle. Also ich hab nix dagegen, wenn du dahingehst. Ich geh dann in einen Biergarten in der Altstadt, wir sehen uns heut Abend. Servus und Bussi, dein Eugen.«

Was war das denn für ein Schwachsinn? »Servus und Bussi, dein Eugen« als Abschluss eines Telefongesprächs?

Das kam davon, wenn einen die Arbeit nicht losließ. Höchste Zeit für ein relaxtes Feierabendbierchen. In diesem Augenblick streifte Querlingers Blick das Telefon. Eigentlich gehörte es sich, dass er Eulenburg mal anrief und sich nach ihrem Befinden erkundigte, immerhin war sie seit einer Woche krank. Außerdem würde sie sich sicher für den aktuellen Ermittlungsstand interessieren.

Querlinger griff zum Hörer.

30

Es war ein herrlicher Spätnachmittag. Geradezu ideal, um im Biergarten der Lochmühle ein frisches Helles vom Fass mit Blick auf das alte Mühlrad zu genießen und dem Rauschen der lieblichen Blau zu lauschen. Der Kommissar war hier kein Unbekannter.

Gerade hatte er sich an seinem Lieblingsplatz niedergelassen – ein Tisch direkt am Flüsschen – und die Speisekarte zur Hand genommen, als sich das personifizierte Grauen einstellte.

»Wertester, na, das ist ja eine Überraschung!«, rief eine Stimme im Rücken des Kommissars. Gleichzeitig verspürte er einen heftigen Schlag auf die Schulter, der ihn fast vom Stuhl riss. Er sprang auf und drehte sich um.

»Gestatten Sie?«, fragte Arnulf Weißenegger und rückte sich einen Stuhl zurecht. »Herrliches Wetterchen, wunderbarer Tag heute, gell?«

»Wahnsinnig wunderbar«, stieß Querlinger hervor.

Weißeneggers Blick fiel auf die Speisekarte.

»Und, haben Sie schon was ausgesucht?«

»Wollt eigentlich nur in aller Ruhe ein Bierle trinken«, murmelte der Kommissar missmutig.

Weißenegger lächelte wissend und schüttelte den Kopf.

»Mir können Sie nichts vormachen, mein Lieber. Soeben hatten Sie doch noch die Karte in der Hand, stimmt's?«

»Ähm … ja, aber …«

»Nichts ›ja, aber‹ wir beide suchen uns jetzt was Feines aus und trinken ein Bierchen. Ich lade Sie ein. Was macht übrigens Ihr Fall? Schon aufgeklärt? Ich hatte Ihnen ja einen entscheidenden Hinweis geliefert, nicht wahr?«

»Meinen Sie diese Ehingen-Geschichte?«

Weißenegger hob die Brauen.

»Ehingen-Geschichte?«

»Na ja, Sie haben mir doch erzählt, dass Sie Manfred Reuber, das spätere Opfer, im Auto mitgenommen und ihn in Ehingen rausgelassen hätten.«

»In Ehingen? Nein, nicht in Ehingen. Riedlingen, mein Bester, nach Riedlingen hab ich ihn mitgenommen.«

Das durfte nicht wahr sein.

»Hören Sie, Verehrtester. Ich habe explizit nachgefragt, an dem Abend, als wir bei Ihnen waren und Sie mir davon erzählten. Sie sagten *Ehingen*, nicht *Riedlingen*, da bin ich mir sicher.«

»Aber, aber, lieber Kommissar. Schauen Sie, ich hatte an jenem Tag einen Termin bei einem Immobilienmakler. Einen sehr wichtigen Termin. In *Riedlingen*, verstehen Sie? Und wie ist das mit wichtigen Terminen, na? Die vergisst man nicht, an die erinnert man sich doch, oder? Also: Ich werd doch noch wissen, wo ich diesen Oboisten rausgelassen hab. Es war in *Ried-ling-en.*«

»Dann müssen Sie sich versprochen haben, Himmeldonnerwetter. Mir ist Ehingen in Erinnerung.«

»Na ja, wie auch immer, ist doch egal. Seien Sie entspannt, genießen Sie diesen wunderschönen Tag heute.«

Entspannt! Querlinger spürte, wie es in ihm zu kochen begann. Dieser Vollpfosten. Da hatten sie auf der Suche nach jemandem, der das Opfer eventuell gesehen haben könnte, halb Ehingen auseinandergenommen, und nun das!

Auf einmal verspürte der Kommissar eine gewisse Schlappheit. Er wollte jetzt nur noch seine Ruhe haben. Doch solange ihm dieser penetrante Heini gegenübersaß …

»Grüß Gott, Herr Hauptkommissar, grüß Gott, der Herr. Was darf ich denn bringen?«

Eine Bedienung war an den Tisch getreten. Sie kannte den Kommissar.

»Zuerst mal zwei Helle«, tönte Weißenegger. »Eins für mich und eins für meinen guten alten Freund, den Kriminalhauptkommissar.«

Rindvieh, saublödes! Querlinger begann sich immer elender zu fühlen, ihm war das alles furchtbar peinlich.

»Möchten die Herren auch speisen?«, fragte die Bedienung.

Querlinger setzte zu einem »Danke, ich nicht« an, doch Weißenegger kam ihm zuvor.

»Ja, natürlich, aber wir sind noch am Wählen. Geben Sie uns noch ein bisschen Zeit, schöne Maid?«

Die Bedienung verdrehte die Augen.

»In Ordnung. Dann komm ich in fünf Minuten wieder.«

»Also mein Bester, suchen Sie sich was aus und dann lassen Sie uns ein bisschen plaudern. Ich empfehle Ihnen …«, Weißenegger inspizierte die Karte, »… die Maultaschen mit hausgemachtem Kartoffelsalat und Bratensoße und dazu einen kleinen Salat. Das schmeckt hier ganz hervorragend. Wie gesagt, Sie sind mein Gast.«

Auch der Kommissar nahm sich nun die Karte vor. Weißeneggers Empfehlung war mit das Billigste, was das Lokal so anzubieten hatte. Während er analysierte, was die Küche sonst noch hergab, spürte er plötzlich, wie sich ein Loch in seinem Magen auftat. Gleichzeitig kam ihm eine Idee, mit einem Mal war jegliche Schlappheit verschwunden …

»Also gut, Sie haben mich überredet, vielen Dank für die Einladung, die ich gerne annehme«, bedankte er sich überschwänglich. »Dann wähle ich jetzt mal«, fügte er hinterhältig grinsend hinzu.

»Na wunderbar.« Weißenegger rieb sich die Hände.

Die Bedienung kam und brachte die Getränke.

»Wir wären so weit«, sagte Weißenegger.

»Bitte sehr.« Die junge Frau zückte eine Art Tablet, um die Bestellung aufzunehmen.

»Ich hätte gern diese wunderbaren Maultaschen mit hausgemachtem Kartoffelsalat, Bratensoße und Röstzwiebeln, dazu einen …«, Weißenegger blinzelte der Bedienung zu, »… klitzekleinen gemischten Salatteller.«

»Wir haben keinen klitzekleinen Salatteller, nur einen kleinen«, entgegnete die Frau trocken und tippte die Bestellung in das Tablet. »Der Herr Kommissar hat auch gewählt?«, wandte sie sich an Querlinger, der noch immer den Blick auf die Karte gerichtet hielt.

»Hab ich«, verkündete Querlinger vergnügt. »Also, ich hätte gern zuerst das halbe Dutzend Fahlheimer Weinbergschnecken, gratiniert mit hausgemachter Kräuterbutter, dazu einen Toast. Dann nehme ich die Ulmer Laugenbrezelsuppe mit angerösteten Laugenbrezelstückchen in der Fleischbrühe und zum Hauptgang den Ulmer Spatzenschmaus, also das Schweinesteak und den Rostbraten auf Kässpätzle und Maultaschen mit Röstzwiebeln und Bratensoße und einen kleinen Salat. Zum Dessert hätt ich gern hausgemachte Nonnenfürzle mit heißen Zimtkirschen und Vanilleeis und ganz zum Schluss als Verdauerle einen schönen ›Willi‹. Aber vorher bringen Sie mir noch einen Campari Orange als Aperitif.«

Die Bedienung musterte Querlinger wie ein buntes Kalb.

»Sie haben bestimmt einen komplizierten Fall gelöst, und jetzt haben Sie einen Mordsappetit, gell, Herr Kommissar?«, murmelte sie bewundernd.

»Einen sehr komplizierten«, grinste Querlinger.

Weißenegger wusste nicht, wie ihm geschah. Mit jedem Gericht, das der Kommissar bestellt hatte, war er blasser geworden. Mit einer heftigen Bewegung griff er nach der Speisekarte, die er ausführlich studierte. Dabei bewegte er sowohl die Lippen als auch die Finger seiner linken Hand. Offenbar rechnete er gerade nach, was ihn sein bodenloser Leichtsinn kostete. Querlinger hatte schon vorher überschlagen und war auf über fünfzig Euro gekommen, allerdings ohne das Bier.

Weißenegger legte die Karte beiseite und sah auf, er war fertig mit Rechnen. Offenbar auch mit der Welt. Sein Gesicht schien um Jahre gealtert.

»Tja, mein Bester, nun hoffen wir mal, dass Sie das auch alles aufessen«, krächzte er heiser.

»Da machen Sie sich mal keine Sorgen, Ihre Investition ist gut angelegt, den Rest lass ich mir einpacken. Da geht nix zurück, das wär ja unanständig.«

»Unan– ja … ähm …« Die Stimme Weißeneggers bestand nur noch aus einem Flüstern. Hastig griff er nach seinem Glas und leerte es in einem Zug.

»Hallo, junge Dame, noch ein Bier«, rief er der Bedienung zu.

»Scheint fast so, dass ich den Appetit hab und Sie den Durst, gell, Verehrtester?«

Weißenegger lächelte gequält.

»Sie sagen es, Wertester, Sie sagen es.«

Es wurde dann doch noch ein einigermaßen entspannter Nachmittag.

Zumindest für den Kommissar.

31

Freitag, 28. Juni

Querlinger saß gerade vor seinem Müsli, als sein Handy vibrierte. Ein Blick aufs Display verriet ihm, dass Angie dran war.

»Chef, wo bleiben Sie denn? Es gibt schon wieder was von der Henne. Einen Umschlag mit drei Bildern.«

»Was?« Querlinger sprang auf. »Was für Bilder?«

»Drei Fotos. Zwei mit Vögeln und eine Aufnahme von zwei Gräbern auf einem Friedhof. Auf der Rückseite von dem Friedhof-Foto wieder so ein aufgeklebter bedruckter Zettel: ›Keiner entgeht seiner Schuld. Es grüßt: die Schwarze Henne‹, sonst nix. Ach ja, der Friedhof ist irgendwo in Italien.«

»Wie kommen Sie auf Italien?«

»Das Motiv ist typisch italienisch, außerdem ist er in Italien aufgegeben worden, in … Moment, ich schau noch mal auf den Poststempel … in La Spezia. Am 22. Juni.«

Seltsam! Gestern, am 27., Eingang eines Briefes der Henne mit der Ankündigung, sie werde sich einen Seidenschwanz und einen Pfau vornehmen. Vermutlich von ihr höchstpersönlich in den Briefkasten der Kripo eingeworfen. Heute, am 28., Eingang eines am 22. aufgegebenen Briefes aus La Spezia, Italien, mit der üblichen Vollzugsmeldung »Keiner entgeht seiner Schuld. Es grüßt: die Schwarze Henne« – eine Formulierung, die der Mörder bis jetzt immer erst dann verwendet hatte, nachdem der Mord vollzogen war. Das Ganze war absolut nicht stimmig. Was irritierte, war die Reihenfolge, in der die Briefe eingegangen waren. Einen Mord anzukündigen, der bereits geschehen war – das ergab keinen Sinn.

»Und Sie sind sicher, dass der Poststempel der 22. Juni ist? Das war ja vergangenen Samstag. Er wäre also schon vor sechs Tagen aufgegeben worden!«

»Auslandspost braucht immer länger. Außerdem liegt ein

Sonntag dazwischen. Und die Italiener sind sowieso nicht grad die Schnellsten.«

»Diese Vögel auf den Fotos, was …«

»Also der eine ist ganz klar ein Pfau, der andere ganz klar ein Seidenschwanz. Ich hab die gegoogelt.«

»Sind Sie sich sicher?«

»Ich sag doch, ich hab die gegoogelt.«

»Haben Sie schon den Fachinger oder sonst jemand vom Team informiert?«

»Nein. Ich wollte erst warten, bis Sie da sind. Wegen des Vorfalls von gestern. Nicht dass die Lage wieder außer Kontrolle gerät, man kann ja nie wissen.«

»Bin in 'ner halben Stunde da«, sagte Querlinger und wollte auflegen, doch ein »Ach, übrigens, Chef, noch was!« verhinderte dies.

»Ja, Angie?«

»Die Kollegin Petrarca und der Kollege Dörfler konnten inzwischen zwei weitere Klassenangehörigen kontaktieren; eine Luzia Lange, gebürtige Zenker, und einen Xaver Baumgartl.«

Im Moment stand Querlinger auf der Leitung. Dann klingelte es bei ihm.

»Ach, die aus Bremerhaven und Passau?«, vergewisserte er sich.

»Genau. Wir hatten dort ja Amtshilfe beantragt. Die beiden Gespräche konnten jeweils in Gegenwart der Kollegen vor Ort geführt werden.«

»Und?«

»Nichts! Keine für den Fall relevanten Auskünfte.«

Zwei weitere Namen auf der Liste, die sie streichen konnten.

»Ja, gut, Angie, dann bis gleich.«

Querlinger legte auf.

»Mäusle, ich muss jetzt wirklich, es pressiert saumäßig, und ich will noch bei der ›Obstliesl‹ meine Erdnüss holen«, bemerkte Querlinger.

Nach einer Schnellverabschiedung mit einem hastigen »Bis heut Abend, Mäusle« und einem Ultrakurzbussi war er in null

Komma nichts zur Tür raus und stürmte fünfundzwanzig Minuten später in sein Vorzimmer.

»Hab die Bilder schon auf Ihren Schreibtisch gelegt, Chef«, sagte Angie Braun.

Wie bisher auch handelte es sich bei allen drei Bildern um Computerausdrucke guter Qualität. Querlinger sah sich insbesondere das Friedhofsbild näher an. Das Motiv wirkte kitschig, entbehrte aber nicht einer gewissen Dramatik. Ein auf einer Anhöhe gelegener Friedhof vor der malerischen Kulisse eines Sonnenuntergangs an einer ebenso malerischen Küste. Ein Gottesacker mit Meerblick; das Motiv hätte ein ideales Coverfoto für den Werbeprospekt eines Bestattungsunternehmens abgegeben: »Ruhe sanft in mediterranen Gefilden«, Zielgruppe: reiche Säcke kurz vor dem Exitus. Im Hintergrund: die Sonne als intensiv roter Ball, der gerade dabei ist, im Meer zu versinken. Im Bildmittelgrund: diverse Kruzifixe, Grabsteine, Sträucher, mit Blumen geschmückte Gräber und ganz am rechten Rand eine Urnenwand. Im Vordergrund, groß, ziemlich dunkel und in scharfem Kontrast zum rot glühenden Hintergrund: zwei ausgehobene, noch leere Gräber und zwei Kreuze, die in den aufgeworfenen Erdhügeln stecken. Querlinger lief es eiskalt über den Rücken, die verdammte Henne hatte zweifelsohne ein Gespür für dramatisch morbide Inszenierungen. Er griff zum Telefonhörer.

Zwanzig Minuten später waren Guntram Bödele und Bernd Zimmernagel zusammen mit den neu zum Ermittlungstrupp gestoßenen Oberkommissaren Birgit Unseld, Harald Henssler, den beiden jungen Kollegen Karin Petrarca und Markus Dörfler sowie den beiden alten Hasen Heinrich Göppel und Arthur Bommel um den Schreibtisch des Chefs versammelt – Querlinger hatte auf die Schnelle noch vier Stühle bringen lassen. Janine von Eulenburg war leider immer noch krank, und Armin Feigl und Heinrich Heinerle waren bei August Vegesack, dem Phantombildspezialisten vom LKA, um mit ihm einige seiner Meisterwerke zu besprechen. Der Kriminaloberrat war wieder mal nicht greifbar, die hohe Politik schien ihm wichtiger zu sein als seine Aufgabe als Chef der Soko.

Querlinger informierte die Runde über die neue Lage. Wobei er auch die irritierende Reihenfolge der beiden Briefe erwähnte.

»Kommen wir nun zu diesem Foto, diesem Friedhofsmotiv. Ich bitte darum, sich das mal genau anzuschauen«, forderte er die versammelte Runde auf.

»Morbide, aber schön«, kommentierte Birgit Unseld das Bild mit verklärtem Blick.

»Wow, tolle Gegend«, meinte Markus Dörfler.

Kaum hatte Bödele es zu Gesicht bekommen, riss er erstaunt die Augen auf.

»Also ich meine, zuerst mal müssen wir unverzüglich herausfinden, wo in den Cinque Terre dieser ominöse Friedhof liegt«, tönte er lautstark.

Überraschung beim Team. Querlinger hob die Brauen.

»Cinque Terre? Wie kommst du auf Cinque Terre?«

Bödele grinste wissend.

»Das hier, verehrte Kolleginnen und Kollegen«, er wies mit dem Zeigefinger auf den Hintergrund des Bildes, »ist die Bucht von Monterosso. Wir haben es hier also mit jenem zwölf Kilometer langen Küstenstreifen an der italienischen Riviera zu tun, der unter dem Namen Cinque Terre bekannt ist. Die Aufnahme könnte in dem Dorf Vernazza gemacht worden sein.«

Querlinger war perplex.

»Schätze, du warst da mal im Urlaub, kann das sein?«

»Nicht nur einmal«, bejahte Bödele, der sich im allgemeinen Erstaunen sonnte.

»Stimmt, Bödele, jetzt, wo du's sagst: Das könnte die Bucht von Monterosso sein. Ich war auch mal da unten«, bestätigte Karin Petrarca.

»Das heißt ja dann wohl«, meinte Kommissarin Unseld, »dass wir schleunigst herausfinden müssen, ob sich in diesem Vernazza einige der von uns gesuchten Personen befinden oder befunden haben, insbesondere Personen, die zu dieser obskuren Abiklasse gehört haben.«

»Wenn ich es richtig erinnere, konnten wir zwei ehemalige Angehörige der Klasse ausfindig machen, die in Ulm wohnen, aber gerade im Urlaub sind, richtig?«, meldete sich Zimmernagel zu Wort.

»Richtig«, bestätigte Arthur Bommel, der an der Personenrecherche beteiligt gewesen war. »Es handelt sich um ein Geschwisterpaar, Marita und Karlheinz Breuer, beide unverheiratet und Rentner. Wir haben im Bekanntenkreis und bei den Nachbarn nachgefragt, keiner weiß, wo die sich aufhalten, nur, dass sie zusammen im Urlaub sind.«

»Normalerweise spricht man doch mit anderen über seine Urlaubspläne, oder?«, wunderte sich Petrarca.

»Die nicht. Das müssen ziemliche Eigenbrötler sein.«

»Die beiden Breuers als Pfau und Seidenschwanz – das klingt logisch, es würde erklären, wieso die Henne beide im Paket erwähnt«, meinte Zimmernagel.

»Die Theorie hat was für sich«, warf Birgit Unseld ein.

»Nachdem der Brief schon am vergangenen Samstag aufgegeben wurde, steht zu befürchten, dass die beiden Gräber auf diesem bescheuerten Foto bereits gefüllt sind, Leute«, merkte Heinrich Göppel düster an.

»Also, Kassandrarufe bringen uns nicht weiter, Herrschaften. Wir werden versuchen, die italienischen Kollegen einzuspannen«, entschied Querlinger. »Die sollen in der Gegend recherchieren und Hotels, Pensionen, Campingplätze abklappern. Wir geben ihnen die komplette Namensliste mit den Angehörigen der Abiklasse an die Hand.«

»Die werden begeistert sein. Da gibt's um diese Zeit bestimmt 'ne regelrechte Touristeninvasion«, meinte Zimmernagel skeptisch.

»Hauptsache, man gewährt uns so schnell wie möglich Amtshilfe. Der Amtsschimmel wiehert nämlich auch in Italien«, gab Göppel mit Grabesstimme zu bedenken.

»Was den Antrag auf Amtshilfe angeht, spreche ich heute noch mit dem Fachinger und dem Polizeipräsidenten, die müssen das so schnell wie möglich klarmachen«, sagte Querlinger. »Ach ja, noch was: Wenn unser Phantom-Porträt-Spezialist so weit ist, werden wir seine gesammelten Werke da runterschicken. Vielleicht gibt es jemanden, der die Henne gesehen hat. Die weiteren Kontakte übernimmst dann du, Bödele, du sprichst doch ganz passabel Italienisch. Notfalls fährst du dahin – aber nur notfalls, sonst packt mich der Fachinger am Schlafittchen von wegen unnötiger Belastung des Steuerzahlers.«

Bödele grinste. »Wird erledigt, Chef. Da kann ich bloß hoffen, dass der Notfall eintritt.«

32

Samstag, 29. Juni

I-KE-A, I-KE-A, I-KE-A …
Wie ein Karussell wirbelten die drei Silben im Kopf des Kommissars herum, als er an diesem Samstagmorgen erwachte. Ihm war furchtbar schwindlig.

Zu verdanken war dies dem bescheuerten Katalog, den seine Frau vor zwei Wochen von Patricia Weißenegger bekommen hatte. Ein Druckerzeugnis, das Millionen Familien in die Filialen eines schwedischen Möbelherstellers lockte, die in den filialeigenen Restaurants Millionen von Hackfleischbällchen verspeisten, die genauso schmeckten wie sie hießen: Köttbullar.

Ein Ausflug in ein Labyrinth des Schreckens, mit der Lizenz zum Kotzen, und das nur, weil Luise sich ein neues Schuhregal einbildete und unbedingt mal wieder schwedisch essen wollte! Auf was hatte er sich da bloß eingelassen!

Der rettende Anruf erreichte den Kommissar auf seinem Handy, als er gerade seinen Terrano auf einem der IKEA-Parkplätze abgestellt hatte.

»Herr Kollege, ich habe da was Hochinteressantes gefunden«, meldete sich Heinrich Göppel wie üblich mit Grabesstimme. »Wenn Sie sich das heut noch ansehen wollen: Ich bin bis zwölf Uhr im Archiv.«

»Und worum geht's?«

»Es existiert eine Akte zum Fall Gertrud Steinhauser. Konkreter gesagt, zu dem Badeunfall, bei dem sie ums Leben kam. Da gibt's ein paar brisante Einzelheiten.«

Der Kommissar blieb abrupt stehen.

»Okay, ich komme. Bin in 'ner halben Stunde da. Danke für die Info, Kollege!«

Querlinger versuchte, den zu Tode Betrübten zu geben.

»Mäusle, es tut mir so was von leid, aber … du siehst ja … die blöde Pflicht … ja, was soll ich sagen …«

»Nix, sag jetzt nix, gar nix«, sagte Luise spitz, sie hatte auf einmal hektische Flecken im Gesicht bekommen. »Geh ich eben allein rein. Vielleicht kann der pflichtbewusste Herr Kommissar ja mal seine Frau anrufen und ihr sagen, ob sie heut Abend mit dem Bus heimfahren muss oder ob er sie wenigstens pflichtschuldigst abholen kann.«

»Natürlich nicht, Mäusle, aber eventuell könnte es auf ein Taxi rauslaufen …«

Sie entschwebte ohne weiteren Kommentar in Richtung IKEA-Tempel.

»Der hier stammt aus dem Jahr 1981.«

Heinrich Göppel nahm einen braunen Schnellhefter aus dem Dokumentenablagekorb und legte ihn vor sich auf den Schreibtisch.

»Die Akte steckte in einem Regal mit Fällen aus den Jahren 1985 bis 1988. Offenbar ist sie aus Versehen dort hineingeraten. Sie wurde seinerzeit von der Kripo Friedrichshafen mit der Bitte um Amtshilfe an uns übersandt.«

»Amtshilfe?«

Göppel nickte und schob Querlinger, der auf der anderen Seite des Schreibtisches saß, die Akte zu. Sie enthielt etwa zwanzig Blatt.

»Lesen Sie selbst.«

»Kommen Sie, Kollege, seien Sie so gut und informieren Sie mich über die wichtigsten Details. Ich les mir den ganzen Wust in Ruhe zu Hause durch«, bat Querlinger schmollend.

»Also gut. Es ging um die Identifizierung der Leiche. Die Kollegen haben nachgefragt, ob Gertrud Steinhauser nahe Verwandte besäße, die das übernehmen könnten. Und ob wir das arrangieren könnten.«

Querlinger runzelte die Stirn. »Da dürfte es nur noch die Großmutter gegeben haben. Andere Verwandte hatte sie ja nicht mehr, wenn ich es richtig erinnere.«

»Korrekt.«

»Und? Hat die sie identifiziert?«

»Hat sie. Aber es gibt noch jemand aus dem Ulmer Umfeld der Steinhauser, der in der Akte erwähnt wird. Er war bei dem Unfall zugegen. Es handelt sich um Horst Kämper.«

»Oha!« Querlinger pfiff durch die Zähne. »Und der hat tatsächlich mitbekommen, wie sie ertrank?«

»Hat er! Der Vorfall ereignete sich am Bodensee, an einem Strand zwischen Friedrichshafen und Langenargen, an dem das Baden eigentlich verboten war. Im See wickelten sich Schlingpflanzen um die Beine der Steinhauser. Sie geriet in Panik und begann sich wie eine Wilde unkontrolliert zu bewegen. Dabei verhedderte sie sich immer mehr in dem Unterwassergestrüpp, ihre Kräfte ließen nach, und sie ging unter. Kämper, mit dem sie am Strand war, hörte sie noch schreien, aber er konnte ihr nicht helfen. Sie ertrank vor seinen Augen. Er rannte zu einem etwas entfernt liegenden Haus und alarmierte Wasserwacht und Polizei. Bis die da waren, dauerte es natürlich. Man fand ihre Leiche in drei Metern Tiefe, inmitten der Wasserpflanzen.«

»Sagen Sie, Kämper muss doch versucht haben, ihr zu helfen.«

»Hat er nicht, er konnte nicht schwimmen.«

»Auweia! Wie kam es eigentlich dazu, dass die beiden sich am Bodensee aufhielten?«

»Kämper sagte aus, sie hätten beide da unten Urlaub gemacht, ohne dass der eine vom anderen wusste. An dem Tag, an dem sie ums Leben kam, seien sie sich zufällig begegnet, und da sie ehemalige Klassenkameraden waren, hätten sie ausgemacht, gemeinsam zum Strand zu gehen. Sie wollte schwimmen, er lesen. Er habe ein Buch mitgenommen und es sich am Strand auf einer Decke bequem gemacht. Bis er sie schreien hörte, das war's dann. Aber wissen Sie, was der eigentliche Knaller ist?«

»Hören Sie, Kollege Göppel, wenn Sie noch einmal in Ihre ›Wer wird Millionär‹-Quiz-Mentalität verfallen, dann –«

»Die Friedrichshafener Kollegen haben die letzten Stunden der Steinhauser zu rekonstruieren versucht. Reine Routine. Und sind drauf gekommen, dass sie am Abend vor ihrem Tod ein

Rendezvous mit einem Mönch hatte, einem Angehörigen des Benediktinerordens.«

»Benedikt Totvogel«, stieß Querlinger hervor.

Wieder nickte Göppel.

»Wissen wir zwar nicht genau, ist aber anzunehmen. Sie hatte sich mit ihm in einem Park in Langenargen getroffen. Die Rezeptionistin des Hotels, in dem Gertrud Steinhauser wohnte, hatte die beiden zufällig gesehen, als sie mit ihrem Hund im Park spazieren ging. Sie sei sich sicher gewesen, dass der Mönch dem Orden der Benediktiner angehörte. Sein Habit hätte ihn als solchen ausgewiesen. Sie kannte sich da offenbar aus, ein naher Verwandter sei auch Mönch, meinte sie. Aber wissen Sie, was das wirklich Interessante daran ist? Sie haben sich umarmt.«

Querlinger war baff. Das schlug dem Fass den Boden aus.

»Und was sagte dieser Mönch? Die Kollegen werden ihn sich doch hoffentlich vorgeknöpft haben?«

Göppel schüttelte den Kopf.

»Der Vorfall wurde von den Kollegen als zufällige Begegnung und als nicht relevant für die Ermittlungen abgetan. Deshalb hat man sich gar nicht erst die Mühe gemacht, den Mann ausfindig zu machen.«

Querlinger fasste sich ungläubig an die Stirn. »Ganz schön dämlich, die Friedrichshafener Kollegen!«

»Können Sie laut sagen!«

Querlinger dachte einen Augenblick nach.

»Gertrud Steinhauser und der Kämper – haben die im gleichen Hotel gewohnt?«, hakte er schließlich nach.

»Nein. Sie logierte im Hotel ›Zur Linde‹, Kämper im Gasthaus ›Zum Schwarzen Adler‹.«

»An der Geschichte ist was faul. Das sind mir zu viele Zufälle. Und dann diese Umarmung …«

»Ein heimliches G'schmusi zwischen den beiden?«

»Ist doch nicht auszuschließen, oder?«

»Könnte natürlich der Fall gewesen sein. Ich sehe allerdings gegenwärtig keine Chance, das zu verifizieren, ist schon zu lange her.«

»Sie sagen es. Leider. Sonst noch was von Interesse?«

»In der Akte selbst nicht. Ich bin über Umwege auf eine andere Sache gestoßen. Es gibt einen Hinweis auf ein Grundstück, das der Verstorbenen gehörte. Es soll über Generationen hinweg im Besitz der Familie gewesen sein und ging nach ihrem Tod an die Großmutter zurück.«

»Und wo liegt dieses Grundstück?«

»Es handelt sich um ein Waldgrundstück bei Beimerstetten, etwa fünftausend Quadratmeter groß, mit einer Waldhütte drauf. Man müsste mal beim Grundbuchamt Beimerstetten nachfragen, wem es jetzt gehört. Die Großmutter ist ja längst verstorben, wie wir wissen.«

Querlinger nickte geistesabwesend. Ein Grundstück bei Beimerstetten, dem Ort, in dessen Nähe man die Leiche Manfred Reubers aufgefunden hatte.

»Gute Idee, machen Sie das, Kollege!«

»Am Montag, Herr Kollege. Jetzt mach ich Feierabend und geh ein bisschen schwimmen. Tut gut bei der Hitze. Da, wo ich wohne, gibt's einen schönen Baggersee.« Göppel grinste.

Querlinger grinste zurück. »Na, hoffentlich ohne Schlingpflanzen. Nicht dass Sie uns noch absaufen. Ich geh dann auch. Also tschüss!«

Noch war er nicht zur Tür raus, als er wie angewurzelt stehen blieb.

»Menschenskind, Kollege, das ist es!«, entfuhr es ihm. Er drehte sich um.

»Was ist was? Was meinen Sie?«

»Schlingpflanzen! Denken Sie doch mal an die Silikonpuppe! An diese Kriegsbemalung!«

Einen Moment lang stand Göppel auf der Leitung. Dann begriff er.

»Oh, verdammt, Sie haben recht! Dieses Gewirr aus grünen Linien und Strichen auf ihren Beinen! Die Puppe sollte Gertrud Steinhauser darstellen?«

»Exakt, Kollege.«

»Aber das würde ja bedeuten …«

»Es bedeutet, dass die Henne, was die Umstände des Todes von der Steinhauser angeht, Bescheid weiß. Was den Schluss nahelegt, dass sie vielleicht noch mehr weiß. Vielleicht wollte sie uns mit der Puppe nicht nur verarschen, sondern uns auch eine versteckte Botschaft zukommen lassen.«

»Was für eine Botschaft?«

»Das ist die Frage. Wie auch immer – wir werden an dieser Langenargen-Geschichte dranbleiben müssen. Schönes Wochenende, Kollege.«

33

Montag, 1. Juli

Und wieder einmal goss es wie aus Kübeln. Als Querlinger, die Aktentasche über dem Kopf, gegen halb neun vom Parkplatz ins Dienstgebäude stürmte, sah er Dr. Moritz Fachinger, Hubertus Kramer-Beutlin und Dr. Rainer Rossfuß im Foyer stehen und sich leise unterhalten.

»Kollege Querlinger, auf ein Wort bitte!«

Mit einem Wink bedeutete ihm der Kriminaloberrat, zu ihnen zu treten. Erwartete er etwa, dass er zu Kreuze kroch? Den Gang nach Canossa antrat?

»Morgen zusammen«, bellte Querlinger. Innerlich ballte er schon mal prophylaktisch die Hände zu Fäusten.

»Morgen, Herr Kollege, na, recht nass geworden? Ziemlich bescheiden, dieser Sommer, nicht wahr?«, begrüßte ihn der Polizeipräsident jovial.

»Morgen, Kollege Querlinger«, schloss sich Dr. Rossfuß an und lächelte gnädig.

»Was wir Ihnen sagen wollten, Kollege … ähm … gute Arbeit bis jetzt«, bemerkte Fachinger weiter. »Sie hatten recht, auf Amtshilfe durch unsere italienischen Kollegen zu bestehen. Der Herr Präsident und ich, wir haben uns anfangs etwas gegen Ihren Vorschlag gesperrt. Aber inzwischen sind die ersten Ergebnisse eingetrudelt, und die sprechen Bände.«

Was war das jetzt? Ein Lob des »Oberidioten«, das diesem sichtlich schwerfiel? Querlinger traute dem Braten nicht. Andererseits …

»Na ja, Herr Kriminaloberrat, wir alle irren hin und wieder. Hauptsache, wir kommen mit den Ermittlungen voran.«

»Sie sagen es, mein lieber Querlinger, Sie sagen es. Nachdem ich noch am Freitag bei den italienischen Kollegen um Amtshilfe nachgesucht hatte, rief mich gestern, Sonntag, ein Commissario

Brunello aus La Spezia auf dem Handy an – als verantwortungs-
bewusster Beamter steht man schließlich auch am Wochenende
zur Verfügung.«

Klar, und sei es auf dem Tennisplatz.

»Stellen Sie sich vor, es sind tatsächlich zwei deutsche Staats-
bürger gewaltsam ums Leben gekommen, sie lebten schon seit
vielen Jahren in Vernazza. Dreimal dürfen Sie raten, wer.«

Warum zum Henker musste zurzeit jeder hier den Quizmaster
geben!

»Ich bin schlecht im Raten, Herr Oberrat.«

»Andreas Neumeister und Johannes Meier. Sie kamen bei
einem Motorradcrash ums Leben. Ein manipulierter Unfall. Jemand hatte genau zum richtigen Zeitpunkt Krähenfüße auf die
Strecke gestreut.«

Das war übel, aber auch ein ermittlungstechnischer Pauken-
schlag. Neumeister und Meier: Pfau und Seidenschwanz! Zwei
aus der Abiklasse, die sie bis jetzt nicht hatten ausfindig machen
können.

»Na, da sagen Sie nichts mehr, was?« Fachinger klang, als habe
er höchstpersönlich herausgefunden, dass der Motorradunfall
fingiert gewesen war.

»Wann geschah dieser sogenannte Unfall?«

»Am frühen Morgen des 22. Juni.«

Vorletzten Samstag. Der Brief mit der Vollzugsmeldung und
den drei Bildern war am selben Tag in La Spezia aufgegeben worden. Was den Zeitplan für die Morde anging, folgte die Henne
offensichtlich ihrem bewährt perfiden Muster.

»Die beiden waren also mit einem Motorrad unterwegs?«

Fachinger nickte.

»Ein Gespann, Motorrad mit Beiwagen.«

»Wissen die italienischen Kollegen schon Näheres? Irgendwelche Spuren?«

Fachinger schüttelte den Kopf.

»Nichts. Dieser Commissario Brunello – er spricht im Übrigen recht gut Deutsch – will uns auf dem Laufenden halten.
Die Kollegen da unten ermitteln mit Hochdruck. Dass es einen

Zusammenhang mit den beiden Mordfällen gibt, die wir hier bearbeiten, konnte der Commissario bis zum vergangenen Freitag natürlich nicht wissen.«

Querlinger nickte.

Er schwieg, wirkte etwas geistesabwesend. Schlagartig jagte es ihm erneut einen Schauer über den Rücken: Trotz ihrer intensiven Bemühungen, sämtliche ehemaligen Mitglieder der obskuren Abiklasse aufzuspüren, war es ihnen bis jetzt nicht gelungen, die noch fehlenden Personen ausfindig zu machen, zu denen auch Meier und Neumeister gehört hatten. Ganz im Gegensatz zur Henne, die damit wieder einmal ihre Überlegenheit demonstrierte ...

»Was meinen Sie, Kollege Querlinger«, unterbrach Dr. Rossfuß das Sinnieren des Kommissars. »Sollten wir die Öffentlichkeit nicht über den neuesten Verlauf der Ermittlungen in Kenntnis setzen? Immerhin beginnt der Fall internationale Dimensionen anzunehmen.«

Um Himmels willen! *Internationale Dimensionen* – wenn das kein gefundenes Fressen für die Presse wäre! Querlinger sah die Schlagzeile schon vor sich: »Versagen eines Hauptermittlers der Ulmer Kripo ruft italienische Polizei auf den Plan ...«

»Also, wenn ich mal ganz bescheiden meine Meinung äußern darf, verehrter Herr Staatsanwalt Dr. Rossfuß«, hörte sich Querlinger ganz entfernt ob dieser für ihn ungewöhnlich devot formulierten Anrede sagen, »ich halte das für keine gute Idee. Genau das ist es nämlich, worauf die Henne setzt: dieses öffentliche Interesse. Lassen Sie uns erst mal abwarten. Die Henne in Ungewissheit zu wiegen veranlasst sie vielleicht, einen entscheidenden Fehler zu machen. Informationssperre, das ist das Pferd, auf das wir setzen sollten. Das betrifft auch die jüngsten Ermittlungsergebnisse vom Wochenende.«

»Vom Wochenende?«

Mit knappen Sätzen informierte Querlinger die Runde über die Erkenntnisse, auf die Göppel bei seiner Recherche im Archiv gestoßen war.

Kurzes Nachdenken bei der kriminalen Dreifaltigkeit.

»Und wie gedenken Sie nun fortzufahren, Kollege?«, wollte der Hobbit wissen.

»Natürlich mehrgleisig, Herr Präsident. Wir werden diese Sache mit dem Grundstück prüfen, es muss schließlich irgendjemanden geben, an den es gegangen ist. Und wir werden die Suche nach weiteren Mitgliedern der ehemaligen Abiturklasse intensivieren, insbesondere nach Benedikt Totvogel und Hans Möbius. Außerdem könnten wir die Phantombilder des Kollegen Vegesack in der Gegend um Vernazza platzieren, vielleicht bringt das ja was.«

»Na, dann machen Sie das mal so, Kollege.« Der Präsident sah auf die Uhr. »Ich muss weiter, meine Herren, die Pflicht ruft, ich habe leider ein Arbeitsfrühstück mit dem Landesbeauftragten für Datenschutz«, seufzte er. Ein vom Schicksal gebeutelter Mensch, dieser Hobbit. Sein Leben schien überwiegend aus unerträglichen Essenseinladungen zu bestehen.

Auch Fachinger und der Pressestaatsanwalt hatten es auf einmal eilig, »zu einem Termin« zu kommen. In diesem Moment trat Hansjörg Häberle, der Pressesprecher, ins Foyer, schüttelte seinen Regenschirm aus und strebte schnurstracks auf Querlinger zu.

»Servus, Eugen, endlich treff ich dich mal. Ich wollt eigentlich schon lang mit dir unter vier Augen reden. Es geht um diese Pressemeldung, du weißt schon …«

Querlinger nickte. Natürlich wusste er.

»Ich hab gehört, dass du sauer auf mich bist. Weil ich dich nicht informiert hätte über die Meldung, die an die Presse rausging. Das würde ich gern richtigstellen.«

»Richtigstellen? Aha!«

»Ich hab sehr wohl versucht, dich zu informieren. Noch am selben Abend, an dem der Fachinger mich instruiert hat, die besagten Infos rauszugeben. Ich hab dich auf deinem Handy angerufen, dich aber nicht erreicht. Ich –«

»Erzähl keinen Stuss, du warst nicht auf der Liste der verpassten Anrufe. Ich hab deine Nummer gespeichert. Und auf der Mailbox war auch nix.«

»Ich weiß, aber ich hab vom Handy meiner Frau aus angerufen, die Nummer hast du garantiert nicht gespeichert, meine Frau geht dich nämlich nichts an. Wenn doch, wärst du ein Drecksack, wie er im Buch steht, und ich müsste dir ein paar aufs Maul geben.« Häberle grinste, offenbar wollte er das als Spaß verstanden wissen.

Querlinger verzog keine Miene.

»Soso. Vom Handy deiner Frau. Weil deinem Handy der Saft ausgegangen war, oder was?«

»Bingo, Kollege, genau so war's. Ich hab meine Frau im Geschäft abgeholt, und dann fiel mir ein, dass ich dich noch anrufen muss. Ich hab einfach vergessen, es vom Büro aus zu machen. Mein Handy war fetzenleer, und darum hab ich das von meiner Frau genommen – aber na ja, wie gesagt …«

»Dass es auch 'ne Mailbox gibt, hast du wohl vergessen.«

»Auf Mailboxen spreche ich grundsätzlich nie, da komm ich mir irgendwie blöd vor. Und weil ich von Donnerstag bis Sonntag im Kurzurlaub war, hab ich den Käfig-Karle angerufen und ihn gebeten, dir auszurichten, dass der Hobbit und der Fachinger drauf bestanden haben, die Meldung rauszugeben. Hat er aber wohl vergessen.«

»Käfig-Karle« hieß im bürgerlichen Leben Karl Reiser, stand im Rang eines Polizeihauptmeisters und war gehbehindert. Er gehörte dem internen Sicherheitsdienst der Polizei an, dem unter anderem die Kontrolle des Eingangsbereichs des Dienstgebäudes der Kripo oblag.

»Warum grad den Käfig-Karle?«

»Warum, warum … Warum ist die Banane krumm? Lieb's Herrgöttle von Biberach, ich hab halt gedacht, an dem musst du sowieso vorbei, wenn du zum Dienst kommst, da kann er's dir gleich ausrichten.«

Querlinger machte eine Handbewegung, als wollte er eine Fliege verscheuchen.

»Vergiss es. Schnee von gestern. Ich nehm's dir nicht krumm, Schwamm drüber.«

»Ehrlich?«

»Ehrlich!«

»Ich geb heut Abend 'ne Bierverkostung – also so was wie 'n Hopfenseminar.« Häberle grinste. »Hab mir verschiedenste Sorten besorgt. Magst du kommen?«

Ein Hopfenseminar. Querlinger zögerte. Eine Weiterbildungsmaßnahme wäre eigentlich schon längst mal wieder fällig gewesen …

»Ich überleg's mir. Ich sag dir Bescheid.«

In seinem Büro angekommen, wollte Querlinger sich gerade einen Kaffee aus seiner Thermoskanne gönnen, als es an der Tür klopfte und Eulenburg hereintrat.

»Tag, Chef.«

»Hallöle, Frau Kollegin, das is ja 'ne Überraschung. Geht's besser?« Querlinger freute sich ehrlich, sie zu sehen.

»Danke der Nachfrage. Alles wieder okay. Und selbst?«

Janine von Eulenburg rückte einen der beiden Stühle vor dem Schreibtisch zurecht und setzte sich.

Querlinger zuckte mit der Achsel.

»Allmählich geht's voran.«

»Aha, und was heißt ›allmählich‹?«

Der Kommissar gab einen kurzen Überblick über den aktuellen Ermittlungsstand, während seine Kommissarin aufmerksam zuhörte. Dann klingelte das Telefon auf Querlingers Schreibtisch.

»Morgen, Heini. Was gibt's? – Okay, schick mir das Ganze rüber. – Was? Das Intranet funktioniert schon wieder nicht? Ja dann nehmen wir halt die Steinzeitvariante. Kopier die Daten auf 'nen Stick und bring ihn mir.«

Querlinger legte auf.

»Der Kollege Penzkow aus Berlin hat sämtliche Dokumente und Fotos, die in Kämpers Haus gefunden wurden, scannen beziehungsweise fotografieren lassen und uns die Dateien zugeschickt. Werd ich mir nachher mal ansehen.«

»Gibt es aktuell was, das ich erledigen sollte?«

Der Kommissar nickte.

»Ich wär Ihnen dankbar, wenn Sie die Kollegen Unseld und

Henssler bei den Totvogel- und Möbius-Recherchen unterstützen könnten. Das hat momentan Vorrang.«

»Na, dann schau ich doch mal rüber zu den beiden.«

Fast eine Stunde saß Querlinger nun schon vor seinem Bildschirm, ohne dass die Sichtung der Dateien des Berliner Kollegen etwas spektakulär Neues ergeben hätte. Einige der Unterlagen hatte er ja ohnehin bereits gesehen. Seufzend klickte Querlinger die letzten PDFs an, Dokumente, die er allerdings noch nicht kannte: ein altes Schulzeugnis aus der Volksschulzeit Kämpers, eine Ehrenurkunde, die dokumentierte, dass der damals Elfjährige eine beachtliche sportliche Leistung in den Disziplinen Geräteturnen und Schwimmen hingelegt hatte, sein Abizeugnis (Einsen in Mathe, Physik und Englisch, ansonsten lauter Dreien und Vieren), eine Immatrikulationsbescheinigung der Uni Ulm im Fach Physik (das Studium hatte er bekanntlich hingeschmissen), eine vergilbte Fotografie, auf der seine Eltern abgelichtet waren, eine Impfbescheinigung gegen Malaria aus der Zeit seines Vietnam-Aufenthaltes – das war's. Querlinger lehnte sich in seinen Schreibtischsessel zurück und dachte über die Kapriolen nach, die das Schicksal im Falle Kämpers geschlagen hatte. Der Einser in Mathe und das abgebrochene Physikstudium schienen wie geborstene Säulen aus den Trümmern seines Lebens emporzuragen.

Geborstene Säulen … Trümmer des Lebens … was war das denn für ein Bockmist! Wurde er angesichts des nahenden Alters zum sentimentalen Idioten?

Hör mit dem Philosophieren auf, du blöder Sack, trat sich der Kommissar in den Hintern. Er griff in seine Jackentasche – und stellte fest, dass ihm die Erdnüsse ausgegangen waren. Den ganzen Tag über hatte er nicht eine einzige Erdnuss vermisst. Erste Symptome einer beginnenden Demenz?

Höchste Zeit, sich auf etwas anderes zu konzentrieren. Zum Beispiel darauf, sich für die Teilnahme am »Hopfenseminar« des Kollegen Häberle vormerken zu lassen. Querlinger wollte gerade zum Telefon greifen – als er mitten in der Bewegung innehielt. Ließ sich das nicht auch anders bewerkstelligen? Wo er doch seit Samstag stolzer Besitzer eines »Klugscheißertelefons« war? Hastig zog der Kommissar das iPhone aus der Jackentasche und schrieb eine WhatsApp an Hansjörg Häberle, den Pressesprecher: »Bin beim Hopfenseminar heut Abend auf jeden Fall dabei. Gruß, Eugen.«

34

Das »Hopfenseminar« war ein voller Erfolg gewesen, geschmacklich hatte man so einiges dazugelernt. Aufgrund der vorhersehbaren Nebenwirkungen hatte Querlinger, verantwortungsbewusst, wie er nun mal war, beschlossen, den Wagen auf Häberles Grundstück stehen zu lassen, und sich für die Heimfahrt ein Taxi bestellt.

Rechtschaffen müde und deutlich angeheitert fiel er gegen elf neben Luise ins Bett.

»Aber morgen gibt's keine Bierverkostung mehr, gell, mein Lieber«, meinte sie etwas säuerlich.

Querlinger lachte.

»K… keine Angst, Mäusle, wir haben alles v… vernichtet, da ist n… nix mehr übrig.«

Zehn Minuten später befand er sich im Tiefschlaf.

»Hilfe! Hilfe!«

Zu Tode erschrocken fuhr Luise aus dem Schlaf, knipste die Nachttischlampe an und sah zur Seite. Wie im Fieberkrampf warf sich ihr Mann hin und her und vollführte Bewegungen, als würde er schwimmen. Das Federbett lag am Boden, Querlinger selbst war bereits bedenklich nahe an die Bettkante herangeschwommen.

»Hilfe! … Nicht! … Nein! … Nicht runterziehen!«

Diese verdammte Bierverkostung! Eine Stinkwut kochte in Luise hoch.

»Herrschaft, Eugen, du träumst, wach auf.«

Sie packte seinen linken Arm und rüttelte an ihm.

»Komm, wach endlich auf, es ist nur ein Traum. Das kommt von deiner Sauferei!«

»Will nicht ersaufen … Schlingpflanzen!«

Luise sprang aus dem Bett, lief auf die andere Seite und schob ihren Mann, so gut es ging, von der Bettkante in Richtung Bettmitte.

»Herrschaft, wach halt auf, du Bachel!«

Vielleicht war es ja dieses urschwäbische Kraftwort, das den Kommissar endlich aus seinem Alptraum riss und ihn mit einem Ruck hochfahren ließ …

»Was … was is 'n los?«, stieß er schlaftrunken hervor.

»Was is 'n los, was is 'n los?«, äffte Luise ihn wütend nach. »Nix is los, du hast geträumt. Irgendwas vom Ersaufen und von Schlingpflanzen. Das kommt von deiner Sauferei.«

Querlingers Atem ging flach. Noch wirkte die Panik nach. Glücklicherweise hatte Luise ihn geweckt und ihn damit vor dem Ertrinken bewahrt. Tatsächlich war er nah dran gewesen, zu ersaufen – wenn auch nur in diesem hundsvereggten Alptraum. Der allerdings war nicht auf das Hopfenseminar, sondern auf den verdammten Schwarze-Henne-Fall zurückzuführen. Gertrud Steinhauser war ihm im Traum erschienen, war wie eine Fee über den See geschwebt, als plötzlich etwas aus dem Wasser emporschoss und sie auf den Grund hinunterzog. Er, Querlinger, hatte sich in diesen Kämper verwandelt und wollte ihr zu Hilfe eilen, war dann aber selbst von diesem tödlichen Etwas am Fuß gepackt worden …

»Der Traum, Mäusle, hat nix mit der Bierverkostung zu tun gehabt«, grummelte Querlinger verstört. Sichtlich mitgenommen setzte er sich auf die Bettkante, schlüpfte in seine Pantoffeln und stand auf. »Ich muss ein Glas Wasser trinken, ich hab einen Mordsdurst. Außerdem bin ich jetzt wach, ich schau ein bissle Glotze, dann werd ich wieder müde.«

»Is gut, aber mach 's Licht aus«, murmelte Luise.

Querlinger holte sich in der Küche ein Glas Wasser, setzte sich ins Wohnzimmer, allerdings ohne den Fernseher einzuschalten, und grübelte. Der Alptraum hatte in seinem Kopf etwas in Bewegung gesetzt, er wusste nur nicht, was. Also versuchte er das Geschehen, das sich damals am Bodenseeufer zugetragen hatte, zu rekonstruieren. Versuchte sich vorzustellen, wie Gertrud Steinhauser ins Wasser steigt und zu schwimmen beginnt, während ihr Begleiter, Horst Kämper, am Strand in der Sonne döst – bis er plötzlich die Schreie der Gertrud Steinhauser vernimmt, als diese spürt, dass sich etwas um ihre Beine schlingt und sie am Weiterschwimmen hindert. Kämper schnellt hoch, sieht, wie seine ehemalige Klassenkameradin vor Todesangst strampelt, will sie retten und ist völlig verzweifelt, weil er nicht dazu fähig ist: Er kann nicht schwimmen. In Panik rennt er zu dem etwa hundert Meter entfernten Haus, in der Hoffnung …

Stopp, Eugen!

Querlinger schnippte mit den Fingern, endlich kam ihm die Erleuchtung – von wegen nicht schwimmen! Die Urkunde! Die Urkunde, die er sich gestern am Computer angesehen hatte. Im Alter von elf Jahren war Horst Kämper eine Auszeichnung für herausragende Leistungen im Sport verliehen worden – in den Disziplinen Geräteturnen und Schwimmen. Und Schwimmen verlernt man nicht! Warum also hatte Kämper gelogen? Die Unterhaltung mit Göppel fiel ihm wieder ein. Und die Silikonpuppe mit den »künstlerisch« verunstalteten Beinen …

Querlinger gähnte. Spürte, wie die nötige Bettschwere zurückkehrte. Diesmal hoffentlich nicht in Begleitung eines Alptraums.

35

Dienstag, 2. Juli

Schon der 2. Juli, dachte Querlinger, als er zum Dienst fuhr, und erneut wurde ihm bewusst, wie tödlich konsequent die Schwarze Henne ihr Vorhaben ausführte. Und in welchem Tempo. Reuber, Kämper, Neumeister und Meier: vier Morde innerhalb von knapp vier Wochen.

Das Handy summte. Der Kommissar seufzte und drückte den grünen Knopf am Lenkrad.

»Sie können's halt einfach nicht lassen, Angie, gell?«

»Was nicht lassen?«

»Mich immer im Auto anzurufen, wenn ich ins Büro unterwegs bin. Ich fahr bei der ›Obstliesl‹ vorbei und bin in 'ner halben Stunde da, okay?«

»Ich kann ja wieder auflegen. Und ich sag Ihnen nicht, dass der Herr Kasunke von den Ulmer Philharmonikern, der Sie dringend sprechen will, nicht viel Zeit hat und auf Sie wartet.«

»Halt!«, brüllte Querlinger. »Seien Sie doch nicht gleich eingeschnappt. Also was ist mit diesem … wie hieß er gleich?«

»Kasunke. Siegfried Kasunke. Er ist Erster Trompeter bei den Ulmer Philharmonikern. Er habe Informationen über Manfred Reuber, sagt er.«

Querlinger spürte, wie ihm Hitze den Schlund hinaufkroch.

»Soll warten. Machen Sie ihm einen Kaffee. Bin gleich da.«

Erster Trompeter war er also, dieser Siegfried Kasunke, mithin eine Art Cheftrompeter.

Er hatte sich auf einem Stuhl im Gang niedergelassen. Ein Bulle von Mann, besser gesagt von Trompeter. Feistes Gesicht, glatt rasiert, Glatze, Stupsnase, Schlauchbootlippen und ein Bauch wie ein Dudelsack, die Figur erinnerte frappant an eine Buddha-Statue.

Kasunke erhob sich. Er wirkte ängstlich.

Der Kommissar streckte ihm die Hand entgegen.

»Hauptkommissar Querlinger. Freut mich«, stellte er sich vor.

»Kasunke. Freut mich ebenfalls.«

Ach du liebe Zeit, eine Eunuchenstimme! Oder war der Mann erkältet?

»Sie sind Trompeter, hat mir meine Sekretärin gesagt. Ich liebe Trompetenstücke. Besonders aus dem Barock. Da war doch besonders die Piccolotrompete gefragt, nicht wahr? Soviel ich weiß, nennt man sie auch ›Hohe Trompete‹«, legte Querlinger los, der a) ein bisschen angeben und b) mit einer netten Konversation dem Mann die Befangenheit nehmen wollte.

»Ja … schon … ähm … aber stellen Sie sich vor, ich spiele auch Basstrompete«, quiekte Kasunke leicht angesäuert.

Na bravo, Eugen, du lässt mal wieder kein Fettnäpfchen aus.

Querlinger betrat sein Büro und rückte Kasunke einen Stuhl zurecht.

»Bitte!«

Siegfried Kasunke setzte sich und verschränkte krampfhaft die Arme über dem Dudelsackbauch. So sah jemand aus, der zum ersten Mal beim Zahnarzt war.

»Herr Kasunke, meine Sekretärin sagte mir, Sie wollen eine Aussage zu Ihrem ehemaligen Kollegen, Herrn Reuber, machen?«

Kasunke blähte seine Trompeterbacken, nickte – und schwieg.

»Herr Kasunke, meine Kollegin und ich, wir hatten ja schon mit Ihrem Chef, Maestro Tittivollo, über Ihren bedauernswerten Kollegen gesprochen«, versuchte der Kommissar das Gespräch weiter anzuschieben. »Der Maestro sagte damals aus, bei der letzten Orchesterprobe habe Herr Reuber ziemlich derangiert gewirkt, allerdings habe keiner den Grund dafür gekannt.«

Kasunke starrte schweigend vor sich auf den Boden.

»Herr Kasunke, kannten Sie den Grund?«

»Nicht wirklich.«

»Was heißt ›nicht wirklich‹? Etwa unwirklich?«

»Unwirklich, ja, das trifft es. Er sagte, er sei in einer beschissenen Lage. Er müsse nach Beuron fahren, zu einem Mönch, der habe sein Leben in der Hand.«

Gefühlte fünf Sekunden Schockstarre bei Querlinger.

»Hat er … hat er Ihnen den Namen des Mönchs genannt?«

»Nein. Ich hab versucht nachzuhaken, aber er hat nur abgewinkt.«

»Wie kam er überhaupt dazu, Ihnen das zu erzählen?«

»Ich hab gefragt, was mit ihm los sei. Als er vormittags um halb zehn zur Probe erschien, war noch alles in Ordnung. Aber dann, nach der zehnminütigen Pause, als wir weiterproben wollten, war er total verändert. Wie gesagt, ich hab ihn angesprochen, und da hat er mir erzählt, dass ihn vorhin jemand angerufen und ihm eröffnet habe, dass er in Gefahr sei. Er müsse schleunigst nach Beuron fahren, zu einem Mönch, der könne ihm vielleicht helfen. Er wollte meinen Fahrplan einsehen – ich hab immer einen Busfahrplan dabei, müssen Sie wissen, meine Tochter wohnt nämlich in Beuron, die besuche ich manchmal. Ich hab ihm den Fahrplan gegeben, und das war's dann. Mehr weiß ich nicht, ich dachte nur, das sei wichtig, und ich sollte es Ihnen sagen.«

»Das ist es auch, Herr Kasunke. Aber warum rücken Sie erst jetzt damit heraus?«

»Ich war im Urlaub. Den brauchte ich dringend. Der war auch schon lange angemeldet.«

Querlinger nickte.

»Ihre Informationen sind jedenfalls von großem Wert für uns, Herr Kasunke. Möglich, dass wir weitere Fragen an Sie haben. Wenn Sie so freundlich wären, uns Ihre Handynummer zu geben?«

»Natürlich, kein Problem.«

Kasunke zückte einen Kugelschreiber.

»Hätten Sie einen Zettel?«

Gute Frage, nachdem die Zettelbox auf seinem Schreibtisch leer war. Querlinger suchte nach einer Alternative.

»Lassen Sie nur, das hier müsste auch gehen«, sagte Kasunke und zog einen Kartonstreifen aus der Jackentasche, den er von irgendeiner Verpackung abgerissen hatte. Interessant, was die

Leute so alles mit sich herumtrugen. Kasunke notierte die Nummer auf der unbedruckten Seite des Kartons und reichte ihn dem Kommissar.

»Vielen Dank, Herr Kasunke, dann bleibt mir nur noch, Ihnen einen schönen Tag zu wünschen.«

Querlingers Finger trommelten nervös auf die Schreibtischplatte. Er war ziemlich aufgekratzt. Würde die Aussage Kasunkes sie endlich auf die Spur Totvogels bringen? Standen sie kurz vor einem ermittlungstechnischen Quantensprung? Der Mönch Benedikt Totvogel – die Schwarze Henne? Hatte Benedikt, der Kuttenträger, den Wahlspruch »Bete und arbeite« in ein »Beten und abmurksen« umfunktioniert?

Querlinger setzte sich vor seinen PC und googelte »Kloster Beuron«. Gerade bewegte er den Cursor auf das Impressum – er benötigte die Telefonnummer –, als die Maus mit der vollen Kaffeetasse kollidierte und diese zum Kippen brachte. Begleitet von einem ärgerlichen »Hundsveregg!« ergoss sich der Inhalt über den Schreibtisch und damit auch über den Kartonstreifen, auf dem Kasunke seine Handynummer notiert hatte. Um zu retten, was zu retten war, riss der Kommissar die obere Schreibtischschublade auf und eine Rolle Küchenkrepp an sich und versuchte der Sauerei Herr zu werden. Setzte sich wieder vor seinen Computer und sah sich die Fortsetzung von Kloster Beuron an. Überlegte, ob er dort anrufen und seinen Besuch ankündigen sollte. Kam aber schnell zu dem Schluss, dass das kontraproduktiv wäre, besser, man überraschte diesen Totvogel, ohne ihn vorzuwarnen.

Dann griff er zum Hörer und wählte die Nummer der Eulenburg.

36

Punkt vierzehn Uhr stellte Querlinger seinen Nissan Terrano
auf dem Parkplatz der Erzabtei Beuron ab.

»Und Sie glauben tatsächlich, dass es vernünftig war, einfach
auf gut Glück loszufahren, ohne unseren Besuch anzukündigen?
Was, wenn der Chef von diesem komischen Verein hier wider
Erwarten nicht da ist?«, fragte die Kommissarin auf dem Weg
zur Pforte.

Querlinger musste lachen.

»Erstens, verehrte Kollegin: Dieser komische Verein hier ist
eine sogenannte Erzabtei, und den Chef nennt man Abt, bedeutet
Vater, wie Sie wissen. Also ein bisschen mehr Respekt, wenn
ich bitten darf. Zweitens: Er wird da sein. Laut dem Klosterver-
anstaltungsprogramm hält er heute im Rahmen eines Seminars
nämlich einen Vortrag. Hier, sehen Sie?« Querlinger hielt ihr
einen Computerausdruck unter die Nase, der Seminar- und Vor-
tragsthemen auflistete.

Janine von Eulenburg warf einen Blick auf das angepriesene
Seminar. »Besinnungstage für Männer. Vorträge, Aussprache,
Exerzitien, Zeiten der Stille«, las sie laut vor und grinste. »Wär
doch was für Sie, Chef, oder? Exerzitien! Mit der Peitsche den
Rücken malträtieren, bis Blut spritzt, und dann Stille. Dient der
innerlichen Reinigung.«

»Sie verwechseln Exerzitien mit Kasteiung, Kollegin. Und die
Selbstkasteiung, also die Art Kasteiung, die Sie meinen, kam im
Mittelalter vor.«

Sie waren an der Pforte angekommen. Ein neugieriger Blick
hinter dicken Brillengläsern empfing sie. Er gehörte einem älte-
ren, ziemlich beleibten Mönch um die sechzig.

»Gott grüße Sie. Was kann ich für Sie tun?«

»Ja, er grüße Sie auch, Herr … ähm …«, begann Querlinger.

»Pater Ansgar, ganz einfach Pater Ansgar. Ich bin der Portarius«, half ihm der Pförtner auf die Sprünge.

Querlinger zückte seinen Dienstausweis.

»Pater Quer… Entschuldigung, Hauptkommissar Querlinger, Kripo Ulm. Meine Kollegin, Hauptkommissarin von Eulenburg. Wir hätten gern den Abt gesprochen.«

Der Blick hinter den Brillengläsern wurde starr.

»Mein Gott! Sie … Sie haben ihn bestimmt seiner Seele entleibt aufgefunden?«, stieß der Mönch hervor.

»Was? Wen? Den Abt?« Der Kommissar war irritiert.

»Nein, Bruder Sebaldus, unseren Hospitarius.«

»Ja, also, da kann ich Sie beruhigen. Wir haben keinen toten Mönch aufgefunden.«

»Nicht?« Der Pförtner schien überrascht. »Warum sind Sie dann hier?«

Eine seltsam bescheuerte Frage.

»Den Grund dafür wollten wir eigentlich mit Ihrem Chef besprechen respektive dem Abt. Warum gehen Sie eigentlich so hartnäckig davon aus, dass unsere Anwesenheit hier dem Auffinden der Leiche Ihres Kollegen geschuldet sein sollte?«

Der Blick hinter den Brillengläsern wurde streng.

»Weil der Lohn der Sünde der Tod ist, wie es der heilige Paulus sagt. Der Herr lässt nicht mit sich spaßen.«

Dieser Mönch schien ja einer von der ganz herben Sorte zu sein.

»Also da haben wir mit dem Herrn was gemein, wir lassen auch nicht mit uns spaßen«, entgegnete Querlinger trocken. »Welche furchtbare Sünde hat dieser Bruder Sebaldus denn begangen?«

»Er hat sein Gelübde gebrochen. Und damit die Heilige Dreifaltigkeit, die Mutter Kirche und seine Brüder in Christo verraten.«

»Sein Gelübde gebrochen?«

Heftiges Mönchskopfnicken.

»Er hatte die ewige Profess gelobt und war seit Jahrzehnten ein Mitglied unseres Konvents. Dann, vor ungefähr vier Wochen, verschwand er plötzlich von einem Tag zum anderen. Zwei Tage später kam ein Brief von ihm, in dem er seinen Austritt aus dem

Orden erklärte. Er habe den Glauben verloren und wolle ein neues Leben beginnen, schrieb er. Wahrscheinlich steckt eine Frau dahinter! Seitdem ist er verschwunden, dieser verräterische Judas.«

Den Glauben verlieren und sich vom Acker machen! Und sich auch noch gegen den Zölibat vergehen! In der Tat eine furchtbare Sünde! Querlinger wollte gerade einwenden, dass ihn das nichts anginge und er wegen einer ganz anderen Sache hier sei. Allerdings kam er nicht dazu, weil Eulenburg glaubte, ihm beispringen zu müssen.

»Hören Sie, Herr ... ähm ... Ansgar, Sie wollen uns doch nicht –«

»Pater Ansgar, meine Tochter, Sie dürfen ruhig Pater Ansgar zu mir sagen. Pater bedeutet Vater.«

Meine Tochter! Was war das denn? Hatte der Mönch sie noch alle beisammen?

»Also gut, Vadder – sagen Sie, wollen Sie uns tatsächlich weismachen, dass das so einfach geht? Einem Orden, dem man auf Biegen und Brechen Treue geschworen hat, von heute auf morgen die Gefolgschaft aufkündigen und zusammen mit so 'ner Tussi die Fliege machen, weil man die Schnauze voll hat vom Kuttentragen? Da muss man doch mit harten Konsequenzen rechnen. Das Mindeste ist doch, dass man vom Opus Dei oder von einer anderen reaktionären Abteilung in Ihrem Verein eins über die Rübe bekommt, oder?«

Der Pförtner starrte sie an, als wäre sie der Antichrist persönlich.

»Verdammt, Eulenburg, was soll das, sind Sie übergeschnappt? Sie haben wohl zu viel Dan Brown gelesen«, zischte Querlinger ihr wütend ins Ohr.

»Nicht Menschen werden die Strafe an diesem Verräter vollziehen«, bebte es von den Lippen des Benediktiners. »Der Herr wird den Verräter richten. Er hasst Untreue.«

»Na ja, da wäre er ja nicht der Einzige. Wie er wirklich darüber denkt, wollen wir mal dahingestellt sein lassen, da ist die Indizienlage doch sehr lückenhaft. Aber sagen Sie, es muss doch –«

»Moment, Frau Kollegin, das reicht jetzt«, unterbrach der Kommissar sie scharf: Was war nur in Eulenburg gefahren?

Er wandte sich an den Pater. »Wir würden gern den Herrn Abt sprechen, es geht –«

»Für Sie bitte Herr *Erzabt*! Der Vater Abt kann Sie nicht empfangen. Er ist sehr beschäftigt. Suchen Sie für morgen um einen Termin nach.«

»Das werden wir sicher nicht, Pater Ansgar«, bemerkte Querlinger und beugte sich über den Empfangstresen. »Wir jagen einen Serienkiller, und eine der Spuren, denen wir nachgehen, führt in dieses Kloster. Darum ersuchen wir Sie in aller Freundlichkeit, uns beim Herrn *Erzabt* zu avisieren. Und zwar sofort, die Sache duldet keinen Aufschub.«

Der Pförtner saß wie erstarrt.

»Ein Serienkiller?«, flüsterte er entsetzt und griff zum Telefon. »Das ändert natürlich alles. Warten Sie einen Moment.«

Ildefons II. Niederegger – so der Ordensname des Erzabtes – war das genaue Gegenteil seines Pförtners: hagere Statur, weißes, gewelltes Haar, Hakennase, tief liegende Augen, melancholisch demütiger Blick – fast schon eine Spur zu demütig, konstatierte Querlinger im Stillen.

»Bitte nehmen Sie Platz«, forderte der Erzabt seine beiden Besucher höflich auf und wies auf zwei voluminöse Sessel. Er selbst nahm hinter einem wuchtigen Schreibtisch Platz. »Sie ermitteln in einem Mordfall?«

»Nicht nur in einem. Es geht um eine Mord*serie*«, präzisierte der Kommissar.

»Heilige Muttergottes!« Der Abt bekreuzigte sich. »Und was führt Sie ausgerechnet zu uns, in diesen Hort des Friedens und der Kontemplation?«

Schon wieder dieses salbungsvolle Gesülze. Querlinger warf Eulenburg schon mal prophylaktisch einen warnenden Blick zu.

»Ein gewisser Bruder Benedikt, Herr Erzabt.«

Der Abt runzelte die Stirn.

»Bruder Benedikt? Einen Bruder Benedikt gibt es gegenwärtig

nicht in unsrem Konvent. Der letzte Bruder Benedikt verstarb vor etwa fünfzehn Jahren, soviel ich weiß.«

Kein Benedikt in Beuron? Was aber hatte es dann mit der Aussage des Siegfried Kasunke auf sich? Seiner Aussage, Reuber habe ihm gegenüber behauptet, nach Beuron zu fahren, um einen Mönch, der sein »Leben in der Hand« habe, zu treffen? Auch wenn er keinen Namen genannt hatte – wen er damit meinte, war offenkundig, da konnte nur Benedikt Totvogel in Frage kommen und …

Stopp, Eugen! Querlinger durchzuckte ein Verdacht.

»Benedikt lautet sein Taufname, Herr Abt. Sein Nachname ist Totvogel.«

»Neiiin!«

Wie von der Tarantel gestochen sprang der Abt vom Stuhl hoch. »Der Herr sei uns gnädig!«, stieß er hervor. »Benedikt Totvogel. Das ist der bürgerliche Name von Bruder Sebaldus. Er verließ das Kloster vor etwa vier Wochen.«

Na also!

»Entschuldigen Sie meine Reaktion, aber das ist ja furchtbar. Sie bringen ihn mit einem Serienmörder in Verbindung?«, flüsterte der Abt *ent*setzt, nachdem er sich wieder *ge*setzt hatte. Er war völlig von der Rolle.

»Das habe ich nicht gesagt. Wir ermitteln in einer sehr komplexen Angelegenheit, in der bis jetzt lediglich sein Name aufgetaucht ist, mehr nicht. Dass die Spur zu Ihnen nach Beuron führt, kann auch ganz banale Gründe haben. Wir bitten Sie, uns ein paar Fragen zu beantworten.«

»'türlich, 'türlich. Fragen Sie ruhig. Ich hoffe, ich kann Ihnen die gewünschten Informationen liefern.«

Querlinger zückte Block und Bleistift.

»Pater Sebaldus verschwand also vor circa vier Wochen und schrieb einen Brief, in dem er darlegte, dass er den Orden verlassen und ein neues Leben beginnen wolle, richtig?«

Der Abt sah ihn fassungslos an.

»Woher wissen Sie das mit dem Brief?«

»Von Pater Ansgar, dem Portier in Ihrem Haus.«

»Sie meinen den Pförtner, er hat es Ihnen bereits erzählt?«

»Hat er. Und auch, dass er damit rechne, dass er tot ist – also gewissermaßen seiner Seele entleibt, wie er sich ausdrückte.«

Erzabt Ildefons II. schüttelte unwillig den Kopf.

»Unser Bruder Portarius übertreibt gern. Er stellt die Dinge manchmal schlimmer dar, als sie sind.«

»Wann genau verließ Benedikt Totvogel das Kloster?«

»Am 29. Mai, es muss bald nach der Vesper gewesen sein.«

»Aha, nach der Vesper. Und wann wird bei Ihnen gevespert?«

»Wie bitte?«

»Wann bei Ihnen gevespert wird? Also ich zum Beispiel vespere morgens meistens gegen zehn Uhr und abends gegen neunzehn Uhr.«

»Äh … ach so … ha, ha«, Ildefons II. schien amüsiert, »nein, nein, das haben Sie falsch verstanden. Sie sprechen vom Vespern im Sinne einer herzhaften Mahlzeit. Ich meinte die Tageshore, unseren Gottesdienst zur Vesper, der um achtzehn Uhr stattfindet.«

»Ach so, verstehe! Er verließ das Kloster also am frühen Abend?«

»So ist es.«

»Und keiner aus dem Kollegium bekam mit, dass er sich auf Nimmerwiedersehen verabschiedete?«

»Niemand. Außerdem: Es heißt nicht Kollegium, sondern Konvent«, korrigierte Ildefons II.

»Wann kam der Brief?«

»Zwei Tage später, am 31. Mai. Mit der Post. Ordentlich frankiert und abgestempelt. Am Tag zuvor, dem 30., war er aufgegeben worden.«

»Ich nehme an, Sie sind noch im Besitz dieses Schreibens? Wenn ja, würde ich Sie bitten, es uns zu überlassen.«

»Selbstverständlich, einen Moment.«

Der Abt zog eine Schreibtischschublade auf, entnahm ihr ein zusammengefaltetes DIN-A4-Blatt und reichte es dem Kommissar.

Querlinger faltete es auseinander – und wollte seinen Augen

nicht trauen. Pater Sebaldus, alias Benedikt Totvogel, hatte für die Erklärung, die der Brief enthielt, die gleiche Schrift verwendet, wie sie die Henne für ihre Mitteilungen gewählt hatte.

Ich, Bruder Sebaldus, mit bürgerlichem Namen Benedikt Totvogel, Mitglied des Ordens der Benediktiner und seit 1980 Mitglied im Konvent der Erzabtei St. Martin zu Beuron, erkläre hiermit meinen Austritt aus dem Orden. Ich fühle mich nicht mehr an mein Gelübde gebunden, weil ich nicht mehr glauben kann, und so werde ich für den Rest meines Lebens ein selbstbestimmtes Leben führen und genießen. Gezeichnet: Benedikt Totvogel, 30. Mai 2019.

»Unterschrieben hat er ihn aber nicht«, bemerkte Querlinger.

»Fakt ist, dass er uns verlassen hat. Auch ohne Unterschrift«, gab der Abt lakonisch zurück.

Querlinger dachte kurz nach.

»Was meinen Sie, wann könnte er diesen Brief geschrieben haben? Noch bevor er das Kloster verließ?«

»Dazu kann ich nichts sagen. Wir haben seinen PC durchforstet, aber keinen Hinweis auf sein Vorhaben, den Orden zu verlassen, entdecken können. Die Schrift, die er für seine Mitteilung benutzte, gibt es nicht in unserem Schreibprogramm. Wahrscheinlich hatte er den Brief auf seinem Apple Notebook geschrieben. Das hat er allerdings mitgenommen.«

»Gehörte das ihm, oder war es Eigentum des Klosters?«

»Er gehörte ihm. Für seine tägliche Arbeit benutzte er selbstverständlich die klostereigene EDV-Anlage.«

»Wir werden die Rechner auf Herz und Nieren prüfen lassen, Herr Abt. Unsere Kollegen von der IT-Forensik werden die Computer vorübergehend beschlagnahmen müssen.«

Ildefons II. erschrak sichtlich.

»Dann wären wir ja tagelang ohne Computer. Das möge der Herr verhüten.«

»Warum? Dem dürfte an der Aufklärung der Angelegenheit doch mindestens genauso viel liegen wie uns und Ihnen?«

»Genau!« Eulenburg schlug in die gleiche Kerbe. »Eigentlich müssten Sie darum beten, dass er Hirn vom Himmel regnen lässt und unseren IT-Spezialisten die besondere Gabe der Weisheit verleiht, damit der Fall endlich aufgeklärt wird und Sie und Ihre Abtei Ihren kontemplativen Auftrag störungsfrei erfüllen können.«

Dem Abt reichte es jetzt, seine spirituelle Contenance begann zu bröckeln.

»Wenn er denn Hirn regnen lässt, bete ich darum, dass er Ihnen den Regenschirm wegnimmt, meine Tochter. Damit die Erleuchtung auch Sie trifft.«

Querlinger war sichtlich amüsiert.

»Sagen Sie, Herr Erzabt – Benedikt Totvogel muss den Rückzug von seinem Gelübde doch von langer Hand geplant haben. Es müsste Hinweise darauf gegeben haben. Irgendetwas muss passiert sein, was seine Einstellung zum Ordensleben radikal verändert hat, ist denn diesbezüglich niemandem etwas aufgefallen?«

Der Erzabt schüttelte vehement den Kopf.

»Niemand kann in einen Menschen hineinschauen. ›Das Herz des Menschen übt Verrat, wer kennt es schon?‹, sagt die Schrift«, orakelte er salbungsvoll.

»Hat er denn außer seinem Notebook noch andere Dinge mitgenommen, die ihm gehörten?«

»Moment!«, fuhr Eulenburg dazwischen. »Ich hab immer gedacht, Mönche besitzen nichts Persönliches. Die müssen doch in Armut leben, oder?«

»Es stimmt, wir haben bei unserem Gelübde persönliche Armut versprochen, dennoch haben wir alles, was wir für unseren persönlichen Bedarf benötigen. Auch Sebaldus besaß Kleidung, Schuhe, Bücher und ein paar andere Habseligkeiten. Und sein Notebook. Er hat es geschenkt bekommen, und ich habe ihm erlaubt, es zu behalten. Aber das hat er ja mitgenommen, wie ich schon sagte. Alle anderen Sachen sind noch da. Sie befinden sich in seiner Zelle.«

»Können wir diese Zelle mal sehen?«, bat Querlinger.

»Aber selbstverständlich. Kommen Sie!«

Von wegen Zelle! Sebaldus' Behausung hätte in einer Immobilienbeschreibung auch als »Schmuckes 35-Quadratmeter-Apartment« durchgehen können: Schlafzimmer, kleines Arbeitszimmer, komfortable Nasszelle. Im Arbeitszimmer: Schreibtisch, Computer, Telefon und ein Bücherbord. Im Schlafzimmer: ein Bett, ein Bettvorleger, ein Nachtkästchen. An der Wand: ein Kruzifix – natürlich!

»Können wir uns mal etwas umsehen?«

»Aber bitte!«

Querlinger und Eulenburg teilten sich die Inaugenscheinnahme. Allerdings kam nichts dabei heraus, sah man von einigen Büchern ab, die im Arbeitszimmer auf dem Bücherbord standen: Bibel, Katechismus, Brevier, mehrere gebundene Asterix-Ausgaben – und zwei Titel, die Querlinger ziemliches Kopfzerbrechen bereiteten: »Kamasutra« und »Lady Chatterley«.

»Oh!«, bemerkte er.

»Sieh an«, meinte Eulenburg.

Der Erzabt hüstelte verlegen. »Bruder Sebaldus war mit einer Katalogisierung der Bestände unserer Bibliothek beschäftigt«, kommentierte er die unausgesprochene Frage in den Blicken der beiden Kriminalbeamten.

»Aha«, sagte Querlinger.

»Interessant«, sagte Eulenburg.

Beide grinsten, was den Abt in Erklärungsnot brachte: »Diese Werke zählen immerhin zur Weltliteratur. Und sie sind mit bemerkenswerten Illustrationen versehen. Das Interesse daran ist rein künstlerisch-bibliophiler Natur.«

Steilvorlage für die Kommissarin.

»Ah ja, verstehe. ›Bleibt die Praxis dir verborgen, musst du Bücher dir besorgen.‹ Die künstlerisch-bibliophile Interpretation des Zölibats!«

Querlinger rammte ihr den Ellenbogen in die Seite.

»Halten Sie um Himmels willen endlich die Klappe«, zischte er ihr ins Ohr. Ildefons II. überkam Zornesröte, doch er übte sich in der benediktinischen Tugend des Schweigens.

Zehn Minuten später hatten sie die Inspektion beendet.

»Also was das Anschauen des Wohnbereichs angeht, wären wir dann so weit, Herr Erzabt. Gibt es denn sonst noch etwas, was wir über Pater Sebaldus wissen sollten? Gewohnheiten, Vorlieben, Sympathien, Antipathien? Irgendwelche Besonderheiten, die ihn auszeichneten?«, fragte Querlinger.

Der Erzabt überlegte.

»Ich weiß nicht, ob das wichtig ist, er hatte eine anatomische Anomalie: eine Oligodaktylie.«

»Eine Oli… was?«

»Eine Oligodaktylie: Er hatte nur acht Zehen. An jedem Fuß vier.«

Richtig! Querlinger erinnerte sich, dass ihn der Australier während des nächtlichen Telefongesprächs bereits darüber informiert hatte.

»Wie wirkte sich das aus?«

»Gar nicht. Das sah man nur, wenn er barfuß ging. Es bereitete ihm keinerlei Beschwerden.«

Querlinger nickte, machte sich einen Vermerk in sein Notizbuch und klappte es zu.

Sie verließen die »Zelle« des Mönchs. Auf dem Weg zur Tür fiel dem Kommissar ein gelber Post-it-Zettel ins Auge, der bis zur Hälfte in einer Ritze zwischen Bodenleiste und Wand steckte. Er bückte sich und zog ihn heraus. Er enthielt eine mit Bleistift geschriebene Notiz: »›Heinz, 29. Mai, zehn Uhr‹«, las er laut vor und hielt dem Abt den Zettel hin. »Wer ist Heinz?«

Stirnrunzeln des Abts.

»Die beiden trafen sich gelegentlich.«

»Und wer ist dieser Heinz? Nachname?«

Ildefons II. zuckte mit den Schultern.

»Keine Ahnung. Soviel ich weiß, ist er Arzt. Allerdings nicht von hier. Ich glaube, er wohnt irgendwo am Bodensee.«

Ein Arzt, Vorname Heinz!

»Kann es sein, dass es sich dabei um einen gewissen Heinz Möbius handelt?«

»Ich sagte doch, ich weiß es nicht, ich kenne seinen Nachnamen nicht.«

»Sollte ein Abt nicht über sämtliche Kontakte seiner ihm Anbefohlenen Bescheid wissen?«, konnte Eulenburg sich nicht verkneifen zu fragen.

»Ein Kloster ist kein Gefängnis und ein Abt kein Justizvollzugsbeamter, verehrte Frau Kommissarin. Jeder hier pflegt gewisse Verbindungen nach draußen. Die meisten von ihnen sind geschäftlicher Natur. Aber natürlich gibt es auch Kontakte zu Verwandten, Bekannten und Freunden. Ich kontrolliere diese nicht.«

»Das heißt, dieser Heinz könnte ein Freund oder Bekannter gewesen sein?«, wollte Querlinger wissen.

»Steht zu vermuten, ja.«

»Kannten sich die beiden schon lange?«

Ildefons II. überlegte.

»Ein paar Monate vielleicht.«

»Also doch schon verhältnismäßig lange. Und trotzdem war er Ihnen nicht näher bekannt?«

Der Erzabt verdrehte ärgerlich die Augen. »Ich sagte doch bereits, ich bin kein Kontrollfreak, Herr Kommissar!«

»Wissen Sie, wie oft sie sich getroffen haben? Und wo?«

»Nein.«

Querlinger dachte kurz nach.

»Verabredungen trifft man oft per Telefon. Wir werden die Verbindungsdaten des Apparates checken, den Sebaldus benutzte, Herr Abt. Und die von seinem Handy, ich gehe davon aus, dass er eines besaß?«

»Das ist richtig, ein klostereigenes, ein Firmenhandy, wenn Sie so wollen. Das hat er zurückgelassen«, bestätigte der Erzabt und fügte an: »Allerdings besaß er auch ein Prepaid-Handy für den privaten Gebrauch.«

»Für den privaten Gebrauch?«

»Ja. Eine ganze Reihe der Patres und Brüder besitzen eines, das ist nicht verboten.«

Querlinger blieb stehen und zog die Stirn kraus. »Wissen Sie noch von anderen außerklösterlichen Kontakten, die er hatte?«

»Zwei Tage bevor er verschwand, sah ich ihn abends mit einem etwa sechzigjährigen Mann zusammen. Sie gingen spazieren und waren in ein Gespräch vertieft.«

»Ein sechzigjähriger Mann?«

»Ja, auffällig an ihm war ein dunkles Muttermal auf der Stirn. Ich musste unwillkürlich an die biblische Geschichte von Kain und Abel denken.«

Das Muttermal! Manfred Reuber! Ein schneller Blickkontakt mit der Eulenburg. Beiderseitiges Nicken. Die Aussage des Abtes deckte sich exakt mit der Kasunkes: Reuber hatte sich tatsächlich mit Benedikt Totvogel getroffen.

»Was die beiden besprachen, entzieht sich Ihrer Kenntnis?«

»Ich bitte Sie, Herr Kommissar!«

»Gab es noch andere Kontakte außerhalb des Klosters, die er regelmäßig wahrnahm?«

Der Abt seufzte.

»Zum letzten Mal jetzt, Herr Kommissar: Ich bin kein Kontrollfreak! Natürlich gab es geschäftliche Kontakte. Mag sein, dass er noch andere pflegte, sollte es so gewesen sein, kann ich Ihnen dazu nichts sagen. Es sei denn, Sie meinen mit ›außerhalb des Klosters‹ den Kontakt, den er regelmäßig im Rahmen seiner Arbeit zu Bruder Gebhardus Langer unterhielt. Unser Mitbruder in Christus lebt als Eremit auf dem Ramsberg bei Großschönach im Linzgau, seine Klause gehört zu unserem Kloster.«

Eulenburg schnappte nach Luft.

»Was? Ich werd verrückt! Ein Eremit? Das gibt es heute noch?«

Ildefons II. nickte würdevoll und voller Stolz.

»Sein Wahlspruch ist: Bleib, der du bist. Führe ein bescheidenes Leben und diene dem Herrn in der Abgeschiedenheit der Stille, in Keuschheit und Demut. Wir sind sehr stolz auf unseren Bruder, führt er doch zum Lobe des Herrn eine jahrtausendealte Tradition fort.«

»Tradition, ah ja. Geißelt er sich auch? Isst er Mäuse und Singvögel? Schläft er auf Dornen und Disteln?«

Der Abt warf ihr einen Du-tickst-doch-wohl-nicht-mehr-richtig-du-blöde-Amsel-Blick zu, zog es aber vor, zu schweigen.

Querlinger war ganz in Gedanken. Er erinnerte sich, über die Klause auf dem Ramsberg erst kürzlich gelesen zu haben.

Der Entschluss, heute noch die Einsiedelei von Bruder Gebhardus aufzusuchen, reifte von jetzt auf gleich.

»Wie viele Kilometer sind es von hier bis zur Klause?«

»Etwa fünfunddreißig bis vierzig. In einer guten Dreiviertelstunde ist man dort«, gab der Abt an.

Sie gingen weiter und traten wenige Minuten später zusammen mit Ildefons II. auf den Hof hinaus. Der Himmel hatte sich grau bezogen, erste Tropfen fielen.

»Es regnet mal wieder«, seufzte Querlinger.

»In der Tat«, sagte der Abt und sah zum Himmel empor. Zuckte die Schultern und wandte sich an Eulenburg. »Leider kein Hirn. Nicht wahr, Frau Kommissarin?«

37

Fünfundzwanzig anstrengende Minuten dauerte der Anstieg. Der Pfad, der durch dichten Wald zum Plateau hinaufführte, auf dem sich die Einsiedelei befand, war eng, verschlungen und recht holprig. Wäre der bescheuerte Nieselregen nicht gewesen – der Aufstieg hätte richtig idyllisch sein können.

»Dieser Mönch da oben, der dient dem Herrn also in aller Stille und Keuschheit?«, fragte Eulenburg.

Der Kommissar nickte. »Das ist laut kanonischem Recht seine Aufgabe.«

»Aber ich versteh nicht, was die Stille mit dem Dienst für den Herrn zu tun hat.«

»Meine Güte, Eulenburg, liegt doch auf der Hand. In Gottes freier Natur lässt sich's gut beten und meditieren«, meinte Querlinger.

»Bei mir zu Hause in der Nähe von Hameln gab's 'ne Kneipe, die hieß Zur stillen Einkehr. Aber die lag nicht in Gottes freier Natur, sondern an einer belebten Kreuzung. Da ging was ab, sag ich Ihnen, von wegen Stille und so. Da gab's alle zwei Wochen einen Polizeieinsatz.«

»Da wurde ja auch nicht gebetet, sondern gesoffen – nehm ich doch zumindest an.«

»Na wer weiß, vielleicht leert dieser Eremit ja auch das eine oder andere Gläschen. Er wird schließlich nicht nur von morgens bis abends beten.«

»Natürlich nicht. Er wird schon auch irgendwas arbeiten. Außerdem muss er sich ja auch versorgen. Kochen, essen, Wäsche waschen und so weiter.«

»Hat er denn keine Haushälterin? So 'ne junge Hübsche aus Polen vielleicht? Die ihm kocht, wäscht und bügelt?«

»Natürlich nicht, dann wäre er nämlich kein Einsiedler, sondern ein Zweisiedler, und die sind im kanonischen Recht nicht vorgesehen«, meinte Querlinger lapidar.

Auf dem Plateau des Berges angelangt, empfingen sie eine saftig grüne Wiese mit Wildblumen und Kräutern sowie das Gebäude der ehemaligen Burgvogtei der Burg Ramsberg – sie barg offenbar den Wohnbereich von Bruder Gebhardus – und eine Kapelle, die einem gewissen heiligen Wendelin geweiht war. Außerdem ein Schuppen, der der Arbeit geweiht war: nach vorne hin offen und aufgeteilt in diverse Abteilungen, die mit allem Möglichen vollgestopft waren. An der Fassade des lang gezogenen Hauses ein paar ausgedünnte Ranken von wildem Wein, die sich mit letzter Kraft an den bröckelnden Putz klammerten.

Sie blieben kurz stehen. Sahen sich um und lauschten. Außer dem samtenen Nieseln des Regens sowie gelegentlichem Vogelgezwitscher nichts zu hören, nichts zu sehen.

»Wollen Sie zu mir?«, tönte es plötzlich hinter einer Ecke des Hauses hervor. Pater Gebhardus Langer, groß, hager, Hakennase, ein Asket, wie er im Buche stand, trat auf sie zu.

Querlinger setzte sein freundlichstes Grinsen auf.

»Grüß Gott, Herr … ähm … Langer. Dürften wir Ihre kontemplative Ruhe mal kurz unterbrechen?«

»Ah, Sie müssen der Herr Kommissar und die Frau Kommissarin sein. Der Vater Abt hat Sie schon avisiert. Kommen Sie, lassen Sie uns ins Haus gehen.«

Sie betraten einen asketisch eingerichteten Raum mit dem typisch rustikalen Ambiente einer Alt-Linzgauer Bauernstube: Decke, Wände, Boden, alles aus Holz. In einer Ecke ein Bollerofen, dem das Abzugsrohr fehlte, an der Wand gegenüber ein Schrank, auf dem Boden ein zerschlissener Teppich mit Lotusblumenmuster (bestimmt das Geschenk eines tibetischen Mönchskollegen), auf dem Teppich ein Tisch und vier Stühle, Letztere allerdings aus Plastik. Was Querlinger und Eulenburg jedoch am meisten faszinierte, war ein Apple Notebook, das auf dem Tisch lag. Das neueste, wohlgemerkt!

Querlinger kam sofort zur Sache.

»Pater Gebhardus, ich nehme an, der Herr Erzabt hat Sie sicher darüber informiert, weshalb wir hier sind?«

Gebhardus' Miene wurde tiefernst.

»Es geht um meinen Mitbruder Sebaldus. Konkreter gesagt: um sein rätselhaftes Verschwinden.«

Querlinger nickte.

»Gibt es etwas, was Sie uns in diesem Zusammenhang sagen können?«

»Nein, nichts!«, kam es wie aus der Pistole geschossen.

Jahrzehntelange Verhörpraxis hatte Querlinger gelehrt, dass eine zu schnell gegebene Antwort mit Vorsicht zu genießen war.

Der Kommissar lehnte sich in seinen Plastikstuhl zurück, verschränkte die Arme vor der Brust und entschloss sich, zum Frontalangriff überzugehen.

»Warum sagen Sie uns nicht die Wahrheit, Pater? Als Benediktinermönch müssten Sie doch einen ganzen Rucksack an Tugenden mitbringen. Sollten nicht gerade Sie ein Musterbeispiel an Wahrheitsliebe und Ehrlichkeit sein?«, bluffte Querlinger.

Gebhardus wurde auf einmal totenbleich.

»Ruck... Rucksack? A... also das mit dem Rucksack ... da... das w... war so«, begann er stotternd und fuhr, allmählich flüssiger werdend, fort: »Er ... er hat mich gebeten, ihn in Verwahrung zu nehmen, er wollte ... dass ich ihn für ihn aufhebe. Er wollte ihn zwei Tage später abholen, er kam dann aber nicht. Woher wissen Sie das mit dem Rucksack überhaupt?«

Was war das denn? Der Kommissar tauschte einen verblüfften Blick mit der Eulenburg.

Geistesgegenwärtig beschloss er, auf den Zug aufzuspringen.

»Woher wir das mit dem Rucksack wissen?« Er stützte sich mit beiden Ellenbogen auf die Tischplatte und beugte sich weit nach vorn. »Es genügt, dass wir es wissen, nicht wahr, Frau Kollegin?« Er zwinkerte der Eulenburg zu.

»Genau«, bestätigte die. Und da sie es nicht lassen konnte, ergänzte sie: »Wir hatten eine Vision, wissen Sie. Einen Traum, den uns der Himmel gesandt hat. Ein riesengroßer Rucksack, der wie ein Heißluftballon am Himmel schwebte, prall gefüllt mit ... na ja, mit was, werden Sie uns sicher gleich sagen, oder?«

Gebhardus hatte einen roten Kopf bekommen. Ihm dämmerte, was da gerade mit ihm passierte.

»Hören Sie, auf den Arm nehmen kann ich mich selbst, klar?«, blaffte er die Kommissarin gereizt an.

Querlinger versuchte am Ball zu bleiben.

»Könnten wir diesen Rucksack mal sehen, Pater? Wir machen Sie darauf aufmerksam, dass wir in einer Mordserie ermitteln. Also bitte, kooperieren Sie mit uns und halten Sie mit Ihren Informationen nicht hinter dem Berg. Damit helfen Sie unter Umständen, weitere Morde zu verhindern.«

Das war zwar ziemlich dramatisch formuliert, doch der Benediktiner schwieg erst mal.

»Pater Gebhardus, bitte!«, setzte Querlinger nach.

»Schon gut, Moment«, knurrte der Mönch. Mit sichtlichem Widerwillen stand er vom Tisch auf und verließ kurz die Stube. Gleich darauf kehrte er mit einem Rucksack, Marke Adidas, zurück, den er genervt auf den Tisch knallte.

»Hätte er sich mir während einer Beichte anvertraut, würden Sie nichts aus mir herausbringen, da halte ich mich an das Kirchenrecht. Ich will, dass Sie das zur Kenntnis nehmen«, stellte er klar.

Querlinger nickte.

»Verstehen wir natürlich, Pater, aber wie Sie ja selbst zugeben, unterliegt das hier«, er deutete kurz in Richtung Rucksack, »nicht dem Beichtgeheimnis. Haben Sie eigentlich nachgesehen, was da drin ist?«

»Nein, was denken Sie von mir? Wollen Sie mir unterstellen, dass ich fremde Rucksäcke öffne?«

Zucken der linken Augenpartie des Mönchs. Blick in die rechte obere Ecke. Auch diese Aussage also eine Lüge.

»Ich unterstelle gar nichts, ich hab nur gefragt. Das gehört zu meinem Beruf wie zu Ihrem das Anrufen der Heiligen Dreifaltigkeit. – Wären Sie so lieb, Kollegin?«

Er schob den Rucksack der Eulenburg zu. Die kramte sofort ein Paar Plastikhandschuhe aus ihrer Jackentasche und zog sie über, um den Inhalt nicht mit ihren Fingerabdrücken zu kontaminieren.

»Wann hat er Ihnen den Rucksack zur Aufbewahrung gegeben?«, wandte sich Querlinger wieder an den Mönch.

»Am 27., am frühen Vormittag. Am 29. vormittags wollte er ihn wieder abholen.«

»Interessant. Am 29. vormittags. Dem Tag, an dem er verschwand. Nach der Vesper abends wurde er nicht mehr gesehen. Ist das nicht sonderbar?«

»Kam mir im Nachhinein auch so vor. Zumal er ja nicht kam.«

»Die Frage ist: Warum? Können Sie sich einen Reim darauf machen?«

»Nicht den geringsten.«

»Weshalb ließ er den Rucksack bei Ihnen zurück? Er hat doch sicher einen Grund genannt?«

»Hat er nicht.«

»Haben Sie ihn denn nicht danach gefragt?«

»Nein!«

»Warum nicht?«

»Warum hätte ich es tun sollen?«

»Kam es Ihnen denn nicht verdächtig vor, dass er den Rucksack bei Ihnen abstellen wollte?«

»Absolut nicht. Er hat schon früher gelegentlich Sachen bei mir abgestellt, die er dann später wieder abgeholt hat.«

»Wie war das Verhältnis zwischen Ihnen?«

»Sehr gut.«

»Kann man von einem vertrauten Verhältnis sprechen?«

»Absolut, ja.«

»Er hat Sie regelmäßig besucht?«

»So alle zwei Wochen.«

»Zu welchem Zweck?«

»Um Termine und Themen von Seminaren und Vorträgen mit mir abzustimmen und teilweise auch mit vorzubereiten.«

»Sie halten Vorträge und geben Seminare?«

»Ja.«

»Ist Ihnen bei seinem letzten Besuch nichts aufgefallen, was auf ein verändertes Verhalten schließen ließ?«

»Nicht das Geringste. Das ist ja das Seltsame. In dem Brief behauptete er, er habe die Nase voll vom Orden. Aber noch bei seinem letzten Besuch schwärmte er von einigen Seminar-Projekten, die ihm vorschwebten. Ich habe diesbezüglich dem Vater Abt gegenüber meiner Verwunderung Ausdruck gegeben.«

»Wie reagierte der Abt?«

»Er fand es genauso seltsam, und er war ebenso entsetzt wie wir alle. Aber er meinte, dass man in keinen Menschen hineinschauen könne.«

»Wissen Sie, was ich mich frage? Warum hat uns der Erzabt nichts über diesen Rucksack erzählt?«

Der Mönch rutschte unruhig auf seinem Stuhl hin und her und stieß einen tiefen Seufzer aus. Er hatte die Frage erwartet.

»Also gut, dann muss ich's Ihnen wohl sagen. Er … er hat mich gebeten, Ihnen nichts von dem Rucksack zu erzählen.«

»Ach, und weshalb?«

»Na, weil dieser Rucksack ein ganz besonderer Rucksack ist.«

»Ein ganz besonderer Rucksack, aha! Hat er vor Jahrhunderten etwa dem heiligen Benedikt höchstpersönlich gehört? Ist das vielleicht eine Reliquie oder so was?«

»Nein, aber er gehört Gerlinde Niederegger, der Name ist in einen der Gurte eingraviert, und wenn Sie recherchieren, werden Sie schnell herauskriegen, dass Gerlinde Niederegger die Tochter unseres Erzabtes aus einer Zeit ist, in der der Erzabt noch kein Erzabt, ja, noch nicht mal ein Mitglied unseres Ordens war. Ein Ausrutscher der Jugend, wenn Sie verstehen, was ich meine. Trotzdem will der Vater Abt aus verständlichen Gründen nicht, dass das die Runde macht. Es genügt schon, dass das innerhalb des Konvents ein offenes Geheimnis ist. So, nun ist es heraus, ich kann nichts dafür, dass Sie es nun wissen, der Herr ist mein Zeuge, ich wasche meine Zunge in Unschuld.«

Querlinger und Eulenburg hatten den verbalen Dammbruch mit höchster Verblüffung zur Kenntnis genommen. Vor allem das mit dem »Ausrutscher der Jugend«. Der leibhaftige Erzabt einer leibhaftigen Erzabtei leibhaftiger Vater einer leibhaftigen Tochter – das schlug einerseits dem Fass den Boden aus, andererseits verlieh dieser Lebensumstand der Vita des Abtes doch etwas zutiefst Menschliches …

»Also verstehen kann ich das nicht ganz, dass der Herr Abt

das als Manko ansieht. Interessieren würde mich aber schon, wie der Totvogel zu dem Rucksack kam?«

»Eine ganz banale Geschichte, eine Ungeschicklichkeit, Herr Kommissar. Sein Rucksack und der Rucksack von Gerlinde – die ihren Vater regelmäßig im Kloster besucht – sehen genau gleich aus, selbe Marke, dasselbe Modell. Einziger Unterschied: der eingravierte Name auf der Innenseite des Gurtes. Sie standen nebeneinander in der Garderobe, beide waren leer. Sebaldus muss ihn verwechselt haben.«

Das war eine ziemlich dürftige Erklärung. Alles andere als überzeugend. Dennoch beschloss Querlinger, die Frage vorerst hintanzustellen, es gab Wichtigeres zu klären. Zumal Eulenburg mit der Untersuchung des Rucksacks fertig war und sich zu Wort meldete.

»Interessanter Inhalt, Chef, sehen Sie mal!«

Bis zu diesem Moment hatte Querlinger nur Pater Gebhardus im Auge gehabt. Was er jetzt, fein säuberlich nebeneinander auf dem Tisch gestapelt, erblickte, war in der Tat merkwürdig. Von der Wanderkarte Schwäbische Alb über einen Beutel mit Streichhölzern, einen zusammengeklappten Esbit-Taschenkocher, eine Packung Trockenbrennstoff bis hin zu mehreren Konservendosen Ravioli und einem Victorinox-Survival-Taschenmesser schien alles darauf hinzudeuten, dass der gute Pater Sebaldus vorgehabt hatte, sich nach seinem Abgang eine Zeit lang in Gottes freier Natur herumzutreiben. Die Frage war, weshalb?

Gebhardus selbst schien das Ganze völlig egal zu sein. Es brauchte nicht viel Phantasie, um das Desinteresse, das sich in seinem Gesicht spiegelte, richtig zu deuten.

»Sie wussten also, was drin war. Warum haben Sie uns nicht gesagt, dass Sie den Rucksack geöffnet haben? Ist doch nicht schlimm, dass Sie nachgesehen haben. Oder hat Sie der Inhalt so erschreckt, dass es Ihnen die Sprache verschlagen hat?«, fragte der Kommissar tadelnd.

Gebhardus zuckte lakonisch mit der Schulter und schwieg.

»Hallo, da ist ja noch was!«, rief Eulenburg auf einmal ganz aufgeregt.

Querlinger zuckte zusammen, auch die Miene des Mönchs zeigte mit einem Mal wieder reges Interesse.

Routinemäßig hatte Eulenburg den Rucksack abgetastet und war auf eine Unregelmäßigkeit im Boden gestoßen.

»Hier im Boden scheint was eingenäht worden zu sein. Ich müsste den aufschneiden, geht das okay, Chef?«

Gebhardus sprang auf.

»Nichts da! Das können Sie doch nicht machen!«

»Ruhe, Pater! Das können wir sehr wohl. Dieser Rucksack ist vorübergehend konfisziert. Und wir müssen ihn akribisch untersuchen, dazu sind wir verpflichtet. – Schneiden Sie den Boden auf, Frau Kollegin!«

Janine von Eulenburg holte ihr Klappmesser aus der Hosentasche, trennte mit zwei geschickt geführten Schnitten den Boden auf und klappte das obere Stück zurück. Zum Vorschein kam ein brauner DIN-A4-Umschlag.

»Öffnen Sie ihn.«

Die Kommissarin öffnete …

»Was soll das denn sein?«, fragte Pater Gebhardus verblüfft, als Janine von Eulenburg den Inhalt des Umschlags auf dem Tisch ausgebreitet hatte.

»Ich werd verrückt«, murmelte die Kommissarin.

»Ich auch«, knurrte der Kommissar.

Ungläubig starrten sie auf ein aus mehreren Blättern bestehendes Dokument, auf dem sämtliche Namen und Adressen der Angehörigen der Oberprima 1976 am Ulmer Humboldt-Gymnasium fein säuberlich aufgelistet waren.

»Das gibt's nicht!«, meinte Querlinger kopfschüttelnd.

»Unglaublich«, meinte Eulenburg. »Er hat das, wonach wir wochenlang verzweifelt gesucht haben. Hier sehen Sie mal: Hinter einigen Namen stehen sogar mehrere Adressen mit Jahreszahlen. Wer wo wann wohnte. Der reinste Wahnsinn! Woher hat er das? – Moment, was ist das denn?«

Die Kommissarin löste vorsichtig ein DIN-A4-Blatt von der Rückseite einer der Namenslisten, das irgendwie dort haften geblieben war.

»Die Rechnung eines Detektivbüros«, rief sie ungläubig. »Menschenskinder, Chef, der Totvogel hat die Recherchen einer Detektei übertragen! Hier, sehen Sie? ›Detektivagentur Ponzenrieder, Karlsruhe. Spezialagentur für Personenrecherchen‹. Hat den Totvogel zwölftausenddreihundert Euro gekostet. Die haben richtig effektiv gearbeitet.«

»Die hätten wir vielleicht auch konsultieren sollen, Mist, elender!«, knurrte Querlinger gereizt. Dass eine private Detektei etwas zustande gebracht hatte, was sie unter Aufbietung sämtlicher Kräfte nur teilweise geschafft hatten, ärgerte ihn maßlos. Obwohl er wusste, dass sich manche Polizeidienststellen tatsächlich solch externer Ermittler bedienten.

»Aber die Adresse vom Möbius fehlt. Die haben die auch nicht rausgebracht«, bemerkte Eulenburg mit einem Hauch von Schadenfreude. »Da steht nur der Name: Heinz Möbius. Sonst nichts.«

»Dann werden wir uns mal in Karlsruhe nach dem Auftraggeber erkundigen. Vielleicht wissen die ja was über Totvogel, was wir noch nicht wissen«, meinte Querlinger.

»Sagen Sie, Pater, gibt es ein aktuelles Foto von Benedikt Totvogel?«, wandte er sich an den Eremiten.

»Da fragen Sie am besten in Beuron nach.«

Bereits am nächsten Tag war das Konterfei Benedikt Totvogels alias Pater Sebaldus auf sämtlichen Polizeicomputern der Republik abrufbar. Und schon einen Tag danach prangte ein entsprechendes Fahndungsplakat überall dort, wo das »öffentliche Interesse« sich die Klinke in die Hand gab.

38

Mittwoch, 3. Juli

Noch keine Morgenlage war so prominent besetzt gewesen wie die an diesem Mittwochvormittag. Fast die gesamte »SOKO HENNE« einschließlich ihres Leiters, Kriminaloberrat Dr. Fachinger, war versammelt. Sogar der Polizeipräsident Hubertus Kramer-Beutlin und der Pressestaatsanwalt Dr. Rainer Rossfuß sowie Hansjörg Häberle, der Pressesprecher, waren anwesend. Und natürlich auch Nepomuk Hofzitzel, der Chef des Erkennungsdienstes. Lediglich die Kommissare Birgit Unseld, Harald Henssler und Arthur Bommel fehlten. Unseld und Henssler waren heute früh mit ein paar Kollegen vom K5, in dem das Dezernat für IT-Beweissicherung untergebracht war, nach Beuron gefahren, um sich die Kloster-Computer vorzunehmen. Und Bommel war dabei, sich die Telefonkontakte Benedikt Totvogels anzusehen.

Fachinger eröffnete die Morgenlage mit der Miene eines Politikers, der eine bedeutende Wahl gewonnen hat. »Guten Morgen, meine Damen und Herren. Gestatten Sie mir zunächst eine Feststellung, der wir schon lange entgegengefiebert haben: Die Identität der Schwarzen Henne ist geklärt. Als Leiter der Soko, der die Hauptverantwortung für die Ermittlungen trägt, bin ich natürlich sehr froh über diesen Erfolg«, bemerkte er in einem Ton, als habe man diese Erkenntnis vor allem ihm zu verdanken. »Die weitere Besprechung wird der Erste KHK Querlinger moderieren. Er wird Ihnen die aktuelle Ermittlungslage vorstellen. Bitte, Herr Kollege.«

Querlinger und Eulenburg traten nach vorn. Die Kommissarin schlug ein Blatt des Flipcharts um und nahm einen Marker zur Hand.

»Ja also … ähm … moderieren würde ich das nicht nennen, ich setze Sie lediglich über einige Fakten in Kenntnis, Kollegin

Eulenburg wird einige Stichpunkte der Übersichtlichkeit halber notieren. Wie der Herr Oberrat ja schon sagte, können wir von der begründeten Annahme ausgehen, die Henne identifiziert zu haben.«

Querlinger fasste die Details zusammen, die Eulenburg stichwortartig auf dem Flipchart notierte. Dann blätterte sie einmal um, und zum Vorschein kam ein vorbereitetes Blatt mit Datums-, Zeit- und Ereignisangaben.

»Ich habe die Kollegin Eulenburg heute in aller Frühe gebeten, noch mal sämtliche relevanten Datumsangaben zu notieren. Ich bitte Sie, sich diese mal anzuschauen.«

Querlinger wies auf das erste Datum, den 27. Mai.

»Das ist der Tag, an dem Totvogel den Rucksack bei seinem Mönchskollegen in der Einsiedelei zurücklässt mit dem Hinweis, er werde ihn zwei Tage später abholen. Und der Tag, an dem er frühabends Besuch empfängt: Manfred Reuber.«

Der Kommissar wies nacheinander auf weitere Datums- und Ereignisangaben, die er kommentierte, und kam so schließlich zum 27. Juni.

»Am 27. Juni erreicht uns ein Brief der Henne, in dem sie ankündigt, dass sie den Pfau und den Seidenschwanz aufs Korn nehmen wird. Den Brief wirft sie höchstpersönlich bei uns in den Briefkasten ein, wahrscheinlich in der Nacht. Und nun kommt's: Fünf Tage vorher, am 22. Juni, gibt sie einen Brief in La Spezia auf, in dem sie den Vollzug der Morde an Neumeister und Meier bekannt gibt. Dieser Brief erreicht uns allerdings erst am 28. Juni. Schätze mal, dass Letzteres dem Zufall geschuldet war. Frage: Was bewegt die Henne dazu, einen Mord anzukündigen, den sie bereits begangen hat?«

Kurzes Schweigen in der Runde. Dann Eulenburg: »Diese Frage habe ich mir auch gestellt, Chef. Den Grund dafür habe ich heut Nacht gegoogelt, ich konnte nämlich nicht schlafen.«

Sie klappte ihr Tablet auf: »Vom 13. bis zum 21. Juni, liebe Kollegen, liebe Kollegin, gab es bei der italienischen Post einen Generalstreik. Hätte Totvogel, sprich die Henne, wie bisher chronologisch vorgehen wollen – die Tat, die sie am 22. Juni begangen hat, also vorher anzukündigen –, wäre ihr das gar nicht möglich gewesen. In dem genannten Zeitraum wurde in ganz Italien nämlich nicht ein einziger Brief expediert. Nehmen wir Folgendes an: Sie plant den Mord an Neumeister und Meier akribisch im Voraus – einerseits! Andererseits will sie aber auch nicht auf das gewohnte Prozedere, das für sie eine Art Zeremonie darstellt, verzichten – wir haben es schließlich mit einem Soziopathen mit eingebranntem Verhaltensmuster zu tun. Was also soll sie angesichts des Generalstreiks der Post tun? Sie beschließt, uns diesmal das Schreiben mit der Ankündigung *erst nach der Tat*, als sie wieder in Deutschland ist, zukommen zu lassen, und wirft den Brief am 27. Juni direkt in unseren Briefkasten ein. Der Poststreik erklärt im Übrigen auch, warum uns der am 22. Juni aufgegebene Brief, also die Vollzugsmeldung, erst am 28. Juni erreichte: Die liegen gebliebenen Briefe konnten nur mit erheblicher Verspätung zugestellt werden.«

Verblüffung in der Runde.

Querlinger reckte anerkennend den Daumen hoch.

»Topp, Kollegin. Brillant recherchiert. Damit hätten wir zumindest diese Irritation vom Tisch. Ich hätte allerdings eine Bitte. Ich möchte nicht, dass wir Benedikt Totvogel weiter Schwarze Henne nennen. Wir kennen die Identität des Mörders, also nennen wir ihn beim Namen!«

Bödele riss den Arm hoch.

»Aber dann hätte Totvogel doch beide Briefe, die Ankündigung und die Vollzugsmeldung, am 22. aufgeben können. Warum hat er das nicht gemacht?«

Karin Petrarca meldete sich. »Hat die Kollegin Eulenburg doch grade gesagt: eingebranntes Verhaltensmuster. Wenn der Mörder es wegen höherer Gewalt schon nicht schafft, den gewohnten chronologischen Ablauf einzuhalten, will er wenigstens, dass uns die beiden Briefe *getrennt voneinander*, nicht miteinander erreichen.«

»Tut mir leid, da fehlt mir die Logik«, widersprach Bödele.

Markus Dörfler sah das anders: »Uns erscheint dies unlogisch, für ihn stellt es eine wichtige Konstante in dem irrwitzigen

Spiel dar – vergessen wir nicht, er hat einen psychischen Defekt. Außerdem will er nach Hause, und zwar unmittelbar nach der Tat. Also beschließt er, den Brief direkt nach seiner Ankunft zu Hause bei uns einzuwerfen.«

Murmeln in der Runde. Zustimmendes Nicken.

»Weitere Kommentare?«, fuhr Querlinger fort.

Feigl meldete sich zu Wort.

»Um noch mal auf den logistischen Faktor zurückzukommen. Totvogel muss, bevor er seinen Orden verließ, ein Domizil, eine Art Headquarter, eingerichtet haben, von wo aus er operieren konnte.«

»Und wo er seine Opfer festgehalten hat«, ergänzte Kriminalkommissarin Petrarca.

»So sehe ich das auch«, stimmte Dr. Fachinger zu. »Gibt es zum Aufenthalt des Mörders denn nicht den geringsten Hinweis?«

»Gäbe es ihn, wären wir diesem Hinweis längst gefolgt, Herr Oberrat. Es gibt ihn aber nicht. Wenngleich das mit dem Headquarter sicher richtig ist.«

Bernd Zimmernagel rührte sich.

»Mit anderen Worten: Totvogel muss sich noch während seiner Ordenszugehörigkeit so was wie 'nen Zweitwohnsitz genommen haben? Das geht doch aber nur unter Angabe der Personalien. Wie wär's, wenn wir da mal recherchieren?«

»Du meinst, wir sollten die entsprechenden Behörden abklappern?«, vergewisserte sich Heinerle.

»Richtig. Einwohnermeldeämter zum Beispiel.«

»Und unter welchem Namen? Etwa unter Totvogel?«, hakte Bödele nach.

»Warum nicht? Oder unter seinem Fake-Namen Karl Kollermann. Bietet sich an, nachdem er ja einen auf diesen Namen ausgestellten Ausweis besitzt.«

»Gut, einen Versuch wär's wert«, entschied Querlinger. »Kollege Göppel, Kollege Dörfler, kümmern Sie sich drum?«

»In Ordnung!«

»Eine Frage bleibt, Kolleginnen und Kollegen«, fuhr Querlinger fort. »Weshalb hat er den Rucksack nicht am 29. Mai in der Einsiedelei abgeholt wie vorgesehen? Es ist wohl kaum anzunehmen, dass ihm der plötzlich egal war. Oder dass er ihn einfach vergessen hat.«

Karin Petrarca nickte. »Stimmt, dazu ist der Inhalt viel zu speziell. Wie wir wissen, handelt es sich dabei um typische Outdoor-Utensilien. Was die Vermutung nahelegt, dass er sich eine Zeit lang irgendwo draußen in der Pampa aufhalten wollte. Die Frage ist: Warum?«

»Da gibt es wahrscheinlich zig Antworten«, meinte Eulenburg.

»Mir würde schon eine reichen.«

»Vielleicht, weil er für alle Eventualitäten gerüstet sein wollte? Sollte mal was Unvorhergesehenes passieren und er Hals über Kopf flüchten müssen, könnte so eine Survival-Grundausstattung vielleicht das Zünglein an der Waage sein, um mit einer Extremsituation klarzukommen.«

Die Argumentation der Eulenburg hatte durchaus was für sich.

»Wie auch immer. Er hat auf jeden Fall umdisponiert und brauchte den Rucksack nicht mehr«, meinte Heinerle.

»Und wenn das mit dem Rucksack auch nur ein Fake ist? Mit dem er uns kirre machen will?«, stellte Häberle, der Pressesprecher, eine ganz neue Vermutung in den Raum.

»Genau. Vielleicht will er uns verarschen, so wie er das mit der Silikonpuppe gemacht hat«, legte Heinerle nach.

»Oder einfach 'ne falsche Spur legen?«, schlug Zimmernagel vor.

»Mutmaßungen lassen sich da viele anstellen. Die führen im Moment aber zu nichts. Habt ihr den Rucksack schon auf Finger- und sonstige Spuren untersuchen können, Nepo?«, wandte sich Querlinger an Hofzitzel, der bis jetzt nicht einen Muckser von sich gegeben hatte.

»Haben wir. Außer Fingerabdrücken konnten wir unter anderem Faserspuren und DNA-Material sicherstellen. Die DNA muss verglichen werden mit der, die wir unter den Fingernägeln von Manfred Reuber gefunden haben, aber bis wir da ein Ergebnis haben, dauert es Tage, wie du weißt.«

»Und das Ergebnis von den Fasern, das kriegen wir doch heute noch, oder?«

»Damit sind meine beiden neuen Mitarbeiterinnen beschäftigt«, sagte der Leiter der Spurensicherung und sah auf die Uhr. »Schätze mal, dass sie bald damit fertig sind. Ich teil dir die Ergebnisse übers Intranet mit, oder ich komm nachher vorbei.«

»Okay, Herrschaften, dann lassen Sie uns die nächsten Schritte durchgehen.« Querlinger trat neben die Magnettafel mit den Fotos und Zetteln.

»Wie ich bereits ausgeführt habe, wissen wir, dass Totvogel sich regelmäßig mit einem gewissen Heinz getroffen hat. Mit etwas Glück handelt es sich dabei um den Schönheitschirurgen Heinz Möbius. Wenn das stimmt, was auf diesem Zettel steht ...«, Querlinger wies auf den Post-it-Zettel aus der Wohnung des Mönchs, »... trafen sich die beiden am 29. Mai, um dreizehn Uhr. In diesem Zusammenhang sind zwei Dinge zu klären: Wo genau wohnt Möbius, und welche Beziehung unterhält Totvogel zu ihm? Finden wir Möbius, finden wir vielleicht auch Totvogel.«

Dr. Rossfuß meldete sich.

»Sagten Sie vorhin nicht etwas von irgendwelchen Listen mit Namen und Adressen, die man in dem Rucksack gefunden hat?«

»Das ist richtig. Totvogel hatte eine Spezialagentur für Personenrecherchen eingeschaltet. Aber die konnte Heinz Möbius auch nicht ausfindig machen. Wir verfügen lediglich über die Aussage des Abtes, dass dieser ominöse ›Heinz‹ am Bodensee wohnt.«

»Wie sieht's aus mit dem Ärzteregister?«, wollte Dörfler wissen.

»Negativ. Wir werden die Melderegister der Einwohnermeldeämter anzapfen müssen, vor allem der Orte um den Bodensee herum. Vielleicht ergibt sich da was. Sonst noch was, das wir erörtern sollten, Kolleginnen, Kollegen?«

Göppel meldete sich.

»Ich hab den Eigentümer des Grundstücks gefunden, das seinerzeit dieser Gertrud Steinhauser gehörte und das nach ihrem Tod an ihre Großmutter ging.«

»Sehr gut, Herr Kollege, darüber sprechen wir gleich.«

Feigls Hand schoss nach oben.

»Ich wollte noch bemerken, dass –«

Poltern, ein Knall! Angie Braun hatte die Tür aufgerissen und gegen die Wand krachen lassen. Mit hektisch gerötetem Gesicht stürzte sie in den Raum.

»Hab's rausgefunden, Chef! Ich hab die Adresse von diesem Schönheitschirurgen. Er heißt schon lange nicht mehr Heinz Möbius, sondern Heinz van Amerdongen. Er wohnt in Überlingen, ich hab auf telefonbuch.de nachgeschaut.«

Querlinger war perplex.

»Und wie sind Sie an diese Information gekommen?«

»Der Guntram hat verschiedene Prospekte von Schönheitskliniken, die am Bodensee liegen, aus dem Internet runtergeladen. Er meinte, ich solle sie mal durchsehen. In dem Prospekt von der Klinik Fons Luvenis gibt's ein Foto aus der Zeit, wo die Klinik gegründet wurde, und da ist er drauf. Und weil er eben nicht mehr Heinz Möbius heißt, haben wir ihn die ganze Zeit nicht finden können.«

»Und woher wissen Sie, dass es sich um Heinz Möbius handelt?«

»Es ist dieser lachende Typ mit dem Pferdegebiss, der auf dem Foto von der Rechtensteiner Fete drauf ist. So ein Gebiss gibt's nicht noch mal. Schauen Sie selbst, Chef!«

Angie reichte dem Kommissar den Prospekt, in dem sie die entsprechende Seite aufgeschlagen hatte. Unter der Überschrift »Historie der Klinik Fons Luvenis« fand sich ein Foto mit der Bildunterschrift: »Dr. Heinz van Amerdongen im Jahr 2007 im Kreis seiner Mitarbeiter«.

»Ich werd verrückt, das ›Pferdemaul‹«, murmelte Querlinger.

39

Eine Stunde später verfügte er über die nächste wichtige Information. Göppel hatte ihm eine Notiz mit der Adresse des Erben, an den das Grundstück der Gertrud Steinhauser nach dem Tod von deren Großmutter gegangen war, auf den Schreibtisch gelegt. Eigentlich eine Erbin: eine gewisse Henriette Wiesinger, wohnhaft im Ägidius-Stift in Dornstadt, einem Altenheim. Eine halbe Stunde später schaute Nepo vorbei und überraschte ihn mit einem weiteren Resultat, das sie aufgrund der Auswertung der daktyloskopischen Ergebnisse gewonnen hatten. Zwar hatten sie aufgrund verschiedener Abgleiche bestimmte Fingerspuren eindeutig Totvogel zuordnen können: Fingerabdrücke, die er sowohl auf seinen mit »Schwarze Henne« unterzeichneten Botschaften als auch auf den Blättern der Adressenlisten zurückgelassen hatte. Kurios jedoch war ein anderer Umstand: Während Totvogels Fingerspuren an dem Touran, der auf dem Blautopf-Parkplatz abgestellt worden war, nicht nachgewiesen werden konnten, gab es auf einigen Blättern der Adressenliste einen Abdruck, der mit mehreren Fingerspuren an dem Fahrzeug korrespondierte.

Bei Querlinger schrillten die Alarmglocken.

»Das heißt im Klartext: Es könnte eine weitere Person ins Spiel kommen, von der wir bis jetzt nicht einmal ahnten, dass es sie gibt?«

Hofzitzel, der Querlinger am Schreibtisch gegenübersaß, nickte.

»Wenn ich es richtig erinnere«, fuhr Querlinger fort, »hat die Mitarbeiterin des Fahrzeugvermieters doch ausgesagt, dass die Henne, sprich Totvogel, als sie das Fahrzeug mietete, beim Unterschreiben des Mietvertrages Handschuhe angehabt hatte? Ich nehme an, dass Totvogel beim weiteren Handling mit dem Fahrzeug ebenfalls Handschuhe trug?«

»Wahrscheinlich«, entgegnete Hofzitzel. »Was erklären

würde, weshalb wir weder an diesen Mietwagenpapieren noch am Touran selbst Abdrücke von ihm sicherstellen konnten. Wir haben die Karre auf den Kopf gestellt und zig Fingerspuren von ehemaligen Kunden, vom Bedienungspersonal des Fahrzeugvermieters und weiß der Teufel noch von wem gefunden, aber keine einzige von Totvogel.«

»Dafür von diesem Phantom, das seine Fingerabdrücke auch auf der Liste, die wir im Rucksack gefunden haben, zurückgelassen hat.«

»Phantom ist der richtige Ausdruck. Oder Alien«, grinste Hofzitzel.

»Ein Alien-Fingerabdruck, na toll! Hundsveregg!«

40

Donnerstag, 4. Juli

Die übereinandergeschlagenen Beine auf dem Schreibtisch und die Hände auf dem Bauch gefaltet, meditierte Querlinger im Stand-by-Modus mit geschlossenen Augen vor sich hin.

Die Fortschritte der letzten Tage beschäftigten ihn, und die waren durchaus beachtlich. Allerdings verursachte der Fingerabdruck, der auf den neu aufgetauchten Adressenlisten Totvogels ein sowohl rätselhaftes als auch hinterhältiges Dasein fristete, ihm nicht unerhebliche Bauchschmerzen. Dieselben Fingerspuren hatten sich auch am Mietfahrzeug der Henne gefunden! Wie passte das zusammen? Verfügte Totvogel über einen Helfershelfer? Bisher waren sie davon ausgegangen, dass es sich bei der Henne um einen Solisten handelte. Was, wenn sie es mit einem Duo zu tun hätten?

Solist! Querlinger zuckte zusammen und schwang seine Beine vom Schreibtisch. Blitzartig war ihm Siegfried Kasunke eingefallen. Ob etwa der Solotrompeter …?

Ein Klopfen an der Tür unterbrach seine Überlegungen.

Feigl und Zimmernagel traten herein.

»Wir haben in Sachen Möbius beziehungsweise van Amerdongen nachrecherchiert. Auch bei der Einwanderungsbehörde. Möbius hat nach seinem Abi Medizin an der Uni Heidelberg studiert und später als plastischer Chirurg an verschiedenen Kliniken gearbeitet. 1985 promovierte er, und im Oktober 1987 wanderte er in die Vereinigten Staaten aus, offenbar in Begleitung einer Marieke van Amerdongen. Von da an verliert sich vorerst seine Spur. Im Januar 2006 kehrte er als Heinz van Amerdongen zurück, nachdem er Jahre zuvor, 1989, in Las Vegas seine Marieke geheiratet und ihren Namen angenommen hat. An –«

»Moment! Wie sieht's mit seiner Staatsbürgerschaft aus?«

»Er hat die deutsche und die amerikanische.«

»Gut, weiter.«

»Anfänglich wusste kein Aas, dass sich hinter van Amerdongen Heinz Möbius verbarg, später dürfte er nur einige wenige Personen darüber informiert haben. 2007 gründete er die private Schönheitsklinik Fons Luvenis, die er 2014 für einen Betrag von acht Millionen Euro an einen Klinikverbund verscherbelte. Im gleichen Jahr starb seine Frau. Seitdem lebt er als Pensionär in Überlingen in einer Villa.«

»Dann wissen wir also auch das. Jetzt zu den weiteren Hausaufgaben. Wir müssen uns die beiden derzeit wichtigsten Recherchen teilen. Ihr kontaktiert die Erbin, an die dieses fünftausend Quadratmeter große Grundstück nach dem Tod der Steinhauser'schen Großmutter ging, diese … ähm …«

»Henriette Wiesinger«, half Feigl ihm weiter.

»Richtig. Der Göppel hat mit der Leiterin des Altenheims in Dornstadt telefoniert und ihr bereits angekündigt, dass sie Besuch von uns bekommt.«

»Und die Alte ist nicht erschrocken deswegen?«, fragte Feigl. »Immerhin ist sie dreiundneunzig.«

»Im Gegenteil, sie ist schon ganz scharf drauf. Für sie ist es eine willkommene Abwechslung, der Polizei zu Diensten zu stehen.«

Zimmernagel nickte.

»Okay. Dann sehen wir zu, dass wir die Befragung der alten Wiesinger gleich morgen gebacken kriegen.«

»Wenn ihr damit fertig seid, unterstützt ihr die anderen bei der Suche nach weiteren Personen, die mit Totvogel in Kontakt waren. Recherchiert insbesondere Firmen und Geschäftspartner, mit denen er im Rahmen seiner Arbeit im Kloster in Verbindung stand.«

»Und wer kümmert sich um den Plastikchirurgen am Bodensee?«, wollte Zimmernagel wissen.

»Eulenburg und ich. Wir fahren morgen Mittag nach Überlingen. Drum schmeiß ich euch jetzt raus. Ich hab nämlich noch 'ne Menge Papierkram zu erledigen.«

41

Freitag, 5. Juli

Das Villenviertel lag am äußersten Rand von Überlingen auf einem Hügel mit Blick auf den See. Querlinger fuhr eine gepflegte Stichstraße entlang und stellte seinen Terrano in einer Parkbucht ab.

Nach fünf Minuten Fußmarsch lag die van Amerdongen'sche Villa vor ihnen. Eine breite Einfahrt, versehen mit einem Stahltor, das auf Schienen lief, ermöglichte die Zufahrt zu dem Grundstück.

»Ganz schön bonzig. Die Gegend hier stinkt nach Geld«, polemisierte Eulenburg in bester marxistisch-leninistischer Tradition.

»Geld stinkt nicht, Kollegin«, zitierte Querlinger den wichtigsten Grundsatz des Kapitalismus.

Sie traten an eine neben dem Tor angebrachte schwarze Marmorplatte heran. »DR. HEINZ VAN AMERDONGEN«, stand in fein ziselierten Kapitälchen auf der Platte, darunter befand sich eine Sprechanlage.

Die Kommissarin drückte den Klingelknopf.

Die Sprechanlage schwieg.

»Was machen wir, wenn er nicht da ist?«

»Dann werden wir den Hausdiener interviewen.«

»Hausdiener?«

»Hab ich Ihnen das nicht erzählt? Der Kollege Göppel hat beim Einwohnermeldeamt recherchiert und herausgefunden, dass das van Amerdongen'sche Anwesen noch einen weiteren Mitbewohner beherbergt: einen Hausdiener und Gärtner.«

Sie drückte ein zweites Mal. Nach gefühlten zehn Sekunden endlich ein Rauschen im Lautsprecher und ein raubauziges: »Wer da?«

»Kriminalhauptkommissar Eugen Querlinger in Begleitung

der Kriminalhauptkommissarin Janine von Eulenburg von der Kripo Ulm!«, gab der Kommissar zackig zurück.

»Ach herrje!«

Ein Summen ertönte. Gleich darauf rollte das Stahltor mit leisem Knirschen zur Seite.

Sie gingen einen gefliesten Weg entlang, vorbei an einem zwischen hohen, alten Bäumen versteckten kleinen Häuschen mit auffällig rot-grün gestrichenen Fensterläden. Er führte zu einer Villa, deren Architektur an Le Corbusier erinnerte. Ein anderer Weg, gepflastert und ziemlich breit, bildete die Zufahrt zu einem Platz, auf dem sich ein Carport und eine Garage gigantischen Ausmaßes befanden. Unter dem Carportdach protzten ein Jeep Grand Cherokee, ein Land Rover Range und ein Porsche 911 vor sich hin.

»Wahnsinn«, schwärmte der Kommissar.

»Kapitalismus in seiner schönsten Form«, merkte die Kommissarin an.

In die Betrachtung all der Herrlichkeiten vertieft, hätte Querlinger fast nicht bemerkt, dass ihnen jemand entgegenkam: der Hausdiener. Besser gesagt: der Hausdienergärtner. Grüner Overall, rot-weiß kariertes Flanellhemd, Hosenträger. In der Rechten eine Setzschaufel. Igelhaarschnitt, kantiges Gesicht, braun gebrannt, blaue Augen, forscher Blick.

»Kripo Ulm? Habe ich das richtig verstanden?«

»Sind Sie der Wer-da-Mensch?«, fragte Querlinger.

»Wie bitte?«

»Na ja, so haben Sie uns an der Sprechanlage begrüßt. ›Wer da?‹, haben Sie gefragt. Bei uns in Ulm ist man ein bisschen kultivierter im Umgang mit den Mitmenschen.«

»Äh … ach so. Sie meinen, ich hätte etwas höflicher sein können. Vielleicht haben Sie recht. Aber Sie glauben gar nicht, wer hier so alles klingelt. Heutzutage ist viel Gesocks unterwegs, das muss man sich vom Leibe halten.«

Eine Begegnung mit einem Hausangestellten der dritten Art. Offenbar vereinigte der Mann nicht nur das Amt des Hausdieners und Gärtners in seiner Person, sondern auch das des Bodyguards.

»Kommen Sie, gehen wir rein. Die Kripo. Donnerwetter! Die war noch nie hier.«

Er ging voraus in Richtung Villa, am Haupteingang vorbei, auf die Rückseite des Hauses.

»Setzen wir uns in den Wintergarten.«

Sie betraten einen viereckigen Glaskasten, der sich eher als Gewächshaus denn als Wintergarten entpuppte. Tisch, vier Stühle und ein Regal aus Rattan. Blumen und Pflanzen in Kübeln und Töpfen. In einer Ecke ein aufgeschnittener Plastiksack, aus dem schwarzer Humus quoll, daneben ein mit Erde gefüllter Karton, in dem Tomatenpflänzchen gezogen wurden. Der Karton rief nostalgische Kindheitserinnerungen in Querlinger wach. Es handelte sich um eine Verpackung für eine Märklin-Modelleisenbahn von Anfang der sechziger Jahre – wie schnell die Zeit doch verflog.

»Bitte, Platz zu nehmen. Warten Sie kurz! Ich will Sie nur schnell drinnen avisieren.«

Der Hausdiener schob eine Glasschiebetür auf, durch die man ins Hausinnere gelangte. Musik drang leise nach draußen, die Melodie klang verzerrt. Irgendwo schepperte ein Radio.

Seltsamerweise war es nicht van Amerdongen, der kurz darauf erschien, sondern erneut der Hausdiener. Er hatte sich umgezogen: legere Jeans und weißes Hemd. Er fläzte sich auf einen der freien Stühle und schlug die Beine übereinander.

»Sie sind also von der Kripo Ulm. Was kann ich für Sie tun?«

»Verzeihen Sie, aber eigentlich wollten wir zum Herrn des Hauses, zu Herrn Dr. van Amerdongen«, klärte Querlinger ihn auf. »Sie haben uns doch soeben bei ihm avisiert.«

»Tatsächlich?« Der Mann schien amüsiert. »Stellen Sie sich vor, Sie sprechen gerade mit ihm. Avisiert habe ich Sie bei meinem Hausdiener, er serviert uns gleich einen Kaffee.«

Querlinger war baff. Das also war Heinz Möbius, genannt »Pferdemaul«? Wo hatte er bloß sein Gebiss gelassen?

»Ach, und wir dachten *Sie* sind der Hausdiener beziehungsweise der Gärtner.«

»Da muss ich Sie enttäuschen. Gärtnern ist lediglich mein Hobby. Ich bin also nicht der Mörder.«

Querlinger stand einen Augenblick auf der Leitung.

»Wieso – der Mörder?«

»Na, wie jeder Krimileser weiß, ist der Mörder doch immer der Gärtner. Und da Sie von der Kripo sind, dürfte kein Gärtner vor Ihnen sicher sein, nicht wahr?«, entgegnete van Amerdongen und lachte schallend.

Dieser ehemalige Schönheitschirurg versprühte einen Humor wie ein Sack voller Kriebelmücken. Ein Comedian der dritten Art. Ob er noch genauso witzig drauf sein würde, wenn sie ihm auf den Zahn fühlten?

In diesem Augenblick wurde die Glastür zur Seite geschoben und heraus trat unter den verhaltenen Klängen des im Hintergrund scheppernden Radios (vielleicht war es ja auch ein alter Plattenspieler) ein weiterer Comedian. Zumindest fühlte es sich für Querlinger so an. Rule Britannia, God save the Queen, schoss es ihm durch den Kopf. Ein leibhaftiger Butler stand vor ihnen. Very british! Fliege, Frack, Weste, gestreifte Hose, akkurater Mittelscheitel und eine Miene wie die Berliner Mauer vor 1989: undurchdringlich. Sehr eigenwillig allerdings wirkte eine etwa fünf Zentimeter breite Armbinde in Rot-Grün, die er um den rechten Oberarm trug und die zum restlichen Outfit nicht so recht passen wollte.

Die linke Hand hinter dem Rücken verborgen, balancierte er auf der rechten ein Silbertablett mit Kanne, Milchkännchen, Zuckerdose und drei Porzellantassen.

»Mortimer, mein Butler«, stellte van Amerdongen ihn seinen verdutzten Besuchern vor. »Eine Perle von Hausdiener. Und ein exzellenter Gärtner, Herr Hauptkommissar«, süffisantes Lächeln von Comedian Number one, »außerdem macht er den besten Kaffee der Welt. Nicht wahr, Mortimer, mein Bester?«

»Sehr wohl, Mijnheer«, schnarrte Comedian Number two.

»Na, kommen Sie schon, schenken Sie ein, Mortimer. Der Kaffee wird sonst kalt.«

»Sehr wohl, Mijnheer.« Mortimer tat wie ihm geheißen und verschwand anschließend wieder durch die Glastür.

»Sie wundern sich bestimmt über die so gar nicht britische

Anrede«, wandte sich van Amerdongen an seine Gäste. »Eine
kleine Reminiszenz an meine niederländische Abstammung.«

Aufschlag für Querlinger.

»Ach, und wir dachten, den Namen hätten Sie von Ihrer Frau
angenommen, einer gewissen Marieke van Amerdongen, die Sie
in den USA geheiratet haben. Bevor Sie ausgewandert sind, hießen
Sie doch Möbius, Heinz Möbius. Nicht wahr?«

Überraschtes Schweigen.

»Nun, Herr van Amerdongen? Die Informationen, die wir
besitzen, sind doch sicher korrekt. Weshalb sind Sie eigentlich
nicht bei Möbius geblieben?«

»Warum fragen Sie? Ist es mittlerweile ein Verbrechen, den
Namen seiner verstorbenen Frau zu tragen?«

»Ich krieg eine Allergie, wenn man meine Fragen mit Gegen-
fragen beantwortet, Doktor.«

Van Amerdongen grinste.

»Oh! Sie scheinen ja ein ganz Scharfer zu sein. Sagen Sie, soll
das hier ein Verhör werden?«, gab er die coole Sau.

»Eine Befragung. Wenn ich eine Vernehmung führe, hat das
einen anderen Schärfegrad, das versichere ich Ihnen. Da werde
ich zur Chilischote.«

Schallendes Gelächter.

»Zur Chilischote, oh! Ein Kriminalbeamter als Meister der
Metapher. Sehr kreativ, Herr Kommissar, fast schon literarisch.
Haben Sie noch mehr solcher Vergleiche auf Lager? Ich liebe
gute Literatur, müssen Sie wissen.«

»Es gibt eine ganze Reihe von Metaphern, die ich auf Lager
habe, Doktor. Auch einige Sprüche. Einer lautet: Eitelkeit ist die
Kunst, auf sein Armleuchterdasein stolz zu sein.«

»Ah, diesen Spruch sagen frustrierte Kriminalbeamte auf,
wenn Sie vor dem Spiegel stehen und Selbstgespräche führen,
nicht wahr, mein Bester? – Aber gut, lassen wir das. Ich habe
Erbarmen mit Ihnen und verrate Ihnen den Grund für die Namensänderung, auch wenn es Sie nichts angeht.«

»Da bin ich aber gespannt.«

»Ich habe meine Frau sehr geliebt. Also beschloss ich, ihren

Namen anzunehmen und den Möbius in der Versenkung verschwinden zu lassen.«

»Ach, wie rührend, mir kommen die Tränen. Und ich dachte, Sie hätten den Möbius eliminiert, weil van Amerdongen für den Chef einer Schönheitsklinik eleganter klingt als Möbius.«

»Ich gebe gern zu, dass das ein angenehmer Nebeneffekt war. Sollten Sie vielleicht auch mal in Erwägung ziehen, so eine Namensänderung.«

»Ich, wieso?«

»Nun ja. *Querlinger!* Klingt doch ziemlich gewöhnlich, finden Sie nicht?«

»Ich bin sehr zufrieden mit meinem Namen. Aber kommen wir auf Sie zu sprechen, besser gesagt auf Ihr markantes Gebiss. Haben Sie das auch in der Versenkung verschwinden lassen? Wenn ich es richtig erinnere, nannten Ihre Klassenkameraden Sie doch ›Pferdemaul‹.«

Das saß. Querlinger hatte einen wunden Punkt erwischt. Van Amerdongen wurde puterrot. Pass auf deine Gurgel auf, schien sein Blick dem Kommissar zu sagen.

»Ich habe mir mein Gebiss vor zehn Jahren nach einem Unfall sanieren lassen«, entgegnete er mühsam beherrscht. »Und nun sagen Sie mir endlich, wieso zum Teufel sich die Kripo für meine Vita interessiert!«

»Wir suchen einen Mörder, das haben Kripoleute so an sich. Haben Sie doch vorhin selbst gesagt.«

»Einen Mörder, aha! Und den suchen Sie hier bei mir. Hat er sich etwa auf meinem Anwesen versteckt?«

»Wer weiß? Schließlich stehen Sie mit ihm in Kontakt: Benedikt Totvogel. Sie kennen ihn noch aus Ihrer Schulzeit am Humboldt-Gymnasium. Ein Benediktinermönch. Für einen Mörder eine interessante Tarnungsvariante, finden Sie nicht?«

Van Amerdongen wurde leichenblass.

»Mein Gott! Totvogel ein Mörder? Wen hat er denn umgebracht?«

»Na ja, er hat mehrere Vögel getötet. Insgesamt vier.«

Ein skalpellscharfer Chirurgenblick traf den Kommissar.

»Wollen Sie mich verarschen?«

»Keinesfalls! Im wirklichen Leben hießen die Vögel Manfred Reuber, Horst Kämper, Andreas Neumeister und Johannes Meier. Kommen Ihnen die Namen bekannt vor?«

Schweigen. Versteinerte Miene. Echte Bestürzung oder gespieltes Entsetzen?

»Das ... das ist ja fürchterlich. Das waren ... das sind ehemalige Klassenkameraden von mir. Wie wurden sie getötet?«

»Darüber sprechen wir nachher. Beantworten Sie bitte zuerst meine Fragen. Was wissen Sie über die Beziehung Totvogels zu seinen Opfern, Herr Dr. van Amerdongen?«

»Sind Sie von allen guten Geistern verlassen? Wie kommen Sie darauf, dass ich etwas darüber wissen könnte? Ich habe seit Jahrzehnten keinen Kontakt mehr zu meinen ehemaligen Klassenkameraden.«

»Aber Sie haben beziehungsweise hatten zu Benedikt Totvogel Kontakt. Wo hält er sich derzeit auf?«

»Was soll diese Frage? Sie wissen doch, dass er dem Konvent des Klosters Beuron angehört.«

»Dort ist er nicht mehr. Er hat den Orden verlassen. Tun Sie doch nicht so, als ob Sie das nicht wüssten.«

»Ich weiß es wirklich nicht.«

»Sie haben ihn in letzter Zeit des Öfteren getroffen. Wann fand das letzte Treffen statt?«

»Das kann ich Ihnen auf Anhieb sagen. Am 29. Mai.«

Schon wieder dieser ominöse 29. Mai. Am frühen Abend desselben Tages hatte sich Benedikt Totvogel aus dem Kloster verabschiedet.

»Was war der Grund, weshalb Sie sich trafen?«

»Wir hatten geschäftlich miteinander zu tun.«

»Welcher Art waren diese Geschäfte?«

»Ich weiß nicht, ob Sie das was angeht.«

Querlinger'sches Permafrostlächeln. Der Kommissar beugte sich in seinem Stuhl weit nach vorne.

»Hören Sie, mein Bester. Es geht um Mord. Auch wenn es Ihnen nicht bewusst war: Sie haben mit einem Mörder Geschäfte getätigt. Ich fordere Sie auf, mir auf der Stelle zu sagen, welcher Art diese Geschäfte waren. Wir bekommen es sowieso heraus, darauf können Sie Gift nehmen. Aber wenn Sie hier weiter rumzicken, muss ich davon ausgehen, dass Sie was zu verbergen haben und mit Totvogel unter einer Decke stecken. Wollen Sie das?«

Hätten die berühmten Blicke töten können, wäre der Kommissar auf der Stelle tot umgefallen.

»Also gut. Ich habe nichts zu verbergen. Wie Sie wahrscheinlich wissen, ist – oder sollte ich sagen: war? – er der Kunstsachverständige des Klosters. Er wollte eine Stiftung gründen – ›Sakrale Kunst der Moderne‹ – und fragte mich, ob ich ihn mit einem gewissen Betrag unterstützen würde. Ich sagte zu unter der Bedingung, dass die Stiftung meinen Namen bekommt und ich Vorsitzender werde. Womit er einverstanden war.«

»Eine Stiftung, die Ihren Namen tragen sollte, ah ja. Und auf welche Summe belief sich dieser … *gewisse Betrag*?«

»Zweihundertfünfzigtausend Euro.«

Querlinger verschlug es derart die Sprache, dass er vor Überraschung kein Wort herausbrachte.

Gelegenheit für Eulenburg, ihrem Chef endlich zu assistieren.

»Ich nehme an, dass es darüber schriftliche Unterlagen gibt?«, fragte sie.

»Natürlich.«

»Sowohl juristischer als auch finanzieller Art? Notarvertrag, Bestätigung der Bank? Kontoauszug, auf dem die Überweisung vermerkt ist?«

»Alles vorhanden. Allerdings hat er den Betrag in bar bekommen. Ich habe die Summe in bar abgehoben. Am 29. Mai habe ich ihm das Geld in einem Koffer übergeben. Er hat mir den Empfang quittiert.«

»Können wir die diesbezüglichen Unterlagen sehen?«

»Warten Sie!«

Van Amerdongen verschwand durch die Glastür. Fünf Minuten später erschien er wieder mit einer Dokumentenmappe unter dem Arm.

»Hier, bitte schön«, sagte er und legte die Mappe vor den Kommissar und die Kommissarin auf den Gartentisch.

»Hmmh«, brummte Querlinger nach einer Weile des Blätterns, Prüfens und Sichtens verstimmt.

»Scheint auf den ersten Blick alles seine Ordnung zu haben«, murmelte Eulenburg kleinlaut.

»Natürlich, was dachten Sie denn?«, bemerkte van Amerdongen arrogant. »Das ist alles bestens geregelt. So wie es unter Geschäftspartnern und Freunden, die sich gegenseitig vertrauen, üblich ist.«

Querlinger verzichtete auf einen Kommentar.

»Seit wann hielten Sie Kontakt zu ihm?«

Van Amerdongen zögerte.

»Antworten Sie, Doktor! Seit wann hielten Sie Kontakt zu Totvogel?«, wiederholte Querlinger barsch.

»Nicht ich habe den Kontakt zu ihm, sondern er hat ihn zu mir aufgenommen. Im Dezember letzten Jahres. Seitdem haben wir uns fünf oder sechs Mal getroffen.«

»Und weiter, was war der Grund?«

»Na ja, er rief mich an und sagte, er sei zufällig auf meine Adresse gestoßen, und fragte, ob er mal vorbeischauen dürfe. Ich war natürlich überrascht. Nach so langer Zeit ein Anruf von einem ehemaligen Schulkollegen …«

»Nannte er einen speziellen Grund?«

»Er meinte, wir sollten mal wieder über alte Zeiten plaudern. Er sei Mitglied des Konvents der Benediktinerabtei zu Beuron und habe in dieser Eigenschaft geschäftlich in Überlingen zu tun.«

»Über alte Zeiten plaudern, interessant. Aber in den ›alten Zeiten‹ waren Sie und er sich doch alles andere als grün gewesen. Im Gegenteil, Totvogel hat Sie und die gesamte Oberprima doch regelrecht gehasst.«

»Das wissen Sie also auch, Respekt. Aber sehen Sie, auch über diese Sache wollte er mit mir reden. Er wollte sich mit mir aussöhnen.«

»Aussöhnen!«

»Ja. Das entspräche seinem christlichen Selbstverständnis, sagte er. Und wer bin ich, Herr Kommissar, dass ich dieses Ansinnen hätte ablehnen können?«

Van Amerdongens Stimme troff auf einmal nur so von christlicher Aussöhnungsbereitschaft.

»Ich bin zu Tränen gerührt. Und als noble Geste, die die Aussöhnung besiegeln sollte, spendeten Sie ihm zweihundertfünfzigtausend Euro für eine Stiftung. Einfach so.«

»Nein, natürlich nicht einfach so. Und auch nicht gleich beim ersten Treffen. Als wir uns das dritte Mal begegneten, habe ich ihm von meiner Leidenschaft als Kunstsammler erzählt. Und da erzählte er mir, dass er vorhabe, eine Stiftung zu gründen, wofür er Geld benötige. Ich schlug vor, sie nach mir zu benennen und mich als Vorsitzenden einzutragen, was mir selbstverständlich eine nicht zu verachtende Reputation sichern würde. Und stellte ihm dafür eine großzügige Spende in Aussicht.«

»Zweihundertfünfzigtausend Euro. Sehr großzügig!«

»Kein Problem – bei meinen Vermögensverhältnissen. Aus der Sicht eines kleinen Staatsbeamten mit schmalem Salär ist das natürlich ein Schweinegeld.«

Flachhirn, dachte Querlinger. Er fühlte, wie ihm der Kamm schwoll. Zusammenreißen, Eugen, mahnte er sich.

Und beschloss, das Thema zu wechseln.

»Sie sagten vorhin, Totvogel habe Sie angerufen und vorgeschlagen, über alte Zeiten zu plaudern. Woher wusste er, dass sich hinter Heinz van Amerdongen Heinz Möbius verbirgt?«

»Was weiß ich? Er wusste es eben. Ist das relevant?«

»Hören Sie, unsere Recherchen haben ergeben, dass Sie 1987 in die Staaten auswanderten und erst 2006 zurückkehrten, und zwar als Heinz van Amerdongen. Heinz Möbius wurde 1989 quasi liquidiert, als Sie heirateten. Den Namen haben Sie doch in der Versenkung verschwinden lassen. Woher also wusste Totvogel, dass Sie der sind, der Sie früher waren?«

»Hab ich ihn nicht gefragt.«

»Ach, Sie haben ihn nicht gefragt! Über Jahre hinweg treten Sie als Heinz van Amerdongen auf, peinlichst darauf bedacht, dass

Ihr früherer Name bloß nicht irgendwo aufpoppt. Im Prinzip weiß nur eine Handvoll Eingeweihter, wer Sie wirklich sind. Dann erhalten Sie einen Anruf von einem Schulkollegen, den Sie seit Jahrzehnten nicht mehr gesehen haben wollen, der aber genau weiß, dass sich hinter Heinz van Amerdongen Heinz Möbius verbirgt. Und da wollen Sie uns weismachen, dass Sie das nicht interessiert hat?«

»Was soll diese Fragerei? Wollen Sie mir einen Strick drehen, bloß weil ich Totvogel nicht danach gefragt habe, wie er auf meine Adresse stieß? Das hört sich fast so an, als glaubten Sie, ich würde gemeinsame Sache mit einem Verbrecher machen!«

Gar nicht so weit weg von dem, was ich glaub, du windig's Bürschle. Schon die ganze Zeit über spukte dem Kommissar der mysteriöse Alien-Fingerabdruck im Kopf herum.

»Kommen wir noch mal auf Ihre ermordeten Klassenkameraden zurück. Als ich Ihnen die Namen genannt habe, waren die Ihnen sofort präsent, ohne dass Sie groß nachdenken mussten.«

»Natürlich, ich leide ja nicht an Alzheimer.«

»Dann können wir ja davon ausgehen, dass Sie sich auch an das Klassentreffen in Rechtenstein vom Mai 1981 erinnern. Unterhalb der Burg, im Gasthof ›Zum Goldenen Schwan‹.«

»Das wurde von mir organisiert. Selbstverständlich erinnere ich mich daran.«

»Auch an die Einlage mit der Vogelhochzeit?«

Fahrige Bewegung mit der Rechten über die Igelfrisur.

»Das ... das war dem jugendlichen Überschwang geschuldet. Und dem Alkohol. Wir waren an dem Abend alle ziemlich betütert.«

»Wie kam es eigentlich dazu? Wer hatte die Idee?«

»Ich verstehe nicht, was das mit Ihrem Fall zu tun hat.«

»Das müssen Sie auch nicht, Sie müssen nur meine Fragen beantworten.«

»Also gut, eigentlich war Benedikt Totvogel der Auslöser. Obwohl er nicht eingeladen war, tauchte er plötzlich auf und benahm sich wie ein Irrer. Schrie rum, er werde es uns allen zeigen und wir würden in der Hölle braten. Die ganze Vorstellung dauerte vielleicht zehn Minuten. Wir haben uns kaputtgelacht. Nachdem er wieder gegangen war, kam irgendjemand auf die Idee mit der Vogelhochzeit. Totvogel muss ihn mit seinem bescheuerten Namen inspiriert haben. Jeder sollte sich einen Vogelnamen aussuchen und sich einen Reim ausdenken. Eben wie bei diesem Kinderlied.«

»Welchen Vogel haben Sie eigentlich gegeben?«

»Ich? Ich hab da nicht mitgemacht. War mir zu blöd.«

»Gab es noch andere, die nicht mitgemacht haben?«

»Ja, noch zwei oder drei. Vielleicht auch vier, keine Ahnung.«

»Was war Totvogel für ein Typ? Wie war das Verhältnis zwischen ihm und der Oberprima?«

»Er war ein Sonderling, ein religiöser Spinner, furchtbar bigott. Und er musste die Unterprima wiederholen. Wir haben ihn deswegen immer wieder gehänselt. Auch wegen seines Namens und seines körperlichen Handicaps: Er hatte an jedem Fuß nur vier Zehen.«

»Ah ja. Gab es welche, die sich da besonders hervorgetan haben?«

»Könnte ich jetzt nicht sagen.«

»Was ist mit denen, die dieses Klassentreffen-Event bis in den frühen Morgen verlängert haben? Auf dem Gelände der Burg Rechtenstein. Wir wissen, dass Kämper, Reuber und eine gewisse Gertrud Steinhauser kurz vor Mitternacht da hochgestiegen sind. Gehörten Sie nicht auch dazu?«

»Wieso ich? Ich habe das Klassentreffen gegen dreiundzwanzig Uhr verlassen.«

Das stimmte mit der Aussage der ehemaligen Schwanenwirtin aus Rechtenstein überein.

»Sie wissen also nichts von diesen Unverzagten, die zur Burg hoch sind, um weiterzufeiern?«

»Doch. Gertrud Steinhauser kam wenige Wochen nach dem Klassentreffen ums Leben. Bei ihrer Beerdigung habe ich mich mit Reuber und Kämper unterhalten. Die haben mir gesagt, was da später abging.«

»Und, was ging da ab?«

»Na, was halt so abgeht bei diesen Gelegenheiten, es wurde gesoffen und gegrölt. Und weil die Gertrud dabei war, ging auch noch ein bisschen mehr ab. Frühmorgens kam dann ein Taxi, mit dem sie zu Reuber in die Wohnung fuhren.«

»Welchen Vogelnamen hatten sich Reuber und Kämper zugelegt?«

»Lassen Sie mich überlegen – ich glaube, Reuber gab den Kiebitz und Kämper den Eisvogel.«

Eigenartig! Das hatte auch der Australier ausgesagt.

»Hatten die nicht den Kuckuck und den Wiedehopf gegeben?«

Kurzes Zögern.

»Ich weiß von keinem Kuckuck und auch von keinem Wiedehopf.«

»Und Gertrud Steinhauser, die hatte sich doch bestimmt auch so einen Vogelnamen zugelegt, oder?«

»Sie gab den Za… äh … sie gab den Marabu.«

»Können Sie noch andere Teilnehmer an dem Treffen irgendwelchen Vögeln zuordnen?«

Van Amerdongen legte die Stirn in Falten.

»Also, ich versuch's mal. Der Häfele Harald, der gab … Moment mal … den Storch, die Schäufele Greta die Eule, der Straßer Erwin den Emu … tja, das war's, an die anderen erinnere ich mich nicht mehr.«

»Auch nicht an einen Pfau und einen Seidenschwanz?«

»Nein. Wie kommen Sie überhaupt auf diese Namen?«

»Die hat uns der Täter genannt. Er hat jedes seiner vier Opfer mit einem Vogelnamen versehen und eine Botschaft dazu verfasst. Im Gegensatz zu Ihnen, verehrter Doktor, nannte er Reuber und Kämper allerdings nicht Kiebitz und Eisvogel, sondern Kuckuck und Wiedehopf. Meier und Neumeister bezeichnete er als Pfau und Seidenschwanz. Der Mörder selbst nennt sich übrigens ›die Schwarze Henne‹.«

Erschrecken in der Miene van Amerdongens. Gespielt oder echt, das war hier die Frage.

»Sie sagten vorhin, bei der Beerdigung der Steinhauser hätten Sie sich mit Reuber und Kämper unterhalten«, wechselte

Querlinger das Thema. »Wer war eigentlich noch auf dieser Beerdigung – außer Reuber und Kämper?«

Van Amerdongen musste überlegen.

»Es waren nicht viele. Ihre Großmutter, einige Nachbarn, ein paar andere ehemalige Klassenkameraden … und natürlich Conny Stahlberg, ihr Verlobter. Er war völlig fertig, wir haben versucht, ihm seelischen Beistand zu leisten. Am offenen Grab mussten wir ihn stützen.«

Auch diese Aussage stimmte mit der der ehemaligen Schwanenwirtin aus Rechtenstein überein.

»Gertrud Steinhauser – was war sie für eine Persönlichkeit?«

»Als Schülerin Durchschnitt. Aber sehr kommunikativ. Besonders in sexueller Hinsicht, wenn Sie verstehen, was ich meine. Und auf Alkohol reagierte sie alles andere als allergisch. Auf dem Klassentreffen hat sie ihrem Vogelnamen alle Ehre gemacht – sie hat einen nach dem anderen gezwitschert.«

»Und wie –«

»Moment!«, unterbrach Eulenburg ihren Chef. »Ihrem Vogelnamen Ehre gemacht? Seit wann zwitschert ein Marabu? Haben Sie sich das Vieh mal in einem Zoo angeschaut? Der zwitschert nicht, er quietscht und grunzt eher.«

Van Amerdongen fiel die Kinnlade herunter.

»Ach, im Suff zwitschert selbst ein Marabu, Frau Kommissarin.«

»Sagen Sie, Doktor, wer waren eigentlich die anderen drei Männer, die noch mit hochgingen?«, nahm Querlinger den Faden wieder auf.

»Wie: die anderen drei Männer? Es gab keine anderen drei.«

»Hören Sie, es waren insgesamt fünf Männer, die mit der Steinhauser da oben waren. Reuber, Kämper und zwei weitere sind zuerst mit der Steinhauser hochgestiegen. Der Fünfte folgte mit einiger Verspätung.«

Van Amerdongen kaute nervös auf seiner Unterlippe herum.

»Ist mir neu. Keine Ahnung, woher Sie diese Information haben.«

Querlinger dachte nach. Eigentlich gab es mehrere Optionen.

Option Nummer eins: Die Schwanenwirtin hatte ihm irgendeinen Mist erzählt. Option Nummer zwei: Van Amerdongen, damals noch Heinz Möbius, war von Reuber und Kämper auf der Beerdigung Gertrud Steinhausers bewusst falsch informiert worden. Option Nummer drei: Von Amerdongen log. Traf Nummer drei zu, stellte sich die Frage, weshalb. Etwa, weil auch er zum Burgtrupp gehört hatte? Vielleicht als fünfter Mann? Aber müsste er dann nicht auch auf Totvogels Todesliste stehen? Was aber, wenn Option Nummer vier zutraf, eine Option der dritten Art sozusagen? Van Amerdongen, der mit der Henne gemeinsame Sache machte? Zum wiederholten Mal dachte Querlinger an den »Alien-Fingerabdruck«, den sie auf den Namenslisten Totvogels und dem Fahrzeug in Blaubeuren sichergestellt hatten. Traf Nummer vier zu, würde das auch die wiederholten Treffen zwischen van Amerdongen und Totvogel erklären. Aber egal, für welche dieser bescheuerten Theorien er sich im Moment auch entschied – wie, verflixt noch mal, passte die beknackte Geschichte mit der Stiftung ins Bild?

Der Alien-Fingerabdruck im Kopf des Kommissars ließ nicht locker.

Querlinger zog eine private Visitenkarte und einen Kugelschreiber aus der Jackentasche und legte sie vor den Arzt hin.

»Sie haben doch sicher ein Handy, und zu jedem Handy gehört eine Nummer.«

Van Amerdongen zog pikiert die Brauen nach oben.

»Die überlasse ich normal nur einem ausgewählten Personenkreis.«

»Verstehen wir vollkommen. Umso mehr freuen wir uns, zu diesem erlauchten Kreis zählen zu dürfen.« Sekunden später ließ er Karte und Kugelschreiber vergnügt in seiner Jackentasche verschwinden. »Besten Dank! Dann werden wir Sie jetzt von unserer Anwesenheit befreien.«

»Mortimer wird Sie hinausbegleiten.«

Als hätte Comedian Number two die Bemerkung gehört, trat er auch schon durch die Glastür. Die Musik, die bereits die ganze Zeit über zu hören gewesen war, ertönte lauter, verfügte allerdings nach wie vor über keine besonders gute Tonqualität. Es klang, als würde eine Platte mit einer Macke endlose Runden auf einem vorsintflutlichen Plattenspieler drehen.

»Halt, noch etwas, Doktor, da hätt ich das Wichtigste doch fast vergessen«, sagte Querlinger und fasste sich an die Stirn. Inspektor Columbo höchstpersönlich. »Wo waren Sie am … Moment …«, Inspektor Columbo zog einen Zettel aus der Jacketttasche, »… am 4., am 13. und am 22. Juni?«

Van Amerdongen hatte sich inzwischen erhoben. Seine Miene war undurchdringlich.

»Ich nehme an, das sind die Tage, an denen meine bedauernswerten ehemaligen Klassenkameraden den Tod fanden?«

Der Kommissar schwieg.

Van Amerdongen verschränkte die Arme hinter dem Rücken und begann auf den Fußballen vor und zurück zu wippen.

»Ich liebe es zu reisen, Herr Hauptkommissar, ich kann mir das leisten. In den nächsten Tagen beispielsweise werde ich einen Ausflug in die Berge unternehmen. Was den Zeitraum angeht, nach dem Sie gefragt haben: Vom 31. Mai bis einschließlich 19. Juni befand ich mich im Urlaub auf Ibiza. Es gibt ein Flugticket und eine Hotelrechnung sowie diverse Rechnungen sehr exklusiver Bars und Restaurants, die ich besucht habe. Für den 22. Juni allerdings habe ich kein Alibi. Ich fürchte, Sie müssen mich deswegen verhaften.«

Van Amerdongen ließ demonstrativ seine hinter dem Rücken verborgenen Arme hervorschnellen und streckte sie dem Kommissar entgegen. »Ich hoffe, Sie haben Handschellen dabei?«, grinste er.

»Es gibt eine Sorte von Gaunern, die ich nicht in Handschellen, sondern mit einem Strick um den Hals abführe, an dem eine Kuhglocke befestigt ist, verehrter Doktor. Vielleicht fragen Sie sich, warum die Kuhglocke? Ganz einfach: Damit die Nachbarn mitbekommen, mit welchem Rindvieh sie da jahrelang Haus an Haus zusammengelebt haben.«

»Mortimer, ich glaube, der Herr Kommissar und die Frau Kommissarin möchten jetzt gehen«, zischte van Amerdongen.

»Sehr wohl, Mijnheer – wenn Sie mir bitte folgen wollen?«
Sie folgten ihm bitte. Querlinger war nach einer Plauderei zumute.

»Sagen Sie, Herr ... wie lautet eigentlich Ihr Nachname?«

»McIntosh-Kukumweusi«, schnarrte der Butler.

»Interessant. Ungewöhnlicher Doppelname.«

»Vater Schotte, Mutter Finnin.«

»Ah ja, wusste gar nicht, dass die Finnen so interessante Nachnamen haben. Wie lange halten Sie's schon im Dienst van Amerdongens aus?«

»Zwei Jahre.«

»Sie müssen doch schon sehr lange in Deutschland sein. So akzentfrei, wie Sie Deutsch sprechen.«

»Einundfünfzig Jahre.«

»Darf man fragen, wie alt Sie sind?«

»Dreiundsechzig.«

»Dann kamen Sie 1968 als Zwölfjähriger nach Deutschland?«

»Adam Riese wäre zu dem gleichen Resultat gelangt.«

Der bisher längste Satz von Mortimer. Querlinger schmunzelte. Comedian Number two war offenbar alles andere als geschwätzig und mit eher sparsamem Humor ausgestattet.

Sie schritten an dem kleinen Haus mit den rot-grün gestrichenen Fensterläden vorbei.

»Nettes Häuschen«, sagte der Kommissar.

»Meine Wohnung«, schnarrte Mortimer stolz.

Sie langten am Tor an.

»Dann noch einen schönen Tag, Herr McIntosh-Kuk... ähm ... Kuk...«

»Kukumweusi. McIntosh-Kukumweusi«, half der Butler freundlich nach.

»Kukuweusi! Natürlich. Also dann, angenehmen Tag noch, Herr McIntosh-Kukuweusi.«

Mortimer verbeugte sich. Erste Sahne, die Verbeugung! Im Kensington-Palast hätte man sich um den Mann gerissen.

42

»Der kann doch nicht ernsthaft glauben, dass wir ihm den Bullshit mit der Stiftung abnehmen?«, schimpfte Eulenburg auf dem Weg zurück zum Auto.

»Tut er wahrscheinlich auch nicht. Obwohl er sich alle Mühe gegeben hat, uns davon zu überzeugen.«

»Andererseits: Warum gibt jemand zweihundertfünfzigtausend Euro für einen Fake aus?«

»Wahrscheinlich um irgendeine Schweinerei zu vertuschen, die er mit Totvogel durchgezogen hat. Oder noch durchziehen will.«

»Dann könnte van Amerdongen wissen, wo sich Totvogel aufhält, will es uns aber nicht sagen. Vielleicht weiß er ja auch von den Morden, und die wiederum könnten eventuell mit dieser Transaktion in Verbindung stehen.«

»Ich geh noch einen Schritt weiter. Denken Sie mal an den Alien-Fingerabdruck.«

Die Kommissarin pfiff leise durch die Zähne.

»Klar, Mensch, Sie haben recht. Dann hätten wir es eventuell mit einem Mörderduo zu tun. Wir brauchen unbedingt … ah, verstehe: die Visitenkarte. Respekt, Chef.«

Querlinger grinste.

»Der erste Gang, wenn wir wieder in Ulm sind, führt mich zum Hofzitzel. Der soll sich die Karte sofort vornehmen.«

»Bliebe noch van Amerdongens Aussage zur Burgnacht. Ob nur zwei mit der Steinhauser da hoch sind, wie er behauptet, oder ob es fünf waren. Ich glaube, dass er in dem Punkt gelogen hat.«

»Ich auch«, stimmte Querlinger zu und erklärte der Kommissarin seine »Vier-Optionen-Theorie«.

»Und die komische Reaktion, als Sie ihn nach dem Vogelnamen der Steinhauser gefragt haben? Was halten Sie davon?«, resümierte Eulenburg weiter.

Querlinger furchte die Stirn.

»Das war nur eine rhetorische Frage, um ihn aus der Reserve zu locken. Dass sie den Marabu gab, wussten wir ja schon von der Schwanenwirtin und von diesem Australier, mit dem ich telefoniert habe.«

»Schon, aber ist Ihnen nicht aufgefallen, dass er zuerst eine andere Bezeichnung nennen wollte? Irgendwas mit ›Z‹. Auf mich machte das den Eindruck, als hätte er sich um ein Haar versprochen. Und dann seine bestürzte Miene, als ich ihn drauf aufmerksam gemacht habe, dass ein Marabu nicht zwitschert, sondern eher quietscht und grunzt.«

»Stimmt, jetzt, wo Sie's sagen, kommt's mir wieder. Gertrud Steinhauser, die einen Vogel gibt, dessen erster Buchstabe auf ›Z‹ lautet? Interessante Theorie. Sollten wir im Auge behalten. Vielleicht setzt so ein Z-Vogel ja endlich den Schlusspunkt unter unseren Fall.«

»Sie meinen, weil Z der letzte Buchstabe des Alphabets ist?« Querlinger zuckte mit den Schultern.

»Dann kriegen wir bestimmt noch einen A-Vogel«, kommentierte Eulenburg trocken und setzte hinzu: »Damit wäre unser Fall von A bis Z komplett.«

Hin und wieder verfügte die Kommissarin über die düstere Gabe der Weissagung.

43

Die Fahrt zurück nach Ulm verlief beschaulich. Aber nur bis kurz vor Biberach. Querlinger war gerade auf die B 30/B 465 aufgefahren, als sein Handy summte: Zimmernagel.

»Hallo, Chef! Sind gerade von unserem zweiten Anlauf bei der alten Wiesinger zurück. Ham was Interessantes gefunden. Dreimal darfst du raten, was.«

»Also ich versuch's mal: das verschollene Bernsteinzimmer? Die verschwundene Bundeslade? Den Schatz der Tempelritter?«

»Ähm … was?«

»Kruzitürken, Bernd, wie oft soll ich's noch sagen, ich bin kein Kandidat für diese beknackte Jauch-Sendung, kapiert? Und was heißt überhaupt: zweiter Anlauf?«

»Waren heut Vormittag schon mal bei der Alten. Da war sie aber bei der Probe zu einem Theaterstück, und da wollten wir nicht stören.«

»Sie war bei was?«

»Beim Theaterspielen. Die haben 'ne Theatergruppe im Altenheim. Sie haben für so ein Volksstück geprobt, ein Lustspiel: ›Die sündige Nonne‹.«

»Aha, und sie gibt die sündige Nonne.«

»Genau.«

»Mit über neunzig!«

»Sie ist die Einzige im ganzen Altersheim, die fünfzehn Jahre jünger ausschaut, als sie ist.«

»Verstehe. Und was ist das, was ihr bei ihr gefunden habt?«

»Vogelfiguren. Aus Porzellan. Stammen wahrscheinlich aus 'ner Sammlung. Sie waren in einem Schuhkarton, den die Alte von der Großmutter von der Steinhauser bekommen hat, bevor die starb. Insgesamt fünf Statuetten. Ein Kuckuck, ein Wiedehopf, ein Pfau, ein Seidenschwanz …«, Zimmernagel machte eine rhetorische Pause, »… und ein Albatros.«

Querlinger war für den Moment so perplex, dass er das Steuer verriss. Der Terrano kam der Leitplanke gefährlich nahe, um gleich darauf nach links auf die Gegenspur auszubrechen. Gerade noch rechtzeitig konnte der Kommissar gegenlenken.

»Der A-Vogel, na bitte!«, schrie Eulenburg – nicht wegen des A-Vogels, sondern weil sie sich für einen kurzen Augenblick in Lebensgefahr wähnte.

»Hundsveregg«, knurrte der Kommissar, der leichenblass geworden war.

»Ein Z-Vogel war nicht dabei? Zwergtaucher, Zwergschnäpper, Zeisig, Zilpzalp, Zaunkönig, Zaunammer, Ziegenmelker?«, rief Ornithologin Eulenburg in Richtung Mikro.

»Meine Güte, ihr seid aber auch mit gar nix zufrieden«, maulte Zimmernagel.

»Doch, ich schon, grandiose Entdeckung, Bernd, gratuliere«, lobte Querlinger ihn. »War sonst noch was in dem Karton?«

»Ein vergilbter Briefumschlag mit einem verrosteten Schlüssel drin. Auf dem Umschlag steht ›Hütte/Notgroschen-Kassette‹, von Hand geschrieben. Müsste zu einer Kassette oder zu einer Schreibtischschublade oder so passen.«

»Gut, dann sehen wir uns nachher, so gegen …«, Querlinger sah auf die Cockpituhr, »… achtzehn Uhr. Bei mir im Büro.«

»Putzig, wirklich putzig«, sagte Querlinger und betrachtete andächtig die wundervoll bemalten Porzellanfiguren auf seinem Schreibtisch. Der Briefumschlag mit dem Schlüssel lag daneben. Im Büro des Kommissars waren außer ihm selbst Feigl, Zimmernagel, Bödele, Bommel, Eulenburg und Unseld versammelt. Henssler hatte frei, Heinerle besuchte seinen Onkel im Krankenhaus, und Göppel maulwurfte mal wieder im Archiv vor sich hin (auf Anweisung von ganz oben grub er nach Akten in Verbindung mit einem Fall, der mit der Schwarzen Henne so viel zu tun hatte wie ein Walross mit einem Wellensittich). Querlinger massierte nachdenklich sein Kinn.

»Diese Figuren hier machen eines endgültig klar, Leute: Die Henne, sprich Totvogel, hat es auf diesen dubiosen Burgtrupp abgesehen. Bin mir sicher, dass der Albatros, wer immer das ist, ebenfalls dazugehört hat. Die Vogelnamen entsprechen ganz offensichtlich nicht denen, die sich die Leute auf dem Klassentreffen in Rechtenstein zugelegt hatten. Kuckuck, Wiedehopf, Pfau, Seidenschwanz und jetzt auch noch der Albatros haben nichts mit dieser Fete im ›Schwanen‹ zu tun. Schätze, dass diese ›Vogelidentitäten‹, wie ich es mal nennen will, bereits vor dem Klassentreffen vergeben wurden. Bei welcher Gelegenheit auch immer.«

Beifälliges Nicken in der Runde.

»Was ist mit diesem Grundstück in Beimerstetten? Habt ihr euch das mal angeschaut?«, wandte sich der Kommissar an Feigl und Zimmernagel.

»Wann hätten wir das denn machen sollen, Chef?«

»Dann könntet ihr das doch morgen erledigen.«

Feigl und Zimmernagel sahen sich an.

»Also … ähm … Chef, morgen ist Samstag«, begann Feigl verlegen und kratzte sich am Kopf, »und eigentlich hatten wir drei, also der Bernd, der Guntram und ich, vor, am Wochenende einen Herrenausflug zu machen.«

»Einen Herrenausflug, aha. Es geht mich zwar nichts an, aber darf ich trotzdem fragen, wohin?«

»Wir dachten, wir erkunden mal die Fränkische Bierstraße.«

Die fränkische Bierstraße! Das war hervorragend!

»Gut. Dann könntet ihr mir doch ein paar Souvenirs mitbringen, so sechs bis acht Flaschen.«

Feigl und Zimmernagel grinsten.

»Klar, Chef, machen wir.«

»Wie sieht's mit Ihnen aus, Kollegin, oder machen Sie etwa einen Damenausflug?«

»Hab mir schon gedacht, dass die Frage kommt. Ich mach zwar keinen Damenausflug, aber eine Bergwanderung mit meinem Freund. Und wir haben die Übernachtung schon gebucht, sorry.«

Unseld und Bommel gaben ihm zu verstehen, dass sie, wenn überhaupt, erst ab neun Uhr zur Verfügung stehen könnten, sie müssten endlich mal wieder ausschlafen. Querlinger verzichtete auf einen Kommentar und griff zum Telefonhörer.

»Ja, Chef?«, meldete sich Heinerle am Handy.

»Was machst du gerade?«

»Ich bin noch in Ludwigshafen. Hab heut doch meinen Onkel im Krankenhaus besucht.«

»Und was machst du morgen?«

»Nix.«

Das war mindestens so hervorragend wie das mit der Fränkischen Bierstraße.

»Dann hab ich eine gute Nachricht für dich. Ich hab heut meinen sozialen Tag und möchte dich vor einem öden, lahmarschigen Wochenende bewahren. Ich seh mir morgen in der Früh die Steinhauser-Hütte und das Grundstück an. Du kannst mitkommen, wenn du willst. Anschließend lad ich dich zum Löwenwirt ein. Ich würd dich so gegen sieben zu Hause abholen.«

»Gebongt, Chef.«

Na also. Ging doch.

Samstag, 6. Juli

Die Nacht hindurch hatte es geregnet, aber als Querlinger an diesem Samstag gegen halb sieben aus der Tiefgarage fuhr, empfingen ihn Wärme, Sonnenschein und blauer Himmel.

Heinerle erwartete ihn bereits vor der Haustür.

»Wie siehst du denn aus?«, wunderte sich der Kommissar.

»Ich dacht, wo's doch heut in den Wald geht …«

Offenbar hatte sich Heini entschlossen, an diesem Tag in die Rolle des Försters zu schlüpfen. In die des Wald-, Wild- und Frauenbeschützers aus der guten alten Zeit, wie man ihn aus Heimatfilmen wie »Die Försterchristel« kannte. Das Einzige, was nicht grün an ihm war, waren die Stiefel. Und die schwarzblau gestreifte Eichelhäherfeder am Hut. Ein martialisches Abfangmesser, früher Hirschfänger genannt, dessen Griff aus der Messerscheide am Gürtel ragte, und ein uraltes Fernglas, wahrscheinlich aus den Heeresbeständen der ehemaligen K.-u.-k.-Monarchie, vervollständigten die Ausrüstung.

»Und wozu brauchst du das Fernglas?«

»Rehe beobachten. Ich dacht, wo wir doch heut im Wald sind …«

Gute fünfunddreißig Minuten später stellte Querlinger seinen Nissan Terrano außerhalb von Beimerstetten am Rand eines Feldweges ab. Bis zum Grundstück hatten sie noch ein gutes Stück zu gehen. Ein Laubmischwäldchen wie aus dem Märchenbuch: verwildert, aber gerade deswegen äußerst reizvoll. Schmale Lichtstreifen schmuggelten sich durchs Laubwerk und zeichneten bizarre Muster auf den Waldboden. Frische schwäbische Waldluft weitete die schwäbische Lunge und das schwäbische Herz – einfach herrlich, diese Wälder auf der Schwäbischen Alb. Ein versonnenes Lächeln umspielte die Lippen des Kommissars.

Die völlig marode Hütte stand am Rand einer winzigen Ro-

dung inmitten des Wäldchens. Das Dach war teilweise eingefallen und an den Stellen, an denen noch ein paar Ziegel eisern
durchhielten, grün bemoost, die aus Balken errichteten Wände
schwarz verwittert, die beiden Fensteröffnungen mit Brettern
zugenagelt. Die Bohlentür, mit letzter Kraft an einer Angel hän-
gend, quietschte, als sie sie aufstießen.

»Pfui Teufel!«, entfuhr es Heinerle. »Hier stinkt's ja wie in
'ner öffentlichen Bedürfnisanstalt.«

Schluss mit der schwäbischen, das Herz und die Lunge wei-
tenden Waldluft!

Querlinger ließ seine Stablampe aufblitzen.

»Wird wohl auch als solche benutzt«, knurrte er trocken, nachdem er den Lampenstrahl durch die Hütte hatte huschen lassen.
Kothaufen. Überall Kacke. Eine Ecke schien es notdurftgeplagten
Spaziergängern, Forstangestellten und Waldarbeitern besonders
angetan zu haben – hier war die Schicht der Exkremente ziemlich dick. Zwar größtenteils vertrocknet, aber einige Kothaufen
zuoberst waren nicht älter als drei oder vier Tage. Zudem hatte
es nachts geregnet, Nässe war in die Hütte gedrungen …

Auf einmal riss Heinerle den Arm nach oben. Ausgestreckter
Zeigefinger, ehrfürchtiges Raunen.

»Ich glaub, wir sind an einem historischen Ort, Chef. Hier
hat Scheiße Geschichte geschrieben – sozusagen.«

»Was?«

»›Des Königs Scheißhäusle‹! Sagt dir des nix?«

Des Königs Scheißhäusle! Was war bloß in Heinerle gefahren?
Dann dämmerte es ihm. Vierte Klasse Volksschule, Heimatkun-
deunterricht bei Lehrer Kornsegel …

»Da irrst du dich, Heini. Das Scheißhäusle, das du meinst, lag
nicht weit von hier zwischen Temmenhausen und Dornstadt. Da
hat der württembergische König Wilhelm I. sich ein königliches
Klo bauen lassen, weil er im Temmenhauser Wald immer mal
wieder auf die Pirsch nach Hirschen, Auerhähnen und Wild-
sauen ging. Das war Anfang des 19. Jahrhunderts. Das hier ist
die Hütte der Gertrud Steinhauser. Besser gesagt: das, was von
ihr noch übrig ist.«

»Ja, aber soviel ich weiß, war der König ja auch in dieser Gegend auf der Pirsch, dann hat er hier bestimmt auch ein Klo gehabt.«

»Ja, klar, logisch. Und irgendwann ist einer aus der Steinhauser-Sippe auf den König zugegangen und hat ihn gebeten, ihm das Klo zu verkaufen, oder was? ›Majestät, wir würden auch gern mal im Wald kacken gehen. Könnten Ihro Majestät uns das Scheißhäusle nicht abtreten?‹«

»Könnte doch sein. Das Grundstück soll ja über Generationen hinweg im Besitz der Familie gewesen sein. Hat der Göppel bei seinen Recherchen doch herausgefunden, oder?«, insistierte Heinerle penetrant.

»Komm, Heini, hör auf zu phantasieren und schwätz keinen Sch… äh … Stuss.«

Querlinger versuchte, die Kothaufen und den Gestank zu ignorieren, und leuchtete mit seiner Stablampe zuerst das löcherige Dach, dann die Wände und schließlich den Boden ab. Er bestand aus gestampftem Lehm mit teilweise darübergelegten, stark verwitterten und morschen Brettern. Sie mussten vorsichtig sein, damit sie nicht einbrachen und stolperten.

»Suchst du nach was Bestimmtem?«, fragte Heini.

»Nach was Unbestimmtem!«

»Nach was Unbestimmtem?«

»Mensch, Heini, ich will damit sagen, dass ich nach was suche, was vielleicht auffällig sein könnte, irgendwas, was uns weiterbringt«, half ihm der Kommissar auf die Sprünge. »Aber ich kann nicht mit Bestimmtheit sagen, ob es was Auffälliges gibt. Insofern ist das, was ich suche, noch unbestimmt. Klar so weit?«

In der Ecke, wo der Kothaufen besonders hoch lag, befand sich über dem Boden ein Loch in der Wand, das sie erst beim zweiten Hinsehen entdeckten. Hier hatte die Wand im Bodenbereich nicht aus Eichenbohlen, sondern aus Brettern bestanden. Im Laufe der Jahrzehnte hatten Exkremente und eindringende Feuchtigkeit die Bretter fast komplett wegfaulen lassen, sodass ein Teil der Exkremente nach draußen gedrungen war. Sie verließen die Hütte, um sich das Gelände von außen anzusehen, den Blick abwechselnd auf die Hüttenwände und den Boden gerichtet.

»Nichts«, kommentierte Querlinger die Situation missmutig nach dem ersten Rundgang, dem ein zweiter mit demselben Resultat folgte.

»Hm«, brummte Heini etwas geistesabwesend. Er war stehen geblieben und in die Hocke gegangen und musterte intensiv einige langstielige Pilze mit flachen, gelblich braunen Hüten.

»Hm«, brummte er erneut. Er erhob sich und sah sich um. Machte drei Schritte nach rechts zur Seite, taxierte den Boden unter sich, sah sich abermals um, ging, den Blick starr nach unten gerichtet, langsam einige Schritte im Kreis, dann ein Stück geradeaus und kehrte an den Ausgangspunkt seiner Pilz-Meditation zurück, wo er ein zweites Mal in die Hocke ging. Dann zog er sein Abfangmesser aus der Scheide, packte vorsichtig einen der Pilze am Stiel, grub tief ins Erdreich und streckte gleich darauf den ausgegrabenen Pilz in die Höhe. Er verfügte über eine lange Wurzel.

»Grubiger Wurzelrübling, auch Wurzelnder Schleimrübling beziehungsweise Schleimiger Wurzelrübling genannt, botanischer Name: Xerula radicata«, rief er triumphierend. Und fügte an: »Der Tiefwurzler unter den heimischen Pilzen!«

»Sag mal, bist du unter die Schamanen gegangen, hast du sie noch alle?«, fragte Querlinger, der dem seltsamen Treiben seines Kollegen mit zunehmender Besorgnis zugesehen hatte.

»Ich schon«, grinste Heini und erhob sich. »Pass auf, Chef, hier«, er wies auf die Stelle, an der er den Pilz ausgegraben hatte, »und hier, im weiteren Umkreis«, er vollzog eine kreisende Handbewegung, »finden sich, wie du siehst, eine ganze Menge dieser Pilze.« Er machte zwei Schritte zur Seite und deutete vor sich auf den Waldboden. »In diesem Bereich, also da, wo ich jetzt steh, in einem Radius von ungefähr fünfzig Zentimetern, wächst nicht ein einziger davon. Was sagt uns das?«

»Vielleicht hat es was mit dem Untergrund zu tun?«

»Exakt! Volle Punktzahl, Watson. Da Xerula radicata«, Heini ließ den Namen genüsslich auf der Zunge zergehen, »ein sogenannter Tiefwurzler ist, dürfte es an der Stelle, wo ich jetzt stehe, im Radius von etwa fünfzig Zentimetern etwas geben, was den Pilz daran hindert, seine Wurzeln in die Tiefe zu treiben. Also kann er hier nicht wachsen. Ich würd vorschlagen, da sehen wir mal nach.«

Querlinger war baff. So hatte er Heini noch nie kennengelernt. Woher hatte er nur seine botanischen Kenntnisse? »Du willst also graben?«, fragte er.

»Bravo, Watson«, wiederholte Heini seinen Scherz noch einmal. Er wirkte jetzt so euphorisch, als hätte er einen Pilz mit halluzinogenen Substanzen gegessen.

»Und mit was?«

Heini sah sich um und zuckte die Schulter.

»Versuchen wir's damit.« Er nahm sein Abfangmesser, kniete sich hin und begann ganze Brocken Erde aus dem Waldboden auszustechen und diese wie ein Maulwurf hinter sich zu werfen. Querlinger, auf seltsame Weise angesteckt vom Eifer seines Kollegen, ließ sich ebenfalls nieder und half mit.

Keine zwei Minuten später stießen sie, gerade mal etwa fünfzehn Zentimeter unter dem Boden, auf einen Klodeckel aus Plastik. Nach nur einer weiteren Minute hatten sie ihn komplett freigelegt und entfernt und blickten in ein etwa dreißig Zentimeter tiefes Loch, in dem eine in durchsichtige Plastikfolie eingewickelte Blechkassette steckte. Eine Kassette mit einem Schloss.

»Wusst ich's doch«, schrie Heinerle.

»Ich glaub, ich spinn!«, murmelte Querlinger. »Hol sie raus, Heini, wir schauen mal, ob der Schlüssel aus dem Briefumschlag dazu passt.«

Querlinger wischte sich die schmutzigen Finger notdürftig an einem Taschentuch ab und kramte in seiner Jackentasche nach dem Umschlag mit dem Schlüssel.

»Hundsveregg, ich hab ihn vergessen! Wir fahren ins Büro! Nimm dein Handy und versuch den Bommel, die Unseld, den Hensler und den Göppel zu erreichen.«

Sie eilten zum Wagen zurück, Querlinger mit der Kassette unter dem Arm, Heini mit dem Handy in der Hand.

»Den Göppel und den Henssler erreich ich nicht, die Unseld und der Bommel sind in 'ner halben Stunde im Büro«, hechelte er. Völlig außer Atem langten sie beim Fahrzeug an.

»Und jetzt erklär mir mal, wie du an die botanischen Kenntnisse gelangt bist«, forderte Querlinger Heini auf, während er mit quietschenden Reifen und halsbrecherischer Geschwindigkeit auf die B 10 Richtung Ulm auffuhr.

»Volkshochschule. Ich hab letzten Sommer 'nen Kurs über Pilze besucht, seitdem hat mich das Thema nicht mehr losgelassen, weil Pilze sind nämlich wahnsinnig g'sund – also halt, wenn man die richtigen erwischt, die, die man essen kann.«

»Und dieser verwurzelte … Grubenschleim…beutel …wurzel …trübling …dingsbums …?«

»Grubiger Wurzelrübling, Wurzelnder Schleimrübling oder auch Schleimiger Wurzelrübling. Botanischer Name: Xerula radicata«, dozierte Heinerle stolz.

»Genau, also diesen Xer… also diesen radikalen Pilz halt, kann man den auch essen?«

»Als Mischpilz ist er zum Verzehr durchaus geeignet.«

Zum Verzehr durchaus geeignet – das sagte alles. Querlinger erinnerte sich an seine Dienstreise nach Berlin. Eisbein betrachteten die Berliner auch als *durchaus zum Verzehr geeignet*.

Die Kommissare Unseld und Bommel warteten bereits vor Querlingers Büro.

»Na, dann schau mer mal«, sagte Querlinger.

Er zog eine Schublade auf und entnahm ihr den »Hütte/Notgroschen-Umschlag« mit dem Schlüssel. Es dauerte ein wenig, bis der sich in dem verrosteten Schloss bewegen ließ und Querlinger den Deckel ganz vorsichtig nach hinten aufklappte. Atemlose Spannung!

»Vogelbande erbeutet eine Million Mark und tötet Bankangestellte!« Wie die Rechte von Wladimir Klitschko schnellte ihnen die in fetten Lettern gehaltene Überschrift des vergilbten Zeitungsartikels entgegen, der zusammen mit einigen weiteren Zeitungsausschnitten auf mehreren Bündeln Hundert-Mark-

Scheinen lag, die nach Jahrzehnten dunklen Dahinvegetierens in der »Hütte/Notgroschen-Kassette« endlich wieder das Licht des Tages erblickten.

»Leck mich fett!«, stieß Heinerle hervor.

»Wahnsinn«, sagte Unseld.

»Ich glaub, ich spinn«, brach es aus Bommel heraus.

Querlinger sagte erst mal gar nichts. Nur ein heftiges Schnaufen verriet seine Erregung. Er nahm den Zeitungsausschnitt, faltete ihn auseinander und legte ihn auf den Schreibtisch. Die anderen traten an seine Seite. Schweigen, Spannung pur, während sie zusammen den Artikel lasen. Er stammte aus der Stuttgarter Zeitung und trug das Datum vom 21. Februar 1981. Unter der Schlagzeile lautete die Überschrift: »›Mördervögel‹ konnten unerkannt entkommen. Suche nach den Bankräubern läuft auf Hochtouren«.

In dem Artikel selbst ging der Reporter dezidiert auf den Überfall ein. Demnach hatten vier mit Vogelmasken maskierte Personen am 20. Februar gegen fünfzehn Uhr nachmittags mitten in der Landeshauptstadt eine Filiale der Sparkasse Stuttgart gestürmt, wild um sich in die Luft geschossen und sogar Geiseln genommen, die nach dem geglückten Coup wieder freigekommen waren. Eine am Schalter beschäftigte Angestellte war allerdings erschossen worden, nachdem sie vergeblich versucht hatte, den Alarm auszulösen. Ein Fotograf, der zufällig Zeuge des Überfalls war, hatte geistesgegenwärtig reagiert und von der gegenüberliegenden Straßenseite ein Foto von dem Vorfall gemacht. Es zeigte, wenn auch unscharf, die vier maskierten Personen, die offenbar gerade dabei waren, ihre Beute, mehrere pralle Säcke, in einem Lieferwagen zu verstauen, während hinter der Frontscheibe am Steuer schemenhaft eine fünfte, ebenfalls maskierte Person zu erkennen war.

Mehrere der Zeugen hatten ausgesagt, dass die mit Vogelmasken ausgestatteten Bankräuber während des Überfalls auf ziemlich unkonventionelle Art miteinander kommuniziert hätten, indem sie sich gegenseitig mit Vogelnamen ansprachen.

Auch mit den zum Zeitpunkt des Überfalls anwesenden Bankkunden hätten die seltsamen »Vögel« auf ziemlich unorthodoxe Weise kommuniziert. Indem sie nämlich Kärtchen gezeigt und Pappschilder hochgehalten hätten, auf denen Anweisungen in Reimform standen. So hätten sie nicht viel sagen beziehungsweise herumschreien müssen, wie das bei solchen Anlässen gewöhnlich der Fall sei, so der Reporter. Er zitierte ein paar Beispiele. »Komm, geh mit dem Wiedehopf, er schießt dir sonst in deinen Kopf«, hatte auf einem der Kärtchen gestanden. Auf einem anderen: »Zum großen Tresorraum geh, sonst tut der Kuckuck dir weh.« Und auf einem DIN-A4 großen Pappschild: »›Hinlegen!‹, sagt der Albatros, sonst trifft euch alle ein Geschoss.« Und so weiter …

Die Aktion sei anscheinend generalstabsmäßig geplant worden, wurde der Sprecher weiter zitiert. Leider sei es der Bande gelungen, unerkannt zu entkommen.

Schweigend faltete Querlinger einige weitere Artikel auf, die sich mit dem Überfall beschäftigten. Einer, ein sehr kurzer, trug das Datum vom 30. Mai 1981. Überschrift: »Keine neuen Erkenntnisse im Vogelbandenfall!«

Der Artikel strotzte nur so von Vorwürfen an die Polizei, das Übliche halt, das man von den kritisch eingestellten Medien so kannte.

In diesem Moment fiel dem Kommissar eine Büroklammer ins Auge, mit der etwas an den Zeitungsausschnitt geheftet war. Er drehte den Ausschnitt um. Tatsächlich, ein Zettel! Mit einer handschriftlich verfassten Notiz: »Wiedehopf und Kuckuck, Seidenschwanz und Pfau, was seid ihr doch für Schweine, bald landet ihr im Bau. Auch dich, verdammter Albatros, bring ich hinters Riegelschloss. Es grüßt Gertrud, der Zaunkönig.«

Der Runde blieb schier die Luft weg, keiner brachte auch nur einen Mucks heraus, aber jeder dachte das Gleiche. Der ohnehin total verrückte Fall hatte einen neuen Haken geschlagen – und eine Protagonistin aus dem Dunstkreis des obskuren Rechtensteiner Klassentreffens in ein mindestens ebenso obskures Zwielicht gerückt.

Gertrud Steinhauser – der Z-Vogel! Der Zaunkönig! Der

kleine Vogel mit der großen Klappe, der die großen Vögel das Fürchten lehrte. Sie »hinters Riegelschloss« bringen wollte. Musste sie deshalb sterben?

»Wahnsinn! Gut, dass der Kollegin Eulenburg das mit dem Z-Versprecher an van Amerdongen aufgefallen ist«, meinte Kommissarin Unseld.

Querlinger nickte.

»Mit seinem Versprecher könnte er noch mehr verraten haben. Wenn er wusste, dass Gertrud Steinhauser der Zaunkönig war, muss er folglich auch von dem Bankraub gewusst haben. Und nicht nur das, er –«

»Muss er nicht«, unterbrach ihn Bommel. »Wenn ich mich richtig erinnere, sagte van Amerdongen, dass er bei der Beerdigung der Steinhauser mit Reuber und Kämper gesprochen hat. Er könnte doch bei dieser Gelegenheit erfahren haben, dass Gertrud Steinhauser den Zaunkönig gab. Das mit dem Bankraub hätte er nicht unbedingt wissen müssen.«

»Diese Argumentation ergibt keinen Sinn. Auf dem Klassentreffen hat Gertrud Steinhauser den Marabu gegeben, nicht den Zaunkönig. Gesetzt den Fall, van Amerdongen hätte das mit dem Zaunkönig tatsächlich erst bei der Beerdigung der Steinhauser erfahren, stellt sich die Frage: Wieso? Weshalb hätten die beiden ihn darüber unterrichten sollen? Sie hätten dann ja einen Zusammenhang zu dem Bankraub herstellen müssen. Mit anderen Worten: Sie hätten sich selbst als Bankräuber und Mörder bloßgestellt.«

»Du gehst davon aus, dass van Amerdongen nicht nur von dem Bankraub wusste, sondern eventuell auch, wer die Bankräuber waren?«, fragte Heinerle.

»Bingo, Heini! Ich hab da 'ne Theorie, die sogar noch weiter geht. Van Amerdongen, damals noch Heinz Möbius, war an dem Banküberfall mit beteiligt. Er war der Albatros, und er wusste um das Vöglein, das drohte, zu zwitschern und die Bande hochgehen zu lassen. Mit seinem Z-Versprecher hat er sich verraten. Ergo muss van Amerdongen auch die anderen Vogelbezeichnungen kennen, die sich die Mitglieder der Bande für den Überfall zugelegt hatten. Und die sind nicht identisch mit denen auf dem Rechtensteiner Klassentreffen. Logischerweise hatte er gute Gründe, dies uns gegenüber zu leugnen.«

»Fazit: Gertrud Steinhauser droht der Bande, der Polizei gegenüber zu zwitschern, und die beschließen, sie um die Ecke zu bringen«, resümierte Kommissarin Unseld.

»Aber die Ermittlungen haben doch eindeutig ergeben, dass Schlingpflanzen an ihrem Tod schuld waren. Es war ein Unfall«, wandte Bommel ein.

»Die Friedrichshafener Kollegen haben bei ihren Ermittlungen geschlampt, wissen wir doch. Das mit den Schlingpflanzen könnte manipuliert gewesen sein. Ich erinnere an die Silikonpuppe, Leute. Vergessen wir auch nicht, wie Kämper sich verhalten hat. Er hätte sie retten können, hat aber behauptet, nicht schwimmen zu können. Was, wenn er und jemand anders von der Bande sogar aktiv an ihrem Tod beteiligt waren?«

»Und Totvogel, der damals vielleicht ein heimliches G'schmusi mit der Steinhauser hatte, weiß über die Schweinerei Bescheid und rächt sie«, ergänzte Bommel.

Querlinger nickte. »Genau!«

»Späte Rache«, murmelte Unseld nachdenklich.

»Dann schwebt van Amerdongen doch auch in Gefahr. Schließlich war er beim Banküberfall und dem Mord an der Steinhauser mit von der Partie. Er muss doch damit rechnen, von Totvogel ebenfalls abgemurkst zu werden. So wie die anderen«, warf Heini ein.

Querlinger schüttelte den Kopf.

»Nicht unbedingt. Wer sagt denn, dass er bei dem Mord mit von der Partie war? Vielleicht gibt's ja noch ganz andere Zusammenhänge? Vielleicht hat er der Henne, sprich Totvogel, bei ihren Racheplänen sogar geholfen.«

»Er hätte dabei mitgeholfen, seine ehemaligen Komplizen um die Ecke zu bringen?«

»Warum nicht? Warten wir ab, was die Spusi zu den Fingerspuren auf der Visitenkarte sagt.«

»Welche Visitenkarte?«

»Na die, die ich ihm gegeben habe, damit er seine Handynummer draufschreibt.«

»Das heißt, dann wäre auch er in die Morde verwickelt, und wir hätten es mit einem Mörder-Duo zu tun?«

»Exakt!«

»Und wenn die Abdrücke nicht identisch sind?«

»Dann bestünde trotzdem die Möglichkeit, dass die zwei zusammen irgendeine Sauerei durchgezogen haben. Oder noch durchziehen.«

Für einige Augenblicke fiel kein weiteres Wort. Alle dachten nach.

»Was machen wir jetzt mit van Amerdongen? Wir können ihn ja nicht festnehmen. Dringenden Tatverdacht können wir nicht geltend machen«, fragte Kommissarin Unseld.

»Es sei denn, die Fingerabdrücke auf der Visitenkarte stimmen mit denen des Aliens überein. Dann hätten wir ihn im Sack«, erwiderte Querlinger.

»Wann werden wir das wissen?«, fragte Heini.

»Ich hoffe, noch heute!«

45

Der Kommissar bekam tatsächlich »noch heute« Bescheid. Der Anruf Hofzitzels kam gegen fünfzehn Uhr dreißig.

»Hallo, Nepo, was gibt's?«

»Die Fingerspuren van Amerdongens auf der Visitenkarte sind nicht identisch mit denen des Aliens!«

Damit war die Annahme, dass van Amerdongen etwas mit den Morden Benedikt Totvogels zu tun hatte, vorläufig vom Tisch.

»Aber ich hab andere interessante Neuigkeiten«, fuhr Nepo fort. »Der Außerirdische hat auch Italien heimgesucht!«

»Der Außerir...? Die italienischen Kollegen sind auf den Alien-Fingerabdruck gestoßen?«

»Genau. Die Fingerabdrücke wurden auf einer Benzinquittung und einer leeren Pepsi-Cola-Dose sichergestellt, die sich in einem Müllkorb in unmittelbarer Nähe der Stelle befanden, an der Neumeister und Meier verunglückt sind.«

Das war mehr als eigenartig. Der Alien war also mit Totvogel in den Cinque Terre gewesen und hatte dort seine »Visitenkarte« hinterlassen.

»Komisch! Obwohl sie zusammen unterwegs waren, finden sich nur die Fingerspuren dieses Aliens. Keine von Totvogel.«

»Vielleicht ist der Totvogel ja einfach nur vorsichtiger?«

Querlinger schüttelte den Kopf. Diese Interpretation war ihm mittlerweile zu dünn. Ein ganz bestimmter Verdacht war ihm plötzlich in den Kopf geschossen, ein Verdacht, der ihm neulich schon gekommen war ...

»Du hast von Neuig*keiten* gesprochen. Plural. Raus damit!«

»Bei den italienischen Kollegen hat sich ein deutsches Ehepaar gemeldet, das einen Mann gesehen haben will, der aussah wie auf einem unserer Phantombilder. Version Nikolaus: Knittergesicht, weißer Bart, breitkrempiger Hut.«

»Was? Wo?«

»Auf einem abgelegenen Waldparkplatz in der Nähe von

Vernazza. Das Ehepaar wollte dort eine Rast einlegen. Da habe schon ein anderes Fahrzeug gestanden, ein Toyota SUV, so der Ehemann. Die Fenster seien heruntergekurbelt gewesen, und der weißbärtige Typ mit dem breitkrempigen Hut, der auf dem Fahrersitz saß, habe gepennt. Als er sah, dass ein anderes Auto auf den Rastplatz fuhr, sei er erschrocken zusammengezuckt und dann hastig weggefahren. Das Fahrzeug habe ein deutsches Kennzeichen gehabt, aber das habe man sich natürlich nicht gemerkt. Tage später dann fiel der Ehefrau das Fahndungsplakat von unserem Phantombildspezialisten ins Auge. Allerdings hat sich das Ehepaar erst gestern bei der Polizei gemeldet und die Beobachtung zu Protokoll gegeben.«

»Und wann sind die dem Weißbärtigen begegnet?«

»Am 23. Juni, einen Tag nachdem Meier und Neumeister verunglückt sind.«

»Du meinst: verunglückt *wurden*«, korrigierte Querlinger finster.

Sie vereinbarten, sich am Montag vor der Morgenlage nochmals mit Commissario Brunello in Verbindung zu setzen und weitere Einzelheiten abzufragen.

Zum Kotzen, dachte der Kommissar, nachdem er aufgelegt hatte. Eine verdächtige Spur nach der anderen, aber keine, die half, die Henne endlich am Schlafittchen zu packen.

Wo, zum Henker, hielt Totvogel sich auf?

46

Sonntag, 7. Juli

Der Anruf kam um zwei Uhr zweiunddreißig.

Mit der Geschwindigkeit eines Zwanzigjährigen, der vom achtzigjährigen Ehemann seiner Geliebten in flagranti erwischt wird, hechtete Querlinger aus dem Bett und stürzte, nichts Gutes ahnend, in den Gang. Auf dem Display des Festnetzanschlusses leuchtete die Nummer des Kriminaldauerdienstes.

»Polizeihauptmeisterin Sandra Wagner vom KDD. 'tschuldigung, Herr Hauptkommissar, aber beim Steinbruch Eichhalde am Mähringer Berg wurde eine Leiche gefunden.«

»Und was geht mich das an, verehrte Kollegin? Ich hab doch heut gar keinen Dienst!«

»Ich weiß, Herr Hauptkommissar, aber Sie sollen trotzdem hinkommen. Die Leiche wurde schon vor über drei Stunden entdeckt und musste mit Spezialgerät geborgen werden. Der Leiter von der Spurensicherung, Hauptkommissar Hofzitzel, lässt ausrichten, dass es sich bei dem Toten um einen gewissen Benedikt Totvogel handele.«

Querlinger gefror zum Eiszapfen. Erst ein inbrünstig hervorgestoßenes »Hundsvereggaberaunomolleggmidochamarschmarie!« ließ ihn wieder auftauen.

»Herrschaft, Bärle, jetzt reicht's aber, gell, reiß dich halt ein bissle zamm'n!«, empörte sich Luise, die halb verschlafen im Rahmen der Schlafzimmertür stand.

»Sagten Sie grad was?«, ließ sich Polizeihauptmeisterin Sandra Wagner vernehmen.

»Bin schon unterwegs«, brüllte Querlinger in den Hörer.

Circa zwölf Minuten benötigte man normalerweise für die rund sieben Kilometer zwischen dem Stadtteil Eselsberg, wo Querlinger wohnte, und dem Mähringer Berg. Da es mitten in der Nacht war und der Kommissar, der freien Fahrt wegen, das Blaulicht aufs Autodach geknallt hatte, schaffte er es in sieben Minuten. Weitere drei brauchte er bis zum Schauplatz des Geschehens.

Der Steinbruch lag am Osthang des Mähringer Berges inmitten von dichtem Wald. Es handelte sich um ein aufgelassenes ehemaliges Steinbruchgelände mit einem imposant anzusehenden, bis zu sechzig Meter hohen Steinbruchprofil. Ein innerhalb der Landschaft weithin sichtbares Geotop mit einem charakteristischen Geländerelief.

Schon von Weitem bot sich Querlinger ein gespenstisches Bild. An einer Stelle oberhalb der Abbruchhalde, wo sich einige Bäume und Sträucher bis unmittelbar an die Kante herangewagt hatten, wies das gleißende Licht der Speziallampen der Kriminaltechniker ihm die Richtung.

Der Kommissar parkte seinen Wagen am Rand eines Waldweges, wo bereits mehrere Einsatzfahrzeuge standen. Unter anderem auch eines der Feuerwehr. Querlinger fiel ein, was die Beamtin ihm am Telefon erzählt hatte: Man habe die Leiche mit Spezialgerät bergen müssen. Es wuselte nur so von Polizisten am Fundort.

»Guten Abend, Kollege«, begrüßte ihn Gerald Schulz, der diensthabende Hauptkommissar vom KDD.

»'n Abend, Kollege«, erwiderte Querlinger den Gruß.

»Der Kollege Hofzitzel hat mich schon instruiert, dass das Ihr Fall ist. Kommen Sie«, forderte Schulz ihn auf.

Nahe der Abbruchkante, dort, wo die aus Kalksteinfelsen bestehende Gesteinsformation senkrecht in die Tiefe stürzte, ging eine Gruppe in schneeweiße Schutzanzüge gehüllter Kriminaltechniker ihrer Arbeit nach, einer von ihnen zog gerade den Reißverschluss an einem schwarzen Leichensack zu. Ein Stück weiter hantierten einige Feuerwehrmänner an einer Art Seilwinde herum.

In diesem Moment löste sich jemand aus der Gruppe der Schneeweißen und trat zu ihnen: Nepomuk Hofzitzel.

»Hallo, Eugen, schöner Mist!«, sagte er mit gepresster Stimme.

Querlinger ahnte Schlimmes.

»Sag's gradraus!«, erwiderte er.

»Sieht so aus, als ob wir von vorn anfangen müssten.«

»Was heißt: von vorn?«

»Totvogel ist nicht die Henne. Er kann es nicht gewesen sein. Er wurde bereits vor über vier Wochen getötet, vermutlich schon gleich nach seinem Verschwinden aus dem Kloster. Seine Leiche ist in einem entsprechenden Zustand.«

Ein wuchtiger Schlag in die Magengrube hätte auf den Kommissar eine weniger verheerende Wirkung gehabt als diese Nachricht.

»Ist er das überhaupt?«, stieß er hervor.

»Was meinst du?«

»Na der, der da im Sack steckt – ist das wirklich Totvogel? Zweifelsfrei?«

»Hundertprozentig! Wir fanden eine Geldbörse, in der sein Personalausweis und ein Fünf-Euro-Schein steckten. Außerdem trug er noch seine Kutte. Die ist natürlich genauso verrottet wie die Leiche selbst. Wir haben ihr trotzdem die Stiefel ausgezogen, war 'ne hundsgemeine Sauerei. Aber der Gerichtsmediziner hat ganz klar die anatomische Anomalie festgestellt, an der er litt, diese Oli… Oli…«

»Oligodaktylie. Er hat nur acht Zehen; an jedem Fuß vier.«

»Richtig. Der Brenner meint, dass weitere Obduktionsergebnisse die Identität bestätigen werden. Wir haben schließlich sein DNA-Material.«

Querlinger nickte.

»Wo ist der Brenner überhaupt?«

»Er ist schon vor 'ner Viertelstunde gegangen.«

»Wer hat die Leiche entdeckt? Wo lag sie?«

»Entdeckt wurde die Leiche von einem jungen Pärchen. Der Mann hat kurz nach dreiundzwanzig Uhr vom Handy aus angerufen, die beiden haben dann gewartet, bis die Kollegen vom KDD da waren. Das Pärchen ist hier spazieren gegangen, der junge Mann hatte 'ne Taschenlampe dabei. Die Leiche lag da unten auf einem Vorsprung, dort neben dem Gebüsch. Ursprünglich war sie im Gebüsch versteckt gewesen, ein Vieh, wahrscheinlich ein Wildschwein, muss sie hervorgezerrt haben.«

Hofzitzel leuchtete in die Tiefe und beschrieb mit dem Lampenstrahl einen Kreis um einen Strauch, der sich etwa vier Meter unterhalb der Stelle, wo sie standen, auf einem Absatz im Kalkgestein festgekrallt hatte. Von dem Absatz führte eine Art natürliche Rampe auf die Ebene hinauf, auf der sie sich befanden. Wer auch immer die Leiche da unten abgelegt hatte, hatte diese »Rampe« benutzt.

Querlinger schüttelte fassungslos den Kopf.

»Der Mörder hat sich tatsächlich die Mühe gemacht, die Leiche den Abhang runterzutransportieren, um sie im Gebüsch zu verstecken?«

Hofzitzel nickte nur und zuckte mit den Schultern.

»Und dieses Liebespaar? Das muss doch bescheuert sein. Spaziert spätnachts am Steinbruch entlang, direkt neben der Abbruchkante, wo's sechzig Meter in die Tiefe geht, funzelt mit 'ner Taschenlampe rum und entdeckt dabei 'ne halb verweste Leiche.«

»Die beiden sind ordnungsgemäß vernommen worden, Eugen, mit denen passt alles.«

»Wie kam er ums Leben? Konnte der Brenner dazu schon was sagen?«

»Er wurde erschlagen. Mit einem stumpfen Gegenstand. Von hinten.«

»Ich will sein Gesicht sehen.«

Sie traten an den schwarzen Plastiksack heran, der Reißverschluss war bereits zugezogen. Hofzitzel zog ihn ein Stück weit auf – und Querlinger blickte auf die Reste dessen, was vor mehr als vier Wochen noch das Gesicht eines entlaufenen Benediktinermönchs gewesen war. Jetzt sah es eher aus wie eine schwarz verfaulte, zermantschte Tomate.

Der Kommissar atmete tief durch. Schwieg und schloss die Augen. Tausend Gedanken jagten wie eine aufgescheuchte Herde Gämsen durch seinen Kopf. Wie konnte das sein? Hatte sein Ermittlerteam denn total versagt? Hatte man in der Einschätzung der Faktenlage so gewaltig danebengelegen?

Klare Antwort: Ja! Ein Toter konnte keiner Fliege etwas zuleide tun. Was sie glaubten, an Indizien sichergestellt zu haben, hatte sich ermittlungstechnisch samt und sonders als Rohrkrepierer erwiesen.

Der Kommissar trat näher an die Abbruchkante heran und blickte über den Abgrund hinweg in die nächtliche Ferne. Er versuchte, den Anblick der zermantschten Tomate aus dem Kopf zu kriegen. Vergeblich.

Plötzlich sah er für einige Sekunden einen Meteoriten am Himmel aufglühen. Ein Vagabund aus einer fernen Ecke des Universums.

In diesem Moment glühte auch in seinem Kopf etwas auf. Ein winziger, leuchtender Meteoritensplitter aus einer entfernten Galaxie seines Gehirns vagabundierte für den Bruchteil eines Augenblicks durch seine Gedanken, um sofort wieder zu verglühen. Oder war es der Alien mit dem mysteriösen Fingerabdruck, der durch sein Kopfuniversum raste? Jedenfalls genügte das, ihn unter den erstaunten Blicken Nepos und der anderen Beamten unverzüglich kehrtmachen und in die Lindenstraße 1 fahren zu lassen. Dort angekommen, stürmte er unter den nicht minder erstaunten Blicken des Käfig-Karle und einiger Nachtschichtler, die ihm gerade entgegenkamen, das Dienstgebäude, stürzte in sein Büro, riss die Schreibtischschublade auf und nahm den Kartonstreifen heraus, auf dessen unbedruckter Seite Siegfried Kasunke, Erster Trompeter der Ulmer Philharmoniker, seine Handynummer notiert hatte. Es war allerdings nicht die Handynummer, die den Kommissar interessierte. Er drehte den Streifen um. Auf der farbig bedruckten Seite sprang ihm die unvollständige Abbildung einer Märklin-Lokomotive entgegen.

Wie zum Henker, fragte sich der Kommissar, war der Cheftrompeter der Ulmer Philharmoniker an ein abgerissenes Stück Karton aus dem Wintergarten Heinz van Amerdongens gelangt, das Teil einer Verpackung für eine Märklin-Modelleisenbahn gewesen war? Und wieso, verdammt und zugenäht, war ihm, dem leitenden Ermittler im Fall »Schwarze Henne«, dieser Umstand entgangen, als er vorgestern bei van Amerdongen in besagtem Wintergarten gesessen und die Schachtel mit den Tomatenpflänzchen bemerkt hatte?

47

Siegfried Kasunke!

Gleich nach seiner morgendlichen Blitzvisite im Büro hatte Querlinger die beiden jungen Kommissare Petrarca und Dörfler angerufen und sie beauftragt, sich den Mann unverzüglich vorzunehmen – der Kartonstreifen bot genügend Verdachtsmomente, um ihn eingehend zu vernehmen. Und natürlich würde man bei dieser Gelegenheit auch seine Fingerabdrücke nehmen, um diese mit denen des Aliens abzugleichen. Die Chance, Fingerspuren sicherzustellen, die Kasunke auf dem Kartonstreifen hinterlassen hatte, tendierte nämlich gegen null. »Du hast die Abdrücke mit deiner dämlichen Küchenkrepp-Aktion mit an Sicherheit grenzender Wahrscheinlichkeit versaut«, hatte Nepo Querlinger klargemacht.

Die neue Erkenntnislage hatte auch die Sicht auf Heinz van Amerdongen verändert und weitere Fragen provoziert, denen sie nachgehen mussten. Der Versuch einer telefonischen Kontaktaufnahme gleich am frühen Morgen war indes gescheitert. Auch Mortimer hatten sie nicht erreichen können. Querlinger erinnerte sich an die beiläufige Bemerkung van Amerdongens, einen Ausflug in die Berge unternehmen zu wollen.

Am späten Vormittag dann die Nachricht, dass Kasunke ausgeflogen und nirgendwo aufzutreiben sei, was auch für seinen Vermieter gelte. Auch bei der Orchesterleitung der Ulmer Philharmoniker hatte man bedauernd die Schultern gezuckt. Man wisse nicht, wo er sich aufhalte, er habe bereits die Orchesterprobe am Freitag geschwänzt …

Den Rest des Vormittags hatte Querlinger genutzt, um seine Notizen auf Vordermann zu bringen. Und da Luise auf Besuch bei ihrer Nichte war, hatte er schließlich Heini angerufen und ihm den Vorschlag gemacht, sich mit ihm in der Lochmühle zu treffen. Er schuldete ihm noch eine Essenseinladung wegen Samstag.

»Und wenn das mit dem Kasunke nur ein läppischer Zufall ist?«, fragte Heinerle, während sie auf das Essen warteten.

»Heini, überleg doch mal! Ein pensionierter Schönheitschirurg zieht in einem Karton, der als Verpackung für eine Märklin-Lok gedient hat, Tomaten groß, und ein Trompeter kramt aus seiner Jackentasche einen Kartonstreifen, ebenfalls von so einer Märklin-Verpackung. Gleiches Modell, gleicher Jahrgang. Beide kannten Manfred Reuber – und das soll Zufall sein?«

»Hm«, brummte Heini. »Kasunke, die Henne? Kasunke, der Alien? Was denn nun? Und welche Rolle spielt van Amerdongen?«, fragte er.

»Kann ich momentan auch nicht sagen, Heini. Das mit dem Kartonstreifen ist auf jeden Fall mehr als verdächtig. Was wir jetzt brauchen, sind Fakten, Fakten und nochmals Fakten. Neue Fakten, die uns auf neue Spuren stoßen lassen. Oder Fakten, die wir bis jetzt übersehen haben.«

»Und wie sollen wir an diese Fakten rankommen?«

»Wir warten erst mal ab, was die Kollegen von der Spurensicherung rauskriegen. Und außer dem Kasunke werden wir uns noch mal van Amerdongen vorknöpfen. Wir werden auch nicht drum herumkommen, die Befragung auf weitere Mönchskollegen Totvogels auszudehnen und weitere seiner Kontakte außerhalb des Klosters zu durchleuchten. Und wir werden von jedem dieser verdammten Kontakte ein Bewegungsprofil erstellen. Wer hat sich in den letzten fünf Wochen wann wo aufgehalten?«

Das Essen kam. Vor-, Haupt- und Nachspeise ein einziges Gedicht!

»Ein Schnäpsle oder ein Kaffee zum Abschluss?«, fragte der Ober.

Der Kaffee machte das Rennen. Für den Kommissar der erste seit gestern Nachmittag.

48

Montag, 8. Juli

Außer den Angehörigen der Soko waren zur Lagebesprechung am heutigen Vormittag auch Kriminaloberrat Dr. Fachinger und der Pressesprecher Hansjörg Häberle erschienen.

Wie es um den aktuellen Ermittlungsstand bestellt war, hatte sich bereits herumgesprochen. Entsprechend angeschlagen war die Stimmung. Auch beim Kriminaloberrat.

»Was, verehrte Kolleginnen und Kollegen, so fragen wir uns, hat dazu geführt, dass wir uns heute mit einem querschnittsgelähmten Ermittlungsstatus konfrontiert sehen? Wie sollen wir weitermachen angesichts der falschen Interpretation der Faktenlage? Ich kann nur hoffen, dass es gelingt, den gordischen Knoten, der da geknüpft wurde, zu durchschlagen. Kollege Querlinger, Sie haben das Wort.«

Querschnittsgelähmter Ermittlungsstatus! Gordischer Knoten! Hirnamputierter Obervollpfosten, dachte Querlinger, der sich denken konnte, wen Fachinger verdächtigte, den Knoten geknüpft zu haben!

»Ihre Einschätzung des gegenwärtigen Ermittlungsstandes teile ich nicht, Herr Oberrat! Selbst wenn es so wäre – ein Querschnittsgelähmter kann noch einiges machen. Zum Beispiel sein Hirn in Bewegung setzen. Mit Letzterem mag so manch einer ein Problem haben, nicht so mein Team.«

Mit knappen Worten erklärte der Kommissar der Runde das, was er schon tags zuvor Heinerle beim Mittagessen mitgeteilt hatte. Im Anschluss besprachen sie die geplante Vorgehensweise im Einzelnen.

Sie hofften auf weitere Resultate der gerichtsmedizinischen Untersuchung der Leiche Totvogels, was natürlich Zeit in Anspruch nehmen würde.

Außerdem würden sie sich den Beuroner Konvent vorknöpfen, den gesamten diesmal, sowie den erweiterten Kreis derjenigen, die mit Totvogel geschäftlich oder privat in Kontakt gestanden hatten.

Blieb noch der undurchsichtige van Amerdongen. Auch heute war der Versuch, ihn telefonisch zu erreichen, gescheitert, wahrscheinlich hielt er sich immer noch mit seinem Butler irgendwo in den Bergen auf. Welche Rolle spielte er wirklich? Wie würde er reagieren, wenn er erfuhr, dass Totvogel ermordet worden war? Oder mussten sie davon ausgehen, dass er bereits davon wusste, weil er ...

Wie auch immer, er war entschlossen, dem ehemaligen Schönheitschirurgen eine amtliche Vorladung zur Vernehmung vor den Latz zu knallen. Noch heute würde er mit dem Staatsanwalt darüber reden.

Dass es ganz anders kommen und die angespannte Lage nur wenig später unkontrolliert explodieren würde, konnte der Kommissar zu diesem Zeitpunkt noch nicht wissen.

Der erste »Sprengsatz« ging gegen vier Uhr nachmittags hoch. Im Vergleich zu dem, was folgen sollte, allerdings nur ein Pfennigkracher. Querlinger hatte sich gerade ein paar Erdnüsse eingeworfen, als die Tür zu seinem Büro aufgerissen wurde und Karin Petrarca und Markus Dörfler hereinstürmten.

»Er ist nach wie vor verschwunden!«, platzte Petrarca heraus.

»Spurlos. Keiner weiß, was mit ihm los ist«, ergänzte Dörfler.

»Kasunke?«

Petrarca nickte.

»Er war seit drei Tagen nicht mehr in seiner Wohnung.«

»Und wer sagt das?«

»Sein Vermieter. Den haben wir endlich angetroffen.«

»Hat er sonst noch was gesagt?«

»Nö. Er hat ihn lediglich als Deppen bezeichnet. ›Der Depp war seit drei Tagen nicht mehr zu Hause‹, hat er gesagt.«

»Ehefrau, Partner, Kinder?«

Karin Petrarca schüttelte den Kopf.

»Er lebt mutterseelenallein. Es gebe nur ihn und seine scheißlaute Trompete – sagt sein Vermieter.«

»Interessante Spezies, diese Berufsmusiker. Bevorzugen die Einsamkeit«, meinte Querlinger.

»Die müssen ja auch jeden Tag üben. Blasen, streichen, klimpern, trommeln, was weiß ich. Und dann noch die vielen falschen Töne, bis so 'n Stück sitzt. Das macht ganz schön einsam«, bemerkte Petrarca.

Querlinger dachte nach. Sollten sie Kasunke zur Fahndung ausschreiben? Unsinn, mit welcher Begründung hätten sie das tun sollen! Weil er auf einem Stück Karton, der vor Jahrzehnten zu einer Verpackung für eine Märklin-Lok gehört hatte, eine Handynummer notiert hatte? Weil er einen ermordeten Oboisten kannte, der sein Orchesterkollege gewesen war? Weil er sich wochenlang im Urlaub befand und theoretisch die Möglichkeit bestand, dass er in dieser Zeit vier Morde begangen hatte? Alles Quatsch! Für eine Fahndung reichte es bei Weitem nicht aus.

Andererseits mussten sie an Kasunke dranbleiben ...

»Habt ihr die Orchestermitglieder befragt? Und zwar einzeln?«

Simultanes Kopfschütteln bei Petrarca und Dörfler.

»Gut, dann solltet ihr das am besten noch machen. Vielleicht weiß der eine oder andere Kollege von Kasunke ja noch was ...«

50

Die eigentliche Bombe detonierte ausgerechnet zur geheiligten »Tagesthemen«-Zeit abends um zehn vor halb elf.

Wie fast immer ging Luise ans Telefon.

»Bärle!«, rief sie ins Wohnzimmer.

»Was ist denn jetzt schon wieder, hat man nicht mal zu den Nachrichten seine Ruh«, brummte der Kommissar gereizt und stapfte in den Flur.

Luise hielt ihm den Hörer hin.

»Die Angie Braun, sie ist ganz aufgeregt.«

»Hallo, Angie, was gibt's denn?«

»Chef … Chef …« Angie Braun rang hörbar um Fassung.

»Was is'n los, Angie?«, rief Querlinger, dem plötzlich ganz heiß wurde.

Schluchzen. Weinerliche Stimme.

»Neu… neue Nachricht, Chef. Von … von der Henne.«

»Waaas?«

»›Der Albatros, der Albatros, verrecken soll er beim Königsschloss. Es grüßt: die Schwarze Henne‹.«

Heinz van Amerdongen! Der Albatros! Wie heiße Lava schoss der Name in Querlingers Kopf.

»Wo sind Sie gerade, Angie?«

»Ja, bei mir daheim natürlich.«

Überraschenderweise öffnete ihm dort Karin Petrarca. Sie bat ihn in die Küche, wo Angie Braun völlig aufgelöst mit der Eulenburg am Tisch saß und heulte. Die Kommissarin hatte mitfühlend den Arm um sie gelegt.

»Hallo, Chef«, schluchzte Angie und schnäuzte sich die Nase.

»Ganz ruhig, Angie, ganz ruhig. Jetzt erzählen Sie erst mal, was passiert ist«, sagte Querlinger sanft. Versuchte, trotz der Lava, die in ihm brodelte, die Ruhe selbst zu sein.

»Also ich hab heute Morgen im Büro die Post sortiert, wie

immer halt. Hab aber nicht gemerkt, dass ein Umschlag zwischen die Seiten von einem Anzeigenblatt reingeraten war. Ich hab das Anzeigenblatt mit heimgenommen, weil da ein Artikel über Staubsauger drin war, der mich interessiert hat. Und vorhin ... also da hab ich ...« Angie unterbrach sich und fing wieder an zu schluchzen.

»Da haben Sie das Anzeigenblatt aufgeschlagen und den Umschlag entdeckt und festgestellt, dass uns die verdammte Henne eine neue Botschaft geschickt hat.«

Angie nickte, schluchzte und putzte sich die Nase.

»Dann hat sie zuerst uns beide und dann Sie angerufen«, ergänzte Eulenburg.

»Wo haben Sie den Brief?«

»Hier«, antwortete Eulenburg an Angies Stelle und reichte Querlinger den Umschlag.

Der Kommissar zog das Blatt mit dem Zweizeiler heraus. Kein Zweifel, eine Botschaft der Henne. Der Poststempel auf dem Umschlag trug das Datum von vorgestern: Samstag, 6. Juli. Am Tag zuvor, am Freitag, hatte van Amerdongen ihnen noch quietschfidel gegenübergesessen ...

Nach einer Weile konzentrierten Überlegens stand sein Entschluss fest.

»Wir werden uns jetzt einen Schlachtplan zurechtlegen. Dazu brauchen wir die anderen vom Team. Kollegin Petrarca, Sie richten uns jetzt eine Telefonkonferenz ein, nutzen Sie die neue App. Rufen Sie alle an, die Sie erreichen können. Und machen Sie klar, dass es in die finale Runde geht. Ich rufe van Amerdongen auf seiner Mobilnummer an. Wir müssen –«

»Der dürfte doch längst in der Gewalt dieses Verrückten sein«, fiel ihm Eulenburg ins Wort.

»Möglich. Um nicht zu sagen, wahrscheinlich. Trotzdem will ich nichts unversucht lassen, und irgendwas müssen wir ja tun. Richten Sie sich schon mal drauf ein, dass wir beide gleich zum Bodensee aufbrechen.«

»Wie, gleich zum Bodensee? Jetzt sofort?«

»Natürlich sofort.«

»Und wozu dann die Telefonkonferenz? Wollen Sie die aus dem Auto führen?«

»Sie haben's erfasst.«

»Wie wär's, wenn wir uns erst mal die Meinung der anderen anhören?«

»Menschenskind, Eulenburg, dafür fehlt uns die Zeit. Sie wissen doch, welches Tempo diese verdammte Henne vorlegt!«

»Vorschlag, Chef: Wir bestellen die anderen ein, beratschlagen in aller Ruhe und bestimmen dann, wer mit uns da runterfährt.«

»Hören Sie, Eulenburg, noch mal zum Buchstabieren: *Es pressiert!* Wenn wir hier auf die anderen warten und noch länger rumpalavern, verlieren wir Zeit, die wir nicht haben. Wir besprechen alles Weitere während der Fahrt!«

Querlinger war laut geworden. Eulenburg verdrehte die Augen. Karin Petrarca begann, die Ersten anzurufen.

Der Kommissar ging in den Flur. Er hasste es, wenn zwei Leute gleichzeitig in einem Raum telefonierten.

Er holte sich die Handynummer van Amerdongens aufs Display, drückte die Anrufen-Taste und wartete. »Der Teilnehmer ist vorübergehend …« *Blöde Tussi.* Querlinger brach ab und versuchte es erneut. »Der Teilnehmer ist vorübergehend …« *Ja, schon gut, rutsch mir den Buckel runter.* Er probierte es auf der Festnetznummer.

Ein Klacken! Jemand räusperte sich, im Hintergrund war Musik zu hören.

»Bei van Amerdongen, Sie sprechen mit Mortimer.«

Na endlich!

»Kriminalhauptkommissar Eugen Querlinger. Guten Abend, Herr McIntosh-Kuku… ähm, Herr Mortimer. Entschuldigen Sie bitte die späte Störung. Sagen Sie, kann ich Herrn van Amerdongen sprechen?«

Überraschung, Schweigen. Im Hintergrund die Melodie des Liedes »Ich hatt einen Kameraden«. Abgespielt von einer alten Schallplatte. Eine Platte mit einer Macke, wie die Tonqualität verriet. Querlinger kam das Ganze bekannt vor. Bei van Amerdongen in dessen Überlinger Villa war er vom gleichen Sound empfangen worden.

»Mijnheer ist verreist. Seit heute Nachmittag.«

»Oh! Ich hab versucht, ihn auf seinem Handy –«

»Tut mir leid, können Sie vergessen, das hat er bewusst nicht mitgenommen, er will seine Ruhe haben.«

»Ah so, und wie lange –«

»Er macht drei Tage Urlaub, eine Wanderung in den Vogesen würde ihm guttun, meinte er, es reinige die Seele.«

»Unternimmt er öfter solche Wa–«

»In der Tat, das tut er.«

»Wo genau er sich aufhä–«

»Kann ich Ihnen leider nicht sagen, ich weiß es nicht.«

»Wann wird er –«

»Mitte der Woche dürfte er wieder zurück sein.«

Dieser Butler war wirklich einzigartig. Er schien über die Gabe zu verfügen, aus rudimentären Satzfetzen, die man ihm hinwarf wie einem Hund den Knochen, ganze Romane zu kreieren.

»Kann *ich* Ihnen vielleicht weiterhelfen, Herr Kommissar?«

Im Hintergrund jetzt eine weitere Melodie, die Querlinger bekannt vorkam. Auch sie musste zu einem Lied gehören. Allerdings kam er weder auf den Titel, noch fiel ihm ein Text dazu ein. Und doch verschmolzen beide Melodien in seinem Kopf auf seltsame Weise miteinander. Als ob sie zusammengehörten. Warum nur?

»Hallo, Herr Kommissar? Sind Sie noch dran? Kann ich Ihnen weiterhelfen?«, wiederholte Mortimer seine Frage von vorhin.

»Ähm … ja, Herr Mortimer, vielen Dank, aber für den Moment war's das. Wir … wir rühren uns wieder bei Ihnen«, verabschiedete sich Querlinger.

Irritiert legte er auf. Ging, noch ganz in das soeben geführte Telefonat vertieft, langsam in die Küche zurück und summte fast zwanghaft die Melodie des Liedes vor sich hin. Dabei stahl sich das Wort »Wald« in seine Gedanken.

»Nanu, Chef, so vergnügt?«, wunderte sich Janine von Eulenburg.

Karin Petrarca und Angie Braun sahen ihn fragend an.

Der Kommissar wirkte auf einmal aufgekratzt.

»Sagen Sie, Angie, Sie sind doch unsere Volkslied-Spezialistin. Kommt Ihnen diese Melodie bekannt vor?«

Querlinger pfiff sie ihr vor.

»Nicht leicht zu erkennen«, meinte Angie stirnrunzelnd.

»Los, strengen Sie sich an! Es ist wichtig!«

Er pfiff es ihr von zahlreichen lautmalerischen Gesten unterstrichen noch mal vor, mit viel mehr Ausdruck.

Jetzt hatte sie es. »Ja, natürlich! Das ist die Melodie des Westerwaldlieds.«

Bingo! Na also! »Fällt Ihnen der Text dazu ein?«

»Moment, da muss ich nachdenken.« Sie zermarterte sich ihr Hirn. »Also ich komm nur auf die erste Strophe. ›Heute … wollen wir marschier'n … einen neuen Marsch probier'n, … in dem schönen Westerwald, ja da pfeift der Wind so kalt‹.«

Querlinger ließ sich auf den nächstbesten Küchenstuhl fallen. Kalter Schweiß trat auf seine Stirn. Ein Gedankentsunami in Gestalt von drei aufeinanderfolgenden Monsterwellen brandete durch seinen Kopf: »Wind«, »Wald« und »kalt«. Minou, die Dame mit der speziellen Begabung aus dem speziellen Etablissement in der Blaubeurer Straße, hatte gegenüber Feigl und Bödele zu Protokoll gegeben, dass diese drei Worte in dem Lied vorgekommen seien, das einer ihrer Freier vor sich hin geträllert habe. Dass es sich dabei um die Henne gehandelt haben musste, war ihnen schon von Anfang an klar gewesen.

Prompt löste der erste Tsunami einen zweiten aus. Eine Monsterwelle in Form eines Beitrags, den Querlinger erst kürzlich in einem historischen Magazin gelesen hatte. Der Artikel bezeichnete das Westerwaldlied sowie das Lied vom gefallenen Kameraden als Kulturerbe jener militärischen Eliteeinheit, die sich im vergangenen Jahrhundert rund um die Welt in die unterschiedlichsten Scharmützel gestürzt hatte – die Fremdenlegion.

Querlinger schoss hoch und begann in der Küche hin- und herzugehen wie ein Tiger im Käfig. Fassungslos schüttelte er den Kopf. Der Butler Heinz van Amerdongens mit dem seltsamen

Nachnamen, der in seiner Freizeit gerne Fremdenlegionärslieder hörte – der Mörder? Waren sie hinter ihm her?

»Was ist denn los, Chef? Sie sehen aus, als ob –«

Querlinger hob die Hand. Womit er Eulenburg bedeutete, dass seine kleinen grauen Zellen gerade einen Salto vorwärts vollzogen und sie den Mund halten sollte. Aber wieso zum Henker kamen sie ausgerechnet vor Gertrud Steinhauser wieder auf die Füße zu stehen? Gertrud Steinhauser und McIntosh-Kukumweusi? Wo sollte da die Verbindung …

Stopp, Eugen, Moment mal! Der Verlobte der Steinhauser. Wie hieß er doch gleich? Richtig: Conny Stahlberg. War der nicht zur Fremdenlegion gegangen? Vor Kummer darüber, dass seine Verlobte das Zeitliche gesegnet hatte? Bleichten seine Knochen nicht irgendwo unter der Sonne Afrikas vor sich hin, weil er auf dem Schlachtfeld den Heldentod gestorben war?

Oder war das etwa …?

»Hundsveregg!«

Querlinger wurde abwechselnd heiß und kalt, als ihm bewusst wurde, in welche Konsequenz seine Überlegungen gerade mündeten.

Es war bizarr – aber es war die einzig vernünftige Erklärung!

51

Etwa vierzig Minuten waren sie schon im Auto unterwegs, als die Telefonkonferenz endlich stand. Über die Handys zugeschaltet waren Bödele, Heinerle, Feigl, Bommel, Zimmernagel, Henssler und Unseld. Und natürlich Karin Petrarca, sie hatte die Konferenz arrangiert.

In der Leitung herrschte konzentrierte Arbeitsstimmung.

»›Wind‹, ›Wald‹ und ›kalt‹ – nur drei Wörter als Schlüssel zur Aufklärung des Falls?«, vergewisserte sich Unseld skeptisch, nachdem Querlinger die versammelte Runde über seine Theorie unterrichtet hatte. Sie besagte, dass die Fremdenlegionärs-Knochen Conny Stahlbergs mitnichten auf irgendeinem Schlachtfeld in Afrika in der Sonne vor sich hin bleichten, sondern dass der gelernte Schreiner, umgeschulte Butler und ehemalige Angehörige der legendären Légion étrangère unter falschem Namen und mit getürkter Vita zurückgekehrt war, um als »Schwarze Henne« den Tod seiner ehemaligen Verlobten zu rächen.

»Frag ich mich auch«, schaltete sich Henssler ein. »Nur weil der gute Mann sich irgendwelche Lieder der Fremdenlegion anhört, soll er der Mörder sein? Glaub ich erst mal nicht. Kann Zufall sein.«

»Nichts da, Zufall!«, rief Eulenburg ins Bluetooth-Mikrofon. Den Laptop auf den Knien, googelte sie nach dem Themenfeld Fremdenlegion. »Hier ist was! Alle mal herhören. Erinnern Sie sich an das kleine Häuschen mit den rot-grün gestrichenen Fensterläden, Chef? Und an diese bescheuerte Armbinde, die der Butler trug? Rot-grün! Und Rot und Grün sind die Farben der Fremdenlegion. Hab hier eine Website von denen, Herrschaften. Der Header ist rot-grün.«

Die Kommissarin drehte ihren Laptop so, dass Querlinger einen kurzen Blick aufs Display werfen konnte.

»Na also! Irgendwie hängt der Mann noch immer an seinem früheren Beruf.«

Karin Petrarca schaltete sich ein.

»Also ich weiß nicht, Rache mit fast vierzig Jahren Verspätung? Wieso hat der Typ denn nicht schon vorher zugeschlagen?«

»Vielleicht, weil er erst Jahrzehnte später die Wahrheit über den Tod seiner Verlobten erfahren hat?«, hielt Querlinger dagegen.

»Eben«, sprang ihm Eulenburg bei. »Die offizielle Version zum Tod der Steinhauser lautet immer noch: Badeunfall. Dass es Mord war, wissen wir erst seit Kurzem. Vielleicht geht es unserem ehemaligen Fremdenlegionär ja ähnlich.«

»Wobei man anmerken sollte, dass von ›wissen‹ keine Rede sein kann. Wir *vermuten*, dass es Mord war, wir haben aber noch keine hieb- und stichfesten Beweise«, gab Karin Petrarca zu bedenken.

»Meine Güte, Kollegin Petrarca, werden Sie jetzt zur Erbsenzählerin, oder was? Sehen Sie doch mal das Bild im Ganzen, nicht nur das einzelne Puzzlestück«, bemerkte Querlinger gereizt. »Wir werden mit Sicherheit noch das eine oder andere beweiskräftige Detail ausgraben. Vielleicht schon heute Nacht, wenn wir seine Bude durchsuchen.«

»Ihnen ist schon klar, dass Sie ohne richterlichen Beschluss unterwegs sind?«, gab Bommel den Mahner.

»Wollt ich auch gerade sagen, Chef. Ich wage zu bezweifeln, ob bei der Aktion, die du da vorhast, Richter und Staatsanwalt mitziehen würden«, meinte Bödele.

»Seh ich auch so. Den Verdacht der Täterschaft auf zwei Lieder und 'ne Farbkombination zu stützen dürfte denen für 'nen Durchsuchungsbeschluss doch viel zu mager sein«, stimmte Feigl ihm zu.

»Genau das ist doch das Problem, Kollegen«, insistierte Querlinger. »Ich hab keine Lust, mich mit denen rumzustreiten und wertvolle Zeit totzuschlagen. *Wir* wissen, wie die Henne tickt, *die* nicht. Ich geh von Gefahr im Verzug aus, basta. Dafür brauch ich keinen Durchsuchungsbeschluss. Könnte ja sein, dass van Amerdongen noch lebt. Wenn wir verhindern können, dass die

Henne ihn kaltmacht, kräht kein Hahn nach einem nicht vorhandenen Durchsuchungsbeschluss!«

»Ich weiß nicht, ob der Optimismus gerechtfertigt ist«, meinte Bommel. »Bei Reuber und Kämper lagen zwischen der Ankündigung des Mordes und der vollzogenen Tat jeweils nie mehr als zwölf Stunden.«

»Eben«, sprang Zimmernagel ihm bei. »Wahrscheinlich zwitschert unser Albatros schon in der Vogelhölle. Der Brief, den die Angie erst heute Abend entdeckt hat, war schließlich schon heute Morgen in der Post, außerdem wurde er am Samstag aufgegeben, und jetzt haben wir Montagnacht.«

»Trotzdem: Bis jetzt haben wir es erst mit der Ankündigung des Mordes zu tun. Noch haben wir keine weitere Leiche. Und deswegen werden sich jetzt fünf von euch in Bewegung setzen und uns an den Bodensee folgen.«

Bommel gab weiterhin den Zweifler. »Wär's nicht sinnvoll, erst mal die Kollegen in Überlingen nach dem Rechten sehen zu lassen? Damit wären wir auf der sicheren Seite. Nicht dass es Ärger wegen der Kompetenzen gibt.«

»Mensch, Bommel, haben Sie sich doch nicht so! Damit die ihn vorwarnen? Kommt nicht in Frage! Ich will auf den Überraschungseffekt bauen. Die Henne fackelt nicht lange. Wir müssen handeln, und zwar unverzüglich. Basta! Geht doch alles auf meine Kappe.«

»Gut, gut. Also mich hast du überzeugt«, sprang Heinerle Querlinger zur Seite. Er hatte bis jetzt noch gar nichts gesagt.

Die anderen stimmten zu, auch Bommel und Bödele lenkten ein.

»Und wie geht's jetzt weiter?«, wollte Unseld wissen.

»Hängt davon ab, wie wir die Situation auf dem Anwesen von van Amerdongen vorfinden. Wie gesagt, fünf von euch setzen sich jetzt ins Auto und kommen nach. Schlage vor, ihr nehmt zwei Fahrzeuge. Bödele, du nimmst am besten deinen BMW. Zimmernagel und Feigl fahren mit dir mit. Du, Heini, und Sie, Kollege Henssler, ihr wohnt beide in der Nähe von Beimerstetten, ihr fahrt separat. Heini, du fährst. Kollege Bommel, Kollegin Unseld,

Sie fahren zu Angie, also ins provisorische Lagezentrum, Sie halten dort zusammen mit der Kollegin Petrarca die Stellung. Wir bleiben permanent in Verbindung. Ich wiederhole: Wir bleiben permanent in Verbindung!«

52

Das Anwesen des ehemaligen Schönheitschirurgen lag vollkommen im Dunkeln.

»Klingeln?«, raunte Eulenburg, als sie vor dem Rolltor standen.

Querlinger nickte. »Einen Versuch ist es wert.«

Nix war es wert! Auch Sturmläuten im Alarmmodus brachte nichts.

»Gut, dann gehen wir jetzt rein«, beschloss der Kommissar, der allmählich nervös wurde.

»Sie wollen über das Schiebetor steigen?«, fragte Eulenburg.

»Sie können ja zwischen den Metallstäben durchkriechen, mal sehen, ob Ihnen die zwanzig Zentimeter Abstand reichen.«

»Wie immer äußerst charmant, der Herr Hauptkommissar.«

»Liegt mir im Blut, Kollegin.«

Es dauerte keine zwei Minuten, bis sie es auf die andere Seite geschafft hatten. Querlinger ließ den Strahl seiner Stablampe über das Areal huschen und bemerkte, dass die Garage sperrangelweit aufstand. Der Lichtkegel erfasste einen Aston Martin und einen Audi A8, während unter dem Carport diesmal nur der Jeep Grand Cherokee und der Porsche 911 vor sich hin protzten, der Land Rover Range fehlte. Ein ungutes Gefühl beschlich den Kommissar. Sie liefen Richtung Villa, wobei sie versuchten, im Schatten der alten Bäume zu bleiben.

Auf halbem Weg bog Querlinger plötzlich in Richtung des Häuschens mit den rot-grün gestrichenen Fensterläden ab.

»Wollen wir nicht erst in der Villa nachsehen?«, raunte die Kommissarin.

Querlinger schüttelte den Kopf.

»Machen wir nachher. Wir schauen uns zuerst das Nest der Henne an.«

Aus der Entfernung wirkte das Häuschen durchaus gepflegt, aus der Nähe betrachtet schon weniger. Neben der Eingangstür lehnte ein Spaten an der Wand. Die Tür war aus Holz, das Schloss uralt.

Querlinger griff sich den Spaten, klemmte ihn zwischen Tür und Rahmen und holte tief Luft …

»Menschenskind, Chef. Wie haben keinen Durchsuchungsbeschluss, und Sie wollen die Tür aufbrechen?«

»Hundsveregg, Kollegin, möchten Sie eine überkorrekte Korinthenkackerpolizistin oder einfach eine gute Polizistin sein, die bei Gefahr im Verzug eine richtige, wenn auch unorthodoxe Entscheidung trifft?«

Sekunden später standen sie seitlich der aufgebrochenen Tür und horchten erst mal. Nichts zu hören, alles ruhig. Vorsichtig spähten sie ins Hausinnere und betraten schließlich einen dunklen Flur, von dem vier Türen abgingen.

»Ziehen Sie sicherheitshalber die Waffe, ich leuchte«, zischte Querlinger, knipste die Stablampe an und öffnete die erste Tür. Eine Küche. Peinlich aufgeräumt. Nichts Aufregendes.

Neben der Küche ein Abstellraum ohne Fenster. Regale mit Eingemachtem, Getränke, Dosen, sonstige Lebensmittel. Ein alter Stuhl. Auf dem Fußboden mehrere Kabelbinder – und eine kleine rote Pfütze: Blut!

»Hundsveregg!«, stieß Querlinger hervor.

Die nächste Tür. Ein winziges Bad mit Toilette. Absolut unspektakulär.

Ein weiterer Raum: Schlaf-, Arbeits- und Wohnzimmer in einem. Ein einfaches Bett. An den Wänden Regale mit Büchern, Krügen, Gläsern, Nippes. Ein Schreibtisch: picobello aufgeräumt – bis auf ein Buch, das den Eindruck erweckte, als hätte jemand vergessen, es ins Regal zurückzustellen. An der Stirnwand ein Kleiderschrank.

Querlingers Stablampe erfasste ein Blatt, das mit Tesafilm an der Schranktür befestigt war.

»Sieh an, ein Terminplaner, sehr aufschlussreich«, murmelte er.

Womit er vor allem die akkurat gezogene Linie meinte, die Dienstag, den 28. Mai, mit Freitag, dem 28. Juni, verband. Über der Linie ein handschriftlicher Eintrag in Großbuchstaben: »Urlaub«.

»Van Amerdongen war vom 31. Mai bis 19. Juni auf Ibiza. Stahlbergs Urlaub begann drei Tage vor dem seines Brötchengebers und endete neun Tage, nachdem dieser wieder von Ibiza zurück war.«

»Exakt in diesem Zeitraum passierten die Morde. Auch eine Möglichkeit, seinen Urlaub zu nutzen«, meinte Eulenburg sarkastisch.

Querlinger öffnete den Schrank und leuchtete hinein.

Kleiderbügel, dicht an dicht behängt mit Klamotten. Mehrere Regalfächer mit Unterwäsche und Socken. Und etwas weiß Leuchtendes in dem Fach ganz zuoberst …

»Ich werd verrückt, ein Képi blanc. Sie hatten recht, Chef«, stieß Eulenburg hervor.

Das Képi blanc, die klassische Kopfbedeckung der Fremdenlegionäre, lag neben einem Stapel Hemden auf einem Karton, der Querlinger irgendwie bekannt vorkam. Er klemmte sich die Stablampe zwischen die Zähne, hob das Képi an und nahm ihn heraus. Ein Märklin-H0-Karton.

»Stecken Sie die Waffe weg und stellen Sie das hier mal auf den Schreibtisch«, wies er Eulenburg an und betätigte den Lichtschalter neben der Tür. Eine Deckenleuchte flammte auf und tauchte den Raum in schummriges Licht.

Der Kommissar nahm den Deckel ab und schüttete den Inhalt einfach auf dem Tisch aus. Lauter Fotos.

»Interessant«, knurrte er. Die Bilder zeigten einen Mann in Fremdenlegionärs-Uniform: Conny Stahlberg! Obwohl vor Jahrzehnten aufgenommen, war die Ähnlichkeit mit Mortimer, dem Butler, unverkennbar. Die Bilder zeigten ihn bei einer Militärparade, beim Durchqueren reißender Flüsse und endloser Sandwüsten, mit Zigarre im Mund, mit Maschinengewehr im Anschlag und so weiter.

Aber nicht der geringste Hinweis darauf, wo dieser verflixte Conny Stahlberg sich gegenwärtig aufhalten könnte.

»Mist. Wir müssen woanders suchen.«

Eulenburg deutete auf mehrere schmale Ordner in einem Wandregal.

»Wie wär's, wenn wir uns die mal anschauen?«

»Wenn Sie meinen.«

Sie hatten bereits einige durchgesehen, als Querlinger, in einem weiteren blätternd, plötzlich stutzte.

»Ich glaub, ich hab's, Kollegin! Hier, sehen Sie mal. Eine Rechnung der Gemeinde Bisingen im Zollernalbkreis, adressiert an Herrn Mortimer McIntosh-Kukumweusi. Unsere Henne besitzt seit zwei Jahren ein knapp zweitausend Quadratmeter großes Anwesen im Ortsteil Zimmern.«

»In Zimmern, aha.«

»Was heißt denn hier ›in Zimmern, aha‹. Menschenskind, Eulenburg! Zimmern, ein Ortsteil von Bisingen! Liegt bei Hechingen! Klingelt's da nicht bei Ihnen?«

»Wieso sollte es bei mir klingeln? Gibt's dort 'n besonders gutes Lokal oder so was?«

»Ich glaub's nicht! Hatten Sie denn keinen Geschichtsunterricht? *Das* herausragende Bauwerk in der Region ist die Burg Hohenzollern. Stammburg des Fürstengeschlechts und ehemals regierenden preußischen Königs- und deutschen Kaiserhauses der Hohenzollern.« Eulenburg war baff.

»Verstehe. ›Der Albatros, der Albatros, verrecken soll er beim Königsschloss‹«, murmelte sie. »Na, denn nichts wie hin, Chef! Ich glaube, wir haben jetzt gute Karten, der Henne die Flügel zu stutzen.«

»Vorher sehen wir noch mal in der Villa nach. Sicherheitshalber. Nicht dass dort noch ein Ass vor sich hin schlummert.«

Kein Ass. Dafür so etwas wie ein Ober: ein Plattenspieler von anno dazumal und eine in die Jahre gekommene Plattensammlung mit Volks- und Soldatenliedern. Auf einem Cover der Titel »Die Legion – unsere Mutter«. Knappe zwanzig Minuten brauchten sie für die Durchsuchung der Villa. Dann war klar, dass die Karten in Zimmern neu gemischt würden.

53

»Rufen Sie die anderen in Angies Lagezentrum an und berichten Sie ihnen«, wies Querlinger die Kommissarin an, während er seinen Wagen aus der Parkbucht steuerte. »Informieren Sie Bödele und Heinerle. Sagen Sie ihnen, sie sollen direkt nach Zimmern fahren. Geben Sie ihnen die Adresse durch, die auf der Rechnung steht.«

Sie griff zum Handy.

Kaum dass sie wieder aufgelegt hatte, schlug Querlinger aufs Lenkrad.

»Menschenskind, Eulenburg, mir fällt gerade ein, da war doch dieses dicke Buch auf dem Schreibtisch, vielleicht hätten wir –«

»Sie meinen wahrscheinlich das hier«, unterbrach ihn die Kommissarin, beugte sich zu ihrem Rucksack hinunter und zog das Buch heraus. »Ich dachte mir, ich sollte es mitnehmen, hatte natürlich noch keine Gelegenheit reinzuschauen.«

»Dann können Sie das ja jetzt nachholen. Tarzan fahren, Jane lesen, um es mal so zu sagen. Wie heißt denn der Titel?«

»Moment. Ich mach mal schnell die Leselampe an … Also ich würde sagen, der Titel ist prägnant und einfach: ›Sprichwörter der Suaheli sprechenden Bevölkerung Afrikas, Etymologie und Bedeutung‹.«

Tarzan grinste. Jane schlug das Buch auf.

»Na, da hätte Jane doch schon mal die erste Überraschung parat. Unser Fremdenlegionär hat sich mit seinem Namen auf dem Innentitel verewigt. Handschriftlich.«

»Und was ist daran überraschend?«

»Er hat den zweiten Nachnamen in zwei verschiedenen Versionen reingeschrieben.«

»Wie, in zwei Versionen?«

»Einmal Kukumweusi, also in einem Wort, und einmal Kuku Mweusi, zwei Worte.«

»Seltsam. Vielleicht sollten Sie mal googeln. Es gibt doch diese

Übersetzungstools. Da gibt's bestimmt auch eines für Suaheli. Geben Sie den Namen doch da mal ein.«

»Gute Idee.« Sie zog den Laptop aus dem Rucksack und fuhr ihn hoch. »Also zusammengeschrieben kommt gar nix bei raus. Ich probier's mal mit der Zwei-Wort-Variante ... Mensch, Chef, Volltreffer! Kuku Mweusi in zwei Worten ist tatsächlich Suaheli und bedeutet ›Schwarze Henne‹.«

»Na also!«

Querlinger schlug vor Begeisterung auf das Lenkrad.

»Ah, da gibt's 'nen Einmerker, Moment! – Da haben wir's doch schon!«, rief sie. »›Ein Rätsel und Staunen – eine schwarze Henne und ein weißes Ei‹.«

»Was?«

»Steht hier so! Ist eine afrikanische Redewendung! Da steht die Erklärung!«

»Lesen Sie sie vor!«

»›Manche afrikanischen Richter gebrauchen diese Formulierung, wenn sie über ein schweres Vergehen zu urteilen haben. Die Schwarze Henne steht für ›schuldig‹, das weiße Ei für ›unschuldig‹. Früher wurde damit auch ein Fall von Mord und Totschlag angekündigt ...‹ Na also, jetzt wissen wir endlich, warum unser ehemaliger Fremdenlegionär sich die Schwarze Henne zum Wappentier auserkoren hat.«

»Ein richtiger Afrikakenner, dieser Conny Stahlberg«, stimmte Querlinger grimmig zu.

In diesem Moment fiel etwas aus dem Buch heraus, das bisher unbemerkt zwischen den Seiten gesteckt hatte. Die Kommissarin hob es auf. Drei ineinandergelegte, zusammengefaltete Blätter. Sie faltete sie auf.

»Sieh an, noch 'ne Überraschung!«, rief sie.

Querlinger schielte auf ihre Hände.

»Was ist das?«

»Ein Brief. Drei Seiten lang. Kleine Schrift. Eng geschrieben.«

»Was für ein Brief?«

»Sag ich Ihnen gleich. Lassen Sie mich erst mal lesen.«

Eulenburg wirkte erregt. Querlinger spürte, wie sich die Anspannung auf ihn übertrug.

»Mein Gott, Chef«, rief die Kommissarin, nachdem sie zu Ende gelesen hatte.

»Was gibt's?«

»Dieser Brief haut Sie um. Conny Stahlberg musste schon damals, wenige Tage nachdem Gertrud Steinhauser ums Leben kam, gewusst haben, dass sie ermordet worden war.«

»Was? Lesen Sie vor!«

»Also gut …« Sie räusperte sich.

»Langenargen/Bodensee, Montag, 12. Juni 1981

Liebster Conny,
ich schreibe dir diesen Brief aus Langenargen am Bodensee,
ich mach hier grad ein paar Tage Urlaub.
Ich würde dich gerne anrufen, aber du bist ja mal wieder
auf Montage irgendwo in Saudi-Arabien. Es gibt näm-
lich 'ne tolle Neuigkeit. Du wirst es nicht glauben, aber
ich hab dafür gesorgt, dass es uns in Zukunft finanziell so
gut geht, dass wir uns nicht mehr abrackern müssen. Wenn
auch der Weg, den ich gewählt habe, etwas ungewöhnlich
ist. Aber dazu muss ich erst ein bisschen ausholen. Vor fast
zwei Wochen, Ende Mai, hatten wir 'n Klassentreffen beim
Schwanenwirt in Rechtenstein, im Anschluss daran sind der
Reuber, der Kämper, der Neumeister, der Meier und ich zur
Burg hoch und haben dort die halbe Nacht weitergefeiert.
Später kam noch der Möbius dazu. So gegen halb drei in
der Früh sind wir zu Reuber in die Wohnung gefahren,
nach Ulm. Nicht gerade die anständigste Gegend, wo er
wohnt. 'ne Menge Gesocks. Und stell dir vor: Als wir zu
seiner Wohnung kommen, stehen vor dem Haus zwei Bord-
steinschwalben rum, und zu denen sagt er, sie sollen doch
mit hochkommen. Haben die sich natürlich nicht zweimal
sagen lassen. Ich dacht, mich tritt 'n Pferd; der wollte noch
so 'ne richtige Orgie veranstalten, der Idiot. Als wir oben

waren, in seiner Wohnung, sind die zwei Schwalben erst mal im Bad verschwunden, kannst dir ja denken, wieso. Mir wurd auf einmal mulmig. Ich hab dem Reuber zu verstehen gegeben, dass er mich mal kann und dass ich nach Hause fahren werde. Mit der Straßenbahn. Hab ich dann auch gemacht. Aber vorher musste ich auch noch bei ihm ins Bad beziehungsweise zur Toilette. Und jetzt kommt's! Als ich mir den Hintern abwischen will, stell ich fest: Mist, kein Klopapier. Ich hab mich umgesehen, aber keine einzige Rolle gefunden. Auf einmal sehe ich 'ne Plastikkiste. Gut, vielleicht ist da das Papier drin, denk ich, und nehm den Deckel ab. Und was glaubst du, was in der Kiste war? Richtig, zwei Rollen Klopapier. Aber noch was anderes: Masken. Du fragst dich, was für Masken?

Pass auf! Erinnerst du dich an die Bande, die vor ein paar Monaten diese Sparkassenfiliale in Stuttgart überfallen hat? Die haben Vogelmasken getragen, stand in der Zeitung, Fotos waren auch drin. Und genau die Masken, die die getragen haben, waren in der Kiste. Sogar ein Grundrissplan von der Sparkasse mit Anmerkungen. Am Rand von dem Plan standen fünf Namen. Und dahinter Vogelbezeichnungen. Reuber war der Kuckuck, Kämper der Wiedehopf, Meier der Pfau, Neumeister der Seidenschwanz und Möbius der Albatros. Die hatten sich diese bescheuerten Vogelidentitäten zugelegt, um während des Überfalls unerkannt miteinander kommunizieren zu können, stand in der Zeitung. Da kam mir die Idee, Liebster. Warum sollten wir nicht auch ein Stück vom Kuchen abbekommen? Ich hab meinen Kalender aus meiner Handtasche geholt und mir die Namen und die dazugehörigen Vogelbezeichnungen von dem Plan abgeschrieben. Ich bin dann runter und mit der Straßenbahn heimgefahren.

Vor ein paar Tagen hab ich allen fünf einen Brief geschrieben. Natürlich anonym. Mit der uralten Schreibmaschine von meiner Oma. Aufgegeben hab ich die Briefe in Stuttgart, bin extra dorthin gefahren. Was drinstand, kannst du dir denken. Ich hab gedroht, sie hochgehen zu lassen, wenn sie mich nicht am Gewinn beteiligen. Zweihunderttausend Mäuse seien angemessen. Sollten sie nicht zahlen, seien sie fällig, ein Tipp von mir an die Bullen, und sie hätten sie am Hals.

Jedem Brief hab ich noch ein Gedicht beigelegt und ein Bild von 'nem Vogel. Dem Brief an Reuber hab ich ein Kuckucksbild beigelegt, dem an Kämper ein Wiedehopfbild, dem an Meier ein Bild von einem Pfau, der Neumeister hat ein Seidenschwanzbild und der Möbius ein Bild von einem Albatros. So wissen sie genau, dass die Briefe jemand schreibt, der Bescheid weiß.

Ich will jetzt keine Einzelheiten nennen, was die Modalitäten der Geldübergabe und so weiter betrifft. Nur so viel: Ich habe alles super eingefädelt. Unterzeichnet hab ich die Briefe mit ›Gertrud, der Zaunkönig‹. Ein bisschen wollt ich die nämlich verarschen, du kennst mich ja. Also Liebster, so weit die Lage. Ich rühre mich nächste Woche, wenn die Operation beendet ist.

Ich mach jetzt Schluss und geh frühstücken. Danach werfe ich den Brief in den Postkasten.

Ich lieb dich

Deine Gerti«

Zum zweiten Mal schlug Querlinger aufs Lenkrad.

»Diesen Brief hat der Stahlberg doch nie –«

»Moment, Chef!«, fiel Eulenburg ihm ins Wort. »Ich bin noch nicht fertig, da kommen noch zwei Nachsätze …

PS: Der Möbius hat 'ne neue Freundin, Marieke van Amerdongen, 'ne Holländerin. Stell dir vor, das Großmaul will mit ihr in die USA auswandern; er will sie heiraten und ihren Namen annehmen. Hab's vor ein paar Tagen von seiner ehemaligen Freundin erfahren. Irgendwann will er nach Deutschland zurückkehren und hier 'ne Schönheitsklinik aufmachen.

PPS: Noch was. Gestern Abend, nachdem ich angekommen war, bin ich im Park spazieren gegangen. Und rat mal, wem ich da begegnet bin: dem Totvogel Bene in voller Ordensmontur. Es war ihm peinlich, mich zu treffen. Er war nämlich auch beim Klassentreffen in Rechtenstein, obwohl er gar nicht eingeladen war. Da hat er sich wie ein Irrer aufgeführt. Gestern hat er sich für seinen Auftritt entschuldigt – und stell dir vor: Wir haben uns sogar zur Versöhnung umarmt.

PPPS: Mist, Liebster!!! Bin grade total erschrocken. Ich glaub, ich hab vorhin von Weitem den Horst Kämper gesehen. Bin mir aber nicht sicher. Hab auf einmal Schiss. Die fünf Drecksäcke werden doch nicht drauf gekommen sein, dass ich die anonyme Schreiberin von dem Brief bin … Aber gut, vielleicht seh ich ja Gespenster … Ich geh jetzt zum Briefkasten und werf den Brief ein …

Mensch, Chef. Ich sag's noch mal: Das hier«, die Kommissarin wedelte aufgeregt mit den drei Blättern, »beweist, dass Conny Stahlberg bereits damals davon ausgehen musste, dass seine Verlobte ermordet worden war.«

»Irrtum, Kollegin! Der Schein trügt. Er hat diesen Brief damals nicht erhalten, da bin ich mir sicher.«

»Ach, und was macht Sie so sicher?«

»Überlegen Sie doch mal: Wie verhält sich jemand, der an der Beerdigung seiner Verlobten teilnimmt und sich bei dieser Gelegenheit den Männern gegenübersieht, von denen er vermutet, dass sie sie ermordet haben?«

Es dauerte einen Augenblick, bis bei der Kommissarin der Groschen fiel.

»Verstehe. Er wird sich von ihnen niemals am Grab stützen lassen.«

»Richtig. Stattdessen wird er Himmel und Hölle in Bewegung setzen, damit die Mörder gefasst werden. Oder, wenn er Rachegelüste verspürt, diese möglichst bald befriedigen. Und was macht unser Conny Stahlberg? Er heuert bei der Fremdenlegion an, um seinen Schmerz zu vergessen. Erst Jahrzehnte später, nachdem er aus dem Ausland zurück ist, beginnt er einen Rachefeldzug, um den Tod seiner Verlobten zu rächen. Und weshalb? Weil er erst jetzt den Brief zu Gesicht bekommt, den seine Verlobte ihm damals vor fast vierzig Jahren geschrieben hat.«

»Verspätete Zustellung sozusagen. Aber weshalb? An der Post kann's ja wohl nicht gelegen haben?«

»Kaum, aber das müssen wir momentan auch nicht unbedingt wissen. Es gibt andere Fragen, die uns der Brief endlich beantwortet.«

»Ach, und welche?«

»Wie die Henne, sprich Conny Stahlberg, etwas wissen konnte, was wir lange nicht wussten – dass Heinz Möbius seinen Namen in Heinz van Amerdongen geändert hatte.«

»Stimmt. Und damit wusste er natürlich auch, wie er ihn finden konnte. Trotzdem würde mich interessieren, wieso er den Brief erst Jahrzehnte, nachdem er geschrieben wurde, zu Gesicht bekam. Und wie es ihm gelingen konnte, in die Dienste van Amerdongens zu treten.«

»Werden wir rauskriegen, wenn wir ihn in die Mangel nehmen. Dazu müssen wir ihn aber erst mal zu fassen kriegen. Und van Amerdongen dazu.«

»Sie hoffen tatsächlich, dass van Amerdongen noch lebt?«

»Dass er tot ist, glaube ich erst, wenn ich vor seiner Leiche stehe.«

»Was macht Sie so sicher?«

»Na, überlegen Sie doch mal! Vor drei Tagen, am Freitag, saß er uns noch putzmunter gegenüber. Wenn die Henne, sprich Stahlberg, nach dem gleichen Schema wie bei Reuber und Kämper vorgeht, besteht durchaus noch eine gewisse Hoffnung. Bevor er die beiden erledigte, hielt er sie einige Tage in einem Stall oder so was Ähnlichem gefangen.«

Querlinger bog auf die B 31 in Richtung Stockach. Er sah aufs Navi: noch hundertzwölf Kilometer bis Bisingen, eine Stunde fünfzehn.

Das Handy der Kommissarin vibrierte. Heinerle.

»Was gibt's, Heini? … Mist, aber okay, ich geb's weiter.«

»Was heißt Mist?«, fragte Querlinger.

»Heini steckt im Stau. Schwerer Unfall. Kann dauern, bis er da ist.«

»Hundsveregg!«

Ein weiterer Schlag gegen das Lenkrad. Wenn das so weiterging, würde der Terrano in die Werkstatt müssen.

54

Knappe zehn Minuten Fahrzeit trennten sie noch von der ins Navi eingegebenen Adresse, als es anfing zu tröpfeln.

»Es regnet gleich, Chef«, sagte Eulenburg, die vor einer Dreiviertelstunde das Steuer übernommen hatte.

Der Kommissar, der auf dem Beifahrersitz vor sich hin döste, schreckte hoch.

»Wo sind wir?«

»Durch Zimmern sind wir schon durch. Noch ungefähr sechs Minuten bis zum Ziel.«

Querlinger war augenblicklich hellwach. Er betätigte den Fensterheber und spähte nach draußen. Nässe sprühte ins Wageninnere, der Morgen graute. Sie fuhren eine schmale Straße entlang. Rechts Wald, links Felder, Äcker, Wiesen.

Querlinger warf einen Blick aufs Navi und versuchte, das auf dem Display markierte Ziel näher heranzuzoomen.

»Sehen Sie mal her, Eulenburg. Dieser Weg hier«, Querlinger wies mit dem Finger aufs Display, »führt direkt zum Anwesen. Den vergessen wir, ich will nicht unmittelbar vor der Haustür auftauchen.« Er wies auf eine Abzweigung. »Wir nehmen diesen Umweg, so haben wir die Chance, unbemerkt ans Ziel zu gelangen, quasi von hinten.«

»Dann sollten wir Bödele und Heinerle Bescheid sagen.«

Querlinger kramte sein Handy aus der Hosentasche und informierte beide über die Alternativroute. In ein paar Minuten, sobald ein geeigneter Standort gefunden sei, wo man die Fahrzeuge abstellen könne, würde er ihnen per SMS die genauen GPS-Koordinaten aufs Handy schicken.

Eulenburg bog von der schmalen Straße auf eine noch schmalere ab. Der Lichtkegel der Scheinwerfer erfasste den Saum eines Wäldchens. Die Straße ging in einen Feldweg über. Langsam fuhren sie weiter. Der Regen war stärker geworden.

Nach dreißig Metern entdeckte Querlinger eine Lücke zwischen den Bäumen.

»Fahren Sie den Wagen da rein. Wir warten hier, bis die anderen da sind und gehen den Rest zu Fuß.«

Er griff zum Handy und gab Bödele und Heinerle die GPS-Koordinaten durch. Gleich darauf ging eine SMS von Heinerle ein: »Schon wieder Stau. Laut Navi noch 'ne Dreiviertelstunde bis zum Zielpunkt.« Sieben Minuten später hielt Bödeles BMW neben dem Fahrzeug Querlingers.

»Na, wenigstens sind die pünktlich«, brummte Querlinger. Sie stiegen aus. Allen war die Anspannung anzumerken. Begrüßung und Kommunikation erschöpften sich in einem knappen »Hallo« sowie in einigen karg und trocken formulierten Anweisungen Querlingers. Er hatte die Schultern hoch- und den Kopf eingezogen. In seinem kapuzenlosen Anoräkchen bot er ein Bild des Jammers. Eulenburg dagegen steckte in einem hochpreisigen komfortablen Regenponcho, den sie aus ihrem Rucksack geholt hatte. Auch die anderen hatten an Regenkleidung gedacht.

»Dann wollen wir mal«, knurrte Querlinger.

Sie setzten sich in Bewegung. Bald hörte der Wald auf, und der Weg führte sanft bergauf zu einer grasigen, mit Büschen und Sträuchern bewachsenen Anhöhe, unterhalb derer sich Conny Stahlbergs Anwesen erstreckte: ein ehemaliger Bauernhof. Die Zufahrt erfolgte über eine unbefestigte Straße, die sich an dem Gehöft vorbeischlängelte und deren Rand spärlich mit Bäumen bestanden war.

Jenseits des Gehöfts breitete sich eine weite Ebene mit Wiesen und Wäldern aus, die allmählich in die bewaldeten Hänge des Hohenzollern überging. Stolz ragte der dunkle Bergkegel in den dämmrigen Morgenhimmel, gekrönt von den spitzen Türmen und mächtigen Mauern der Burg, die, mit lichtstarken Scheinwerfern künstlich illuminiert, majestätisch durch den Regen grüßte.

Sie bezogen hinter einigen dicht beieinanderstehenden Sträuchern Position.

Mit Erleichterung nahmen sie den SUV van Amerdongens zur Kenntnis, der einsam und verlassen auf dem Hof stand. Die

Schlussfolgerung Querlingers, Conny Stahlberg müsse sich hier aufhalten, hatte sich als richtig erwiesen.

»Er ist schon da. Irgendwo muss er stecken«, murmelte Bödele.

Querlinger grunzte. »Manchmal gehen mir deine Gedankenfürze tierisch auf den Senkel, Bödele.« Er war sichtlich nervös und kramte in seiner rechten Anoraktasche nach Erdnüssen, spürte aber nur ein riesiges Loch im Innenfutter. Ihm fiel ein, dass er gestern ein Tapeziermesser, dessen Klinge nicht ganz eingeschoben war, in die Anoraktasche gesteckt und sich damit das Futter aufgerissen hatte. Automatisch griff er in die linke Tasche. Doch da steckte nur sein Handy. Im Eifer des Gefechts hatte er den Beutel mit den Nüssen daheim vergessen.

»Hundsveregg!«, knurrte er.

Sie warteten. Beobachteten konzentriert das Anwesen, das aus dem Wohnhaus, einem Stallgebäude und zwei weiteren landwirtschaftlichen Nutzgebäuden bestand. Das eine, ein Heustadel, war an den Stall angebaut und bildete mit diesem einen rechten Winkel, das andere befand sich ziemlich weit hinten an der Grundstücksgrenze, vermutlich eine Scheune. Auf dem weitläufigen Grundstück, das einen völlig verwahrlosten Eindruck machte, gammelten ein alter Schäferkarren, eine vorsintflutliche Egge und ein paar leere Ölfässer vor sich hin. Außerdem standen da ein Schuppen und ein Carport. Noch dämmerte es nur, nirgendwo brannte Licht, auch nicht im Wohnhaus. Nichts regte sich, außer dem monotonen Rauschen des Regens war kein Laut zu hören. Das Anwesen wirkte wie ausgestorben.

»Genug gewartet, wir gehen jetzt runter«, raunte Querlinger. »Feigl, Bödele, ihr nehmt euch das Wohnhaus vor und dann das Gelände links davon. Insbesondere den Carport und den Holzschuppen. Eulenburg, Zimmernagel, ihr seht im Stall und dem angrenzenden Stadel nach und schaut euch das Areal an, wo der Schäferkarren steht. Ich seh mir das Gebäude ganz hinten an. Kommuniziert wird über SMS. Haltet euch kurz, nur das Wesentlichste, keine Romane!«

Sie liefen geduckt ins Gelände, wobei sie den Sichtschutz nutzten, den die Sträucher boten. Auf dem Hof angekommen, gingen sie hinter dem Fahrzeug in Deckung.

Eulenburg legte ihre Hand zuerst auf die Motorhaube, dann auf eine der Felgen.

»Motor und Felge sind noch warm, trotz des Regens. Unsere Henne dürfte erst vor Kurzem hier eingetroffen sein«, flüsterte sie und leuchtete mit der Stablampe ins Fahrzeuginnere.

»Nanu, spielt der ein Instrument?«, wunderte sie sich.

Querlinger warf einen Blick durch die Scheibe. Auf dem Rücksitz lag ein schmaler Koffer.

»Tut er, liebe Kollegin«, wisperte er. »Er spielt Bazooka, das ist ein Blasinstrument zum Ausblasen von Lebenslichtern.«

»Um Himmels willen! Wozu braucht er die?«

»Vielleicht wissen wir das, wenn wir hier fertig sind. Und jetzt aufteilen und an die Arbeit, Leute!«

»Die Haustür ist verschlossen«, wisperte Bödele.

»Alte Bauernhäuser haben einen Hintereingang. Lass uns nachschauen«, wisperte Feigl zurück.

Eng an die Hauswand gedrückt, schlichen sie um die Ecke und gelangten zu einem kleinen Bauerngärtchen, dem ein intensiver Geruch entströmte.

»Riechst du das auch?«, flüsterte Bödele.

Feigl nickte. »Hat nicht die KTU an dem Blaubeurer Leihwagen Spuren einer stark duftenden Pflanze sichergestellt?«

Das Gärtchen nahm die gesamte Breite der Fassade ein. Ein gekiester Weg führte mitten hindurch zu einem aus Brettern gezimmerten Vorbau mit einem schrägen, schindelgedeckten Dach: dem Hintereingang.

Die Tür – sie ging nach innen auf und war ebenfalls aus Brettern gezimmert – stand einen Spalt offen.

»Der scheint Vertrauen zu seinen Mitmenschen zu haben«, flüsterte Bödele und grinste.

»Gut für uns«, kommentierte Feigl leise.

Vorsichtig drückte er gegen die Tür, die laut knarzend nachgab. Das Geräusch ließ sie zusammenzucken und vorübergehend den Atem anhalten. Erst nachdem sie einige Sekunden gewartet hatten, traten sie in den Vorbau und knipsten die Stablampen an. Auf dem Boden standen zwei Paar Stiefel und ein eiserner Korb mit Brennholz. An der Wand lehnte ein Spaten. Der Boden aus abgewetzten, kaputten Steinfliesen starrte vor Dreck. Vor nassem Dreck! Ein Gewirr aus frischen Stiefel- beziehungsweise Schuhspuren präsentierte sich ihrem Blick.

»Er muss vor Kurzem hier gewesen sein«, wisperte Bödele aufgeregt.

Feigl nickte und legte den Zeigefinger auf die Lippen zum Zeichen, dass Bödele die Klappe halten sollte. Nur ein schweres Schnaufen verriet seine Aufregung. Er deutete auf den Perlenvorhang, der den Vorbau von dem dahinterliegenden Raum trennte. Sie schoben ihn beiseite – und blieben wie vom Donner gerührt stehen.

»Ich glaub, ich muss kotzen«, flüsterte Bödele.

Feigl enthielt sich eines Kommentars, doch auch ihm stand das Fast-Kotzen-Müssen ins Gesicht geschrieben.

Mitten im Raum, der sich auf den zweiten Blick als vorsintflutliche, typisch schwäbische Bauernküche entpuppte, stand ein blutverschmierter Hackklotz, in dem eine Axt steckte; Griff und Schneide waren ebenfalls blutverschmiert. Am Boden der abgehackte Kopf eines Huhns in einer Blutlache, der Rumpf fehlte. Ansonsten über die ganze Küche verteilt Blutspritzer und Hühnerkot, wahrscheinlich hatte das Vieh im Angesicht des Todes vor lauter Angst in die Federn geschissen. In der Küche stank es erbärmlich. Auch hier Stiefel- und Schuhabdrücke in chaotischem Durcheinander.

Feigl zog sein Smartphone aus der Tasche und schrieb eine SMS. Dann deutete er mit der Hand auf eine Tür im hinteren Bereich der Küche und legte erneut den Zeigefinger an die Lippen.

Bödele nickte schweigend.

Leise öffneten sie die Tür.

Querlinger stand unter dem Vordach des Scheunentores und versuchte sich an dem Kunststück, sich mit einem klitschnassen

Taschentuch den Schweiß von der Stirn zu wischen. Er keuchte. Diese ganze verdammte Aktion verlangte ihm körperlich und mental das Letzte ab. Er hatte die Scheune durchsucht, ohne auch nur auf die geringste Spur zu stoßen. Er zog sein Handy aus der Hosentasche und sah auf die Nachrichtenapp. Zwei dürre SMS, die innerhalb der letzten zehn Minuten eingegangen waren.

Feigl: »In der Küche Hackklotz samt Axt und abgeschlagenem Hühnerkopf. Blut, Federn und Hühnerscheiße, Mordssauerei. Bisher keine Spur. Suchen weiter.«

Eulenburg: »Im Stall ist die Stelle, wo er seine Opfer festgehalten hat. Rohrschellen, Kette etc. Von ihm selbst keine Spur.«

Querlinger steckte das Handy in die Anoraktasche und lief um das Gebäude herum auf die Rückseite, wo ein Gatter das Ende des Stahlberg'schen Anwesens markierte. Auch hier nichts und niemand. An einer Stelle wucherte mannshohes Gesträuch zwischen Fassade und Gatter. Plötzlich bemerkte er dort etwas, das hell schimmerte. Er drang in das Gestrüpp aus Ästen und Zweigen ein, um es sich genauer anzusehen, ohne Rücksicht darauf, dass er sich dabei Gesicht und Hände zerkratzte. Es war jedoch nur ein schmutziges Stück Papier, für das er sich abgemüht hatte. Schimpfend wie ein Rohrspatz kämpfte er sich durch das störrische Dickicht wieder nach außen. Das Einzige, was ihn entschädigte, war der phantastische Blick auf die dunkle Silhouette des Hohenzollernschlosses, der sich ihm von dieser Stelle aus eröffnete.

Vor ihm, jenseits des Gatters, erstreckte sich ein idyllisches Fleckchen Erde: Felder, Streuobstwiesen und Grasmatten, Inseln aus Sträuchern, Bäumen und Baumgruppen, weiter hinten ein breiter Waldsaum, hinter dem sich kegelförmig der Zollerberg mit dem markanten Schloss erhob.

Wenige Meter vom Gatter entfernt schlängelte sich ein schmaler Feldweg durch die Idylle. Querlinger stützte seine Arme auf das Gatter und versuchte, seine Gedanken zu sortieren. Der SUV, der im Hof stand, bewies hinlänglich, dass Stahlberg hier angekommen war. Und doch hatten sie auf dem Anwesen bisher nicht die Spur eines Hinweises auf seinen Aufenthalt entdeckt ...

Stopp, Eugen! Auf dem Anwesen! Und *außerhalb* des Anwesens?

Der Gedanke elektrisierte ihn geradezu. Auf einmal musterte er das Gelände jenseits des Gatters mit ganz anderen Augen. Die Felder, die Streuobstwiesen, die Baumgruppen, die Sträucher – und den seltsamen Hügel, der sich zwischen achtzig und hundert Meter weit von seinem Standpunkt entfernt aus der Ebene erhob. Ein Hügel, der eigentlich nicht so recht in die Landschaft passen wollte.

Vage schoss ihm ein Bild aus seiner Kindheit in den Kopf. Ob der Hügel da vorne …

Er musste es genauer wissen. Schnell noch eine SMS an die Kollegen … Hektisch fuhr seine Hand in die Anoraktasche und erstarrte, als sie auf das Loch im Taschenfutter stieß. Wo zum Teufel war das Ding … Der Griff in die andere Anoraktasche: vergeblich! Er musste es verloren haben!

Hundsveregg! Dieses verdammte Loch im Futter! Was jetzt? Die letzten Minuten erinnern und sich auf die Suche nach dem bescheuerten Handy machen? Schwachsinn! Wo sollte er denn überall suchen? Außerdem lief ihm die Zeit davon. Aber wie zum Henker sollte er jetzt seine Leute informieren …

Er sah sich um. An der Scheunenfassade lehnte ein Stapel Brennholz, ordentlich in Scheite geschnitten. Er erinnerte sich an die Idee, die Janine von Eulenburg am Blautopf gehabt hatte. An die Art und Weise, wie sie die Stelle im Gras, an der Kämper ermordet worden war, gekennzeichnet hatte. Entschlossen griff er sich einige Holzscheite und legte sie in Form eines Pfeils, der zum Hügel wies, auf den Boden. Dann begann er den Feldweg entlangzulaufen in der Hoffnung, dass er nicht auf dem Holzweg war.

War er nicht! Schon nach wenigen Metern entdeckte er am Rand des Wegs ein Büschel Hühnerfedern. Er hob es auf und registrierte, dass Blutbatzen daran klebten. Was hatte Feigl geschrieben? Alles voller Blut, Federn und Hühnerscheiße?

Voll auf sein Ziel fokussiert, lief er weiter. Je näher er ihm kam, desto klarer wurde ihm, was ihn gleich erwarten würde: ein künstlich aufgeschütteter, mit Gras bewachsener Hügel, dessen Querschnitt die Form eines Trapezes aufwies und einen Bunker beherbergte. Nicht umsonst fühlte er sich an seine Kindheit erinnert, die er auf dem Dorf verbracht hatte. Als Zwölfjähriger hatte er einmal bei einem Bauern ausgeholfen und sich mit dem Sortieren von Kartoffeln ein Taschengeld verdient. Die Kartoffeln waren in einem Betonbunker gelagert worden, der in einem trapezförmigen, künstlich aufgeschütteten, begrünten Hügel versteckt war.

Vor genau so einem Hügelbunker stand er jetzt. Etwa zehn Meter lang, vier Meter breit und über zwei Meter hoch. Er erinnerte Querlinger nicht nur an seine Kindheit, sondern auch an archäologische Fundstätten von Gräbern. Verschlossen war der Bunker mit einem schweren zweiflügeligen Holztor aus dicken Bohlen. Der Bunkereingang befand sich auf der dem Hohenzollern zugewandten Stirnseite des Hangs und war vom Stahlberg'schen Anwesen aus nicht zu sehen. In dem Bohlentor saß eine niedere Tür, aus dicken Brettern gezimmert und versehen mit einem Schloss und einer Klinke. Er sah sich das Schloss an: ein stinknormales Buntbartschloss. Gut, dass sein Schweizer Taschenmesser in der Brusttasche seines Anoraks steckte. Als er es aufklappte, stutzte er plötzlich. Er glaubte, Stimmen vernommen zu haben. Er presste das Ohr an die Bohlentür und lauschte.

Ja, eindeutig, da waren Stimmen. Wenn auch dumpf, leise und kaum vernehmbar.

Hastig hantierte er an dem Schloss herum, eine halbe Minute später hatte er es auf. Noch einmal fluchte er, weil er das Handy nicht mehr hatte. Die Waffe in der Rechten, trat er zur Seite und wartete. Nichts geschah. Vorsichtig zog er die Tür einen Spalt weit auf. Alles blieb ruhig. Er holte seine Stablampe hervor und leuchtete in den Raum.

Er erblickte einen Vorhang aus dicken, sich überlappenden Teppichen, die von der Decke bis zum Boden hingen und wohl die Funktion eines Raumteilers erfüllten. Die Stimmen kamen, mal deutlich, mal weniger deutlich artikuliert, hinter dem Vorhang hervor. Noch einmal hörte er hin. Sie waren es. Die Stimmen gehörten zweifellos van Amerdongen und Stahlberg und verdichteten sich jetzt zu ganzen Wort- und Satzfetzen.

»Gericht … Schuld … Bescheu… Idiot … Gerechte Strafe … Du Irrer … Hör auf … Gericht … Beleidigung …«

Rasch zog Querlinger die Tür, durch die er in den Bunker gelangt war, wieder hinter sich zu. Dunkelheit umgab ihn und ein seltsamer Geruch. Ein schwacher Streifen Licht sickerte durch den schmalen Spalt zwischen Vorhang und Betonboden.

Er steckte die Pistole ins Holster zurück und versuchte ungeachtet des bizarren Dialogs hinter dem Vorhang seine Umgebung zu scannen. Auf einer Staffelei entdeckte er ein Pappschild, auf das Stahlberg mit einem Edding in Großbuchstaben das Wort »Gerichtssaal« geschrieben hatte. Der Vorhang wurde von sich überlappenden Teppichbahnen mit Schnüren und Bändern stramm zusammengehalten. Lediglich an einer Stelle stießen zwei Bahnen zusammen, ohne miteinander verbunden zu sein. Offenbar die einzige Stelle, an der man den Vorhang teilen konnte, um in den Bereich dahinter zu gelangen.

Plötzlich ein gellender Schrei: van Amerdongen!

Querlinger spürte seinen Puls in die Höhe schnellen.

Mit beiden Händen griff er zwischen die zwei nicht miteinander verbundenen Bahnen und drückte sie vorsichtig auseinander …

Ein Schauer jagte über seinen Rücken, als er das makabre Szenario erblickte. Von der Decke des Bunkers hingen Karbidlampen, die diffuses Licht verbreiteten. Jetzt wusste er auch, woher der seltsame Geruch stammte. Etwa zwei Meter entfernt erhob sich ein circa dreißig Zentimeter hohes, aus Brettern gezimmertes Podest, auf dem ein Stuhl mit hoher Rückenlehne und ein Schreibtisch standen. Auf dem Stuhl saß Stahlberg, mit dem Rücken zu Querlinger. Sein mit einem roten Barett bedeckter Kopf – Zeichen seiner imaginären Richterwürde? – ragte zur Hälfte über die Lehne. Rechts auf dem Schreibtisch lag eine Pistole in Griffweite, daneben ein zusammengerollter Strick, der in einer Schlinge endete, und eine Axt. Die Utensilien des Henkers.

Kein Zweifel: Das hier war eine nach den perfiden Vorstellungen eines kranken Hirns gestaltete martialische Kulisse, die einen Gerichtssaal imitieren sollte. Wahnsinn mit Methode nannte man so etwas. Und Conny Stahlberg, alias Mortimer McIntosh-Kukumweusi, gab den Richter.

»Noch so eine unverschämte Beleidigung, Angeklagter, und das Urteil wird nicht auf Tod durch Erschießen, sondern durch Ersäufen lauten«, drohte der Richter gerade dem Angeklagten.

Querlinger verstand jetzt jedes Wort.

Der »Angeklagte« Heinz van Amerdongen saß etwa zwei Meter vom Podest entfernt mit gefesselten Händen und Beinen auf einem Stuhl. Von seiner Wange baumelte ein Klebeband, mit dem ihm der Mund zugeklebt worden war. Sein Gesicht sah ziemlich malträtiert aus. Das Schlimmste aber musste für ihn zweifelsohne der kopflose Hühnerkadaver sein, der direkt über seinem Kopf von der Decke hing, und das Blut, das aus dem Rumpf auf ihn heruntertropfte. Eine surreal anmutende Situation. Salvador Dalí hätte sich sofort an seine Staffelei gesetzt.

Kurz erwog der Kommissar die Möglichkeit, der bizarr anmutenden Situation ein rasches Ende zu bereiten, erkannte jedoch schnell, dass die Chance, dass dies gut ausginge, im Augenblick gegen null tendierte. Der Hochlehner, auf dem Stahlberg saß, der wie ein Schutzschild wirken würde, wenn Querlinger seine Waffe zum Einsatz brächte, die Pistole in unmittelbarer Reichweite des Verrückten – all das machte eine Befreiung momentan unmöglich. Das Risiko, das er eingehen würde, wäre viel zu hoch. Darüber hinaus – und das war ein noch wichtigerer Grund, jetzt nicht zu intervenieren – durfte Querlinger gespannt sein auf die Erkenntnisse, die die »Gerichtsverhandlung« an den Tag brächte.

»Ich eröffne die Verhandlung!«, hörte Querlinger den Richter voller Pathos sagen. Was beim Angeklagten eine Reaktion auslöste, die kein Gericht der Welt hätte durchgehen lassen können.

»Verhandlung? Da muss ich ja lachen. Mach mich sofort frei, du verblödeter Idiot!«, schrie er.

»Noch so ein Ausrutscher und der Justizhauptwachtmeister haut dir eine aufs Maul, dass dir Hören und Sehen vergeht, du Angeklagtensau!«, brüllte die Richter-Henne in Freislermanier.

Querlinger erschauerte. Wo war er da bloß hineingeraten? In einen Einakter, der zwischen Wahn und Wirklichkeit changierte? Inszeniert von einem durchgeknallten Psychopathen mit einer multiplen Persönlichkeit, der seine Rachegelüste auslebte, indem er sämtliche Alter Egos aufmarschieren ließ?

»Es folgt das Verlesen der Anklageschrift durch den Staatsanwalt!«, kündigte die Richter-Henne den Staatsanwalt an, klar, der fehlte noch im Repertoire!

»Der Angeklagte wird beschuldigt, zusammen mit vier seiner Komplizen am 14. Juni 1981 in Langenargen am Bodensee die damals dreiundzwanzigjährige Gertrud Steinhauser ermordet zu haben. An einer Stelle im See, die für ihre Untiefen bekannt war – es gab dort tückische Schlingpflanzen – trafen die Täter auf ihr Opfer, ertränkten es und wickelten die Schlingpflanzen um ihre Beine. Sie präparierten den Tatort, um einen Badeunfall vorzutäuschen. Vier der fünf Mörder wurden dafür bereits zum Tode verurteilt und hingerichtet. Die Staatsanwaltschaft beantragt auch für Heinz van Amerdongen die Todesstrafe!«

Querlinger lief es eiskalt über den Rücken, wie musste sich erst der »Angeklagte« fühlen. Was sollte er bloß unternehmen?

»Welche Beweise gibt es für den ungeheuerlichen Vorwurf, den man gegen mich erhebt, Euer Ehren?«, rief van Amerdongen vor Sarkasmus triefend.

Das musste der Richter-Henne doch wie Öl runtergehen. Von »verblödeter Idiot« zu »Euer Ehren«!

»Es gibt einen Brief, den die junge Frau, einige Tage bevor sie ermordet wurde, an ihren Verlobten Conny Stahlberg geschrieben hat und in dem sie mutmaßt, dass ihr von fünf ehemaligen Klassenkameraden Gefahr für Leib und Leben drohen könnte. Außerdem gibt es die Zeugenaussage des Benediktinermönchs Benedikt Totvogel. Er hielt sich zu diesem Zeitpunkt anlässlich eines theologischen Seminars ebenfalls in Langenargen auf. Ein glücklicher Zufall.«

»Oh, ein Zufall«, ätzte der Angeklagte spöttisch.

Der Staatsanwalt beherrschte sich mühsam. »Er begegnete der jungen Frau im Park am Abend des Tages, an dem sie in

Langenargen eintraf. Wenige Tage später las er in der Zeitung, dass man ihre Leiche gefunden habe: Sie sei ertrunken, hatte die Polizei mitgeteilt, ein ehemaliger Mitschüler der Verunglückten, der nicht habe schwimmen können, Horst Kämper mit Namen, habe den Unfall vom Strand aus beobachtet. Als Totvogel der Sache nachging, stellte er fest, dass sich zu diesem Zeitpunkt noch vier weitere ehemalige Mitschüler der Frau in Langenargen aufhielten und dass sie bei einem Bootsverleiher mehrere Taucherausrüstungen und ein motorgetriebenes Schlauchboot angemietet hatten. Das kam ihm alles sehr verdächtig vor, auch weil er wusste, dass Horst Kämper sehr wohl schwimmen konnte.«

»Ah ja, verdächtig! Und wie gelangte das Hohe Gericht an die ... verdächtige Aussage dieses Mönchs? Und an den Brief dieser ... Person?«

Wütendes Aufspringen des Richters: »Person? Nimm dich in Acht! Gerti war meine Verlobte, den Brief hat sie an mich geschrieben, und der Mönch wurde von mir höchstpersönlich befragt. Hast du immer noch nicht begriffen, mit wem du es zu tun hast?«

Erst als er dies hörte, fiel bei ihm der Groschen. Im Licht der Karbidlampen riss van Amerdongen vor Überraschung und Entsetzen den Mund auf.

»Wie bitte? Du bist Conny ... Conny Stahlberg? Das ... das kann gar nicht sein! Du bist tot! Verfault unter der Sonne Afrikas!«

Die Schwarze Henne setzte sich wieder. Querlinger hörte das Wohlbehagen in der Stimme.

»Ts, ts, ts – du bist ja ein richtiger Schlaumeier, Albatros. Aber du irrst! Ich wurde 1994 bei einem Militäreinsatz schwer verwundet, ja, und geriet in Gefangenschaft, wo ich einiges durchmachte: Folter, Scheinhinrichtung und so weiter. Ich galt als verschollen und schließlich als gefallen. Meine Verwandten wurden entsprechend benachrichtigt. Aber ich war am Leben, und ich kam schließlich frei. Von der Falschmeldung erfuhr ich erst, als ich vor Jahren aus dem Ausland zurückkehrte. Genauso wie von dem Brief, den meine Verlobte mir geschrieben hatte. Der hat mich damals nicht erreicht. Wahrscheinlich wurde er aus Versehen in den Briefkasten meines Onkels eingeworfen, der sich zu dem Zeitpunkt für mehrere Monate im Ausland aufhielt. Ich habe den Brief erst nach meiner Rückkehr in die Heimat in seinem Nachlass entdeckt.«

»Verstehe«, sagte van Amerdongen dumpf. »Und jetzt willst du den Tod deiner Verlobten rächen, weil du dir einbildest, die Gerechtigkeit in Person zu sein.«

»Ich bin die Gerechtigkeit!«, versicherte die Schwarze Henne im Hühnerbrustton der Überzeugung. »Nachdem ich den Brief gelesen hatte, beschloss ich, die Mörder Gertruds ihrer gerechten Strafe zuzuführen. Aber dazu musste ich mich mit Totvogel in Verbindung setzen und mich einer neuen Identität bedienen.«

Conny Stahlberg hielt inne und nahm einen Schluck Wasser aus einem Glas.

Querlinger spürte, wie sich im linken Oberarm ein Krampf ankündigte. Die schweren Teppichbahnen auseinanderzuhalten kostete Kraft. Er versuchte, eine andere Position einzunehmen. Wo, verdammt, blieb die Truppe? Sie mussten den Pfeil doch gesehen haben!

»Totvogel beschloss, mit mir zu kooperieren. Ich wusste, dass er die Nase voll hatte vom Mönchsdasein. Aber wovon sollte er leben, wenn er den Orden verließ?«, fuhr Stahlberg fort. »Ich habe ihm einen Weg aufgezeigt. Er sollte dich aufsuchen und dich mit dem Stuttgarter Bankraub konfrontieren. Und mit dem, was damals in Langenargen abging. Als Beweis brauchte er dir nur eine Kopie des Briefes zu präsentieren, den Gertrud mir schrieb. Der Polizei würde ein Tipp genügen, um das Ganze noch mal aufzurollen. Mord verjährt nicht. Den Tipp an die Bullen könntest du nur vermeiden, wenn du in den Plan mit der Stiftung einwilligst.«

»Da… dahinter steckst du auch, du elender Lump? Die Idee mit dieser gefakten Stiftung, die stammt von dir?«

»Ts, ts, ts. Oh, haben Mijnheer endlich begriffen?«, höhnte die Henne. »Ja, es war meine Idee. Aber weißt du, was das Beste war? Genau zum richtigen Zeitpunkt hattest du eine Annonce in der Zeitung geschaltet, ein Stellenangebot. Ich bewarb mich bei dir um die Stelle eines Butlers und wurde prompt eingestellt, es konnte gar nicht besser laufen für mich. Da ich ein Headquarter benötigte, von wo aus ich meine strategischen Planungen in die Tat umsetzen konnte, kaufte ich von dem Geld, das mir mein Onkel hinterlassen hatte, ein Anwesen und richtete es für meine Zwecke ein. War übrigens 'ne Menge Arbeit. Jetzt brauchte ich noch das Geld, das ihr Drecksäcke Gertrud und mir verweigert hattet, ich muss schließlich von was leben. Deswegen habe ich Benedikt Totvogel ein- und wieder ausgeschaltet.«

»Ein- und ausgeschaltet? Den … den hast du auch umgebracht?«, flüsterte van Amerdongen entsetzt.

»Er musste sterben. Nachdem du ihm das Geld gegeben hattest, stand er der Gerechtigkeit nur noch im Weg. Es war ihm so bestimmt.«

Querlinger lief es eiskalt den Rücken hinunter. Er hatte schon vieles erlebt in seiner beruflichen Laufbahn. Aber ein Blick in die Seelenabgründe eines Psychopathen mit einer multiplen Persönlichkeitsstörung, wie Stahlberg sie offenbarte, war ihm bisher verwehrt geblieben.

Van Amerdongen riss der Geduldsfaden jetzt endgültig.

»Es war ihm so bestimmt? Hör endlich auf mit dieser Schmierenkomödie, du Irrer! Hätte deine blöde Schlampe uns damals nicht erpresst, wäre sie heute noch am Leben«, schrie er unbeherrscht.

Die Reaktion folgte auf dem Fuße.

»Schlampe? Ich werd dich lehren, Gertrud zu beleidigen, elender Mistsack!« Stahlberg sprang vom Stuhl, stürmte zum Podest hinunter und verpasste van Amerdongen einen Schlag ins Gesicht, dass es knackte.

Der schrie auf. Blut schoss ihm aus der Nase.

Jetzt oder nie, dachte Querlinger, der augenblicklich seine Chance erkannte – zwischen dem Verrückten und der Pistole auf dem Tisch lag eine Distanz von gut drei Metern.

Er riss seine Waffe aus dem Holster, stieß die beiden Teppichbahnen zur Seite und sprang durch die Öffnung.

»Polizei! Hände über den Kopf«, brüllte er und hob die Waffe.

Den Irren nicht aus den Augen lassend, bewegte er sich um das Podest herum langsam auf ihn zu.

»Ich sagte: Hände über den Kopf! Wird's bald!«

Der Verrückte riss die Arme hoch.

»Und jetzt da rüber, aber ganz sachte«, befahl er und dirigierte Stahlberg mit der Pistole zu einer Stelle, an der ein verrosteter Eisenbügel aus der Wand ragte.

Die Henne gehorchte wie in Trance.

»Umdrehen, Hände auf den Rücken!«, befahl der Kommissar. Er drückte der Henne die Pistole ins Kreuz und angelte mit der Linken die Handschellen von seinem Gürtel.

Sekunden später war aus dem Autor des absurden Theaterstücks »Die Rache der Schwarzen Henne« so etwas wie ein »einarmiger Bandit« geworden. Ein Ring umschloss sein rechtes Handgelenk, der andere den Stahlbügel, der in Hüfthöhe aus der Wand ragte.

»Das war Rettung in letzter Minute, dem Herrn sei Dank!«, röchelte van Amerdongen. Ihm lief noch immer Blut aus der Nase. »Würden Sie mich bitte losmachen, ich habe fast kein Gefühl mehr in den Armen.«

Querlinger steckte die Heckler & Koch ins Holster zurück, zog sein Taschenmesser aus der Hosentasche und durchtrennte die Kabelbinder zuerst an den Füßen, dann an den Händen.

Van Amerdongen sprang auf – von wegen kein Gefühl mehr in den Armen. Ein wirbelnder Schatten, ein Faustschlag in die Magengrube: Querlinger krümmte sich und schnappte nach Luft. Ein zweiter Faustschlag gegen die Nieren. Zum Glück nur mit halber Kraft. Ein dritter streifte sein Kinn und ließ ihn torkeln.

Geschieht dir recht, du Rindvieh, schoss es ihm durch den Kopf, was bindest du einen Mörder frei? Van Amerdongen schaffte es mit zwei langen Sätzen zum Podest und griff sich Stahlbergs Pistole vom Schreibtisch. Noch bevor Querlinger seine Heckler & Koch ziehen konnte, zielte er mit der Beretta auf ihn.

»Hände hoch! Wenn du dich nur einen Millimeter bewegst, gibt's dich nur noch als Leiche.«

»Hören Sie, van Amerdongen, wenn Sie glauben, das hier hilft Ihnen weiter, irren Sie sich gewaltig. Ich bin nicht allein, meine Kollegen sind auf dem Gelände unterwegs«, keuchte Querlinger.

»Sollen ruhig kommen, deine Kollegen. Du wirst denen klarmachen, dass sie schnellstens wieder abziehen sollten. Ansonsten sterben zwei Geiseln.«

»Mach keinen Mist. Gib auf, du machst alles nur noch schlimmer!«

»Aufgeben? Jetzt, wo du alles weißt? Einen Dreck werd ich! Glaubst du, ich hab Lust, in meinem Alter noch als verurteilter Mörder in den Knast zu wandern? – Hände hinter den Kopf, los!«

Querlinger sah es als geraten an, zu gehorchen.

»Und jetzt hör mir genau zu. Ich werde dir jetzt die Waffe abnehmen. Und lass dir bloß nicht einfallen, irgendeinen Scheiß zu machen.«

Van Amerdongen hielt ihm die Pistole an den Kopf, fasste ihm unter den Anorak, zog die Waffe aus dem Holster und steckte sie in den Hosenbund.

»So, rüber, da in die Ecke zu dem Verrückten«, zischte er und wedelte mit der Waffe.

Querlinger bemerkte, wie seine Hand zitterte. Der Mann wurde zunehmend nervöser und unberechenbarer. Rein theoretisch konnte einem in so einer Situation leicht das logische Denken abhandenkommen. Er hatte es mit zwei Irren zu tun. Vielleicht sollte er das mal testen …

»Nur um mal was klarzustellen: Meine Pistole hat 'ne brandneue Vorrichtung, die wird gerade an ein paar ausgewählten Dienstwaffen getestet. So, wie sie in deinem Hosenbund steckt, könnte sie ganz schnell explodieren, an deiner Stelle würde ich höllisch aufpassen, ein kleiner Stolperschritt, und die eingebaute Elektronik befördert dich ins Jenseits, es sei denn, du legst einen kleinen Hebel um. Mich würde es übrigens auch erwischen, deswegen sag ich das, ansonsten wär's mir egal.«

Hanebüchener Blödsinn, das Ganze, aber die Rechnung ging

auf. Einen winzigen Augenblick lang starrte van Amerdongen auf die Heckler & Koch in seinem Hosenbund.

Der Kommissar reagierte blitzschnell. Er schlug die Hand mit der Beretta zur Seite, packte sie und drehte sie mit einem kräftigen Ruck nach hinten. Van Amerdongen schrie auf, die Beretta fiel zu Boden. Querlinger kickte sie mit dem Fuß nach hinten weg, riss ihm die Heckler & Koch aus dem Gürtel und richtete sie auf ihn.

»Hände hinter den Kopf!«

Plötzlich ein Schuss. Und ein Einschlag, nur wenige Zentimeter entfernt. Es war noch nicht vorbei.

»Nicht umdrehen! Die Waffe weg! Leg sie auf den Boden! Aber ganz vorsichtig!« Conny Stahlberg, der »einarmige Bandit«, witterte eine Chance, der Kommissar hatte mit seinem spektakulären Rückzieher die Beretta direkt vor seine Füße gekickt.

Ein Fluch, saftig wie ein schwäbischer Apfelkuchen, verließ die Lippen des Kommissars, während er die Waffe auf den Boden legte.

»Brav so. Jetzt umdrehen und mit erhobenen Händen herkommen, bis ich ›Halt!‹ sage. Kleine Schritte, aber in Zeitlupe. Du auch, Mijnheer!«

Kleine Schritte in Zeitlupe. Was das den Puls hochjagte.

»Stopp, das reicht! Und jetzt gib ihm den Schlüssel!«, zischte Stahlberg.

Querlinger spielte den Ahnungslosen. »Was will der mit meinem Autoschlüssel anfangen?«

»Ich geb dir gleich Autoschlüssel. Noch so 'ne bescheuerte Bemerkung, und ich schieß dir ins Knie.«

Das wollte der Kommissar nun doch nicht riskieren. Er zog den Schlüssel für die Handschellen heraus und reichte ihn van Amerdongen.

»Ganz langsam herkommen und aufschließen, Albatros! Aber keine Sperenzchen, sonst bist du tot.«

Der Albatros gehorchte, wenn auch widerwillig. Klirrend fielen die Handschellen zu Boden.

»Hör zu, du Ratte. Du wirst die Dinger jetzt aufheben, und

dann werdet ihr beiden euch schön zusammenschließen. Ein Ring für den Bullen, der andere für dich. Und jetzt geh langsam wieder zurück! Aber rückwärts!«

Wieder gehorchte van Amerdongen zähneknirschend. Mit irrem Grinsen genoss Stahlberg das metallische Klicken, als sich der Achter um die beiden Handgelenke schloss.

»Na also, perfekt. Schlüssel fallen lassen, umdrehen und langsam bis zur Wand gehen!«

Bis zur Wand gehen? Was hatte der Verrückte vor?

»Hören Sie, Stahlberg. Sie haben keine Chance. Sie –«

»Maul halten, Bulle! Zur Wand, wird's bald!«

Sie hatten die Wand erreicht.

»Hiermit ergeht das Urteil! Der Zeitpunkt der Hinrichtung ist gekommen! Ihr werdet standrechtlich erschossen!«

Delinquenten wurden immer an die Wand gestellt. Querlinger begann unwillkürlich zu zittern. Sah so das Ende aus? …

Da ertönte ein Schuss. Stahlberg schrie auf.

Die Truppe! Endlich war sie da. Mit einer heftigen Bewegung fuhr Querlinger herum und warf sich zu Boden, wobei er van Amerdongen mitriss. Sein Blick schnellte zu Stahlberg, dem die Waffe aus der Hand gefallen war und der im Begriff stand, nach der Axt auf dem Schreibtisch zu greifen.

Ein zweiter Schuss, dann ein dritter. Stahlberg heulte auf wie ein angeschossener Wolf und sank zu Boden.

Eulenburg und Bödele standen vor dem Teppichvorhang. Beide hielten ihre Waffe auf sie gerichtet.

»Alles klar, Chef?«, rief Eulenburg.

»Bist du verwundet?«, schloss Bödele sich an.

»Alles klar, Kollegen, könnte nicht klarer sein! Mir geht's gut!«, antwortete Querlinger.

Bödele eilte herbei, schloss die Handschellen, die den Chef mit van Amerdongen verbanden, auf und half ihm auf die Beine. Gleich darauf schloss sich der Achter um die Handgelenke van Amerdongens.

»Rufen Sie die Rettung, Eulenburg! Unsere Henne braucht den Notarzt.«

»Ist schon in Arbeit. Feigl hat das erledigt, als wir hörten, dass hier drinnen geschossen wird. Ach, übrigens, Ihr Handy, Chef. Hier, bitte schön. Lag hinter der Scheune im Dreck.«

»Oh, danke! Ihr habt den Pfeil entdeckt?«

»Haben wir. Blendende Idee. Kommt mir allerdings bekannt vor«, grinste Eulenburg. »Wären sonst nicht auf den Gedanken gekommen, uns für einen fast hundert Meter entfernten Hügel zu interessieren.«

Bödele nickte. »Zumal man gar nicht darauf kommt, in dem Hügel einen Bunker zu vermuten, wenn man sich den aus der Entfernung anschaut«, meinte er.

»Wo sind Zimmernagel und Feigl?«

»Zimmernagel hält die Stellung auf dem Anwesen, Feigl hat sich direkt über uns auf dem Hügel positioniert. Von da aus hat er einen guten Überblick, man kann ja nie wissen.«

»Heinerle und Henssler, stecken die noch immer im Stau?«

»Sie haben sich vor fünf Minuten gerührt. Müssten bald eintreffen.«

»Die sollen die Kollegen von der Kripo Rottweil herzitieren, die für die Gegend zuständig sind.«

»Schon passiert, Chef, hab ich gemacht«, sagte Bödele. »Hab in Hechingen angerufen und denen gesagt, dass sich ein Serienmörder auf dem Anwesen aufhält und dass sie sich beeilen sollen.«

In diesem Moment ertönte das Tatütata eines sich nähernden Martinshorns. Der Sanka rückte an.

Oder der Geflügeltransporter. Je nachdem, wie man es sah.

Das Team hatte sich in die Stube des Wohnhauses zurückgezogen. Sie hatten Stahlberg die Schlüssel zum Anwesen abgenommen, noch bevor die Sanitäter ihn in den Krankenwagen verfrachtet hatten und er unter Polizeibewachung – Feigl hatte sich bereit erklärt, im Sanka mitzufahren – in die Klinik gebracht wurde. Er war zweimal von Pistolenkugeln getroffen worden – eine hatte seinen rechten Arm, eine sein linkes Bein erwischt.

Van Amerdongen – außer einem gebrochenen Nasenbein war er unverletzt geblieben – war in aller Form wegen Mordverdacht festgenommen worden, nachdem Eulenburg ihn, so wie es sich gehörte, auf seine Rechte aufmerksam gemacht hatte. Jetzt saß er, dumpf vor sich hin brütend, auf einem Stuhl in der Küche, mit den Händen an die Reling des Herdes gefesselt. Er würde den Kollegen von der Kripo Rottweil übergeben werden, sobald diese eingetroffen wären.

Die Truppe war gut gelaunt, wenn auch völlig verdreckt und durchnässt. Um ein Haar hätte Bödele im offenen Kamin ein Feuer entfacht, um die nassen Klamotten zu trocknen. Mit der Bemerkung, ob er noch ganz dicht sei und massiven Ärger mit den Kollegen von der Spurensicherung haben wolle, hatte Janine von Eulenburg ihn gerade noch rechtzeitig davon abhalten können.

Allerdings stank es im Zimmer nach Moder und Schimmel.

»Reiß doch mal jemand ein Fenster auf«, bat Querlinger.

Während sie die aktuelle Lage und die nächsten Schritte diskutierten, hörten sie, wie ein weiteres Auto in den Hof fuhr. Heinerle und Henssler waren endlich angekommen. Als sie erfuhren, was sich im Morgengrauen abgespielt hatte, war es vor allem Heinerle, der sich furchtbar ärgerte. Da hatten ihm zwei Staus sämtliche Möglichkeiten genommen, sich in der dramatischen Schlussphase der Ermittlung noch mal ordentlich zu profilieren.

Querlinger sah auf die Uhr. Er wirkte etwas unruhig.

»Wann hast du noch mal die Kollegen in Hechingen informiert?«, wollte er von Bödele wissen.

»Gleich nachdem wir den Schuss gehört hatten, den die Henne abgefeuert hatte, unmittelbar bevor Janine und ich rein sind, um dich zu retten.«

»Um mich zu retten, aha!« Querlinger grinste. Auch Eulenburg konnte sich eines Grinsens nicht erwehren.

»Ja, haben wir dich vielleicht nicht gerettet, oder was?« Bödele wirkte konsterniert.

»Freilich habt ihr das. Vielen Dank noch mal. Aber bild dir deswegen bloß nicht ein, dass du dafür Sonderurlaub bekommst.«

Alle lachten.

Martinshorn, Blaulicht – schlammspritzend schlitterte ein Streifenwagen in den Hof und hielt mit aufheulendem Motor.

Vier Beamte des Polizeireviers Hechingen stürzten aus dem Wagen und sahen sich hektisch um. Der Hof wirkte einsam und verlassen. Einzig der Range Rover van Amerdongens und Heinerles BMW standen herum, die ausgeschaltete Rundumkennleuchte auf dem Dach des Fahrzeugs nahm man erst auf den zweiten Blick wahr. Die Beamten stürmten zur Haustür. Offenbar gingen sie mit dem zweiten Blick sehr sparsam um.

»Polizeioberkommissar Hirschle! Polizei Hechingen. Aufmachen! Sofort!« Einer hämmerte gegen die Haustür.

Querlinger stand auf und öffnete.

»Ich ergebe mich, ich geb alles zu, bitte nicht schießen, ich hab Frau und Kinder daheim, nehmt denen nicht den Ernährer weg«, jammerte er, während er langsam auf die Polizisten zuging.

Sie drängten ihn zurück. »Hände über den Kopf! Umdrehen, Beine breit und schräg an die Hauswand stellen! Hände an der Mauer abstützen! Und keine Maulaffen feilhalten!«, brüllte der Beamte weiter.

»Ja, wieso?«, wagte Querlinger zu fragen.

»Weil ich's sag!«

Querlinger drehte sich zur Wand, hob die Hände über den Kopf und stellte sich breitbeinig hin. Allerdings kerzengerade und ohne die Hauswand zu berühren.

»Ich hab g'sagt, schräg hinstellen. Mit den Händen an der Mauer abstützen. Wird's bald!«

Querlinger gab den Idioten. »Ach so, schräg. Und in welchem Winkel? Fünfzehn Grad, dreißig Grad, fünfundvierzig Grad?«

»Pass bloß auf, Bürschle, ich lass mich nicht verarschen, gell!«, brüllte Der-gegen-die-Tür-hämmert.

Wieherndes Gelächter drang aus dem geöffneten Wohnzimmerfenster. Den Kollegen des Kollegen Hirschle zuckte die Miene, als ihnen klar wurde, was hier gespielt wurde.

Dann fiel auch bei Hirschle der Groschen. Er wurde feuerrot im Gesicht.

Querlinger beschloss, das Theater zu beenden.

»Nix für ungut, Herr Kollege! Darf ich mich vorstellen?«

Knapp fünf Stunden später wuselte es auf dem Gehöft nur so von Polizisten, das ganze Areal war mit Flatterbändern weiträumig abgesperrt. Beamte der Kriminalpolizeidirektion Rottweil waren eingetroffen, sie war für den Bereich hier zuständig. Querlinger hatte dafür gesorgt, dass auch Nepomuk Hofzitzel und sein Team zugegen waren, schließlich lag der Fall verantwortlich in den Händen des K1 aus Ulm.

»Hallo, Chef!« Bödele trat an den Kommissar heran und reichte ihm sein Handy. »Der Markus Dörfler will Sie sprechen.«

»Ja, Kollege, was gibt's?«

»Ich hab die Sache mit dem Trompeter, diesem Siegfried Kasunke, klären können. Er ist gestürzt und hat sich die Kniescheibe angebrochen. Er war im Krankenhaus, keiner wusste Bescheid, nicht mal die Orchesterleitung, deswegen haben wir ihn nicht erreicht.«

»Und der Kartonstreifen von dieser Märklin-Verpackung? Was ist damit?«

»Kasunke war auch Kunde bei Minou in der Blaubeurer Straße. Den Kartonstreifen muss die Henne im Bad verloren oder liegen gelassen haben, wie auch immer. Auf jeden Fall hat der Kasunke den Streifen gefunden und damit seinen Kamm sauber gemacht. Anschließend muss er ihn in die Jackentasche gesteckt haben, hat er mir erzählt.«

Unglaublich, wie brutal das Leben zuschlagen konnte. Da säuberte man nur einen Kamm und geriet unter Mordverdacht …

Epilog

Donnerstag, 18. Juli

An diesem Donnerstag klingelte der Wecker bereits um fünf Uhr früh. Zwanzig Minuten später saß der Kommissar, einen Espresso und seinen Laptop vor sich, auf dem Balkon an einem Rattantischchen und bereitete sich auf die abschließende Pressekonferenz im Fall »Schwarze Henne« vor.

In den vergangenen anderthalb Wochen hatte die »SOKO HENNE« so gut wie alle noch offenen Fragen aufgearbeitet. Einiges war zwar – überspitzt formuliert – dem Dunkel der Geschichte anheimgefallen, aber das betraf mehr oder weniger unwichtige Details. Zum Beispiel die Frage, was es mit den Outdoor-Sachen in Totvogels Rucksack auf sich gehabt hatte. Ein Geheimnis, das mit dem Mönch ins Grab gewandert war. Am Endergebnis änderte das nichts.

Conny Stahlberg war noch auf der Krankenstation in Gegenwart des Psychiaters Dr. Erasmus Hüttenknöter vernommen worden. Überwiegend von Querlinger und der Eulenburg.

Insgesamt war Stahlberg sehr kooperativ gewesen, seine verschiedenen Kasperlefiguren hatte er nicht eingesetzt. Dafür hatte er die vernehmenden Beamten mit seinem imaginären und stummen Freund »Harri« bekannt gemacht.

Die narzisstische Art und Weise, wie Stahlberg die verstörenden Details seiner Taten preisgegeben hatte, hatte den ihn vernehmenden Beamten wiederholt kalte Schauer über den Rücken gejagt.

Aber nicht nur ihnen blieb der ehemalige Fremdenlegionär ein Rätsel. Auch der Psychiater Dr. Erasmus Hüttenknöter hatte seine liebe Not, ihn einer bestimmten Kategorie zuzuordnen. Und das, obwohl er glaubte, in mehreren Sitzungen die Ursache für seine Persönlichkeitsstörung herausgefunden zu haben – traumatische Erlebnisse, die er als Kriegsgefangener gehabt hatte.

»Ich glaube nicht, dass wir es mit einer echten dissoziativen Persönlichkeit zu tun haben. Vermutlich leidet der Mann an einer histrionischen Persönlichkeitsstörung, weist zusätzlich paranoide Züge auf, eventuell in Kombination mit einer Variante von querulatorischem Wahn und –«

»Querwas?«, hatte Querlinger den Psychiater entsetzt unterbrochen.

»Querulatorischer Wahn. Ein krankhaftes Gerechtigkeitsempfinden. Der Betreffende macht eine wahntypische Entwicklung durch, die sich in absurden Sanktionen und Verhaltensweisen äußert. Er verliert jegliches Vertrauen in das Rechtssystem und greift in seltenen Fällen sogar zur Selbstjustiz.«

Zwei volle Tage hatte der Kommissar gebraucht, um die wahnhafte Vorstellung abzulegen, sein Motiv, Polizist zu werden, sei einem »krankhaften Gerechtigkeitsempfinden« geschuldet gewesen …

Ab und zu an seinem Espresso nippend, sah Querlinger seine Notizen durch. Eine der ersten Fragen, die sie klären konnten, war die nach dem Blaubeurer Leihfahrzeug gewesen.

»Ich konnte die ganzen Fahrten doch nicht mit dem Range Rover von van Amerdongen machen, Herr Kommissar, den hätten Sie doch sofort identifiziert. Den habe ich nur gebraucht, um von Überlingen nach Zimmern zu kommen. Van Amerdongen erlaubte mir, ihn während meines Urlaubs zu nutzen. Von Zimmern bin ich mit den öffentlichen Verkehrsmitteln nach Blaubeuren gefahren und dann zu Fuß zu diesem Autovermieter gegangen. Dort habe ich den Touran für zwei Wochen angemietet. Das war am 28. Mai gewesen.«

Womit klar war, dass der Touran nicht erst bei Kämper, sondern bereits bei Reuber zum Einsatz gekommen war.

Nach Beendigung der »Operation Wiedehopf«, so Stahlberg, habe er das Fahrzeug auf dem Parkplatz am Blautopf stehen lassen und die Nacht in einem Waldstück nahe der Gemeinde Sonderbuch verbracht. Am frühen Morgen sei er mit Bahn und Bus nach Hause, sprich nach Zimmern gefahren. Für den »Vernazza-Einsatz« habe er sich ein Leihfahrzeug bei einem Hechinger Autovermieter beschafft.

Auch zu der Adressenliste, die sie in Totvogels Rucksack gefunden hatten, hatten sie ihn befragt. Er habe, so Stahlberg, Totvogel beauftragt, nach einer auf Personensuche spezialisierten Agentur zu suchen, das Geld für das Honorar habe er von seinem Sparkonto genommen.

Um an seine Opfer heranzukommen, hatte Stahlberg unterschiedliche Vorgehensweisen gewählt. In einem telefonischen Erstkontakt hatte er sie mit seinem Wissen um den Stuttgarter Banküberfall und die »Langenargen-Verschwörung« (O-Ton Conny Stahlberg) konfrontiert. Bei Kämper, dem zweiten Opfer, hatte das genügt, um ihn weichzuklopfen und ihn zu einem persönlichen »Gespräch unter vier Augen« zu überreden.

Reuber, sein erstes Opfer, für ein solches Gespräch zu gewinnen, sei bedeutend schwieriger gewesen. Da sei der telefonische Erstkontakt »in die Hose gegangen«. Erst ein zweiter Anruf während der Orchesterprobenpause, bei dem er ihn aufgefordert habe, die »Authentizität seiner Darlegungen von Benedikt Totvogel beglaubigen zu lassen«, sei »zielführend« gewesen. Reuber habe Totvogel tatsächlich aufgesucht, und dieser habe ihn von der Notwendigkeit eines Gesprächs mit Stahlberg überzeugen können und ihm sowohl Zeit- als auch Treffpunkt genannt. Am 30. Mai, am frühen Nachmittag, an einer einsam gelegenen Stelle an der Donau zwischen Unter- und Obermarchtal, sei die Falle zugeschnappt.

Warum Reuber in einem Waldstück bei Beimerstetten und Kämper am Blautopf hätten dran glauben müssen, hatte Querlinger nachgefragt.

Empörung aufseiten Conny Stahlbergs.

»Die Hurensöhne haben es dort mit meiner Gertrud getrieben, das hab ich von Totvogel erfahren, sie hat es ihm erzählt.«

Wie das mit Neumeister und Meier abgelaufen sei, hatte Querlinger dann wissen wollen.

In ihrem Fall habe er seine Strategie den veränderten Umständen anpassen müssen, so Stahlberg. Was bedeutete, die beiden in Abwesenheit zum Tode zu verurteilen und ihnen die »Entscheidung des Gerichtes telefonisch zu übermitteln«. Für den Ort der Hinrichtung habe es »nur eine Option« geben können: eine wenig befahrene Straße in der Nähe des hinreißend schönen italienischen Örtchens Vernazza!

Was den Mord an Benedikt Totvogel anging, ergab sich folgendes Bild:

In der Nacht vom 29. auf den 30. Mai, noch bevor er sich Reuber geschnappt habe, habe er Totvogel an einen einsamen Waldparkplatz außerhalb Beurons bestellt, so Conny Stahlberg, dort sollte der ihm, wie vereinbart, die Hälfte des erpressten Geldes geben, das er Stunden zuvor von van Amerdongen erhalten hatte. Als Stahlberg die ganze Summe forderte, sei Totvogel leider unflätig geworden. Woraufhin er dem »unwürdigen Spiel« mit einem Wagenheber, der er auf dem Rücksitz parat lag, ein Ende bereitet habe.

»Angenommen, es hätte dieses ›unwürdige Spiel‹ nicht gegeben und er hätte Ihnen die gesamte Summe, ohne zu protestieren, ausgehändigt, hätten Sie ihn dann auch getötet?«, wollte Querlinger wissen.

»Welche Frage, Herr Kommissar. Natürlich! Ich hätte ihn doch nicht einfach weiterexistieren lassen können. Er musste sterben, er wusste Bescheid, er hätte alles ausgeplaudert. Wie es geschwätzige Schwaben so tun. Sie wissen doch«, Stahlberg beugte sich weit über den Tisch und blinzelte dem Kommissar verschwörerisch zu, »nur tote Schwaben schweigen.«

Querlinger rutschte auf seinem Stuhl nervös hin und her. Der Verrückte, der da vor ihm saß, schien ein exzellenter Schwabenkenner zu sein.

»Und dann?«, insistierte er weiter.

»Wie, und dann?«

»Na, was haben Sie gemacht, nachdem Sie ihn erschlagen hatten?«

»Ich habe seine sterblichen Überreste nach Ulm gefahren, um ihn dort zu bestatten.«

»Und weshalb in Ulm, und warum gerade in diesem stillgelegten Steinbruch?«

Stahlberg machte ein geheimnisvolles Gesicht und beugte sich erneut weit nach vorn.

»Ich war ihm einen letzten Gefallen schuldig, Herr Kommissar«, flüsterte er. »Er hat mir mal erzählt, dass er am liebsten in der Nähe seiner Heimatstadt beerdigt werden wolle. Er wünsche sich ein lauschiges Plätzchen. Diesen Wunsch konnte ich ihm doch nicht abschlagen.«

»Natürlich nicht. Und danach?«

»Wie, danach?«

»Na, was haben Sie nach der ›Bestattung‹ gemacht?«

»Ich habe im Wagen übernachtet und am nächsten Morgen den Brief zur Post gegeben. Am frühen Nachmittag dann habe ich mir Reuber, also den Kuckuck, geschnappt und bin mit ihm nach Zimmern zu meinem Headquarter gefahren.«

»Das mit Reuber wissen wir, das hatten Sie ja vorher schon gesagt. Aber was meinen Sie mit ›Brief‹?«

»Na, das Kündigungsschreiben.«

»Kündigungsschreiben?«

Stahlberg'sches Augenrollen. »Den Brief, in dem der gute Benedikt seinen Austritt aus dem Orden erklärt hat. Den hatte ich schon Stunden, bevor ich ihn in jener Nacht traf, geschrieben. Den *musste* ich schreiben, oder haben Sie schon einmal davon gehört, dass ein Toter Briefe schreibt?«

Hatte Querlinger natürlich nicht, aber …

»Warum haben Sie den Brief überhaupt geschrieben?«

»Aber ich bitte Sie! Ein Mönch, der von einem Tag zum nächsten einfach verschwindet – das erregt doch Verdacht. Er musste weiterleben, auch wenn er gestorben war, verstehen Sie?«

Verstand er nicht, was Stahlberg zu einem erneuten Augenrollen veranlasste.

»Ich wollte, dass der Verdacht auf ihn fällt. Die Polizei sollte glauben, dass er die Schwarze Henne ist. Deswegen habe ich ja auch sein Papier benutzt, als ich die Botschaften an Sie schrieb. Ich habe ihn schon Anfang Mai darum gebeten, mir dreißig Bogen eigenhändig abzuzählen, so waren seine Fingerspuren auf jedem einzelnen Blatt. Auch die Umschläge habe ich von ihm bekommen. Für das Verfassen der Briefe habe ich natürlich Handschuhe benutzt, da habe ich sehr sauber gearbeitet.«

»Offenbar nicht sauber genug«, schaltete sich Eulenburg ein, »Sie haben trotzdem Abdrücke hinterlassen. Sie fanden sich auf den Adressenlisten Totvogels, dem Blaubeurer Leihfahrzeug sowie auf einer Coladose und einer Benzinquittung, die unsere italienischen Kollegen in Vernazza sichergestellt haben.«

Die Henne war sichtlich überrascht …

Auch Heinz van Amerdongen hatten Sie noch mal gründlich in die Mangel genommen. Bereits am Morgen des 6. Juli, einen Tag bevor der Leichnam Totvogels im Steinbruch entdeckt worden war, hatte Mortimer, alias die Schwarze Henne, van Amerdongen überwältigt und in den Abstellraum des Hauses mit den rot-grünen Fensterläden gesteckt.

Die Mittäterschaft des ehemaligen Schönheitschirurgen an dem Bankraub in Stuttgart konnte als erwiesen angesehen werden. Auch seine Mitwirkung am Tod von Gertrud Steinhauser hatten sie ihm nachgewiesen. Recherchen hatten die Ermittler zum Hotel »Zum Schwarzen Adler« geführt, in dem er zusammen mit seinen vier Kumpanen übernachtet hatte. Im Keller des Hotels waren sie auf einen verstaubten Karton mit alten Buchungsformularen gestoßen, deren Inhalt sämtliche Zweifel beseitigt hatte.

Die Bande hatte auch schnell herausgefunden, wer der Urheber des Erpresserbriefes war. Neumeister war nämlich aufgefallen, dass die Buchstaben o, e, a und B zugeschmiert waren. Er erinnerte sich an ein gefälschtes Entschuldigungsschreiben, das es ihm vor vielen Jahren ermöglicht hatte, als Unterprimaner den Unterricht zu schwänzen. Gertrud Steinhauser hatte ihm den Gefallen getan. Sie hatte den Brief auf der Schreibmaschine ihrer Großmutter mit den gleichen Eigentümlichkeiten geschrieben. Eine kleine Anfrage bei einer Nachbarin Gertruds hatte schließlich ergeben, dass sie in Langenargen am Bodensee Urlaub gemacht hatte, und so war das weitere Vorgehen reine Routine gewesen.

Am Nachmittag des 14. Juni war Kämper ihr zu dem Platz gefolgt, wo sie sich bereits in den Tagen davor zum Baden aufgehalten hatte. Mit vorgehaltenem Revolver hatte er sie gezwungen, mit ihm zu einem anderen Platz zu gehen. Dort war das Baden verboten, ein Schild warnte vor Schlingpflanzen, und es gab dort ein Schilfdickicht, in dem die anderen vier ihr aufgelauert hatten – ausgestattet mit Taucheranzügen und einem Motorschlauchboot …

Es gab nur wenige Dinge, die ungeklärt geblieben waren. Unter anderem die Frage, was es mit den allerliebsten Porzellanfiguren auf sich hatte, die die Ermittler im Nachlass der Gertrud Steinhauser entdeckt hatten.

Doch das war für die Aufklärung des Falls völlig unerheblich.

Querlinger seufzte zufrieden, klappte seinen Laptop zu und steckte den Stoß Papiere in seine Aktentasche.

»Morgen, Bärle, bist du schon auf?«

Luise war durch die offene Balkontür getreten.

»Ja, klar, Mäusle. Ich hab doch heut die saublöde Pressekonferenz.«

»Soll ich uns Frühstück machen? Ich back Weckle und Croissants auf.«

Querlinger stutzte. Was war denn in seine Frau gefahren? Von Montag bis Freitag war doch Müslitag?

Luise trat nah an ihn heran, ihre Augen leuchteten. Sie beugte sich zu ihm hinunter, nahm seinen Kopf in ihre Hände und platzierte einen Kuss auf seine Stirn.

»Ich dacht, wir sollten den Tag heut mit einem schönen Frühstück beginnen. Ich hab sogar einen Sekt kaltgestellt – wo wir doch heut Nachmittag an den Gardasee fahren«, flüsterte sie und zwinkerte ihm verständnisinnig zu.

Hundsveregg!

»Ähm … des sollt eigentlich eine Überraschung werden. Woher …«

Er unterbrach sich und schalt sich in Gedanken ein Rindvieh.

Es gab nur eine Möglichkeit, wie sie davon wissen konnte. Vor zwei Tagen war er Arnulf und Pati Weißenegger begegnet und hatte ihnen eröffnet, mit Luise für eine Woche an den Gardasee fahren zu wollen. Ein idiotischer, nicht nachzuvollziehender Anfall von Leutseligkeit. »Das soll natürlich eine Überraschung für Luise sein«, hatte er verschwörerisch hinzugefügt.

»Es war ja auch eine Überraschung, Bärle, als die Pati und der Arnulf mir das verraten haben.«

Verrat! Genau! Das war die richtige Bezeichnung.

»Und stell dir vor, Bärle, die beiden kommen auch mit. Isch doch schön, gell?«

Unfähig, sich zu bewegen, den Mund weit aufgerissen, saß der Kommissar in seinem Stuhl.

»In Lazise, also da, wo wir sind, haben sie aber leider nichts mehr bekommen, nur noch in Pieve«, fuhr Luise begeistert fort. »Aber wir können uns ja jeden Tag treffen.«

Pieve! Querlingers Starre begann sich zu lösen. Er kannte Pieve. Das Örtchen lag auf der nordwestlichen Seite des Sees, auf einer Hochebene. Ein steiles Sträßchen führte nach oben, seitlich fiel der Fels grauenerregend in die Tiefe …

Vernazza! Pfau und Seidenschwanz! Das Motorradgespann! Der »Unfall« …

Seltsam, welch krude Gedanken einem manchmal in den Kopf schießen, dachte der Kommissar und erschauerte vor sich selbst. Andererseits – musste man denn gleich Krähenfüße auf die Fahrbahn streuen? Da gab es doch elegantere Optionen. Vielleicht sollte er sich großzügig zeigen und die Weißeneggers am Abend in ein gepflegtes Lokal nach Lazise einladen. Ein paar Gläser Wein, Bier, Aperol Sprizz und vielleicht auch das eine oder andere Gläschen Limoncello oder Grappa würden ihre Wirkung nicht verfehlen. Bei der Fahrt zurück ins Hotel, das steile Sträßchen nach Pieve hoch, die Schlucht entlang …

»Bärle, machst du den Sekt auf?«, rief Luise aus der Küche.

Querlinger verscheuchte sämtliche sinistre Gedanken, trat an das Geländer des Balkons heran, streckte und reckte sich und blickte nach Osten, wo die Sonne sich für einen prächtigen Auftritt über der Schwäbischen Alb bereit machte. Ein verträumtes Lächeln spielte um seine Lippen.

»Bärle, komm halt endlich, ich mag jetzt ein Gläsle Sekt mit dir trinken!«

Hundsveregg, ist das Leben schön.

»Ich komm schon, Mäusle!«

Unvermeidliches Nachwort …

»Wenn einem Gutes widerfährt, erfordert der schwäbische Anstand, dass man sich ordentlich dafür bedankt«, hatten meine Eltern mir schon im zarten Kindesalter beigebracht. Und da ich meine geliebten Eltern nicht enttäuschen und mich an die Regeln des schwäbischen Anstands halten will, bedanke ich mich hiermit offiziell und ohne lange Umschweife bei allen, die das Erscheinen dieses Romans möglich gemacht haben.

Bedanken möchte ich mich zuallererst bei Rudi Bauer, seines Zeichens Erster Polizeihauptkommissar und Pressesprecher bei der Ulmer Polizeidirektion, der mir mit unendlicher Geduld und überaus schätzenswerter Liebenswürdigkeit einige grundsätzliche Dinge über die Arbeit der Polizei, insbesondere der Ulmer Kriminalpolizei, beigebracht hat. Sollte er meinen Roman lesen, wird er wahrscheinlich kopfschüttelnd feststellen, dass ich so manches, was er mir erklärt hat, nicht ganz kapiert habe. Ich hoffe, er verzeiht mir und gewährt mir trotz allem Nachhilfe beim Schreiben meines nächsten Romans. Auch wenn er seinen Arbeitsplatz und seine Kollegen in »Nur tote Schwaben schweigen« kaum wiedererkennen dürfte.

Also noch mal: Ganz herzlichen Dank, Herr Hauptkommissar!

Was wäre eine Autor ohne seinen Agenten? Ganz einfach: ein Autor ohne Agent! Thomas Montasser weiß, was ich damit sagen will. Insofern gebührt auch ihm mal wieder ein ganz herzliches Dankeschön!

Was wäre ein Autor ohne seinen Verlag? Ein zahnloser Tiger! Oder ein Torjäger im Abseits! Ein herzliches Dankeschön dem Emons Verlag, insbesondere Hejo Emons, Dr. Christel Steinmetz, Stefanie Rahnfeld, Hannah Naumann, Sophie Olk, Nina Schäfer und all den anderen, die ihr Bestes zugunsten der »toten Schwaben« gegeben haben.

Was wäre ein Autor ohne seine Lektorin? Ein literarischer

Geisterfahrer auf Kollisionskurs mit seinen Lesern! Glück für mich, dass es Christiane Geldmacher gibt, die mit hoher Professionalität, Einfühlungsvermögen und dem untrüglichen Gespür für Kohärenz und Logik meine Sätze und Wendungen überprüft und, wo nötig, in die richtige Spur gebracht hat. Tausend Dank dafür!

Was wäre ein Autor ohne seine Probeleser? Ein einsamer Einhandsegler auf dem unendlichen Ozean des Literaturbetriebs! Dank an Stefan Sporrer, Uwe Vieldorf, Ulrike Gewald, Erich Mayr, Heike Fischer, Gabi & Viktor Scharf, Richard Riedlberger sowie meine Söhne Oliver und Marcel für ihre unterstützende und motivierende Begleitung. Ein handsigniertes Exemplar der »toten Schwaben« und eine gute Flasche Wein sind euch gewiss.

Last, but not least: Was wäre ein Autor ohne seine Leser? Ein Nichts! Ein Papier und Druckfarben verschlingender Parasit ohne Daseinsberechtigung. Insofern gilt mein Dank vor allem meinen Lesern, auch wenn ich sie erst am Schluss dieses Nachworts erwähne. Was seinen Grund hat: Das Wichtigste sollte immer am längsten in Erinnerung bleiben. Und das am Schluss Gesagte *bleibt* am längsten in Erinnerung. Also: Bleiben Sie mir gewogen, liebe Leser und Leserinnen!

Herzliche Grüße aus der schwäbischen Pampa!
Max Abele, im Februar 2020